本书为河南省高等学校哲学社会科学基础研究重大项目"唐诗经典化研究：以《唐诗别裁集》为依据的考察"（2018JCZD022）、河南省高校哲学社会科学创新团队"黄河文学文献整理与文化研究"（2021-CXTD-06）结项成果。

　　本书由河南大学文学院学术著作出版基金资助出版。

王宏林 著

《唐诗别裁集》 与唐诗经典化

中华书局

图书在版编目（CIP）数据

《唐诗别裁集》与唐诗经典化/王宏林著. —北京：中华书局，
2022.7
ISBN 978-7-101-15797-0

Ⅰ.唐… Ⅱ.王… Ⅲ.唐诗-诗歌研究 Ⅳ.I207.227.42

中国版本图书馆 CIP 数据核字（2022）第 112558 号

书　　名	《唐诗别裁集》与唐诗经典化
著　　者	王宏林
责任编辑	葛洪春
责任印制	管　斌
出版发行	中华书局
	（北京市丰台区太平桥西里 38 号　100073）
	http://www.zhbc.com.cn
	E-mail:zhbc@zhbc.com.cn
印　　刷	三河市中晟雅豪印务有限公司
版　　次	2022 年 7 月第 1 版
	2022 年 7 月第 1 次印刷
规　　格	开本/920×1250 毫米　1/32
	印张 11¾　插页 2　字数 350 千字
国际书号	ISBN 978-7-101-15797-0
定　　价	78.00 元

王宏林　河南遂平人。河南大学文学院教授，黄河文明省部共建协同创新中心、河南省人文社科重点研究基地文艺学研究中心、河南大学国学研究所研究员，出版专著《沈德潜诗学思想研究》《说诗晬语笺注》《乾嘉诗学研究》等。

目　录

绪　论

　　唐诗被公认为中国古典诗歌的高峰,对唐诗的接受也是中国古典诗学的重要内容。就目前学界而言,尽管唐代文学研究是20世纪以来中国古典文学学科中研究人员相对整齐、研究方法较为丰富、成果也较为丰硕的一个领域,但研究者更关注于唐诗创作史的研究,唐诗接受史的研究有待加强。从现有的唐诗接受史研究成果来看,多数针对某些具体篇章而展开,缺少对传统诗学所建构的唐诗经典体系的宏观考察。由于唐诗经典体系往往随着时代思潮和批评家的个人喜好而变化,具有鲜明的时代性、主观性和流动性,导致客观准确地揭示这一体系的基本面貌和嬗变过程面临不小的困难。基于这个原因,本书尝试以沈德潜《唐诗别裁集》为依据展开研究。与动态的唐诗经典化过程相比,沈德潜在这部选本中所建构的唐诗经典体系是静止的、具体的,是可以进行准确描述的。通过与前代选本、诗话、笔记、论诗杂著和当代唐诗选本以及文学史教材的比较,本书将对沈德潜所建构的唐诗经典体系的基本面貌、形成过程和后世影响加以系统研究,希望能够推动唐诗学研究的深入发展。

一、研究思路及研究现状

　　本书之所以选择沈德潜《唐诗别裁集》为依据来考察唐诗的经典化,主要缘于这部选本是除《唐诗三百首》之外流行最广的古代著名唐诗选本之一。直至今日,尽管众多学者尝试多种文论系统来阐释唐代诗歌,但目前最为大众所认可的唐诗价值体系实质上仍是沈德潜在这部选本中所建构的,客观说明了此选巨大的生命力。此外,编选者沈德潜具有较高的政治地位和诗学地位,其诗学对格调、神韵、性灵等各家诗说均有所吸收,立论不趋极端。学界常把沈德潜定位为中国传统诗学的集大成者和总结者,主要原因就是沈德潜在唐诗学领域的建树。总之,《唐诗别裁集》具有鲜明的官方色彩和时代特征,具有巨大的影响力和生命力,以此选为基础有利于全面而深刻地揭示唐诗经典生成与演化的过程。

20世纪90年代以来,文学经典研究逐渐成为学术界关注的热点。在这个背景下,西方众多关于经典理论的研究著作开始被译介到我国并引起学界广泛关注,美国当代著名文学理论批评家哈罗德·布鲁姆的《西方正典》就是其中之一。布鲁姆认为文学经典在历史的发展中不断地吐故纳新,并重申文学的审美功能。他把"娴熟的形象语言、原创性、认知能力、知识以及丰富的词汇"作为衡量经典的重要标尺。①弗兰克则认为经典具有动态性,"意识形态的灌输使得一种严格的经典成为必要,而且只有放弃进行意识形态控制的目的,文学经典才能获得解放",政治制度的变化、文本的可行性(accessibility)、认知动机是影响经典构成的相关因素。②此外,影响较大的还有艾略特《什么是经典作品?》,他认为:"经典作品只可能出现在文明成熟的时候;语言及文学成熟的时候;它一定是成熟心智的产物。赋予经典作品以普遍性的正是那个文明、

---

① (美)哈罗德·布鲁姆著,江宁康译:《西方正典——伟大作家和不朽作品》,南京:译林出版社2005年版,第20页。
② (荷)D·佛克马,E·蚁布思著,俞国强译:《文学研究与文化参与》,北京:北京大学出版社1996年版,第49—50页。

那种语言的重要性,以及那个诗人自身的广博的心智。"①这些关于经典的论述均对中国的文学经典研究产生了重大的影响。童庆炳、黄曼君、朱国华、陈晓明、陶东风、张荣毅、吴承学等众多著名学者结合中国文学的实际对经典的建构、特点等进行了探讨。其中吴承学、沙红兵《中国古代文学的经典》一文对中国古代文学经典的形成、品质、类型和影响等几个中心问题加以探讨,并认为:"何为经典与经典教化、经典阐释是中国文化、中国文学与文学批评的核心问题。"②

　　与"火热"的文学经典研究相比,唐诗经典化研究并不冷寂。陈伯海先生主编的《唐诗学书系》包含《唐诗学引论》《唐诗书目总录》《唐诗总集纂要》《唐诗论评类编》《唐诗学文献集粹》《唐诗汇评》《意象艺术与唐诗》《唐诗学史稿》八部著作,从目录学研究、史料学编纂、理论性总结三个方面开展并构建唐诗学这门学科。此外,众多以风格特点和影响研究为主题的论文均与唐诗经典化这个问题有一定关系。重要论文有程千帆《张若虚〈春江花月夜〉的被理解和被误解》(《文学评论》1982年第4期),该文详细阐述了《春江花月夜》被确立为唐诗经典名篇的过程。周勋初《从"唐人唐诗七律第一"之争看文学观念的演变》(《文学评论》1985年第5期)对"七律第一"争讼焦点加以考察,并揭示了背后所蕴含的时代审美思潮的变化。王兆鹏、孙凯云《寻找经典——唐诗百首名篇的定量分析》(《文学遗产》2008年第2期)采用定量分析的方法,从选本、评点和论文三个方面,寻找并排列出历代读者所认定的百首唐诗经典名篇。重要专著有美国汉学家宇文所安《初唐诗》《盛唐

---

① 王恩衷编译:《艾略特诗学文集》,北京:国际文化出版公司1989年版,第190页。
② 吴承学、沙红兵:《中国古代文学的经典》,《中山大学学报》2004年第6期。

诗》,对初盛唐诗的演变发展加以细致描述。余恕诚《唐诗风貌》对各个时期、各种体裁的重要诗人诗派均加以细致辨析。值得注意的还有安徽师范大学陈文忠先生完成的教育部社科基金项目"唐诗接受史研究"。该研究成果分五章,第一章是"文学经典的接受史研究",其余四章从唐诗经典阐释史、影响史、比较接受史、诗学沉思史等四个方面对唐诗经典加以系统考察,代表了当前唐诗经典化研究的最新进展。从每章目录来看,作者似乎要对唐诗经典化加以系统而动态的考察。但从具体论述来看,仍然仅涉及3到4篇作品,如第二章"唐诗经典阐释史"分四部分:一、"第一读者"与唐诗经典接受史;二、唐人青春之歌走向顶峰之路——《春江花月夜》接受史研究;三、唐人五绝之冠的接受境遇——《江雪》接受史研究;四、唐人寻隐之冠走向现代之路——《寻隐者不遇》接受史研究;第三章"唐诗经典影响史"分四部分:一、"第一印象"的恒久光辉——《正月十五夜》与两宋元夕词,二、从影响的焦虑到模仿的快乐——《黄鹤楼》与历代"崔颢体"诗,三、古代贫士的千年咏叹——《贫女》与历代"贫士诗",四、千古绝唱的千年影响——从《枫桥夜泊》到《涛声依旧》。可以看出,作者试图从微观的视角来探讨唐诗经典化的一般问题,仅涉及十多篇唐诗,并不足以支撑宏大的唐诗经典体系。总体而言,当前成果有助于唐诗经典化研究走向深入,但它们或者像文学史一般胪列各个时代的唐诗观念,或者专门探讨个别篇章成为经典的过程及其所蕴含的诗学意义,均缺少对唐诗经典面貌的整体描述和动态考察。

对沈德潜《唐诗别裁集》的研究,学界还是比较重视的。其研究焦点集中于此选所体现的诗学观念。如陈新璋先生《评沈德潜在唐诗学上的建树》(《华南师范大学学报》1998年第2期)认为沈德潜的唐诗观"能接受前人合理的论见,克服明显的偏颇","对唐诗的普及和研究有较高的价值"。武菲先生《沈德潜〈唐诗别裁集〉的编选标准》(《成都大学学报》2007年第1期)论述了宗旨、体裁、音节和格调等四条编选标准的内涵及体现。文献方面,孙琴安先生《经得起时间考验的唐诗选本:介绍〈唐诗别裁集〉》(《古典文学知识》1999年第3期)对此选的选诗特点进行了介绍。笔者《沈德潜唐诗选本考辨》(《文献》2007年第3期)对沈德潜的四部唐诗选本的版本情况加以详细介绍。另外,《唐诗别裁集》选诗以杜甫为最,且沈德潜有《杜诗偶评》专选,故诸家对沈德潜的杜诗论也相当重视。胡可先先生《沈德潜杜诗学述略》(《杜甫研究学刊》1994年第1期)对沈德潜的论杜诗之语进行了总结和探讨,认为沈德潜视杜甫"集古诗大成,为唐诗正宗","杜诗温柔敦厚之旨,又与他忠君爱国的精神联系在一起,构成杜诗现实主义的精髓",论文还对沈德潜对杜诗渊源的论述进行高度评价,比较全面地揭示了沈德潜的杜诗学概况。袁志彬先生《沈德潜及其杜诗论》(上、续)(《杜甫研究学刊》1995年第3、第4期)立足于沈德潜的格调理论,阐述了沈德潜对杜甫诗歌的思想内涵、风格、"议论"、"体裁"和"章法"的高度推崇,并指出其杜诗论的局限。从唐诗经典化的角度对《唐诗别裁集》进行研究的还有笔者的《论沈德潜对白居易的评价》(《河南教育学院学报》2006年第5期)一文,从沈德潜晚年对白居易的推崇出发,主要探讨白居易被视为唐诗经典的过程和成因。

　　从研究现状来看,关于经典的理论,包括经典的性质、构成因素、经典类型,中西学者已经做了相当多的研究,但结合中国古代文学经典的实际,比如唐诗、宋词、元曲等,具体研究某种文体经典形成过程的研究著作比较缺少。本书立足于《唐诗别裁集》来探讨唐诗经典的面貌和具体形成过程正是这种尝试。

二、唐诗经典的基本属性

"经典"是一个使用广泛但内涵不太明确的概念。据《汉语大词典》,经典有三个义项:一是"旧指作为典范的儒家载籍",唐代刘知几《史通·叙事》曰:"自圣贤述作,是曰经典。"二指"宗教典籍",《法华经·序品》:"又睹诸佛,圣主师子,演说经典,微妙第一。"三指"权威著作;具有权威性的"。①前两种义项分别与儒家或宗教等特定对象相关,第三种则是通常使用这一概念时的含义。在英语中,与经典相对应的是cannon,具有规则、规范、原则、标准、教规、宗教经典书等内涵,可知中西在使用经典这个概念时,在权威、标准等意义上颇有相通之处。不过,一旦进入具体语境,权威、标准马上就变得模糊起来。比如,当我们称赞某首唐诗是经典时,无疑是说这首作品在诗歌发展史上具有权威的地位,能够成为创作的标准。但是,这一标准的具体内涵是什么?后人能否通过对这一标准的实现来获得经典的地位?显然这是很难确定的。唐诗永远属于唐人,其作品所具有的那种普遍性和永恒性也只属于那个时代。后人当然不能寄希望于从语言形式的层面来达到这一标准,明七子大家李梦阳曾从语言层面模仿汉魏盛唐之作,却被何景明讽刺为高处是古人影子②。正如卡西尔所言:"莱辛曾说,要想窃取莎士比亚的一行诗就像窃取赫拉克勒斯的木棍一样不可能。

---

① 汉语大词典编辑委员会:《汉语大词典》,上海:汉语大词典出版社1997年版,第5667页。

② 李梦阳《驳何氏论文书》云:"子擿我文曰:'子高处是古人影子耳,其下者已落近代之口。'"([明]李梦阳:《空同集》卷六十二,《景印文渊阁四库全书》第1262册,上海:上海古籍出版社1987年版,第565页。)

更令人吃惊的还在于,伟大的诗人从来不重复同样的语言。"①那么,是否能够从思想内容的层面来达到这一标准呢? 恩格斯在致拉萨尔的信中说到:"您不无理由地认为德国戏剧具有较大的思想深度和意识到的历史内容,同莎士比亚剧作的情节的生动性和丰富性的完美的融合,大概只有在将来才能达到,而且也许根本不是由德国人来达到的。"②这似乎是我们公认的文学经典的高度概括。但是,思想深度和历史内容又该如何概括和衡量,似乎又难以确定。许多唐诗,如王维《山居秋暝》、贾岛《寻隐者不遇》,似乎并没有太多的历史内容,思想方面也没有体现出深度,却仍被众多诗论家视为经典。可见,我们可以对经典明确加以定义,但对其背后所蕴含的特质很难精确地加以限定。经典似乎包含着一种悖论:既意味着权威、标准的确立,又意味着这个权威、标准的不可复制。权威、标准的确立是针对经典的创造者而言,意味着他们已经摘取了文学桂冠上那颗最耀眼的明珠,这是对创作者的最大褒奖。权威、标准的不可复制是针对经典的学习者而言,独辟蹊径才有可能置身于经典之列,这是对后学者的必然要求。

　　唐诗被视为经典,有时是针对唐诗在中国诗歌史上的地位而言的,并不限于某些篇章。如明胡应麟所说:"甚矣,诗之盛于唐也! 其体,则三、四、五言,六、七、杂言,乐府、歌行,近体、绝句,靡弗备矣。其格,则高卑、远近、浓淡、浅深、巨细、精粗、巧拙、强弱,靡弗具矣。其调,则飘逸、浑雄、沉深、博大、绮丽、幽闲、新奇、猥琐,靡弗诣矣。其人,则帝王、将相、朝士、布衣、童子、妇人、缁流、

---

① (德)恩斯特·卡西尔著,甘阳译:《人论》,上海:上海译文出版社2004年版,第311页。
② (德)马克思、恩格斯:《马克思恩格斯选集》,北京:人民出版社1995年版,第587—588页。

羽客,靡弗预矣。"①指出唐诗艺术形式远较前代完善,艺术风格多样而富于变化,创作队伍涉及各个阶层,这些因素使唐代诗歌的成就远远超过其他时代,因而在中国诗歌发展史上具备了权威的地位。不过,诗论家在论及唐诗经典时,大多与具体篇章相联系,指那些历史所筛选出的、具有典范意义的、权威性的、艺术价值较高的作品。如沈德潜《唐诗别裁集》评王之涣《凉州词》道:

> 李于鳞推王昌龄"秦时明月"为压卷。王元美推王翰"葡萄美酒"为压卷。王渔洋则云:"必求压卷,王维之'渭城',李白之'白帝',王昌龄之'奉帚平明',王之涣之'黄河远上',其庶几乎!而终唐之世,绝句亦无出四章之右者矣。"愚谓李益之"回乐峰前",刘禹锡之"山围故国",杜牧之"烟笼寒水",郑谷之"扬子江头",气象虽殊,亦堪接武。②

沈德潜认为唐人七言绝句除李攀龙、王世贞、王士禛所推举的王昌龄《从军行》、王翰《凉州词》、王维《送元二使安西》、李白《早发白帝城》、王昌龄《长信秋词》和王之涣《凉州词》之外,李益《夜上受降城闻笛》、柳宗元《酬曹侍御过象县见寄》、刘禹锡《金陵怀古》、杜牧《泊秦淮》和郑谷《淮上与友人别》都是典范,都具有权威、标准的地位。

就权威、标准的内涵而言,唐诗经典的基本属性首先在于其典范性,主要表现为某种范式成熟的代表,能够为后人创作提供借鉴。艾略特在谈到"什么是经典作品"这个问题时曾指出:"经典作品只是在事后从历史的视角才被看作是经典作品的。假如我们能

---

① [明]胡应麟:《诗薮》外编卷三,上海:上海古籍出版社1979年版,第163页。
② [清]沈德潜:《唐诗别裁集》卷十九,上海:上海古籍出版社1979年版,第641页。以下引用此书仅在相关引文后注明卷数和页码,不再一一出注。

找到这样一个词,它能最充分地表现我所说的'经典'的含义,那就
是成熟。"①作品之所以成为经典均包含着成熟这种特质。对唐诗
而言,所谓范式的成熟主要表现在以下三个方面:一是体裁。各种
诗体的发展犹如一棵大树,从种子萌芽到开花结实,经典就是每个
阶段的开启者或标志者。比如沈佺期《古意呈补阙乔知之》曾被何
景明、薛蕙、沈德潜等众多诗论家推为经典,此诗原题《独不见》,
属乐府《杂曲歌辞》,为常见的征夫思妇题材。首联忆相聚之欢,颔
联写离别之苦,颈联借"书断"渲染思念之切,尾联借"明月"衬托相
思之深,语言自然流畅,对仗工稳圆熟,情感委婉迂回,风格虽近乐
府,却符合七律的体制,在律法尚未定型的初唐时期非常难得,故
被推为七律经典;二是情感。经典作品所抒发的情感既是个人的,
又不限于个人的悲欢,而是流露出时代共同的心声。如骆宾王《帝
京篇》先言长安之繁华,次言人事兴废之感,诗中所体现的怀才不
遇的感伤成为初唐诗歌的共同主题,也引起了后世广泛的共鸣,故
被众多诗论家推为经典;三是风格。风格多种多样,个人风格、时
代风格、文体风格等等,经典作品必然能够代表某种风格的成熟。
如初唐诗人魏征《述怀》被《古今诗删·唐诗选》《唐诗别裁集》等众
多选本列为首篇,原因就在于此诗所体现的"气骨高古"风格开启
了盛唐诗风。总之,当作品所包含的成熟范式对后人创作具有指
导和规则的意义时,它们在诗歌史上就具有不可替代的地位,具备
了成为经典的条件。

　　典范性之外,唐诗经典还具有不确定性。由于时代文学思潮
的变化和个人审美趣味的不同,诗论家所建构的唐诗经典体系往
往具有鲜明的个人色彩。据王兆鹏先生对众多选本、诗话的统计,

---

① 王恩衷编译:《艾略特诗学文集》,第190页。

现存总量近6万首的唐人诗作,竟然没有一首作品能够赢得所有
选家的青睐。①比如,元杨士弘《唐音》不选刘希夷《代悲白头翁》和
张若虚《春江花月夜》,明李攀龙《古今诗删》不选李白《蜀道难》,
唐诗似乎并不存在一个"共识"的"权威、典范"。这似乎又是一个
悖论。其实并不难理解,毕竟衡量经典的标准往往随着时代和个
人而变化,所有的唐诗经典都是诗论家个人的主观判断,也只是特
定时代的同声共鸣。唐诗经典随着选家的视角和时代的喜好在不
断地变化,那些成就斐然的唐诗研究大家,处于不同的时代背景之
中,往往不会完全认同他人或前代所建构的经典系统,由此导致唐
诗经典体系的不确定性。

三、唐诗经典的形成要素

　　唐诗经典的建构是一个复杂的过程,是众多因素综合作用的
结果。艾布拉姆斯针对美学理论的多样性,首先把作品、艺术家、
世界和欣赏者四个要素确立为艺术批评的坐标,从而对各种理论
加以比较分析。他说:"每一件艺术品总要涉及四个要点,几乎所
有力求周密的理论总会在大体上对这四个要素加以区辨,使人一
目了然。"②这对我们考察唐诗经典的建构要素颇有启发。从唐诗
经典的形成过程来看,虽然唐诗经典都是由诗人创作,但我们不得
不承认,作者本人对唐诗经典的形成关系不大。正如艾略特在《什
么是经典作品?》中谈到维吉尔等诗人创作时说:"他们清楚地知
道自己试图做什么;他们唯独不能指望自己写一部经典作品,或者

---

① 王兆鹏、孙凯云:《寻找经典——唐诗百首名篇的定量分析》,《文学遗产》2008年
　 第2期。
② (美)M·H·艾布拉姆斯著,郦稚牛、张照进、童庆生译:《镜与灯:浪漫主义文论
　 及批评传统》,北京:北京大学出版社1989年版,第5页。

知道自己正在做的就是写一部经典作品。"①经典是历史的积淀和
发现,是诗人身后之事。换句话说,某位唐代诗人的巨大声望依赖
于他创作的经典作品,一旦离开这些作品,附在诗人身上的那些神
圣光环立即黯然无光。经典的形成,主要取决于作品、世界与欣赏
者,是三个因素综合作用的结果。

　　就作品而言,具有较高的艺术价值是唐诗经典形成的基本前
提。诗歌是通过塑造艺术形象来抒发情感的语言艺术,其艺术价
值一般可以从三个方面加以衡量:语言的个性表达、情感意蕴的丰
厚、艺术形象的鲜明。经典的唐诗作品首先在语言表达方面是独
特的,包括独特的修辞手法、词汇、意象、结构,等等,这种独特的语
言表达使它们与其他题材内容方面相近的作品加以区分,从而成
就了经典的地位。如杜甫诗歌语言精工稳重,辞警意丰,而李白却
飘逸奔放,明净自然,两人虽迥然不同,却被推举为"双子星座"。
其次,情感意蕴的丰厚也是形成唐诗经典的重要条件,那些包含人
类某些共同心理体验并能够唤起读者情感共鸣的作品,自然就更
容易置身于经典的行列。正如童庆炳先生所言:"某些作品被建构
为文学经典,主要在于作品本身以真切的体验写出了属人的情感,
这些情感是人区别于动物之所在,容易引起人的共鸣。"②再次,艺
术形象鲜明是衡量诗歌艺术价值高下的重要标尺,也是实现审美
效果的必要手段。作品的内容可能涉及自然景物、社会生活、感情
状态和人物性格等不同方面,但经典作品所塑造的艺术形象必然
能够传达给读者,这离不开塑造出鲜明的艺术形象。欧阳修在《六
一诗话》中引梅尧臣之语曰:"必能状难写之景,如在目前,含不尽

---

① 王恩衷编译:《艾略特诗学文集》,第189—190页。
② 童庆炳:《文学经典建构诸因素及其关系》,《北京大学学报》2005年第5期。

之意,见于言外,然后为至矣。"①王国维言:"大家之作,其言情也必沁人心脾,其写景也必豁人耳目。"②均把读者审美感受的效果作为衡量作品艺术水平的重要标准。

世界是唐诗经典形成的重要因素。在《镜与灯》中,世界指作品所表达或反映的对象,如艾布拉姆斯所说:"作品总得有一个直接或间接地导源于现实事物的主题——总会涉及、表现、反映某种客观状态或者与此有关的东西。这第三个要素便可以认为是由人物和行动、思想和情感、物质和事件或者超越感觉的本质所构成,常常用'自然'这个通词来表示,我们却不妨换用一个含义更广的中性词——世界。"③与艾布拉姆斯所说的世界不同,本书所说的世界是指唐诗经典赖以生成的环境,其内涵更侧重"社会"。不同社会都有特定的审美思潮和意识形态,包括帝王喜好、士人心态和时代风尚,这些均会对唐诗经典的建构产生重要影响。比如宋人论诗,虽然也使用唐前人论诗常用的诗教、风骨、兴象、声律等审美范畴,但最具时代特征的则是平淡。这种观念与宋代反对西昆诗风有密切关系,西昆体注重辞采、用典,如铺锦列绣,雕缋满眼,故欧阳修、苏轼等人提倡平淡以矫正这种诗风。在这种背景下,杜甫晚年入夔州以后所创作的技巧出神入化、境界浑融无迹的作品开始被推举为经典。黄庭坚《与王观复书》云:"但熟观杜子美到夔州后古律诗,便得句法。简易而大巧出焉,平淡而山高水深,似欲不

①[宋]欧阳修:《六一诗话》,《历代诗话》上册,北京:中华书局1981年版,第267页。
②王国维著,施议对译注:《人间词话译注》,上海:上海古籍出版社2016年版,第127页。
③(美)M·H·艾布拉姆斯著,郦稚牛、张照进、童庆生译:《镜与灯:浪漫主义文论及批评传统》,第5页。

可企及,文章成就,更无斧凿痕,乃为佳作耳。"①胡仔《苕溪渔隐丛话》引《西清诗话》云:"杜少陵云:'作诗用事,要如禅家语:水中着盐,饮水乃知盐味。'此说诗家秘密藏也。如'五更鼓角声悲壮,三峡星河影动摇',人徒见凌轹造化之工,不知乃用事也。《祢衡传》:'挝《渔阳操》,声悲壮。'《汉武故事》:'星辰动摇,东方朔谓民劳之应。'则善用事者,如系风捕影,岂有迹邪!"②时代审美思潮的变化促成了杜甫晚年七律经典地位的形成。又如很多著名唐诗选本对白居易诗歌并无好评,杨士弘《唐音》仅选白诗4首,列入"遗响"。李攀龙《古今诗删》和王士禛《唐贤三昧集》均不选白诗。随着清代官方对儒家传统"诗教"说的提倡,白居易渐渐被视为杜甫之后最能够践行儒家"诗教"传统的典范。以乾隆名义编选的《御选唐宋诗醇》仅收录李白、杜甫、白居易、韩愈、苏轼、陆游等6家诗人,白居易赫然在列,那些被传统诗论家评为浅切、近俗的新体乐府开始大受称赏,意识形态的变化导致白居易新乐府成为经典。

　　欣赏者是唐诗经典形成的关键契机。唐诗经典的形成其实是一个发现的过程,其中的重要因素就是欣赏者。童庆炳先生在《文学经典建构诸因素及其关系》中把首次揭示作品经典价值的欣赏者命名为"发现人"。③犹如管仲凭借鲍叔牙的推荐才得到了齐桓公的赏识,唐诗经典也必须依赖发现人才能进入普通读者的视野。这些发现人一般具有较高的理论素养和敏锐的审美感受力,有时还拥有较大的政治影响力,他们对作品所蕴含的独特文学史价值

①[宋]黄庭坚著,郑永晓整理:《黄庭坚全集辑校编年》,南昌:江西人民出版社2008年版,第940页。
②[宋]胡仔纂集,廖德明校点:《苕溪渔隐丛话》前集卷十,北京:人民文学出版社1962年版,第66页。
③童庆炳:《文学经典建构诸因素及其关系》,《北京大学学报》2005年第5期。

的发现和标举才是这些作品成为经典的关键。比如张若虚《春江花月夜》，宋元时期很少有人称赞此诗，何景明《明月篇序》论及七言古诗发展时指出："四子者虽工富丽，去古远甚，至其音节，往往可歌。乃知子美辞固沉着，而调失流转；虽成一家语，实则诗歌之变体也。"①认为初唐四杰的七古善于运用比兴手法，借夫妇之情来寄寓政治情怀，杜甫只是客观书写时事，缺少音韵之美，故初唐四杰的创作为七古最高典范。受此影响，以选诗精严而著称的李攀龙《古今诗删》选入了包括张若虚《春江花月夜》在内的多篇初唐七古。自此，湮没无闻长达八百年之久的这首名作开始受到关注，并逐渐获得"孤篇压倒全唐"的美誉。②又如元稹《遣悲怀三首》，著名选本《唐音》《唐诗品汇》《古今诗删》《唐诗归》均不选这组作品。较早注意此组诗的是明代杨慎，在《升庵诗话》中，他考证了这组诗第一首"泥他沽酒拔金钗"中的"泥"的用法，之后沈德潜《唐诗别裁集》选入了这首诗。到了蘅塘退士《唐诗三百首》，将这组诗全部选入，并评曰："古今悼亡诗充栋，终无能出此三首范围者，勿以浅近忽之。"③把它们推举为悼亡诗的经典。可以看出，如果没有何景明、李攀龙、杨慎、沈德潜、蘅塘退士这些发现人，《春江花月夜》《遣悲怀》也许会被湮没在《全唐诗》众多作品之中，很难成为万人瞩目的名篇。

　　总之，唐诗经典的形成是诸多因素综合作用的结果，作品自身较高的艺术价值是基本前提，社会的审美风尚及官方意识形态是

①［明］何景明：《何大复集》卷十四，郑州：中州古籍出版社1989年版，第210页。

②参见程千帆《张若虚〈春江花月夜〉的被理解和被误解》相关论述，《文学评论》1982年第4期。

③［清］蘅塘退士编，［清］陈婉俊补注：《唐诗三百首》卷六，北京：中华书局1959年版，第19页。

经典生成的土壤,发现人则是经典走向读者的主要媒介和关键因素。经典作品犹如精金美玉一样蕴含着永恒的价值,一旦被发现人拂去蒙尘,特有的光芒就很难再被掩盖。

四、唐诗经典的筛选途径

唐诗经典通过发现人被大众所接受,而发现人对唐诗经典的筛选主要通过选本、诗话、笔记和论诗杂著这四种途径而完成。

选本是在特定范围内按照一定标准来选择并编定的作品集。面对数量众多的作品,毫无疑问,入选作品既符合编选者的审美理想,又代表了编选者心目中的经典。一般来说,诗人的受重视程度与选本中的排名、作品入选数量和所占比例密切相关。排名越靠前、入选数量越多、在全选中所占比例越大,也就意味着越受重视。有时选家还会对作品加以评点,直接标示其经典意蕴。因此,选本最容易表达编选者较为系统的经典观念。如殷璠《河岳英灵集》评李白说:"至如《蜀道难》等篇,可谓奇之又奇。然自骚人以还,鲜有此体调也。"[①]由于审美标准的差异,不同选家笔下的唐诗经典会存在一些差异,这反而有利于不同诗人、不同作品有机会登上前台接受大众的检验,有利于不同经典的脱颖而出。此外,由于选本往往流传较广,很容易使经典广为人知。总之,选本是唐诗经典形成的最重要途径。它既有利于系统展现选家的经典观,也有利于这些经典迅速产生广泛影响,因此明清时期诗学大家,如李攀龙、钟惺、王夫之、朱彝尊、王士禛、沈德潜、翁方纲等,均重视通过选本来标举典范。

---

① [唐]殷璠编,傅璇琮校点:《河岳英灵集》卷上,傅璇琮、陈尚君、徐俊编:《唐人选唐诗新编》,北京:中华书局2014年版,第171页。

　　诗话为中国传统评诗之体,宋许顗云:"诗话者,辨句法,备古今,纪盛德,录异事,正讹误也。"①相当明确地对"诗话"加以定义。以"诗话"命名的著作始于宋欧阳修《六一诗话》,不过按照许顗的定义,《六一诗话》之前的唐人诗格类和之后的元人诗法类著作也应该属于传统的诗话。欧阳修编写《六一诗话》的初衷只是"以资闲谈",至宋末严羽《沧浪诗话》分诗辨、诗体、诗法、诗评、考证五部分,涉及诗歌的本质特点、体制源流、创作法门、高下品评、诗坛轶事等方面,大大加强了中国传统诗话的理论深度和系统性,使诗话成为明清众多诗论家习用的论诗方式。诗话对诗人诗作高下的品评、对诗坛轶事的记载、对诗歌体制和创作理论的阐发,直接影响了经典的形成。如欧阳修《六一诗话》说:"孟郊、贾岛皆以诗穷至死,而平生尤自喜为穷苦之句。孟有《移居诗》云:'借车载家具,家具少于车。'乃是都无一物耳。又《谢人惠炭》云:'暖得曲身成直身。'人谓非其身备尝之不能道此句也。贾云:'鬓边虽有丝,不堪织寒衣。'就令织得,能得几何? 又其《朝饥诗》云:'坐闻西床琴,冻折两三弦。'人谓其不止忍饥而已,其寒亦何可忍也。"②孟郊、贾岛在宋代影响颇大,与欧阳修的推奖密不可分。

　　笔记是随笔记录见闻杂感的著作,在传统目录学分类中属于小说类。《四库提要》"小说家类"卷首释"小说"云:"迹其流别,凡有三派:其一叙述杂事,其一记录异闻,其一缀缉琐语也。"③其"小说"观念与现代的"笔记"观念多有相合。以"笔记"为名始于北宋宋祁《宋景文笔记》,但之前的唐刘觫《隋唐嘉话》、李肇《国史补》

①［宋］许顗:《彦周诗话》,《历代诗话》上册,第378页。
②［宋］欧阳修:《六一诗话》,《历代诗话》上册,第266—267页。
③［清］永瑢等:《四库全书总目》卷一百四十,北京:中华书局2003年版,第1182页。

等众多著作均被公认为笔记。陶敏、李一飞两位先生在编写《隋唐
五代文学史料学》时主张："鉴于笔记与小说之难以严格区分，我
们参酌诸家意见，将以志怪纪异为主的笔记小说与篇幅较长、带有
故事性、接近现代小说的传奇合并叙述，称为志怪传奇，其他篇幅
较短、以记载人物史事为主的琐语杂谈性质的著作仍归于笔记一
类。"①这种处理是比较稳妥的。笔记多记载诗坛掌故、诗歌本事
和诗人轶闻等，这些内容由于缺乏理论价值一般不受重视，但却是
唐诗经典筛选的重要途径之一。笔记的许多内容不但广为流传，
且被吸收到正史之中，对提升诗人诗作的地位起到至关重要的作
用。如王昌龄、王之涣、高适"旗亭画壁"之事首见于唐薛用弱《集
异记》，虽然事情不一定可靠，但却成为后人的美谈，直接促成了王
之涣《凉州词》的经典地位。

　　论诗杂著指别集中与诗歌批评相关的序文、书信、论诗诗和怀
人诗等。序文一般涉及别集的编纂情况、作品价值的评价和作者
生平等情况，是了解诗人诗作的重要史料。尤其是对作品思想艺
术特点的揭示，是帮助选家和读者了解这位诗人的首要资料。杜
牧《李长吉歌诗叙》评李贺曰："盖《骚》之苗裔，理虽不及，辞或过
之。……贺能探寻前事，所以深叹恨古今未尝经道者，如《金铜仙
人辞汉歌》、《补梁庾肩吾宫体谣》。求取情状，离绝远去笔墨畦径
间，亦殊不能知之。"②其对李贺诗风的看法得到了人们广泛的赞
同，《金铜仙人辞汉歌》与《补梁庾肩吾宫体谣》也被视为李贺的代
表诗作。

---

① 陶敏、李一飞：《隋唐五代文学史料学》，北京：中华书局2001年版，第167页。
② ［唐］李贺著，［清］王琦等注：《李贺诗歌集注》，上海：上海古籍出版社1978年
　　版，第4页。

　　别集中与诗歌批评相关的书信一般是与友人或同道辨析诗学，它们也包含着丰富的诗学内容与真实的审美倾向。如白居易《与元九书》对儒家诗学的强调，司空图《与李生论诗书》《与极浦书》《与王驾评诗书》对意境理论的阐发和对王维、韦应物的推崇，均是研究唐诗经典的重要文献。

　　论诗诗是以诗歌形式探讨诗学问题的诗歌，体裁多采用七言绝句，内容主要是品评诗作和阐说诗道，理论色彩较诗话为胜。论诗诗一般认为始于杜甫《戏为六绝句》，由于言简意赅、意蕴丰厚、易于诵读，故被评论家和读者所喜爱。郭绍虞等人曾编撰《万首论诗绝句》，收录了历代论诗绝句近万首，可见这种批评方式影响之大。

　　怀人诗是以怀念诗人为主要题材内容的诗歌。张伯伟先生在《中国古代文学批评方法研究》中把这类诗归入论诗诗。[①]不过，细致分析可以发现怀人诗与其他论诗诗相比颇有独特之处。怀人诗的体裁多为五律和七律，内容多抒发思念、赞赏和倾慕之情，这种情感表达的对象既可以是古人，也可以是同代知交。如果怀念对象为古人，往往涉及对其诗歌的评论和推崇；如果怀念对象为今人，多涉及双方的友谊，这自然有利于考察诗人交游及诗风渊源，对研究唐诗经典化的进程颇为重要。如唐代杜甫《冬日有怀李白》《天末怀李白》，宋代黄庭坚《次苏子瞻和李太白浔阳紫极宫感秋诗韵追怀太白子瞻》，潘音《游天姥怀李白》，元代萨都剌《采石怀李白》，明代胡奎《怀李白》二首，童轩《采石怀李白》二首，宗臣《过采石怀李白》十首，胡应麟《凤凰台怀李白题》，清代毛奇龄《过采石有怀李白》等，这些作品对李白经典地位的确立和巩固起到了重要

---

① 张伯伟：《中国古代文学批评方法研究》，北京：中华书局2002年版，第389页。

作用。

以上四个途径中,诗话、笔记、论诗杂著一般只涉及个别篇章,选本入选篇目少则数百,多则数千,所建构的唐诗经典体系相对宏大而系统。另外,选本大多流行较广,在标举典范的同时又兼有指导初学者创作的功用,故影响之大远远超过诗话、笔记和论诗杂著,成为唐诗经典体系建构的最重要途径。

五、《唐诗别裁集》版本流变

沈德潜所编选的《唐诗别裁集》经历了从《唐诗宗》到《唐诗别裁集》十卷本,再到《唐诗别裁集》二十卷本的两次修订,晚年的重订本就是现代最为通行的《唐诗别裁集》。沈德潜这三部唐诗选本的选诗篇目、评点不尽相同,所透露的唐诗经典观念也有差异。

(一)《唐诗宗》十七卷本

沈德潜最早编选的唐诗选本名为《唐诗宗》,国家图书馆现保存有完整的《唐诗宗》抄本。据沈氏《自撰年谱》,康熙五十一年(1712)沈德潜撰成此书,顾名思义,"唐诗宗"乃是"宗唐黜宋"之义。此前二十四年(康熙二十七年,1688),王士禛编选《唐贤三昧集》,标志着这位诗坛盟主的晚年宗尚由两宋回归唐人。沈德潜诗学深受王士禛影响,但提倡唐诗较王士禛晚了二十多年,大概是由于时代诗学思潮的巨大惯性决定了某种思潮从提倡到产生影响难免要经历一段时间。

从每卷所题的编选者来看,《唐诗宗》由沈德潜独立完成,共十七卷。五古4卷、七古3卷、五言律诗3卷、七律2卷、五言长律2卷、五绝1卷、七绝2卷。各体入选数量如下表:

体裁 分期	五古	七古	五律	七律	五言长律	五绝	七绝	总计(%)
初唐	42	13	58	13	26	14	44	170（11.5）
盛唐	202	144	187	81	58	30	68	770（52.0）
中唐	100	38	81	63	25	29	52	388（26.2）
晚唐	0	3	32	46	4	26	43	154（10.4）
总计	344	198	358	203	113	99	167	1482（100）

注：每种诗体后附僧道、闺阁、无名氏作品，因数量极少，为使表格简明，均归入晚唐。诗人所属"四唐"分期参考《唐诗归》。下同。

从上表可以看出，《唐诗宗》十七卷本的盛唐比例高达52%，就每种诗体而言，盛唐数量均远远大于其他时期，体现出鲜明的推崇盛唐之意。从对诗学大家的推崇来看，《唐诗宗》十七卷本入选前十位诗人是杜甫（223）、李白（135）、王维（100）、韦应物（65）、岑参（55）、刘长卿（52）、孟浩然（37）、柳宗元（35）、李颀（31）、韩愈（30）。在传统四唐分期中，盛唐诗人占六位，且数量远超其他四位中唐诗人，也呈现出推尊盛唐之意。

（二）《唐诗别裁集》十卷本

《唐诗别裁集》十卷本为沈德潜与挚友陈培脉在《唐诗宗》的基础上修订而成，于康熙五十六年（1717）刻行。其中五古、七古、五律、七律均为2卷，五言长律和五绝共1卷，七绝1卷。各体入选如下表：

体裁 分期	五古	七古	五律	七律	五言长律	五绝	七绝	总计(%)
初唐	42	13	59	14	37	18	4	187（11.6）

体裁\分期	五古	七古	五律	七律	五言长律	五绝	七绝	总计(%)
盛唐	197	163	183	83	55	51	72	804（50.2）
中唐	93	47	84	67	25	40	67	423（26.4）
晚唐	0	3	30	47	4	37	68	189（11.8）
总计	332	226	356	211	121	146	211	1603（100）

从上表可以看出,《唐诗别裁集》十卷本的盛唐比例为50.2%,虽然较《唐诗宗》的52%有所下降,但总量仍然超过其他三个时期的总和,各种诗体的入选数量也是盛唐占绝对多数,总体来看是沿袭了《唐诗宗》推尊盛唐的选诗倾向。入选数量前十位的诗人分别是杜甫(240)、李白(137)、王维(103)、韦应物(63)、岑参(56)、刘长卿(55)、韩愈(38)、柳宗元(36)、孟浩然(35)、李商隐(35)。与《唐诗宗》相比,晚唐李商隐取代李颀进入前十位。

从具体的入选诗人及诗作来看,《唐诗别裁集》十卷本入选作品1603首,和《唐诗宗》十七卷本入选1482首相比,主要的增加部分集中在七古、五绝和七绝。其中七古部分李白增加了2首,杜甫增加了16首,韩愈增加了10首,推崇以李、杜、韩为代表的雄浑阔大风格的意味更加明显。其他各体的增删情况不像七古这么集中,尤其是五绝和七绝部分,虽然《唐诗别裁集》十卷本与《唐诗宗》十七卷本相比各增加40多首,但四唐诗人都有,且每人不过数首,增加的目的只是更加全面反映唐诗的成就。总体来看,陈培脉参与修订的《唐诗别裁集》并没有改变沈德潜《唐诗宗》推尊盛唐的基本诗学倾向。

（三）《唐诗别裁集》重订本

乾隆二十八年（1763），91岁高龄的沈德潜对这部十卷本的《唐诗别裁集》重新修订，增为二十卷，这就是现今最通行的《唐诗别裁集》。《唐诗别裁集》十卷本选诗1603首，重订本选诗1936首，不但数量增加了三百多首，而且诗选宗旨也发生了一些变化。

从选诗情况来看，在保持十卷本"推崇盛唐"的诗选倾向下，重订本进一步增大了中、晚唐诗作的比例，这是两者选诗宗旨最大的不同。下表是重订本的选诗情况：

体裁 分期	五古	七古	五律	七律	五言长律	五绝	七绝	总计(%)
初唐	41	19	64	17	33	13	6	193（10.0）
盛唐	203	151	191	102	51	43	63	803（41.4）
中唐	134	89	121	110	44	55	81	634（32.7）
晚唐	9	8	74	117	19	23	60	310（16.0）
总计	387	266	450	346	147	134	210	1940（100）

从上表来看，和十卷本相比，重订本中的盛唐比例降至41.4%。初唐诗所占全书比例由11.6%降至10.0%。中唐所占比例由26.4%增至32.7%。晚唐所占比例由11.8%增至16%。由于总体上盛唐部分仍远远高于其他时期，因此重订本没有改变十卷本推崇盛唐的基本倾向。但具体到各种体裁，重订本七律、五绝和七绝这三种诗体的中唐数量都大于盛唐，这和十卷本各体中盛唐都大于中唐相比，是个明显的转变。可以说，重订本有意识地减少了盛唐的比例，尤其是近体诗，更加重视中、晚唐的诗歌成就。

从增删情况来看，与十卷本相比，重订本新增诗作474首，删除141首，实际增加333首。所增加的诗作大部分是属于中、晚唐时期,而删除部分大部分属于初、盛唐时期。可见就增删情况而言,沈德潜的主要目的是改变十卷本过于推崇盛唐的倾向,有意识地增加中、晚唐的诗作。下表是重订本中增加的诗作在四唐中的分布情况:

体裁 分期	五古	七古	五律	七律	五言 长律	五绝	七绝	总计(%)
初盛唐	22	15	22	21	3	6	2	91（19.2）
中晚唐	49	59	85	114	34	6	36	383（80.8）
总计	71	74	107	135	37	12	38	474（100）

所增加作品中,初盛唐仅增加91首,占总量的19.2%,而中晚唐增加了383首,占重量的80.8%,可见这次重订,主要是增加了中晚唐诗作的比例。

从增加的诗人来看,重订本五古部分新增初唐虞世南、盛唐张谓等2人,中、晚唐刘禹锡、温庭筠等11人;七古部分新增初唐卢照邻、骆宾王等6人,中、晚唐卢纶、刘禹锡等16人;五律部分新增初唐杨炯、盛唐贺知章、章八元等3人,中、晚唐李端、窦叔向等26人;七律部分新增初唐宋之问、张谔、盛唐张志和、元结等4人,中、晚唐秦系、窦叔向等33人;五言长律新增盛唐徐坚、王季友等2人,中、晚唐韩滉、冷朝阳等27人;五绝新增中、晚唐李贺、太上隐者等2人;七绝新增盛唐孟云卿1人,中、晚唐于鹄、窦牟等17人。总体看来,增加的诗人大部分属于中、晚唐。综合增加的诗作和诗人,重订本对中、晚唐显得更加重视。

和增加诗人诗作多为中、晚唐相联系,重订本所删除的诗人及诗作乃是以初、盛唐居多。下表是重订本删除的诗作在四唐中的分布情况:

体裁 分期	五古	七古	五律	七律	五言 长律	五绝	七绝	总计(%)
初盛唐	13	22	10	0	12	20	6	83（58.9%）
中晚唐	4	14	4	1	1	4	30	58（41.1%）
总计	17	36	14	1	13	24	36	141（100）

从上表可以看出,七律基本未加改动,五古、七古、五律、五言长律和五绝所删除的初盛唐作品数量远远大于中晚唐。可见就删除作品而言,重订本对中、晚唐同样显得更加重视。

值得注意的是,修订之后,一些诗人在选本中的排位发生了变化。比如在十卷本中,入选前十位的诗人是杜甫、李白、王维、韦应物、岑参、刘长卿、韩愈、柳宗元、李商隐和孟浩然。这10人中,盛唐和中晚唐各占5位,但前五位有4位属盛唐。而在重订本中,前十位诗人是杜甫、李白、王维、韦应物、白居易、岑参、刘长卿、李商隐、韩愈和柳宗元。白居易名列第5位,盛唐孟浩然的排名落到10名之外。至于其他一些中、晚唐著名诗人,如刘禹锡、张籍、王建和李贺等,诗作数量都有显著增加,呈现出推崇中、晚唐的意味。

从成书背景来看,编选于康熙年间的《唐诗宗》和《唐诗别裁集》十卷本,主要是反对当时的宗宋诗潮,欲重新树立唐诗的典范地位。《唐诗别裁集》重订本则是针对明代格调派理论的偏失,重新对唐诗经典的秩序加以构建。由于重订本成书期间沈德潜位居高位,所以这部选本难免蒙上一定的官方色彩,客观上扩大了这部选本的影响。同时,沈德潜晚年对其诗学理论有所修正,这部选本能够代表诗学理论成熟时期沈德潜的唐诗观。鉴于这两个原因,本书主要依据《唐诗别裁集》重订本来考察沈德潜的唐诗经典观念。

第一章　唐诗分期与各期的定位

《唐诗别裁集》按体编选,各体之中大致以诗人时代先后为序,沿用的是按体编选的诗歌选本的常用体例。表面来看,与《唐诗归》按初、盛、中、晚编选作品有着明显的区别,但从相关作品的评点来看,《别裁》仍沿袭了传统的"四唐"分期,并体现出以"盛唐为法"的倾向。其评张九龄曰:"唐初五言古渐趋于律,风格未遒,陈正字起衰而诗品始正,张曲江继续而诗品乃醇。"(卷一,第8页)评刘长卿曰:"中唐诗渐秀渐平,近体句意日新,而古体顿减浑厚之气矣。权德舆推文房为'五言长城',亦谓其近体也。"(卷三,第87页)评李商隐《韩碑》曰:"晚唐人古诗,秾鲜柔媚,近诗余矣。即义山七古,亦以辞胜。独此篇意则正正堂堂,辞则鹰扬凤翔,在尔时如景星庆云,偶然一见。"(卷八,第281页)以上评点所体现的分期观念与传统"四唐"分期基本一致,即初唐终结者是张九龄,中唐开启者是刘长卿,晚唐开启者是李商隐。按照这种分期,初唐代表诗人有初唐四杰、陈子昂、沈佺期、宋之问、张九龄等;盛唐代表诗人有李白、杜甫、王维、孟浩然、高适、岑参、李颀等;中唐代表诗人有刘长卿、钱起、韦应物、大历十才子、元稹、白居易、韩愈、孟郊,张籍、王建、李贺等,晚唐有李商隐、杜牧、温庭筠、许浑等。

在涉及盛唐诗人的评价时,《唐诗别裁集》推崇之意特别明显。如评王维《同崔傅答贤弟》曰:"寓疏荡于队仗之中,此盛唐人身分。"(卷五,第177页)评杜甫曰:"杜陵七言古,如建章之宫,千门万户;如巨鹿之战,诸侯皆从壁上观,膝行而前,不敢仰视;如大海之水,长风鼓浪,扬泥沙而舞怪物,灵蠢毕集。别于盛唐诸家,独称大宗。"(卷六,第201页)评王维《观猎》云:"章法、句法、字法俱臻绝顶,盛唐诗中亦不多见。"(卷九,第319页)评岑参《送杜佐下第归陆浑别业》曰:"此诗纯用慰勉,心和气平,盛唐人身分,故不易到。"(卷十,第328页)评李白《鹦鹉洲》曰:"以古笔为律诗,盛唐人每有之,大历后此调不复弹矣。"(卷十三,第447页)这些评语中的"盛唐"人皆指开元、天宝时期的诗人,具有明确的时代内涵。"盛唐"诗则具有成就最高、堪为典范的意味。

　　文学与社会的关系相当复杂。一方面,文学发展与社会政治息息相关,不同时期的作品往往体现出特定时代的题材内容和审美风貌,犹如风行水上,波振于下;另一方面,文学成就高低与社会经济发展并不同步,社会稳定和生产力提高并不一定带来文学的繁荣,甚至出现"国家不幸诗家幸,赋到沧桑诗自工"的情况。因此,文学史家在梳理各个朝代文学创作时,比较注重特定历史事件对作品题材的影响,很少把历史分期与成就高下对等起来。唐诗的分期却非常独特,在传统的初、盛、中、晚分期中,盛唐一方面与初、中、晚唐并称,代表大唐开元、天宝这个时期的诗歌创作,是一个时代概念;另一方面,"盛"与衰相对,代表此期创作达到顶峰,包含着对各期艺术风貌价值高下的评判,是一个价值观念。尽管随着明末清初以来批判七子诗学的盛行,中晚唐诗歌也越来越受重视,但"诗必盛唐"依旧深入人心,成为最富有生命力和诗学影响的传统诗学观念之一。《唐诗别裁集》关于唐诗分期与各期作品艺术风貌、历史地位的论述正是前代诗学观念影响的结果,本章试对此加以探讨。

一、历代对唐诗各期发展风貌的勾勒

历代诗论家在评价唐人和诗歌作品时,逐渐对唐诗分期和各期风貌达成了一些共识。本节主要梳理史书、诗选、诗话和论诗杂著对唐诗各期风貌的认识。

(一)史家笔下的唐诗风貌

诗歌作为唐代文人的习用文体之一,艺术成就之高颇为后人所重,自然也是史家关注的对象。相对而言,司马光《资治通鉴》、王溥《唐会要》和杜佑《通典》只有零星涉及唐诗风貌的材料,较多保留这类材料的史书是新、旧《唐书》和《唐才子传》。新、旧《唐书》作为官修正史,其涉及的文学史料主要包括诗人重大的生平事迹、在当时产生影响的诗歌作品和相关的文学活动史料。此外,这两部官修正史还提供了唐诗发展的背景史料,如社会风俗、典章制度、经济文化等,这些都是后世研究唐诗的重要基础文献。《唐才子传》是元代辛文房所编,成于元成宗大德甲辰(1304)。该书广泛采集涉及唐代诗人的史料,众多正史中无传的诗人赖此书而被后人所知,故深为研习唐诗者看重。

五代后晋刘昫所撰《旧唐书》原名《唐书》,因宋代欧阳修、宋祁等人重修《唐书》,故被称为"旧唐书"。由于后晋距唐未远,此书保留了众多原始史料,众多唐代诗人的事迹及美谈由此而传。不过,涉及唐诗发展的整体风貌时,《旧唐书》对此极少加以评述。试看《旧唐书·文苑传序》的相关论述:

> 爰及我朝,挺生贤俊,文皇帝解戎衣而开学校,饰贲帛而礼儒生,门罗吐凤之才,人擅握蛇之价。靡不发言为论,下笔

成文，足以纬俗经邦，岂止雕章缛句。韵谐金奏，词炳丹青，故贞观之风，同乎三代。高宗、天后，尤重详延，天子赋横汾之诗，臣下继柏梁之奏，巍巍济济，辉烁古今。如燕、许之润色王言，吴、陆之铺扬鸿业，元稹、刘蕡之对策，王维、杜甫之雕虫，并非肄业使然，自是天机秀绝。若隋珠色泽，无假淬磨，孔玑翠羽，自成华彩，置之文苑，实焕缃图。其间爵位崇高，别为之传。今采孔绍安已下，为文苑三篇，觊怀才憔悴之徒，千古见知于作者。①

刘昫对唐代文学发展的分期似乎很不完善，惟言唐太宗贞观时期"同乎三代"，又言高宗、则天朝"尤其重详延"，仅仅涉及通常意义上的初唐，至于盛、中、晚全未提及。从文体来看，刘昫更重视经国大业之文，而于吟咏情性之诗相当忽视，故仅提及王维、杜甫两位诗人。总体而言，《旧唐书》缺少对唐诗发展整体风貌的概括。

就唐诗史上那些重要的诗人而言，初唐四杰、沈佺期、宋之问、陈子昂、王昌龄、王维、孟浩然、崔颢、李白、杜甫、李商隐、温庭筠被收入《文苑传》，魏征、张九龄、高适、韩愈、张籍、孟郊、李贺、刘禹锡、柳宗元、元稹、白居易因爵位单独立传，不过，一些唐诗发展史上的标志性人物如岑参、刘长卿、韦应物、王建、贾岛、许浑、皮日休、陆龟蒙等未被提及。在论及各位诗人的艺术成就时，刘昫基本上是点到为止，缺少深入阐发。如评沈佺期曰："佺期善属文，尤长七言之作，与宋之问齐名，时人称为'沈宋'。"②评王维曰："维以诗名盛于开元、天宝间，昆仲宦游两都，凡诸王驸马豪右贵势之门，无不拂席迎之，宁王、薛王待之如师友。维尤长五言诗。书画特臻

①《旧唐书》卷一百九十上，北京：中华书局1975年版，第15册，第4983页。
②《旧唐书》卷一百九十中，第15册，第5017页。

其妙,笔踪措思,参于造化,而创意经图,即有所缺,如山水平远,云峰石色,绝迹天机,非绘者之所及也。"①杜甫传中全文引用元稹《唐故工部员外郎杜君墓系铭并序》一文,于杜甫在唐诗史上的地位较多阐发。除此之外,其他诗人的传记很少论及各位诗人在唐诗发展史上的开拓作用和地位。清人在论及《旧唐书》时曾指出此书较多地引用国史原文②,相关诗人列传也是这样,评论性的内容十分缺乏,尤其是后世所习称的"四唐"论诗,此书完全没有涉及。

欧阳修、宋祁等人所修《新唐书》被誉为文约意丰、纪次有法。此书不但补充了大量的史料,且赋予鲜明的褒贬色彩。具体到文学方面,卢仝、贾岛、刘叉等有较大影响的诗人被收入列传。此外,宋祁对唐诗发展的整体风貌与众多诗人的历史地位进行了概括。《新唐书·文艺传叙》曰:

> 唐有天下三百年,文章无虑三变。高祖、太宗,大难始夷,沿江左余风,缔句绘章,揣合低昂,故王、杨为之伯。玄宗好经术,群臣稍厌雕琢,索理致,崇雅黜浮,气益雄浑,则燕、许擅其宗。是时,唐兴已百年,诸儒争自名家。大历、贞元间,美才辈出,擩哜道真,涵泳圣涯,于是韩愈倡之,柳宗元、李翱、皇甫湜等和之,排逐百家,法度森严,抵轹晋、魏,上轹汉、周,唐之文完然为一王法,此其极也。若侍从酬奉则李峤、宋之问、沈佺期、王维,制册则常衮、杨炎、陆贽、权德舆、王仲舒、李德裕,言诗则杜甫、李白、元稹、白居易、刘禹锡,谲怪则李贺、杜牧、李商隐,皆卓然以所长为一世冠,其可尚

① 《旧唐书》卷一百九十下,第15册,第5052页。
② 参见[清]赵翼:《陔余丛考》卷十"《旧唐书》多国史原文"条,北京:中华书局1963年版,第185—186页;[清]赵翼:《廿二史札记》卷十六"《旧唐书》前半全用实录国史旧本",北京:中华书局1984年版,第345—349页。

已。①

宋祁把唐代文学的发展分为三个阶段：高祖、太宗时初唐沿袭齐梁余风，"四杰"为代表；玄宗时改变了前代文风，复归雅正，张说、苏颋为代表；大历、贞元时，在韩愈提倡下，唐文达到了鼎盛。宋祁所论主要立足于散文而非诗歌，不过他把唐朝文学的发展分为三个阶段，隐隐暗合后世初唐、盛唐、中晚唐之习论，这种史家意识对后人宏观把握唐诗的发展无疑会产生影响。宋祁所言"侍从酬奉则李峤、宋之问、沈佺期、王维"，"言诗则杜甫、李白、元稹、白居易、刘禹锡，谲怪则李贺、杜牧、李商隐"，视其为"一世冠"，同样涉及这些重要诗人的历史定位。从以上论述可以看出，宋祁已经意识到众多诗人独到的艺术追求，并试图对唐诗流变发展加以系统梳理。

与《旧唐书》相比，宋祁对唐代诗人的艺术特色与各期诗风的流变有所关注，但就唐诗整体风貌的把握而言尚未达到完善的地步。比如他注意到了陈子昂在转变六朝诗风中的作用，评论道："唐兴，文章承徐、庾余风，天下祖尚，子昂始变雅正。"②对陈子昂改变六朝文风的功绩把握得相当准确，但尚未从初盛唐诗风演变的角度加以论述。对中唐大家白居易，《旧唐书》把他与元稹合传，十分清楚地阐明了两人在中唐诗风演进中所起的倡始作用。而《新唐书》把白居易归为谏官之中，更重视其事功；安排元稹与李逢吉、牛僧孺同传，在牛李党争的背景下批评元稹节操的瑕疵，这种安排并不利于揭示两人的文学成就。

《唐才子传》是元代辛文房所著的一部相对全面叙述唐代诗人的传记著作。此书成于元大德八年（1304）春，共十卷，收录包括

---

① 《新唐书》卷二百一，北京：中华书局1975年版，第5725—5726页。
② 《新唐书》卷一百七，第4078页。

五代在内的诗人传记278篇,篇中附及120人,合为398人。《四库提要》评此书曰:"其体例因诗系人,故有唐名人,非卓有诗名者不录。即所载之人,亦多详其逸事及著作之传否,而于功业行谊则只撮其梗概。盖以论文为主,不以记事为主也。"①可见此书不重在考证诗人之行迹,而是品评诗人之创作。在对诗人创作风格、艺术成就的论述之中,辛文房对唐诗发展的整体风貌也有所涉及。其《唐才子传序》曰:

> 唐几三百年,鼎钟挟雅道,中间大体三变。故章句有焦心之人,声律至穿杨之妙,于法而能备,于言无所假。及其逸度高标,余波遗韵,临高能赋,闲暇微吟,旧格、近体、古风、乐府之类,芳沃当代,响起陈人,淡寂无枯悴之嫌,繁藻无淫妖之忌,犹金碧助彩,官商自协,端足以仰绪先尘,俯谢来世,清庙之瑟,薰风之琴,未或简其沉郁,两晋风流不相下于秋毫也。②

辛文房似乎注意到诗歌创作与时代风会的关系,故云"理穷必通,因时为变",具体到唐人近三百年的创作,声称"中间大体三变",但对如何变化却未能详细阐明。由于《唐才子传》对唐人文集、笔记、小说、正史多有采集,不禁令人怀疑这段很关键的涉及唐诗整体风貌的论述可能是本于《新唐书·文艺传叙》"唐有天下三百年,文章无虑三变"的论述。

在论及一些诗人在唐诗史上的开拓作用时,辛文房在前人的基础上做了较准的归纳,有利于后人对唐诗总体发展风貌的梳

---

① [清]永瑢等:《四库全书总目》卷五十八,第523页。
② [元]辛文房撰,周绍良笺证:《唐才子传笺证》,北京:中华书局2010年版,第1—2页。

理。其评沈佺期曰：

> 自魏建安迄江左，诗律屡变。至沈约、鲍照、庾信、徐陵，以音韵相婉附，属对精致。及佺期、之问，又加靡丽。回忌声病，约句准篇，著定格律，遂成近体，如锦绣为文，学者宗尚。语曰："苏、李居前，沈、宋比肩。"谓唐诗变体始自二公，犹汉人五言诗始自苏武、李陵也。①

评王昌龄：

> 自元嘉以还，四百年之内，曹、刘、陆、谢，风骨顿尽。逮储光羲、王昌龄颇从厥迹，两贤气同而体别也。王稍声峻，奇句俊格，惊耳骇目。②

评李白、杜甫：

> 能言者未必能行，能行者未必能言。观李、杜二公，崎岖版荡之际，语语王霸，褒贬得失，忠孝之心，惊动千古，《骚》、《雅》之妙，双振当时。兼众善于无今，集大成于往作，历世之下，想见风尘。惜乎长辔未骋，奇才并屈，竹帛少色，徒列空言，呜呼哀哉！ 昔谓杜之典重，李之飘逸，神圣之际，二公造焉。"观于海者难为水，游李杜之门者难为诗"，斯言信哉！③

评张籍：

> 公于乐府古风，与王司马自成机轴，绝世独立。自李、杜之后，风雅道丧，至元和中叶，元、白歌诗为海内宗匠，谓之"元和体"，病格稍振，无愧洪河砥柱也。④

评马戴：

---

① ［元］辛文房撰，周绍良笺证：《唐才子传笺证》卷一，第67页。
② ［元］辛文房撰，周绍良笺证：《唐才子传笺证》卷二，第223页。
③ ［元］辛文房撰，周绍良笺证：《唐才子传笺证》卷二，第358页。
④ ［元］辛文房撰，周绍良笺证：《唐才子传笺证》卷五下，第1230页。

> 戴诗壮丽,居晚唐诸公之上,优游不迫,沉著痛快,两不相伤,佳作也。①

评周繇:

> 尝谓禅家者流,论有大、小乘,有邪正法,要能具正法眼,方为第一义,出有无间。若声闻、辟支、四果,已非正也,况又堕野狐外道鬼窟中乎?言诗亦然。宗派或殊,风义必合。品则有神妙,体则有古今,才则有圣凡,时则有取舍。自魏、晋以降,递至盛唐、大历、元和以下,逮晚年,考其时变,商其格制,其邪正了然在目,不能隐也。②

以上评论相关诗人创作风格时,辛文房并不限于诗人的身世遭遇和性情志趣,而是从汉魏以来诗歌发展史和古体向近体转变的背景出发,对各家在诗歌发展史中的地位加以阐述,从中也能看到辛文房对唐诗发展整体脉络的把握。总之,辛文房把沈佺期、宋之问视为近体诗成熟的重要人物,把李、杜视为唐诗发展的顶峰,把元和视为诗歌新变的一个关键时期,已透露出对唐诗整体发展风貌的认识。其中把"四杰"、沈佺期、宋之问视为唐诗之发端,又言"盛唐、大历、元和以下""晚唐诸公之上",以及对《沧浪诗话》以禅喻诗的因袭,均明显受到严羽的影响。

从新、旧《唐书》相关论述来看,史家对文学家的评价缺乏一种纯粹的文学视角。刘昫、宋祁等人总是有意无意地先把文学家视为政治家,对其政治事功大书特书,即使是王维、李白这些政治上并无建树的文人,也多记述其德行、言语与儒家传统伦理相合之处,对他们赖以安身立命的诗歌的艺术风貌和历史地位,评价并不

---

① [元] 辛文房撰,周绍良笺证:《唐才子传笺证》卷七,第1730页。
② [元] 辛文房撰,周绍良笺证:《唐才子传笺证》卷八,第1984—1985页。

是很充分。而《唐才子传》作为一部专门评述唐代诗人的专著,更关注各位诗人的艺术成就,对唐诗整体发展风貌的勾勒相对比较粗略。

(二)诗选所反映的唐诗风貌

唐诗内容丰富,风格多样,后世唐诗选本也层出不穷。据孙琴安先生统计,我国古代的唐诗选本大约有六百余种,目前尚存约三百余种①。这些选本大多有明确的编选意图和选择范围,在选诗之中透露出编者的审美趣味,有时也蕴含着对唐诗发展风貌的理解。相对而言,选本是选家根据某种标准来取舍作品,往往体现出某种特定的审美意图,对作品的取舍有所规范,主观性较强,这不利于全面客观地勾勒唐诗发展的整体风貌。但是,选本的影响力往往大于其他批评形式,选家对唐诗风貌的概括自然会对其他批评家产生影响,或通过肯定而进一步强化,或通过否定而加以修正。在这一过程中,批评家对唐诗风貌的理解在某一方面又会趋于一致,从而形成一种历史共识。因此,历代唐诗选本对唐诗整体风貌的建构所起的作用是不容低估的。

唐人编选的诗歌总集据陈尚君先生考证多达137种,另有50种待考②。据《唐人选唐诗(十种)》出版说明,现存唐人选唐诗有佚名《唐写本唐人选唐诗》、元结《箧中集》、殷璠《河岳英灵集》、芮挺章《国秀集》、令狐楚《御览诗》、高仲武《中兴间气集》、姚合《极玄集》、韦庄《又玄集》、韦縠《才调集》、佚名《搜玉小集》等10种③。

---

① 孙琴安:《历代唐诗选本简述》,《文学遗产》1987年第4期。
② 陈尚君:《唐人编选诗歌总集叙录》,陈尚君:《唐代文学丛考》,北京:中国社会科学出版社1997年版,第185页。
③ 〔唐〕元结、殷璠等选:《唐人选唐诗(十种)》,上海:上海古籍出版社1978年版。

1996年，傅璇琮先生主编《唐人选唐诗新编》由陕西人民出版社出版。傅先生认为《唐写本唐人选唐诗》"似为抄录，而非编选"，故未列入，又新增许敬宗《翰林学士集》、崔融《珠英集》、殷璠《丹阳集》、李唐成《玉台后集》等4种，共收录13部唐人选唐诗。2014年，中华书局出版了傅璇琮、陈尚君、徐俊所编的《唐人选唐诗新编》增订本，增入陈尚君先生校点的《元和三舍人集》《窦氏联珠集》和徐俊先生辑校的《瑶池新咏集》，共16部。与后世唐诗选本相比，唐人选唐诗最主要的特点就是内容单薄。从入选作品数量来看，除篇幅最大的韦縠《才调集》收诗1000首外，其他如许敬宗《翰林学士集》选入51首，崔融《珠英集》除重复外仅选55首，殷璠《丹阳集》20首，殷璠《河岳英灵集》选入234首（实为230首），芮挺章《国秀集》选入220首（实为218首），元结《箧中集》选入24首，李康成《玉台后集》选入89首，令狐楚《御览诗》选入289首，高仲武《中兴间气集》选入140首（实为134首），姚合《极玄集》选入100首，韦庄《又玄集》选入300首（实为299首），佚名《搜玉小集》仅选61首，其篇幅规模均大大小于明清人所编的唐诗选本。从编写体例来看，这些选本或偏重古体，或偏重乐府，或全收近体，很少关注唐诗发展的总体面貌。总之，唐人选唐诗不能反映整个唐代诗歌的创作业绩，更谈不上对唐诗总体风貌的概括。

　　宋人所编唐诗选本据孙琴安先生《唐诗选本提要》约有30种，相当一部分专选绝句，如洪迈《万首唐人绝句》、林清之《唐绝句选》、柯梦得《唐贤绝句》、刘克庄《唐五七言绝句》《唐绝句续选》、时少章《续唐绝句》、胡次焱《赘笺唐诗绝句》等，成为历代唐诗选本中非常独特的现象。宋代著名的唐诗选本有王安石所编《唐百家诗选》和周弼《三体唐诗》。《唐百家诗选》选入108家1246首作品，序云"欲知唐诗者，观此足矣"，但从入选诗家诗作来看，与后世的唐诗观念差别甚大。此书入选最多的是王建（92首），其他前十位是皇甫冉85首，岑参81首，高适71首，韩偓59首，戴叔伦47首，杨巨源46首，李涉37首，卢纶36首，孟浩然33首，许浑32首。人们所熟知的唐诗大家李、杜、王（维）、韩、柳、元、白皆一首不收。从卷数安排、入选数量来看，中、晚唐皆占绝对多数，其选诗宗旨与后世唐诗选本迥然不同。此选序言仅言成书缘由，无例言，选诗旨意颇令人费解。周弼《三体唐诗》专选唐人七绝（173首）、七律（150首）和五律（201首），其中七绝分实接、虚接等七格，七律分四实、四虚等六格，五律分四实、四虚等七格。入选诗人以中唐最多，晚唐次之，入选数量超过10首的有刘长卿（14首）、王维（13首）、杜牧（13首）、岑参（11首）和许浑（11首）。《三体唐诗》重视对诗歌章法、句法、字法的探讨，主要用于指导后学创作，与《唐百家诗选》一样，同样缺乏对唐诗整体风貌的探讨和说明。

　　金元时期所编唐诗选本据孙琴安先生《唐诗选本提要》有12种，其中《批评唐百家诗选》《增注唐贤绝句三体诗法》《唐音缉释》等3种是对前代唐诗选本的批校本。《唐诗鼓吹》是此期比较著名的一部唐诗选本，专选七律，共十卷，选入96家597首作品，其中谭用之入选38首，陆龟蒙35首，李商隐34首，杜牧32首，许浑31首，分居前五位。唐代七律大家王维、高适、岑参、张说、崔颢、李颀等人一共入选15首，而沈、宋、李、杜、张、王、元、白皆一首未选。赵孟頫《序》曰："人为之传，句为之释，或意在言外，或事出异书，公悉取而附见之，使诵其诗者知其人，识其事物者达其义，览其词者见其指归，然后唐人精神性情始无所隐遁焉。"[①]《四库提要》

――――――――――

① ［金］元好问编，［元］郝天挺注：《唐诗鼓吹》，《景印文渊阁四库全书》第1365册，第383页。

评曰："顾其书与方回《瀛奎律髓》同出元初，而去取谨严，轨辙归一，大抵遒健宏敞，无宋末江湖、四灵琐碎寒俭之习，实出方书之上。"①客观而言，此选轻盛唐而重中晚，既不能全面反映唐代七律创作成就，也缺少对唐诗整体风貌的描述。

　　方回《瀛奎律髓》专选唐宋五七言律诗，据李庆甲《瀛奎律髓·前言》，此书选诗3014首（重出22首，实为2992首）②，49卷，按题材分登览、朝省等49类，每类诗先五律后七律，每体之中先唐后宋。就卷目体例而言，此选对唐诗缺少整体考察，但评点之中已经包含着明确的对唐诗整体风貌的理解。如评陈子昂《晚次乐乡县》曰："盛唐律，诗体浑大，格高语壮。晚唐下细工夫，作小结裹，所以异也。学者详之。"③评崔颢《送单于裴都护赴西河》曰："盛唐人诗，师直为壮者乎？"④评陈子昂《晚次乐乡县》曰："起两句言题，中四句言景，末两句摆开言意。盛唐诗多如此。全篇浑雄齐整，有古味。"⑤认为盛唐诗具有浑然、豪壮、高古的特点。评张祜《金山寺》曰："大历十才子以前，诗格壮丽悲感。元和以后，渐尚细润，愈出愈新。而至晚唐，以老杜为祖，而又参此细润者，时出用之，则诗之法尽矣。"⑥评白居易《百花亭》曰："此贬江州司马时作。大抵中唐以后人多善言风土，如西北风沙，酪浆毡幄之区，东南水国，蛮岛

<hr />

① ［清］永瑢等：《四库全书总目》卷一百八十八，第1706页。
② ［元］方回评选，李庆甲集评校点：《瀛奎律髓汇评》，上海：上海古籍出版社2005年版，前言，第2页。
③ ［元］方回评选，李庆甲集评校点：《瀛奎律髓汇评》卷十五，第529页。
④ ［元］方回评选，李庆甲集评校点：《瀛奎律髓汇评》卷二十四，第1037页。
⑤ ［元］方回评选，李庆甲集评校点：《瀛奎律髓汇评》卷二十九，第1256页。按陈子昂《晚次乐乡县》在《瀛奎律髓》中分别入"暮夜类"与"旅况类"。
⑥ ［元］方回评选，李庆甲集评校点：《瀛奎律髓汇评》卷一，第14页。

夷洞之外,亦无不曲尽其妙。"①中唐诗歌风格细润,题材日常化,更趋新变。评贾岛《雪晴晚望》曰:"晚唐诗多先锻景联、颔联,乃成首尾以足之。此作似乎一句唱起,直说至底者。"②评李商隐《江村题壁》曰:"三、四好,五、六亦是晚唐。义山诗体不宜作五言律诗。不淡不为极致,而艳而组不可也。"③评李频《送凤翔范书记》曰:"晚唐诗鲜壮健,频却有此五、六一联。"④评陈师道《寄外舅郭大夫》曰:"晚唐人非风、花、雪、月、禽、鸟、虫、鱼、竹、树,则一字不能作。'九僧'者流,为人所禁,诗不能成,曷不观此作乎?"⑤晚唐诗风格绮丽,更重技巧,题材趋于闲适。可以看出,方回通过选诗和评注对唐代诗歌整体风貌的梳理相当细腻,并直接影响了后人对"四唐"面貌的探讨。

　　如果说方回《瀛奎律髓》之前的唐诗选本关于唐诗整体风貌只是偶有涉及,不成系统,那么从杨士弘《唐音》之后,选家开始自觉通过选本来对历代唐诗发展的整体风貌进行综合性的考察。

　　杨士弘是通过考察"音"的变化来区分唐诗发展各个阶段特征的。所谓"音",据虞集《唐音原序》所言:"音也者,声之成文者也,可以观世矣。"⑥可知是一种整体的艺术审美风貌,它不仅指诗歌作品的声调格律这些艺术形式,也能透露出时代政治思潮与个人思想情感等内容。杨士弘《唐音》"始音"部分只有初唐四杰,其《始音序》曰:"自六朝来,正声流靡。四君子一变而开盛唐之端,

---

①[元]方回选评,李庆甲集评校点:《瀛奎律髓汇评》卷四,第158页。

②[元]方回选评,李庆甲集评校点:《瀛奎律髓汇评》卷十三,第476页。

③[元]方回选评,李庆甲集评校点:《瀛奎律髓汇评》卷二十三,第955页。

④[元]方回选评,李庆甲集评校点:《瀛奎律髓汇评》卷二十四,第1040页。

⑤[元]方回选评,李庆甲集评校点:《瀛奎律髓汇评》卷四十二,第1500页。

⑥[元]杨士弘编选,[明]张震辑注,[明]顾璘评点,陶文鹏、魏祖钦整理点校:《唐音评注》卷首,保定:河北大学出版社2006年版,第1页。

卓然成家。观子美之诗可见矣。然其律调方变,未能纯,今择其粹者,列为唐诗始音云。"①初唐四杰已经改变了六朝诗风,但其"音"未纯,为唐诗"正音"的开端,故名"始音",内涵非常接近后世所说的初唐诗。"正音"部分包含从初唐到晚唐的众多诗人,《正音目录》评五言古诗曰:"五言古诗盛唐初变六朝,作者极多,然音律参差,各成其家。所可法者六人,共诗一百一十九首。中唐来作者多,独韦、柳追陶、谢,可与前诸家相措而观,故取之。"评七言古诗曰:"七言古诗唐初作者亦少,独王、岑、崔、李较多,然其音律沉浑,皆足为法者十人,共诗八十二首。……中唐来作者虽多,独刘长卿、韦、柳近似前诸家,张籍、王建以七言为乐府,通得五人,共诗五十三首。"评七言律诗曰:"唐初作七言律者极少,诸家不过所录者是。然其音律纯厚自然可法者九人,共诗二十六首。……中唐来作者渐盛,然音律亦渐微,选其近盛唐者一十七人,共诗五十八首。……晚唐来作者愈盛而音律愈降,独许浑、李商隐对偶精密,有可法者二人,共诗二十首。"②杨士弘认为初盛唐诗歌之"音"沉浑、纯厚、自然,中唐"音律渐微",晚唐"音律更趋精密细微",但均接近盛唐,故列于"正音"。"余响"则是作品"音律不能谐合",不分时代,如崔颢、李颀、高适均有作品被列入"余响"。可以看出,杨士弘对初盛唐、中唐和晚唐三个时代的分期,完全不能等同于通常意义的时代次序,不过他对三唐风貌的描述却影响深远。

高棅编选《唐诗品汇》时,首先明确了"四唐"的时代断限,即开元、天宝为盛唐,之前为初唐。大历、贞元为中唐,之后为晚唐。

---

① ［元］杨士弘编选,［明］张震辑注,［明］顾璘评点,陶文鹏、魏祖钦整理点校:《唐音评注》,第1页。
② ［元］杨士弘编选,［明］张震辑注,［明］顾璘评点,陶文鹏、魏祖钦整理点校:《唐音评注》,第72—73页。

高棅还评定了各期作品的价值地位,《凡例》云:"大略以初唐为正始,盛唐为正宗、大家、名家、羽翼,中唐为接武,晚唐为正变、余响。"①所谓"正始",即《毛诗序》所言"《周南》《召南》,正始之道,王化之迹"之意,代表了正宗的开始。"正始"之作一般要承继这种诗体最早源头的优良传统,又对这种文体后世发展出现的不良文风有所匡正,核心是直接孕育并为盛唐诗作的产生开辟道路,这是高棅对初唐诗歌整体风貌的认识。"正宗""大家""名家""羽翼"代表了盛唐典范的不同层次。"正宗"品格最正,具有本色之美;"大家"专为杜甫而设,兼收并蓄,集历代创作之大成;"名家"则是把优良传统的某一方面发扬到极致;"羽翼"是"相与发明斯道",附属于"正宗""大家""名家",共同代表创作的典范。以上是高棅对盛唐整体风貌的认识。中唐的特点是"接武""相与接迹而兴起""篇什讽咏不减盛时",能够继承盛唐的优秀传统,使盛唐诗道不坠。晚唐的特点是"正变""余响",都是从继承与新变的角度而言,高棅认为元和之后的作品仍然保留着中唐的流风遗韵。总之,高棅对唐诗四个时期的概括是以盛唐为典范和参照系,其他三个时期因为时间的先后而呈现出不同的艺术价值。

李攀龙《古今诗删·唐诗选》主要通过选诗把严羽"诗必盛唐"的观念加以落实,盛唐诗歌入选比例超过60%。不过,此选没有例言和评点,也没有对唐诗整体风貌的概括。

相对而言,对唐诗进行明确分期又对各期风貌细致加以描述的是钟惺、谭元春合编的《唐诗归》。此选共36卷,前5卷为初唐诗,次19卷为盛唐诗,次8卷为中唐诗,最后4卷为晚唐诗。此选以评点详细而著称,关于唐诗各期整体风貌的描述也是相当细致

①［明］高棅:《唐诗品汇》,上海:上海古籍出版社1988年版,第14页。

而明确的。下面是钟惺关于"初唐"的一些论述：

> 太宗诗，终带陈、隋滞响，读之不能畅。人取其艳而秀者，句有余而篇不足。①

> 初唐至陈子昂始觉诗中有一世界，无论一洗偏安之陋，并开创草昧之意，亦无之矣。以至沈、宋、燕公、曲江诸家，所至不同，皆有一片光大清明气象，真正风雅。②

> 之问五言古，深健气厚，又脱尽唐初浮滞，朴中藏秀，心目快然矣。今人但知其律体耳。③

钟惺认为初唐诗早期带有六朝绮艳余风，之后陈子昂、沈佺期等人开创出唐人新貌，呈现出清明气象，已经具有他理想中的朴、厚的审美特点。对于盛唐，钟惺评道：

> 读王、储《偶然作》，见清士高人胸中皆似有一段垒块不平处，特其寄托高远，意思深厚，人不能觉。然储作气和，而王作骨傲，储似微胜。④

> 初、盛唐之妙，未有不出于厚者。常建清微灵洞，似厚之一字不必为此公设。⑤

> 古人虽气极逸，才极雄，未有不具深心幽致而可入诗者。读太白诗，当于雄快中察其静远精出处，有斤两，有脉理。今人把太白只作一粗人看矣，恐太白不粗于今之诗人也。⑥

> 读初、盛唐五言古，须办全副精神，而诸体分应之。读杜

①［明］钟惺、谭元春辑：《唐诗归》卷一，《续修四库全书》第1589册，上海：上海古籍出版社1995年版，第530页。
②［明］钟惺、谭元春辑：《唐诗归》卷二，《续修四库全书》第1589册，第542页。
③［明］钟惺、谭元春辑：《唐诗归》卷三，《续修四库全书》第1589册，第558页。
④［明］钟惺、谭元春辑：《唐诗归》卷八，《续修四库全书》第1589册，第622页。
⑤［明］钟惺、谭元春辑：《唐诗归》卷十二，《续修四库全书》第1589册，第669页。
⑥［明］钟惺、谭元春辑：《唐诗归》卷十五，《续修四库全书》第1590册，第15页。

> 诗，须办全副精神，而诸家分应之。观我所用精神多少分合，
> 便可定古人厚薄偏全。①

认为盛唐诗既内容深厚，又充满个性灵心，能够充分表现诗人的性
情面貌，代表了诗歌创作的典范。其评中、晚唐道：

> 汉、魏诗至齐、梁而衰，衰在艳，艳至极妙，而汉、魏之诗
> 始亡。唐诗至中、晚而衰，衰在淡，淡至极妙，而初、盛之诗始
> 亡。不衰不亡，不妙不衰也。②

> 中、晚之异于初、盛，以其俊耳，刘文房犹从朴入。然盛
> 唐俊处皆朴，中、晚人朴处皆俊。文房气有极厚者，语有极真
> 者，真到极快透处，便不免妨其厚。③

> 看晚唐诗，但当采其妙处耳，不必问其某处似初、盛与
> 否也。亦有一种高远之句不让初、盛者，而气韵幽寒，骨响崎
> 嶔，即在至妙之中，使人读而知其为晚唐。④

认为中晚唐诗走向衰落，主要表现为注重创作技巧，情感缺少深厚
之气。"淡"是情感不够浓厚，"俊"是字法句法更为高妙，但整体却
缺少盛唐人的灵心与深厚之味。由于此选以评点详细而著称，因
此关于唐诗各个时期风貌的描述是相当细致而明确的。

清人所编唐诗选本据孙琴安先生《唐诗选本提要》有近400
种，数量远超前代。清代唐诗选本中有四类比较独特：一是对前代
唐诗选本加以笺注或增删，如钱谦益《评注唐诗选玉》，冯舒、冯班
《二冯先生评阅才调集》等；二是试帖诗选，为指导士子科举而选，
如毛张健《试体唐诗》、吴学濂《唐人应试六韵诗》等；三是专选近

---

① [明]钟惺、谭元春辑：《唐诗归》卷十七，《续修四库全书》第1590册，第38页。
② [明]钟惺、谭元春辑：《唐诗归》卷二十五，《续修四库全书》第1590册，第135页。
③ [明]钟惺、谭元春辑：《唐诗归》卷二十五，《续修四库全书》第1590册，第135页。
④ [明]钟惺、谭元春辑：《唐诗归》卷三十三，《续修四库全书》第1590册，第219页。

体、古体某一体裁的选本,如金圣叹《贯华堂选批唐才子诗》、顾有孝《唐诗英华》等;四是专选某一流派或某一专题,如雍正《御选寒山拾得诗》、朱存孝《唐诗玉台新咏》、刘云份《唐宫闺诗》等。这四类选本数量虽然很多,但内容却较少涉及唐诗总体风貌的概括。清代能够全面反映各期唐诗成就的选本有王夫之《唐诗评选》、康熙《御选唐诗》、沈德潜《唐诗别裁集》、孙洙《唐诗三百首》和王闿运《唐诗选》等,由于清代以来对七子诗学的否定,这些选本多数不再明确标示"四唐",只是在《凡例》或对诗人诗作的品评之中透露出对唐诗整体发展风貌的看法,论述较为深刻且影响较大的是《唐诗别裁集》。其《凡例》论七古曰:

> 《大风》、《柏梁》,七言权舆也。自时厥后,魏、宋之间,时多杰作,唐人出而变态极焉。初唐风调可歌,气格未上。至王、李、高、岑四家,驰骋有余,安详合度,为一体。李供奉鞭挞海岳,驱走风霆,非人力可及,为一体。杜工部沉雄激壮,奔放险幻,如万宝杂陈,千军竞逐,天地浑奥之气,至此尽泄,为一体。钱、刘以降,渐趋薄弱,韩文公拔出于贞元、元和间,踔厉风发,又别为一体。七言楷式,称大备云。(第2—3页)

认为汉代仅是七古的肇始时期,六朝如曹丕《燕歌行》、陈琳《饮马长城窟行》、鲍照《拟行路难》等虽是杰作,但直至唐代七古才迎来创作高潮,各种风格也至此齐备。初唐七古未臻极致,盛唐七古有三种风格:王、李、高、岑的安详合度,李白的才力标举,杜甫的沉雄激壮,均可供师法。中唐以后,韩愈七古踔厉风发也可称为典范。晚唐则不足称道。

在具体评点之中,沈德潜对唐诗各期创作特点的分析更加细致。与前人相比,沈德潜对初唐有所贬抑。《别裁》评刘希夷《公子行》曰:"队仗工丽,上下蝉联,此初唐七古体,少陵所云'劣于汉魏近风骚'也。明代何景明谓此得风人之正,而以少陵之沉雄顿挫为变体,因作《明月篇》以拟之。王渔洋《论诗绝句》云:'接迹风人《明月篇》,何郎妙悟本从天。王、杨、卢、骆当时体,莫逐刀圭误后贤。'得此论而初盛之诗品乃定。"(卷五,第152页)并不推崇初唐七古"对仗工丽,上下蝉联"的特点。

盛唐仍是沈氏心目中的典范。《别裁》评高适《燕歌行》曰:"七言古中时带整句,局势方不散漫。若李、杜风雨分飞,鱼龙百变,又不可以一格论。"(卷五,第161页)又评王维《老将行》曰:"此种诗纯以队仗胜。学诗者不能从李、杜入,右丞、常侍自有门径可寻。"(卷五,第175页)认为在李、杜之外,七古还有其他典范。

与明七子不同,沈德潜对中晚唐的新变特点有所接纳。《别裁》评韩愈曰:"昌黎从李、杜崛起之后,能不相沿习,别开境界,虽纵横变化,不迨李、杜,而规模堂庑,弥见阔大,洵推豪杰之士。"(卷七,第238页)评李贺曰:"长吉诗依约楚骚,而意取幽奥,辞取瑰奇,往往先成得意句,投锦囊中,然后足成之,所以每难疏解。母氏谓儿当呕心者,此也。使天假以年,必更进大方。然天地间不可无此种文笔,有乐天之易,自应有长吉之难。"(卷八,第277页)对韩愈、李贺和白居易均有肯定,师法对象比明七子宽广甚多。可见沈德潜论诗体的发展,基本上是沿袭明七子的论诗方式,但在标举盛唐的同时,对中、晚唐有所提升。

总体而言,仅选入某种体裁的选本对唐代各期风貌的考察不够系统,而兼取各体的唐诗选本对唐诗风貌的考察相对全面一些,是读者接受唐诗的重要途径。比较著名的唐诗选本,如杨士弘《唐音》、高棅《唐诗品汇》、李攀龙《古今诗删·唐诗选》、钟惺、谭元春《唐诗归》、沈德潜《唐诗别裁集》等,或明确把唐诗分为初、盛、中、晚四个时期,或在选诗评点时暗含初、盛、中、晚的高下评判,遂使

"四唐"观念深入人心。

（三）诗话与论诗杂著对唐诗风貌的建构

与史书和诗选相比，诗话与论诗杂著这类纯粹的诗学理论著述对唐诗发展风貌的建构呈现两个极端：要么不甚关注各个时期的流变，仅评论唐代各期重要诗人的风格特征与艺术成就。要么受"四唐"论诗的影响，或者肯定"四唐"论诗的合理性并从理论层面进一步阐述，或者否定"四唐"观念，转而强调唐诗各家的独特价值。

除严羽《沧浪诗话》外，宋、元和明初的诗学理论著作大多注意到唐代各个时期创作风貌的不同，但尚未明确以初、盛、中、晚来概括各期诗歌的发展。宋代尤袤《全唐诗话原序》曰：

> 唐自贞观来，虽尚有六朝声病，而气韵雄深，骎骎古意。开元、元和之盛，遂可追配《风》《雅》。迨会昌而后，刻露华靡尽矣。往往观世变者于此有感焉。徒诗云乎哉！[1]

这是宋代较早对唐诗发展的宏观论述。尤袤把"贞观"视为唐诗第一阶段，"开元""元和"视为唐诗的鼎盛，"会昌"之后渐趋衰落，把唐诗的发展分为四个时期。与传统的"四唐"论诗相比，杜甫、刘长卿、韦应物等天宝和大历时期的著名诗人未能进入其视野，显然其对唐诗风貌的建构与后代通行的"四唐"论诗尚有很大差距。

除杨士弘外，元代诗论家对唐人的归类与后世的习论有很大不同。袁桷《书郑潜庵李商隐诗选》云："李商隐诗，号为中唐警丽

---

① ［宋］尤袤：《全唐诗话》，《历代诗话》上册，第46页。

之作。其源出于杜拾遗,晚自以不及,故别为一体。"①视李商隐
为中唐名家。袁桷《题乐生诗卷》云:"诗于唐三变焉,至宋复三变
焉。"《题闵思齐诗卷》云:"唐诗有三变焉,至宋则变有不可胜言
矣。"②两次提到唐诗有"三变",但翻遍袁氏《清容居士集》,也未找
到"三变"的具体论述。苏天爵虽言及"盛唐",内涵与后期"四唐"
中的"盛唐"完全不同。其《西林李先生诗集序》云:"夫自汉魏以
降,言诗者莫盛于唐。方其盛时,李杜擅其宗,其他则韦柳之冲和,
元白之平易,温李之新,郊岛之苦,亦各能自名其家,卓然一代文人
之制作矣。"③可见,元代多数诗论家对唐诗整体风貌的认识还是
相当肤浅的,这也客观上印证了杨士弘《唐音》的巨大价值。

明初诗论家沿袭了元人的作法,侧重对诗人个体风貌的描述,
缺少对唐诗发展的宏观考察,不过他们的涉及面更加广阔一些。
王祎《练伯上诗序》云:

> 唐初,袭陈、隋之弊,多宗徐、庾,张子寿、苏廷硕、张道
> 济、刘希夷、王昌龄、沈云卿、宋少连,皆溺于久习,颓靡不振。
> 王、杨、卢、骆,始若开唐晋之端。而陈伯玉又力于复古,此又
> 一变也。开元、大历,杜子美出,乃上薄《风》《雅》,下掩汉、
> 魏,所谓集大成者。而李太白又宗《风》《骚》而友建安,与杜
> 相颉颃;复有王摩诘、韦应物、岑参、高达夫、刘长卿、孟浩然、
> 元次山之属,咸以兴寄相高。以及钱、郎、苗、崔诸家,比比
> 而作。既而韩退之、柳宗元起于元和,实方驾李、杜。而元微

---

① [元]袁桷著,杨亮校注:《袁桷集校注》卷四十八,北京:中华书局2012年版,第
　五册,第2110页。
② [元]袁桷著,杨亮校注:《袁桷集校注》卷五十,第六册,第2224页。
③ 胡大浚编纂:《苏天爵诗话》,吴文治主编:《辽金元诗话全编》第4册,南京:凤凰
　出版社2006年版,第2356页。

之、白乐天、杜牧之、刘梦得,咸彬彬附和焉。唐世诗道之盛,于是为至,此又一变也。然自大历、元和以降,王建、张籍、贾浪仙、孟东野、李长吉、温飞卿、卢仝、刘叉、李商隐、段成式,虽各自成家,而或沦于怪、或迫于险,或窘于寒苦,或流于靡曼,视开元远不逮。至其季年,朱庆余、项子迁、郑守愚、杜彦夫、吴子华辈,悉纤弱鄙陋而无足观矣,此又一变也。①

王祎把王昌龄视为初唐诗人,大历十才子、韩柳、元白均视为"诗道之盛",而张籍、王建、贾岛、孟郊又归入晚唐,均与后世"四唐"观念根本不同。宋濂《答章秀才论诗书》也对唐诗进行了综合的考察,认为"唐初承陈、隋之弊,多尊徐、庾,遂致颓靡不振",开元、天宝、大历时期,"诗道于是为最盛",元和之后,韩愈、柳宗元、元稹、白居易、张籍、王建、贾岛、刘禹锡、杜牧、孟郊、卢仝、李贺、李商隐等人,"虽人人各有所师,而诗之变又极矣",②对各家诗风和地位的论述还是相当全面的,不过,前代唐诗大家严羽、杨士弘对唐诗流变的分析似乎没有产生太大影响,王祎、宋濂等人更多是凭借自己的阅读体验来阐发对唐代各期诗人的理解,并没有刻意探讨其间所蕴含的诗运升降规律。

随着七子派的兴起,严羽《沧浪诗话》和杨士弘《唐音》、高棅《唐诗品汇》所阐发的诗学观念开始受到重视,"四唐"论诗渐成明清诗坛习论。明代胡应麟《诗薮》对各种体裁的流变进行详细考察,"四唐"观念贯穿始终。许学夷《诗源辩体》以时代为次,其中卷十二至十四论初唐,卷十五至卷十九论盛唐,卷二十至二十九论中

---

① 俞为民、孙蓉蓉编纂:《王祎诗话》,吴文治主编:《明诗话全编》第1册,南京:凤凰出版社2006年版,第135—136页。
② 朱崇才编纂:《宋濂诗话》,吴文治主编:《明诗话全编》第1册,第76—77页。

唐,卷三十至三十二论晚唐,同样立足于"四唐"观念来论唐诗之流变。不过,随着明末清初反七子诗潮的兴起,众多诗论家开始明确反对"四唐"论诗,转而强调各位诗人的艺术风貌和价值。钱谦益《唐诗英华序》:

> 世之论唐诗者,必曰初、盛、中、晚。老师竖儒,递相传述。揆厥所由,盖创于宋季之严仪(卿),而成于国初之高棅。承讹踵谬,三百年于此矣。夫所谓初、盛、中、晚者,论其世也,论其人也。以人论世,张燕公、曲江,世所称初唐宗匠也。燕公自岳州以后,诗章凄惋,似得江山之助,则燕公亦初亦盛。曲江自荆州已后,同调讽咏,尤多暮年之作,则曲江亦初亦盛。以燕公系初唐也,遡岳阳唱和之作,则孟浩然应亦盛亦初。以王右丞系盛唐也,酬春夜竹亭之赠,同左掖梨花之咏,则钱起、皇甫冉应亦中亦盛。一人之身,更历二时,将诗以人次耶?抑人以时降耶?世之荐樽盛唐,开元、天宝而已,自时厥后,皆自郐无讥者也。诚如是,则苏、李、枚乘之后,不应复有建安有黄初;正始之后,不应复有太康有元嘉;开元、天宝已往,斯世无烟云风月,而斯人无性情,同归于墨穴木偶而后可也。[1]

钱氏认为诗人往往跨越多个时代,机械地把某位诗人划分为某个时代是不符合客观事实的。另外,时代先后不能等同于艺术价值的高下,并非古人皆优,今人皆劣。在钱谦益的影响下,清初众多诗论家均对七子派划分"四唐"表示不满,不过他们否定"四唐"的理由却各有不同。吴乔《围炉诗话》云:

> 或问曰:"初盛中晚之界如何?"答曰:"商、周、鲁之诗同

---

① [清]钱谦益:《有学集》卷十五,[清]钱谦益著,[清]钱曾笺注,钱仲联标校:《钱牧斋全集》第4册,上海:上海古籍出版社2003年版,第707页。

在《颂》,文王、厉王之诗同在《大雅》,闵管、蔡之《常棣》与刺幽王之《旻》、《宛》同在《小雅》,述后稷、公刘之《豳风》与刺卫宣、郑庄之篇同在《国风》,不分时世,惟夫意之无邪,词之温柔敦厚而已。如是以论唐诗,则初、唐、中、晚,宋人皮毛之见耳。不惟唐人选唐诗,不分人之前后,即宋、元人所选,亦不定也。自《品汇》严作初、唐、中、晚之界限,又立正始、正宗以至旁流、余响诸名目,但论声调,不问神意,而唐诗因以大晦矣。①

吴绮《胡枢巢诗集序》云:

> 夫诗因世降,而历代之风气不同;律本心声,而诸家之体制各别。譬之五色,玄黄不能相混以成文;若比八音,笙瑟不能代宣而入听。乃欲以彼易此,续短为长,是天地昭日月而少风雷,有丘壑而无江海。理惟一致,类写万殊,恶乎宜哉! 言之谬矣! 不知初、盛、中、晚,递有其时;即李、杜、钱、刘,各成其是。(《林蕙堂全集》卷四)②

朱彝尊《王先生言远诗序》云:

> 顾正、嘉以后,言诗者本严羽、杨士弘、高棅之说,一主乎唐,而又析唐为四,以初、盛为正始正音,目中、晚为接武遗响,斤斤权格律声调之高下,使出于一。吾言其志,将以唐人之志为志,吾持其心,乃以唐人之心为心,其于吾心性何与焉? 至谓唐以后事不必使,唐以后书不必读,则惑人之甚者矣。③

---

① [清]吴乔:《围炉诗话》卷三,《清诗话续编》上册,上海:上海古籍出版社1983年版,第551页。

② 王镇远、邬国平编选:《清代文论选》上册,北京:人民文学出版社1999年版,第177—178页。

③ [清]朱彝尊:《曝书亭集》卷三十八,《四部丛刊初编》第358册,上海:商务印书馆1936年版,第318页。

汪琬《国朝诗选序》：

> 古之为诗者问学必有所据，依章法句法字法必有所师承，无唐宋一也。今且区唐之初盛中晚而四之，继又区唐与宋而二之，何其与予所闻异也。①

吴乔以《诗经》不以世次而分风、雅、颂为喻，认为"四唐"分期模糊了人们对唐诗价值的判断。吴绮和朱彝尊则认为言为心声，时代不同，诗歌风貌自然有所差异，把唐诗分为高下不同的四个时期是不恰当的，不利于对唐诗真情实感之作的解读。汪琬认为诗歌中有效的表达技巧是没有时代限制的，强行分出"四唐"，再予以褒贬，这种态度显然有失客观。综合来看，他们认为"四唐"仅仅是一个客观的时代分期，不应该附丽高下褒贬的价值观念，故对七子派"诗必盛唐"的核心理论表示不满，转而强调诗歌抒情的本质特点。如陈之遴《浮云集自序》所言："人殊其才，人殊其学，人殊其性情，则亦各为其人之诗尔。其为古体也者，数章而汉、魏、六朝及唐错出焉可也，一章而汉、魏、六朝及唐融会而出焉亦可也。其为律体也者，数章而初、盛、中、晚唐错出焉可也，一章而初、盛、中、晚融会而出焉亦可也。"②

明末清初是格调论诗的低潮，尽管众多诗论家反对七子格调理论把"四唐"强行分出高下，但却认可唐诗各期作品的不同特色，从中可以看出"四唐"说的强大生命力。随着宗唐诗风的兴起，明七子格调理论渐受重视，"四唐"论诗渐成诗坛习论。贺裳《载酒园诗话又编》分四卷，分论初唐、盛唐、中唐、晚唐各期诗人。叶矫然《龙性堂诗话初集》也对钱谦益等人的批评加以回应：

---

① ［清］汪琬：《尧峰文钞》卷二十七，《景印文渊阁四库全书》第1315册，第476页。
② 王镇远、邬国平编选：《清代文论选》上册，第183页。

　　论诗者谓初盛中晚之目，始于严沧浪而成于高廷礼，承
讹踵谬，三百年于兹，则大不然。夫初盛中晚之诗具在，格调
声响，千万人亦见，胡可溷也？又谓燕公、曲江亦初亦盛，孟
浩然、王维亦盛亦初，钱起、皇甫冉亦中亦盛，如此论人论世，
谁不知之？夫所谓初盛中晚者，亦不过谓其篇什格调中同者
十八，不同者十二，大概言之而已，非真有鸿沟之画，改元之
号也。学者谓有初盛中晚之分，而过为低昂焉，不可也。如谓
无低昂而并无初盛中晚之名焉，可乎哉？自前人为此言，周元
亮复广而伸之，甚哉其势利之见也。①

叶氏指出，对传统"四唐"说不能完全把时代顺序与价值高下等同
起来。"四唐"涉及到唐诗发展不同时期的大致风貌，有利于全面
把握唐诗的发展。这种看法无疑是非常中肯的。

　　正是在这种背景下，沈德潜《说诗晬语》又沿袭了明七子派的
常见作法，从辨体的角度对各种诗体的发展流变详加论述，在涉及
唐代时，仍然采用"四唐"分期的传统作法。如论五律的发展说：

　　五言律，阴铿、何逊、庾信、徐陵已开其体，唐初人研揣
声音，稳顺体势，其制乃备。神龙之世，陈、杜、沈、宋，浑金
璞玉，不须追琢，自然名贵。开、宝以来，李太白之明丽，王摩
诘、孟浩然之自得，分道扬镳，并推极胜。杜子美独辟畦径，
寓纵横排奡于整密中，故应包涵一切。终唐之世，变态虽多，
无有越诸家之范围者矣。以此求之，有余师焉。②

　　大历后渐近收敛，选言取胜，元气未完，辞意新而风格自

① [清]叶矫然：《龙性堂诗话初集》，《清诗话续编》上册，第950—951页。
② [清]沈德潜著，王宏林笺注：《说诗晬语笺注》，北京：人民文学出版社2013年
　　版，第206页。

降矣。刘随州工于铸语,不伤大雅,然"老至居人下,春归在客先"、"万里通秋雁,千峰共夕阳",名儁有余,自非盛唐人语。①

　　贾长江"秋风吹渭水,落叶满长安",温飞卿"古戍落黄叶,浩然离故关",卑靡时乃有此格。后惟马戴亦间有之。②

沈氏指出五律在六朝孕育发展,而真正成熟定型乃在唐代。初唐诸家浑朴、盛唐李白明丽、王、孟自得、杜甫纵横排奡,以上诸家均为正宗,俱可师法。中晚唐五律在句式上变得更为整饬,音调更为醇熟,更加注重艺术技巧和辞采修饰,但却缺少了前代那种浑厚、活泼的特点。这些论述与王世贞《艺苑卮言》、胡应麟《诗薮》、许学夷《诗源辩体》相关论述多有相合。

　　综上所述,高棅《唐诗品汇》之前,历代诗话与论诗杂著对唐诗风貌的描述多是不成系统的,很少精细地考察唐诗各个时期创作的总体风貌。《唐诗品汇》之后,以"四唐"说为基本内容,各家对唐诗风貌的描述经历了正→反→合三个阶段。七子派注重辨体,开始系统分析唐诗各个时期的不同风貌特征,逐步赋予"四唐"明确的时代和价值内涵,标志着传统"四唐"论诗的确立,也奠定了后世整体考察唐诗发展风貌的基础。明末清初,在抨击七子派的诗学背景下,钱谦益、朱彝尊等众多诗论家认为"四唐"说存在着明显的时代世次与价值观念的矛盾,并不符合唐诗发展的实际,也容易导致为迎合盛唐而流于虚假的流弊,故反对"四唐"分期。清代中期以后,沈德潜等诗论家重新回归明七子的格调立场,同时吸收了前人对七子派唐诗分期过于机械的批评,对唐诗风貌的把握更加精细合理,自此,传统"四唐"论诗渐成诗坛习论。

---

① [清]沈德潜著,王宏林笺注:《说诗晬语笺注》,第222—223页。
② [清]沈德潜著,王宏林笺注:《说诗晬语笺注》,第225页。

二、各期唐诗的定位

历代诗论家对唐诗进行研究时,对各期风貌的探讨是一个不容回避的问题。尽管"四唐"分期说曾不断受到诟病,但指责多是认为不该把时代先后与价值高下机械等同起来,并不反对唐诗各个时期的创作具有不同的特点。由此也导致对各期诗风的认识虽然众说纷歧,但细致分析却不难发现存在一些共识,这些共识正代表了历代对唐代各期诗歌的基本定位。

(一)初唐:齐梁余风与"正始之音"之争

按照传统"四唐"分期,初唐自高祖武德至玄宗先天间(618—713),共95年。此期诗人约分两类,一类是通常意义上的宫廷诗人。他们均在朝为官,多为台阁重臣或文馆学士,题材多为奉和、唱酬、咏物,风格雍容典雅,重视修辞技巧。太宗朝和武则天执政时是宫廷诗的两个昌盛期。太宗朝较著名的宫廷诗人有虞世南、李百药、岑文本、许敬宗等人,如卢照邻《南阳公集序》所言:"贞观年中,太宗外厌兵革,垂衣裳于万国,舞干戚于两阶,留思政涂,内兴文事。虞、李、岑、许之俦以文章进,王、魏、来、褚之辈以材术显。咸能起自布衣,蔚为卿相,雍容侍从,朝夕献纳。我之得人,于斯为盛。"[1]武则天执政时期较著名的有李峤、宗楚客等人,如尤袤《全唐诗话》"李适"条所载:"初,中宗景龙二年,始于修文馆置大学士四员,学士八员,直学士十二员,象四时、八节、十二月。于

---

[1][唐]卢照邻著,李云逸校注:《卢照邻集校注》卷六,北京:中华书局1998年版,第324页。

是李峤、宗楚客、赵彦昭、韦嗣立为大学士；李适、刘宪、崔湜、郑愔、卢藏用、李乂、岑羲、刘子玄为学士；薛稷、马怀素、宋之问、武平一、杜审言、沈佺期、阎朝隐为直学士。又召徐坚、韦元旦、徐彦伯、刘允济等满员。其后被选者不一。"①

　　另一类是通常意义上的在野诗人。他们虽有短暂的在朝为官经历，但大部分时间远离中枢，故题材较宫廷诗人而言有所拓展，多有征戍、羁旅、怀古、忧世、不遇、隐逸、求仙之作，风格或朴素，或苍劲，或富赡，或俊逸，与宫廷诗人刻意雕琢之风有明显差别。这类诗人前期有王绩，卒于唐太宗贞观十八年（644），约略与虞世南、魏征时代相近。后期有"初唐四杰"，主要诗学活动在高宗、武后时期。再后有陈子昂，诗学活动主要在武后时期，略晚于"四杰"。

　　历代诗论家评价初唐宫廷诗人之作时，多认为承袭六朝绮艳之风，不足师法，贬斥态度十分明显。宋王彦辅序杜甫诗云："唐兴，承陈、隋之遗风，浮靡相矜，莫崇理致。"②明宋濂《答章秀才论诗书》云："唐初承陈、隋之遗，多尊徐、庾，遂致颓靡不振。"③许学夷曰："今观世南诗，犹不免绮靡之习，何也？盖世南虽知宫体妖艳之语为非正，而绮靡之弊则沿陈、隋旧习而弗知耳。"④清叶燮曰："唐初沿其卑靡浮艳之习，句栉字比，非古非律，诗之极衰也。"⑤正

①［宋］尤袤：《全唐诗话》卷一，《历代诗话》上册，第69页。
②［唐］杜甫撰，［宋］王洙注，［宋］赵次公等注，［宋］吕大防：《分门集注杜工部诗》卷首，《续修四库全书》第1306册，第222页。
③朱崇才编纂：《宋濂诗话》，吴文治主编《明诗话全编》第1册，第76页。
④［明］许学夷著，杜维沫校点：《诗源辩体》卷十二，北京：人民文学出版社1987年版，第138页。
⑤［清］叶燮著，蒋寅笺注：《原诗笺注》内篇上，上海：上海古籍出版社2014年版，第62页。

是缘于对六朝绮艳之风的深恶痛绝,历代唐诗选家对不同于六朝诗风的作品青睐有加,如明李攀龙《古今诗删·唐诗选》、清王尧衢《唐诗合解笺注》、沈德潜《唐诗别裁集》、刘文蔚《唐诗合选》这几部比较著名的分体唐诗选本常把魏征《咏怀》列为首篇或次于唐太宗《饮马长城窟行》之后,且于太宗朝众多宫廷诗人中只选入这一首。在评点时,各家也都是从《咏怀》不同于宫廷诗风的角度加以肯定的。如叶羲昂《唐诗直解》评道:"此已具盛唐之骨,离却陈隋滞靡,想见其人。'出没'二字,深得远望之神。"①《别裁》评道:"气骨高古,变从前纤靡之习,盛唐风格,发源于此。"(卷一,第1页)均重视其中迥异宫廷之诗风。

对武后朝宫廷诗人,历代诗论家比较重视他们对近体诗的开启作用,对宫廷诗追求精致而流于浮泛的特点则予以贬斥。唐独孤及《唐故左补阙安定皇甫公集序》曰:"五言诗之源,生于《国风》,广于《离骚》,著于苏、李,盛于曹、刘,其所自选矣。当汉、魏之间,虽已朴散为器,作者犹质有余而文不足,以今揆昔,则有朱弦疏越、太羹遗味之叹。历千余岁至沈詹事、宋考功,始裁成六律,彰施五色,使言之而中伦,歌之而成声,缘情绮靡之功,至是乃备。"②宋尤袤《全唐诗话》"沈佺期"条曰:"魏建安后讫江左,诗律屡变。至沈约、庾信,以音韵相婉附,属对精密。及宋之问、沈佺期,又加靡丽,回忌声病,约句准篇,如锦绣成文,学者宗之,号为沈、宋。语曰:'苏、李居前,沈、宋比肩。'"③后人所论多不出此范围,于此期宫廷诗人的近体诗作多有肯定。从入选作品来看,即使是选诗相

①陈伯海主编,孙菊园、刘初棠副主编:《唐诗汇评》,上海:上海古籍出版社2015年版,第32页。
②[唐]独孤及:《毗陵集》卷十三,上海:上海古籍出版社1993年版,第103页。
③[宋]尤袤:《全唐诗话》卷一,《历代诗话》上册,第72页。

当严苛的李攀龙《唐诗选》，也对杜审言、沈佺期、宋之问、李峤的五律、七律颇为看重。

初唐在野诗人中，王绩由隋入唐，诗风接近陶渊明，既不同于当时的宫廷诗风，也不同于其他在野诗人，在初唐诗歌发展流变中所起的作用有限，故不被关注，众人评论的焦点多集中于初唐四杰和陈子昂。就初唐四杰而言，其作品辞藻富丽，声韵婉转，虽有六朝余韵，但他们命运多舛，诗作多有郁愤不平之气。杜甫评价道"尔曹身与名俱灭，不废江河万古流"，"纵使卢王操翰墨，劣于汉魏近风骚"（《戏为六绝句》），对基于六朝余风而批评"四杰"的论调表示不满，肯定"四杰"创作合于"风骚"传统。杜甫之后，虽有个别诗论家仍然重弹六朝余风的老调，但主流的意见趋于肯定"四杰"对六朝诗风的革新地位。较有代表性的是王世贞，其曰："卢、骆、王、杨，号称四杰。词旨华靡，固沿陈、隋之遗，翩翩意象，老境超然胜之。五言遂为律家正始。内子安稍近乐府，杨、卢尚宗汉、魏，宾王长歌虽极浮靡，亦有微瑕，而缀锦贯珠，滔滔洪远，故是千秋绝艺。"①胡应麟《诗薮》、许学夷《诗源辩体》等著作均同意王世贞的观点。而明清众多唐诗选本也把"四杰"七古、五律推为典范。

陈子昂是初唐诗风革新的关键人物。其《与东方左史虬修竹篇序》曰："文章道弊五百年矣。汉魏风骨，晋宋莫传，然而文献有可征者。仆尝暇时观齐梁间诗，彩丽竟繁，而兴寄都绝。"②明确反对齐梁绮靡文风，声称继承汉魏风骨传统，并在创作中大力实践这一主张。其诗颇为后世所重，杜甫《陈拾遗故宅》曰："公生扬、

①［明］王世贞：《艺苑卮言》卷四，《历代诗话续编》中册，北京：中华书局1983年版，第1003页。
②陈庆生：《陈子昂诗注》，成都：四川人民出版社1981年版，第217页。

马后，名与日月悬。"①韩愈《荐士诗》曰："国朝盛文章，子昂始高蹈。"②刘克庄曰："唐初王、杨、沈、宋擅名，然不脱齐梁之体。独陈拾遗首唱高雅冲淡之音，一扫六代之纤弱，趋于黄初、建安矣。太白、韦、柳继出，皆自子昂发之。"③均对陈氏赞赏有加。至高棅《唐诗品汇》甚至不惜变通"四唐"世次，将其列入五古"正宗"之中，可谓推奖备至。明代格调派兴起之后，强调本色辨体，于五古推崇创始时期的汉魏之作，唐代五古的地位大大降低。在此背景下，李攀龙《选唐诗序》言："唐无五言古诗，而有其古诗。陈子昂以其古诗为古诗，弗取也。"④对陈子昂五古的典范价值提出质疑，从而引发了巨大的争论。明末清初，随着格调派诗学地位的下降，陈子昂又逐渐受到选家重视，《感遇》也成为选家的常选篇目。

　　综合来看，对初唐诗风的评价大致有两种不同倾向：一是强调初唐诗歌与齐梁诗歌的联系，把初唐诗视为齐梁余风而予以否定。这种看法盛行于唐宋，以陈子昂为代表，杜甫、元稹、白居易均持这种看法，他们的批评矛头主要指向宫廷诗人，有时也涉及"初唐四杰"和"沈宋"。二是强调初唐对盛唐诗歌的开启作用，把初唐视为"正始之音"而多加肯定。这种看法肇始于严羽、杨士弘，确立于高棅，至明清格调派达到极致。他们主要从诗歌体裁的演变角度，充分重视初唐对七古和近体诗成熟所起的关键作用，故视"初唐四杰"、陈子昂、沈佺期、宋之问等人为"正始之音"，直接开启了盛唐

①萧涤非主编：《杜甫全集校注》卷九，北京：人民文学出版社2014年版，第2703页。

②［唐］韩愈著，钱仲联集释：《韩昌黎诗系年集释》卷五，上海：上海古籍出版社1984年版，第528页。

③［宋］刘克庄撰，王秀梅点校：《后村诗话》前集卷一，北京：中华书局1983年版，第6页。

④［明］李攀龙：《古今诗删》卷十，《景印文渊阁四库全书》第1382册，第91页。

诗歌正宗的创作。历代唐诗选家出于标举典范的初衷,故对在野诗人情有独钟,于初唐宫廷诗人多有舍弃,即使偶尔入选,也只是那些摆脱六朝习气之作。

(二)盛唐:古体与近体典范之争

按传统的"四唐"分期,盛唐自玄宗开元元年(713)至代宗永泰元年(765),共53年。高棅《唐诗品汇总叙》论此期创作曰:"李翰林之飘逸,杜工部之沉郁,孟襄阳之清雅,王右丞之精致,储光羲之真率,王昌龄之声俊,高适、岑参之悲壮,李颀、常建之超凡,此盛唐之盛者也。"[1]胡应麟在论及唐人五古创作时说:"唐初承袭梁、隋,陈子昂独开古雅之源,张子寿首创清澹之派。盛唐继起,孟浩然、王维、储光羲、常建、韦应物,本曲江之清澹,而益以风神者也;高适、岑参、王昌龄、李颀、孟云卿,本子昂之古雅,而加以气骨者也。"[2]所分两派中,清澹派有孟浩然、王维等人,主要成就在山水田园题材;古雅派有高适、岑参等人,主要成就在边塞生活题材。后世文学史通常把盛唐诗歌分为山水田园诗派和边塞诗派,正是承继明代以来这种观念的结果。

在严羽诗学中,盛唐不但具有明确的时代内涵,而且具有价值评判的意味,是最高典范的代表。严羽借用禅宗理论把盛唐诗歌比喻成"第一义""大乘正法眼",还详细阐释了具体原因:从学诗途径来看,掌握诗道依靠妙悟而非学力,盛唐诸公做到了透彻之悟;从诗歌本质特点来看,诗歌吟咏情性贵在有"兴趣",惟有盛唐诗人实践了这一理想;从整体风貌来看,"盛唐诸公之诗如颜鲁公书,既

---

①[明]高棅:《唐诗品汇》,第8页。
②[明]胡应麟:《诗薮》内编卷二,第35页。

笔力雄壮,又气象浑厚";从体制来看,盛唐古体、近体完备。总体而言,盛唐作品是诗歌的最高典范,学诗者应当以盛唐为法。

严羽"以盛唐为法"的诗学理想在明代高棅《唐诗品汇》这部选本中通过选诗的方式得以直接体现。在《唐诗品汇》"九品"中,收录盛唐诗作并视为学习典范的是"正宗""大家""名家"三品,下表是各种诗体的收录情况:

品级 体裁	正宗	大家	名家
五古	陈子昂,李白	杜甫	孟浩然,王维,王昌龄,储光羲,李颀,常建,高适,岑参,刘长卿,钱起,韦应物,柳宗元
七古	李白	杜甫	高适,岑参,李颀,王维,崔颢
五绝	李白,王维,崔国辅,孟浩然	原阙	原阙
七绝	李白,王昌龄	原阙	原阙
五律	李白,孟浩然,王维,岑参,高适	杜甫	原阙
五排	王维,李白,孟浩然	杜甫	原阙
七律	崔颢,李白,贾至,王维,李憕,李颀,祖咏,崔署,孟浩然,万楚,张谓,高适,岑参,王昌龄	杜甫	原阙

从上表来看,高棅所建立的盛唐格局值得注意的有三点:一是在古体中把众多盛唐诗人归到"名家"行列,"名家"即"人各鸣其所长"。按《唐诗品汇总叙》言:"有唐三百年诗,众体备矣。……至于声律、兴象、文词、理致,各有品格高下之不同。"[1] 则"名家"只是

---

[1]［明］高棅:《唐诗品汇》,第8页。

在声律、兴象、文词或理致某一方面达到极致,价值不如"正宗"和"大家"。因此,高棅心目中盛唐诗的地位,就古体而言与严羽的评价相比有所降低。二是在绝句部分,"大家"和"名家"均付诸阙如,按常理考虑,五绝列4家"正宗"、七绝列2家"正宗"对学习者而言似乎是不够的,这不禁令人怀疑高棅的绝句旨趣是否真的是在盛唐,或许他已经关注到中晚唐绝句的巨大成就。三是五律、五言排律和七律的"名家"付诸阙如,不过与绝句不同,众多盛唐诗人被归入"正宗",可见高棅对盛唐律诗的成就是最为推崇的。

高棅所建立的盛唐格局对后世影响极大。首先,就盛唐整体风貌而言,李白各种诗体均为"正宗",杜甫除绝句外各种诗体均为"大家",因此推崇李、杜的用意十分明显。其他盛唐诗人中,王维6次、孟浩然5次、高适和岑参分别4次出现在不同诗体的"正宗"或"名家"之中,这种观念对后来把唐诗格局划分为李、杜两位大家、山水田园与边塞两个诗派具有重要影响。其次,高棅对盛唐古体、绝句、律诗的评价并不完全等同,盛唐律诗成就最高,古体稍次,这种观念对明前、后七子影响很大。七子派核心诗论是"古体宗汉魏,近体宗盛唐",这种观点在《唐诗品汇》中已经渐露端倪。第三,与古体不同,绝句作为一种新兴体裁,《唐诗品汇》绝句缺少"大家"和"名家",对后世接纳中晚唐诗歌埋下了伏笔。总之,高棅虽然通过选诗的方式把严羽"以盛唐为法"的诗学理想直观呈现,但他更重视辨体,也注意到各家诗人不同体裁成就的高下,直接开启了盛唐古体与近体典范之争。

高棅之后,对盛唐诗风辨析更加细致的是明前、后七子。李梦阳《缶音序》曰:"诗至唐,古调亡矣,然自有唐调可歌咏,高者犹足被管弦。"①虽然肯定唐诗的音乐特质,但却认为唐诗已经不合乎古诗的音调,隐隐透露出盛唐古体与汉魏有别。何景明《海叟集序》则明确指出:

> 盖诗虽盛称于唐,其好古者自陈子昂后,莫若李、杜二家。然二家歌行近体,诚有可法;而古作尚有离去者,犹未尽可法之也。故景明学歌行、近体,有取于二家,旁及唐初、盛唐诸人;而古作必从汉魏求之。②

"古作必从汉魏求之"是明七子诗学最具特色的论断,与严羽"以盛唐为法"相比,七子派认为盛唐的典范地位仅仅局限在歌行与近体,五古不足师法。在《明月篇序》中,何景明又认为杜甫的歌行不如初唐四杰具有可歌的特点,实际上是质疑了《唐诗品汇》七古一体杜甫的"大家"的地位。这些观念均对后七子产生重大影响。李攀龙《唐诗选序》"唐无五言古诗而有其古诗"正是对前七子相关主张的自然延续,这种极端的提法虽然招致了不少非议,却引发了人们对严羽"诗必盛唐"的反思。此后,盛唐诗歌不同诗体成就并不平衡,律体才能代表唐诗的最高成就,这些主张几乎成为诗坛习论。王世贞《徐汝思诗集序》曰:

> 夫近体为律。夫律,法也,法家严而寡恩。又于乐亦为律,律亦乐法也。其翕纯皦绎,秩然而不可乱也,是故推盛唐。盛唐之于诗也,其气完,其声铿以平,其色丽以雅,其力沉而雄,其意融而无迹。故曰:盛唐其则也。③

王世贞从气、声、色、力、意五个方面概括了盛唐律诗的美学特征,

---

① [明]李梦阳:《空同集》卷五十二,第477页。
② [明]何景明:《何大复集》卷三十四,第595页。
③ [明]王世贞:《弇州四部稿》卷六十五,《景印文渊阁四库全书》第1280册,第135页。

所用范畴虽然与严羽、高棅不同，但仍然不出修辞、立意、风格、声调这些方面，其核心主张仍然是强调盛唐律诗的典范性，而五古则推崇汉魏。

七子派"古体宗汉魏，近体宗盛唐"的诗学主张在胡应麟《诗薮》、胡震亨《诗镜总论》和许学夷《诗源辩体》这些系统较为严密的诗话著作中均有鲜明体现，同时也招致明代公安派和明末清初钱谦益等人的批评。不过钱氏等人并不否定盛唐近体的典范地位，但反对"诗必盛唐""唐无五言古诗"这类论断，他们认为唐人五古同样可以师法，同时又有意提升中晚唐和宋代诗歌的地位。

清代神韵派代表王士禛同样认同盛唐近体诗的典范地位，针对争议较大的五古，其言：

> 沧溟先生论五言，谓："唐无五言古诗，而有其古诗。"此定论也。常熟钱氏但截取上一句，以为沧溟罪案，沧溟不受也。要之，唐五言古固多妙绪，较诸《十九首》、陈思、陶、谢，自然区别。七言古若李太白、杜子美、韩退之三家，横绝万古；后之追风蹑景，惟苏长公一人耳。[①]

表面来看，王士禛似乎回到了七子派的立场，但仔细分析可以发现两人的侧重点有所不同。李攀龙所言重在"唐无五言古诗"，即把汉魏作为五古典范，堪为师法；王士禛虽然重复李氏所论，但重在"有其古诗"，即承认唐人五古与汉魏传统不同，但并不否认唐人五古的价值。在王士禛非常著名的《古诗选》中，五古部分收录陈子昂、张九龄、李白、韦应物和柳宗元五家诗作，附于汉魏六代作者之后。《唐贤三昧集》中，作品入选最多的两位诗人是王维和孟

---

① 〔清〕郎廷槐：《师友诗传录》，《清诗话》上册，上海：上海古籍出版社1963年版，第129—130页。

浩然。其中王维111首,五古达20首;孟浩然48首,五古达19首。整体而言对盛唐五古还是比较重视的。王士禛在回答其弟子诗歌学习对象时说:"此无论初、盛、中、晚也。初、盛有初、盛之真精神真面目,中、晚有中、晚之真精神真面目。学者从其性之所近,伐毛洗髓,务得其神,而不袭其貌,则无论初、盛、中、晚,皆可名家。不然,学中、晚而止得其尖新,学初、盛而止得其肤廓,则又无论初、盛、中、晚,均之无当也。"①可知,王士禛心目中的盛唐,无论是古体还是近体均具有典范地位。

沈德潜是中国古典诗学的集大成者,《别裁》关于盛唐诗风及其价值的论述比较明显地中和了高棅、明七子和王士禛的相关论述。首先,沈德潜沿袭了七子派的辨体论诗的诗学立场。《别裁》按体编选,"凡例"部分比较明确而系统地论述了各种诗体的发展流变及代表诗人诗风,从而为读者标明各体诗歌的本色之美和诗学正宗。其次,在对唐诗格局进行描述时,沈德潜特意突出李、杜两家的独特价值,《别裁》选入杜诗255首,李诗140首,远多于其他诗人。但李、杜之外,其他盛唐诗人的入选数量并不再占绝对优势,已有意矫正明七子极端推尊盛唐的偏颇。

综上所述,历代诗论家均认同盛唐近体诗的典范地位,但对古体诗却存在争议。严羽主张以盛唐为法,是包含古体诗的。高棅注重辨体,认为对初学者而言,盛唐古体与近体的价值不能等同。明七子则明确认为盛唐古体不合乎传统,不足师法。清代王士禛虽然肯定盛唐古体的独特性,但并不认同明七子关于盛唐五古的价值判断,重新肯定了唐人古体的典范地位。沈德潜在承认盛唐各体诗歌的典范地位的同时,又不再拘泥于"诗必盛唐"之习论,

①［清］何世璂:《然镫记闻》,《清诗话》上册,第122页。

把一些中晚唐诗人同样视为典范,呈现出师法较广、更为融通的特点。

(三)中唐:再盛与代降之争

按照传统的"四唐"分期,中唐自代宗大历元年(766)至文宗大和九年(835),历代宗、德宗、顺宗、宪宗、穆宗、敬宗、文宗七朝,凡70年。中唐是一个求新求变的时代,也是一个诗歌多元化的时代。许学夷云:"大历以后,五七言古、律之诗,流于委靡。元和间,韩愈、孟郊、贾岛、李贺、卢仝、刘叉、张籍、王建、白居易、元稹诸公群起而力振之,恶同喜异,其派各出,而唐人古、律之诗至此而大变矣。"[①]这个概括是相当准确的。后人对中唐诗风及其价值的争议多围绕新变这个特点而展开,贬之者多本于复古的立场,视为代降;誉之者则本于通变的立场,视为再盛。

明七子派之前,对中唐诗歌的评价总体而言是较低的。李肇《唐国史补》曰:"元和已后,为文笔则学奇诡于韩愈,学苦涩于樊宗师。歌行则学流荡于张籍。诗章则学矫激于孟郊,学浅切于白居易,学淫靡于元稹。俱名为元和体。大抵天宝之风尚党,大历之风尚浮,贞元之风尚荡,元和之风尚怪也。"[②]认为张籍歌行流荡、孟郊诗歌矫激、白居易浅切、元稹淫靡,对中唐诗风的不满之情溢于言表。所言"天宝之风尚党",据周萌先生所言,"指的是盛唐诗歌直接从肺腑中流出,而非如后代那般是'做'出来的。这种直言'喊'出的创作方法形成了讲究兴会而作、追求天真自然的诗风,

---

① [明]许学夷著,杜维沫校点:《诗源辩体》卷二十四,第248页。
② [唐]李肇:《唐国史补》卷下,上海:上海古籍出版社1979年版,第57页。

这可以从《河岳英灵集》的理论阐述中得到印证"。[①]"大历之风尚浮","浮"大概不出浮浅、浮泛之义,即后人常言盛唐诗歌风骨之美至大历走向衰落。"贞元之风尚荡","荡"为放荡、放纵,表现为远离风雅传统,情感不知节制,言辞浮艳。"元和之风尚怪","怪"为怪异、新奇,也是远离风雅传统,好奇逐异。总体而言,李肇对大历、贞元、元和诗风的评价是较低的。杜牧《唐故平卢军节度巡官陇西李府君墓志铭》曾引到李戡对元和诗风的评价:"尝痛自元和以来有元、白诗者,纤艳不逞,非庄士雅人,多为其所破坏。流于民间,疏于屏壁,子父女母,交口教授,淫言媟语,冬寒夏热,入人肌骨,不可除去。"[②]李戡也认为以元、白所代表的元和诗风过于俚俗,背离了风雅的传统,评价较低。

　　与唐人多立足于风雅传统而否定中唐诗不同,严羽虽然提倡"以盛唐为法",并言"大历以还之诗,则小乘禅也,已落第二义矣"[③],但批评之中对中唐有所接纳。《沧浪诗话·诗评》曰:"大历以后,吾所深取者,李长吉、柳子厚、刘言史、权德舆、李涉、李益耳。大历后,刘梦得之绝句,张籍、王建之乐府,吾所深取耳。"[④]这种态度对杨士弘和高棅选诗有一定影响。杨士弘所言中唐诗人是指"自天宝至元和间四十八人",在《唐音》分属"正音"与"遗响",这是由于此选并不是僵化地以时代来区别诗的正变,四唐与始音、正音、遗响不是简单的对应关系。从众多中唐诗作被收入"正音"

① 周萌:《唐五代僧人诗格研究——以僧皎然〈诗式〉为中心》,南京:南京大学出版社2010年版,第28页。
② [唐]杜牧:《樊川文集》卷九,上海:上海古籍出版社1978年版,第137页。
③ [宋]严羽著,张健校笺:《沧浪诗话校笺》上册,上海:上海古籍出版社2012年版,第7页。
④ [宋]严羽著,张健校笺:《沧浪诗话校笺》下册,第571—573页。

来看,杨士弘对中唐的评价还是相当高的。

高棅《唐诗品汇》把中唐等同于大历、贞元之诗,把元和归入晚唐,此说后人均不赞同,不过他关于"中唐之再盛"的论断,却引起了广泛共鸣。《唐诗品汇总叙》曰:"大历、贞元中,则有韦苏州之雅淡,刘随州之闲旷,钱、郎之清赡,皇甫之冲秀,秦公绪之山林,李从一之台阁,此中唐之再盛也;下暨元和之际,则有柳愚溪之超然复古,韩昌黎之博大其词,张、王乐府,得其故实,元、白序事,务在分明,与夫李贺、卢仝之鬼怪,孟郊、贾岛之饥寒,此晚唐之变也。"①按高棅所述,中唐大家前期有韦应物和刘长卿,之后有钱起、郎士元等,此为大历诗人。元和时期有以险怪新奇而著称的韩孟诗派,包括韩愈、孟郊、李贺、卢仝等;以通俗平实而著称的元白诗派,包括元稹、白居易、李绅等。此外柳宗元的五古和张籍、王建的乐府均有巨大的成就,其对元和诗人求新求变特点归纳是比较准确的。

明七子诗论核心主张是"古体学汉魏,近体宗盛唐",中唐诗歌并不具备典范价值。王廷相《刘梅国诗集序》所言:"古人之作,莫不有体。《国》《雅》《颂》,逖矣,变而为《离骚》,为《十九首》,为邺中七子,为阮嗣宗,为三谢,质尽而文极矣;又变而为陈子昂,为沈宋,为李杜,为盛唐诸名家,大历以后弗论也。"②王世贞《艺苑卮言》则引述李肇《唐国史补》所论,也对中唐各家诗人有所贬抑。

此后,受七子派影响,中唐时期诗道走向没落几乎成为诗坛习论。胡应麟曰:"中唐淘洗清空,写送流亮,七言律至是,殆于无可指摘,而体格渐卑,气韵日薄,衰态毕露矣。"③陆时雍也有类似评

①[明]高棅:《唐诗品汇》,第8—9页。
②王树林编纂:《王廷相诗话》,吴文治主编:《明诗话全编》第2册,第2038页。
③[明]胡应麟:《诗薮》内编卷五,第92页。

价:"中唐诗近收敛,境敛而实,语敛而精。……然其病在雕刻太甚,元气不完,体格卑而声气亦降,故其诗往往不长于古而长于律,自有所由来矣。"①即使是清初以来对七子诗学多有批判,但王夫之、王士祯等众多有影响的诗论家均对中唐评价不高,直至叶燮,对中唐的定位才发生了颠覆性的转变。其《百家唐诗序》曰:

> 吾尝上下百代,至唐贞元、元和之间,窃以为古今文运、诗运,至此时为一大关键也。是何也?……迨至贞元、元和之间,有韩愈、柳宗元、刘长卿、钱起、白居易、元稹辈出,群才竞起,而变八代之盛,自是而诗之调、之格、之声、之情,凿险出奇,无不以是为前后之关键矣。……后之称诗者,胸无成识,不能有所发明,遂各因其时以差别,号之曰中唐,又曰晚唐。今知此中也者,乃古今百代之中,而非有唐之所独得而称中者也。②

叶燮指出韩愈、柳宗元等中唐诗人是诗风转变的关键,并开启了后世诗歌的创作,其实是把中唐作为唐前和宋后两大诗歌传统的分界点,中唐为"百代之中",而不仅仅是唐代之中。由于叶燮论诗并不是以汉魏盛唐作为圭臬,故中唐的这种开拓作用具有重大诗史意义。叶燮这种观念在近代诗论家相关论述中得到进一步发挥,陈衍说:"盖余谓诗莫盛于三元:上元开元、中元元和、下元元祐。"又云:"庐陵、宛陵、东坡、临川、山谷、后山、放翁、诚斋,岑、高、李、杜、韩、孟、刘、白之变化也;简斋、止斋、沧浪、四灵,王、孟、韦、柳、贾岛、姚合之变化也。故开元、元和者,世所分唐、宋之枢幹也。"③

---

① [明]陆时雍:《诗镜总论》,《历代诗话续编》下册,第1417—1418页。
② [清]叶燮:《已畦集》卷八,《四库全书存目丛书》集部第244册,济南:齐鲁书社1997年版,第81—82页。
③ 陈衍著,郑朝宗、石文英校点:《石遗室诗话》卷一,北京:人民文学出版社2004年版,第7页。

叶燮对中唐的推崇只是特例,在当时很少引起共鸣,包括叶燮弟子沈德潜在内的众多诗论家在评价中唐时仍然多沿袭七子以来的习论。试看《别裁》对刘长卿的评论:

> 中唐诗渐秀渐平,近体句意日新,而古体顿减浑厚之气矣。权德舆推文房为"五言长城",亦谓其近体也。(卷三,第87页)

> 中唐诗近收敛,选言取胜,元气不完,体格卑而声调亦降矣。刘文房工于铸意,巧不伤雅,犹有前辈体段。(卷十一,第363页)

缺少浑厚之气,体格日卑,声调下降,这些论调几乎成为中唐诗歌的标签。沈德潜似乎只是重复传统观念,完全忽略了中唐诗人求新求变的努力和对诗歌疆域的开拓功绩,可见严羽以来对中唐诗歌的定位具有多么深远的影响力。

总之,由于批评者身份和批评方式的不同,对中唐诗歌的评价呈现出较大的差异。史家和诗论家在概括中唐诗风时,多认为此期诗歌重视写作技巧,雕琢炼饰,崇奇尚怪,气格卑弱,已经背离了盛唐诗歌浑厚劲健的特点,标志着诗运的下降,这几乎成为晚唐至清代的一个主流诗学观念。但是,一旦面对具体作品,选家却对中唐诗歌多有接纳。杨士弘《唐音》把众多中唐诗作归入"正音",高棅《唐诗品汇》把传统的中唐诗人刘长卿、韦应物归入"名家"。这种差异在清代格调派代表沈德潜身上表现得最为突出。沈氏《说诗晬语》对中唐诗歌评价很低,不过《唐诗别裁集》对之却相当重视。从入选总量来看,中唐诗占全选的32.7%,并且七律、五绝、七绝三种诗体的入选数量竟然超过盛唐[1]。这种有趣的现象可能缘

---

[1] 王宏林:《沈德潜诗学思想研究》,北京:人民出版社2010年版,第52—57页。

于人们对盛唐诗歌的向往,很自然地认为"极盛难继",而一旦阅读具体作品时,会不自觉地折服于中唐诗人高超的艺术技巧和超乎寻常的创作才华,与高棅"中唐之再盛"的定位不谋而合。

(四)晚唐:格律精熟与体格日卑

按传统"四唐"分期,晚唐自文宗开成元年(836)至哀帝天祐四年(907),历文宗、武宗、宣宗、懿宗、僖宗、昭宗、哀帝七朝,共72年。对晚唐格局的认识大致有两种意见:一是杨慎所提出的"晚唐两诗派说",其云:"晚唐之诗分为二派:一派学张籍,则朱庆余、陈标、任蕃、章孝标、司空图、项斯其人也;一派学贾岛,则李洞、姚合、方干、喻凫、周贺、'九僧'其人也。其间虽多,不越此二派。"[1]杨慎自言此说本于"《张泊集》序项斯诗"。张泊字偕仁,初仕南唐,入宋后官至参知政事。《唐文拾遗》收录张泊《项斯诗集序》一文,云:"吴中张水部为律格,诗尤工于匠物,字清意远,不涉旧体,天下莫能窥其奥,唯朱庆余一人亲授其旨。沿流而下,则有任蕃、陈标、章孝标、倪胜、司空图等咸及门焉。宝历、开成之际,君声价籍甚,时特为水部之所知赏,故其诗格颇与水部相类,词清妙而句美丽奇绝,盖得于意表,迨非常情所及。"[2]只言张籍诗歌对晚唐任蕃、陈标、项斯等人有很大影响,并未有二派之说,杨慎可能误记。但这种说法影响却很大,清代李怀民重订《诗人主客图》,即把中晚唐诗歌分为以张籍为代表的"清真雅正"派和以贾岛为代表的"清真僻苦"派。二是闻一多在《唐诗杂论·贾岛》中提出:"由晚唐到

---

[1]〔明〕杨慎撰,王大厚笺证:《升庵诗话新笺证》卷四,北京:中华书局2008年版,第204页。

[2]〔清〕陆心源:《唐文拾遗》卷四十七,〔清〕董诰等编:《全唐文》第五册,上海:上海古籍出版社1990年版,第238页。

五代,学贾岛的诗人不是数字可以计算的,除极少数鲜明的例外,是向着词的意境与词藻移动的,其余一般的诗人大众,也就是大众的诗人,则全属于贾岛。从这观点看,我们不妨称晚唐五代为贾岛时代。"①以上对晚唐诗概貌的勾勒均过于简单。从创作成就和艺术特色而言,晚唐诗歌常被提及的主要有三派:一是以李商隐为代表,包括杜牧、温庭筠等人,诗风精巧秾丽,并开辟了艳情之境。二是李洞、姚合、方干等,多为在野穷士,诗风受贾岛影响。三是皮日休、陆龟蒙、聂夷中等诗人,作品指陈时弊、抨击世政,乃是承继白居易新乐府传统而来。

　　历代对晚唐诗的评价较趋于一致,除欧阳修、杨万里、高棅、叶燮外,多数诗论家认为此时诗歌创作已趋于没落。欧阳修《六一诗话》云:"唐之晚年,诗人无复李、杜豪放之格,然亦务以精意相高。如周朴者,构思尤艰。每有所得,必极雕琢。故时人称朴诗'月锻季炼,未及成篇,已播人口'。其名重当时如此,而今不复传矣。余少时犹见其集,其句有云:'风暖鸟声碎,日高花影重。'又云:'晓来山鸟闹,雨过杏花稀。'诚佳句也。"②杨万里《黄御史集序》:"诗至唐而盛,至晚唐而工。盖当时以此设科而取士,士皆争竭其心思而为之,故其工,后无及焉。时之所尚,而患无其才者,非也。"③欧阳修认为晚唐诗"精意相高",杨万里认为诗歌"至晚唐而工",大致指晚唐诗人刻意追求语辞精美、对仗整丽、立意警拔,主要成就是艺术技巧的精致娴熟。

　　在《唐诗品汇》中,高棅把晚唐分为"元和之际"和"开成以后"

①闻一多:《唐诗杂论》,北京:生活·读书·新知三联书店1999年版,第45页。
②[宋]欧阳修:《六一诗话》,《历代诗话》上册,第267页。
③[宋]杨万里撰,辛更儒笺校:《杨万里集笺校》卷七十九,北京:中华书局2007年版,第3209页。

两个时期,前者为"此晚唐之变",与九品中的"正变"相合,即虽有新变尚未背离正宗;后者为"遗风余韵,犹有存者",与九品中的"余响"相合,即尚有盛唐余韵。其《唐诗品汇总叙》曰:"降而开成以后,则有杜牧之之豪纵,温飞卿之绮靡,李义山之隐僻,许用晦之偶对。他若刘沧、马戴、李频、李群玉辈,尚能黾勉气格,将迈时流,此晚唐变态之极,而遗风余韵,犹有存者焉。"①可见高棅认为开成以后的诗作仍然有合于盛唐之处,并非一无可取。

不过,宋、明主流诗学观念均对晚唐加以否定。就作品思想内容而言,多数诗论家认为晚唐诗歌多表现日常琐碎情怀,缺少儒家诗学特有的政教内涵。就艺术风貌而言,晚唐诗歌注重修辞格律,虽体制更加精美,但缺少盛唐特有的浑厚之气。如计有功《唐诗纪事》"赵牧"条云:

> 唐诗自咸通而下,不足观矣。乱世之音怨以怒,亡国之音哀以思,气丧而语偷,声烦而调急,甚者恣目褊吻,如戟手交骂。大抵王化习俗,上下俱丧,而心声随之,不独士子之罪也,其来有源矣。②

俞文豹《吹剑录》云:

> 近世诗人好为晚唐体,不知唐祚至此,气脉浸微,士生斯时,无他事业,精神技俩悉见于诗。局促于一题,拘挛于律切,风容色泽,轻浅纤微,无复浑涵气象。求如中叶之全盛,李杜元白之瑰奇,长章大篇之雄伟,或歌或行之豪放,则无此

---

① [明]高棅:《唐诗品汇》,第9页。
② [宋]计有功撰,王仲镛校笺:《唐诗纪事校笺》卷六十六,北京:中华书局2007年版,第2235页。

力量矣。故体成而唐祚亦尽,盖文章之正气竭矣。[1]

宋人这种观念在明代仍然产生了广泛共鸣。前七子大家何景明主张"学歌行近体,有取于二家,旁及唐初、盛唐诸人,而古作必从汉魏求之"[2],与前七子同时的陈沂《拘虚诗谈》则曰:"晚唐杜牧、许浑、刘沧、李商隐亦是名家,但声气衰弱,字意尖巧,吟咏无余味,赏鉴无警拔。其余虽有可称,亦是小巧如'郑鹧鸪'之类。回视大历以前,不可同日语也。"[3]均认为晚唐诗一无可取。

后七子大家李攀龙诗学主张比前七子更为偏激,《古今诗删》唐诗选部分共收诗740首,晚唐仅选入18首,占全选的2.4%,显然认为不具备典范价值。王世贞对七子派的极端复古理论有所纠正,不过这种观念并未改变七子后学对晚唐诗"气格卑弱"的鄙薄态度。胡应麟《诗薮》云:

> "数声风笛离亭晚,君向潇湘我向秦。""日暮酒醒人已远,满天风雨下西楼。"岂不一唱三叹,而气韵衰飒殊甚。"渭城朝雨",自是口语,而千载如新。此论盛唐、晚唐三昧。[4]

> 王之涣《凉州词》"黄河远上白云间"一首极工。余见不过数篇,洪景卢《唐绝》乃有十六首,其十二皆《惆怅诗》格调,惟三数近初唐,余率中、晚人语,决非出之涣手。盖初、盛间绝句,音节不谐,文义生强或有之;至于气骨卑弱,词指尖新,则中、晚无疑也。[5]

---

[1]［宋］俞文豹著,尚佐文、邱旭平点校:《俞文豹集》,杭州:浙江古籍出版社2016年版,第33页。

[2]［明］何景明:《海叟集序》,《何大复集》卷三十四,第595页。

[3]徐志伟编纂:《陈沂诗话》,吴文治主编:《明诗话全编》第2册,第1947页。

[4]［明］胡应麟:《诗薮》内编卷六,第109页。

[5]［明］胡应麟:《诗薮》内编卷六,第123页。

许学夷《诗学辩体》云：

> 唐人之诗虽主乎情，而盛衰则在气韵。如中唐律诗，晚唐绝句，亦未尝无情，而终不得与初、盛相较，正是其气韵衰飒耳。[1]

> 或曰：唐末诗不特理致可宗，而情景俱真，有不可废。赵凡夫云："情真、景真，误杀天下后世。不典不雅，鄙俚叠出，何尝不真？于诗远矣！古人胸中无俗物，可以真境中求雅；今人胸中无雅调，必须雅中求真境。如此求真，真如金玉；如彼求真，真如砂砾矣。大抵汉唐之真如此，宋人之真如彼；初、盛之真如此，晚唐之真如彼。二法悬殊，不可不辩。"[2]

随着明末清初对七子诗学的批判，对晚唐诗歌的定位有所变化。叶燮从诗歌新变的角度认为唐代各期诗作各有特点，不该厚此薄彼，其言："论者谓'晚唐之诗，其音衰飒'。然衰飒之论，晚唐不辞；若以衰飒为贬，晚唐不受也。夫天生四时，四时有春秋。春气滋生，秋气肃杀。滋生则敷荣，肃杀则衰飒。气之候不同，非气有优劣也。……又盛唐之诗，春花也。桃李之秾华，牡丹、芍药之妍艳，其品华美贵重，略无寒瘦俭薄之态，固足美也。晚唐之诗，秋花也。江上之芙蓉，篱边之丛菊，极幽艳晚香之韵，可不为美乎？"[3] 否定晚唐诗歌"衰飒"为缺点的传统观念。不过叶燮的看法并未引起广泛共鸣，清人对晚唐重新进行定位，大多仍然沿袭七子的辩体思路，不过却肯定晚唐近体有独特的价值，如杜诏、杜庭珠《中晚唐诗叩弹集·例言》曰："晚唐古诗寥寥，五律有绝工者，要亦

---

①［明］许学夷著，杜维沫校点：《诗源辩体》卷三十二，第303页。
②［明］许学夷著，杜维沫校点：《诗源辩体》卷三十二，第309页。
③［清］叶燮著，蒋寅笺注：《原诗笺注》外篇下，第386页。

一鳞片甲而已。唯七言今体,则日益工致婉丽,虽气雄力厚不及盛唐,而风致才情实为前此未有。盖至此而七言之能事毕矣。"①叶矫然曰:"晚之不及初盛者,非谓今体,谓古体也。元和今体新逸,时出开元、大历之上,惟古体神情婉弱,酝酿既薄,变化易穷。"②

《唐诗别裁集》对晚唐诸多诗人的评价仍然不高,且流露出明显的沿袭明七子的痕迹。不过从选数诗量来看,《别裁》选入晚唐七律117首,高于盛唐的102首;选入晚唐七绝60首,与盛唐63首相近;对五绝、五律也多有选入,对晚唐近体成就持肯定立场。

总体来看历代对晚唐诗的评价,由于宋初和宋末曾有过两次较大规模学习晚唐诗歌的风尚,这两个时期尚有一些肯定晚唐的主张。不过就主流诗学而言,否定意见一直占主要地位。宋人多立足于儒家传统"诗教"立场,从"末世之音"的角度批评了晚唐诗歌内容的狭隘与卑弱。明人多立足于格调理论,认为晚唐诗歌注重字法句法而忽略整体意象之美。伴随着对李商隐等人重新定位,清代开始肯定晚唐诗在写作技巧方面的努力,并对晚唐近体有所接纳。

综上而论,宋代以后,对唐诗的分期及各期价值的定位逐渐成为唐诗研究的焦点问题。"四唐分期"是严羽、方回、杨士弘、高棅等诗论家对唐诗不同时期艺术风貌的概括,既表示时代发展的先后,又蕴含价值高下的评判。尽管清代诗论家对这一观念极力加以批驳,但总体而言,"四唐分期"凸显了盛唐诗歌的典范地位,有助于诗论家精细探讨唐诗不同时期的独特艺术风貌,极大地促进了唐诗研究的深入发展。

---

① [清]杜诏、杜庭珠:《中晚唐诗叩弹集》,《四库全书存目丛书》第406册,第4页。
② [清]叶矫然:《龙性堂诗话初集》,《清诗话续编》上册,第1010页。

第二章　唐诗大家的推举与确立

在诗歌选本中,作为典范的大家一般是通过入选数量、所处位置和作品评点三种方式来体现的。入选数量多、所处位置位于卷首或比较靠前、评点时评价较高往往意味着诗人创作成就巨大,堪为典范。

沈德潜《唐诗别裁集》分体编选,各体以诗人时代先后为序。从入选数量来看,居《唐诗别裁集》前二十位的诗人是杜甫(255首)、李白(140首)、王维(104首)、韦应物(63首)、白居易(61首)、岑参(58首)、刘长卿(54首)、李商隐(50首)、韩愈(43首)、柳宗元(40首)、孟浩然(36首)、钱起(30首)、刘禹锡(30首)、陈子昂(28首)、高适(25首)、张九龄(24首)、王昌龄(23首)、李颀(23首)、张籍(18首)、杜牧(18首),他们是沈氏心目中的唐诗大家。

总量之外,不同体裁的入选数量也能反映诗论家心目中的大家序列。由于才性、喜好和时代风气的原因,诗家不同体裁取得的成就多不平衡,如杜甫不擅长绝句、李白不擅长七律,只有精细考察每种体裁的入选数量才能更准确把握选家对诗歌大家的推举。下表是《唐诗别裁集》各种体裁入选总量居前五位的诗人:

名次 体裁	1	2	3	4	5
五古	杜甫(53)	韦应物(44)	李白(42)	王维(23)	柳宗元(21)
七古	杜甫(58)	李白(37)	韩愈(21)	岑参(13)	白居易(13)
五律	杜甫(63)	王维(31)	李白(27)	孟浩然(21)	刘长卿(20)
七律	杜甫(57)	李商隐(20)	白居易(18)	刘禹锡(13)	王维、刘长卿(11)
五排	杜甫(18)	王维(10)	刘长卿(6)	李商隐(6)	李白(5)
五绝	王维(16)	李白(5)	韦应物(4)	柳宗元(4)	王涯(4)
七绝	李白(20)	王昌龄(11)	李商隐(10)	岑参(9)	杜牧(9)

上表共涉及14人，其中王涯入选4首是组诗《闺人赠远四首》，王涯之后入选3首的诗人有岑参、杜甫、刘长卿、卢纶、李端、刘禹锡、刘采春等多人，可见王涯虽然并列第三位，但考虑到其入选数量与其他诗人没有太大差距，对其推崇之意并不明显，可视为特例。其他13人均处于此选选入总量的前二十位。在《别裁·凡例》和相关作品的评点中，沈德潜对这20位诗人也评价较高。由此可以推断，《别裁》所建构的唐诗大家序列是：盛唐以杜甫、李白为首，王昌龄、王维、孟浩然、高适、岑参、李颀紧随其后；初唐有陈子昂和张九龄；中唐有韦应物、刘长卿、钱起、韩愈、柳宗元、刘禹锡、白居易和张籍；晚唐有李商隐和杜牧。结合前代诗学家的相关论述，沈氏所建构的这个唐诗大家序列具有明显的集大成特点和深远的诗学渊源，本章试对此详加论述。

一、唐诗大家的发现

"大家"地位的确立其实是一个发现的过程。世有伯乐，然后有千里马。正是通过"发现人"的标举,一度默默无闻的诗人开始引起关注,最终获得"大家"声誉。《别裁》所建构的唐诗大家体系深受前人影响,下面从"发现人"的角度考察这一体系的渊源。

(一)唐人视野中的当代诗歌大家

唐诗大家是历史的积淀和发现,作为初始阶段的唐代,其对唐诗大家的形成至关重要。与六朝相比,唐代诗人群体从贵族、官员扩大到各个阶层,浓厚的文学氛围导致唐人对同时代的诗作非常关注。唐人笔记中所记载的"旗亭画壁"和歌妓以能吟《长恨歌》而夸耀的故事都表明,诗歌是唐代普通民众生活的重要方面。唐诗中数量众多的怀思、感旧、伤逝之作,唐文中相关诗人的集序、碑铭,唐人笔记中关于诗人的奇异传说,以及唐人选唐诗中对名家名作的标举,都表明唐诗的创作与大家的筛选异常活跃。这些评鉴材料出自唐人之手,代表了对相关诗人的最早定位,其鲜活性与时代感是后代无法做到的。综合来看这些材料,可以发现唐人心目中的唐诗大家与后代所形成的传统序列相比,最大的不同是带有故旧和地域色彩,尤其是对中晚唐大家的推举。这是一种常见的现象,也是大家筛选过程必然要经历的阶段。任何诗人首先是在一个较小的范围获得声望,然后在更大的范围接受公众的考验。如果作品确实具备大家的某种特质,自然就会被更多的读者接受,在不断的推举之下逐渐确立大家地位。

初唐诗坛中,四杰、沈佺期、宋之问、刘希夷与陈子昂是唐人评论的焦点。相对而言,唐人对四杰和沈、宋有褒有贬,对刘希夷多谈其因诗罹祸,独陈子昂广受赞誉,被公推为大家。李冗《独异志》曾记载了陈子昂毁琴获誉之事:

> 子昂初入京,不为人知。有卖胡琴者,价百万,豪贵传视

无辨者。子昂突出,谓左右曰:輦千缗市之。众惊问,答曰:余善此乐。皆曰:可得闻乎? 曰:明日可集宣阳里。如期偕往,则酒肴毕具,置胡琴于前。食毕,捧琴语曰:蜀人陈子昂有文百轴,驰走京毂,碌碌尘土,不为人知。此乐贱工之役,岂宜留心。举而碎之,以其文轴遍赠会者。一日之内,声华溢郡。时武攸宜为建安王,辟为书记。①

此事虽真伪莫辨,但流行甚广,对提升陈子昂的诗坛地位所起的作用是难以估量的。此外,卢藏用在《右拾遗陈子昂文集序》中,回顾了六朝以来儒家"诗教"传统的衰落现实,对陈子昂复古功绩给予了很高的评价,称赞道:"道丧五百岁而得陈君。"②杜甫《陈拾遗故宅》云:"有才继骚雅,哲匠不比肩。公生杨马后,名与日月悬。"③韩愈《荐士诗》云:"国朝盛文章,子昂始高蹈。"④可知在唐人心目中,陈子昂的地位迥异其他初唐诗人,最受推崇。

盛唐诗坛中,李白、杜甫、王维、孟浩然、高适、岑参、王昌龄是后代公认的唐诗大家,除杜甫在中唐之后才被广为关注外,其他人在有生之年即获得巨大声誉。唐人笔记中有很多关于李白天才俊逸、傲视公侯的记载。李肇《唐国史补》云:"李白在翰林多沉饮。玄宗令撰乐辞,醉不可待,以水沃之,白稍能动,索笔一挥十数章,文不加点。后对御引足令高力士脱靴,上命小阉排出之。"⑤王仁裕《开元天宝遗事》"粲花之论"条云:"李白有天才俊逸之誉,每与人谈论,皆成句读,如春葩丽藻,粲于齿牙之下,时人号曰'李白

①[宋]计有功撰,王仲镛校笺:《唐诗纪事校笺》卷八,第234页。
②[清]董诰等编:《全唐文》卷二百三十八,第1061页。
③萧涤非主编:《杜甫全集校注》卷九,第2703页。
④[唐]韩愈著,钱仲联集释:《韩昌黎诗系年集释》卷五,第528页。
⑤[唐]李肇:《唐国史补》卷上,第16页。

檠花'之论。"①"醉圣"条云:"李白恃酒,不拘小节,然沉酣中所撰文章未尝错误,而与不醉之人相对议事,皆不出太白所见,时人呼为'醉圣'。"②李白诗作深为唐人激赏,杜甫《春日忆李白》曰:"白也诗无敌,飘然思不群。"③殷璠《河岳英灵集》评曰:"白性嗜酒,志不拘检,常林栖十数载,故其为文章,率皆纵逸。至如《蜀道难》等篇,可谓奇之又奇。然后自骚人以还,鲜有此体调也。"④皮日休《刘枣强碑》曰:"吾唐来,有是业者,言出天地外,思出鬼神表。读之则神驰八极,测之则心怀四溟。磊磊落落,真非世间语者,有李太白。"⑤郑谷《读李白集》曰:"何事文星与酒星,一时钟在李先生。高吟大醉三千首,留著人间伴月明。"⑥僧齐己《读李白集》曰:"竭云涛,刳巨鳌,搜括造化空牢牢。冥心入海海神怖,骊龙不敢为珠主。人间物象不供取,饱饮游神向悬圃。锵金铿玉千余篇,脍吞炙嚼人口传。须知——丈夫气,不是绮罗儿女言。"⑦均推崇备至。

　　相较而言,与李白并称为"双子星座"的杜甫在盛唐时的声望远不如李白,不但唐人笔记中关于杜甫诗才的正面记载较少,且同时代的李白、高适等人谈及杜甫时,对杜诗的推崇态度也不明显。直至中唐,杜甫的地位逐渐提高。元稹《唐故工部员外郎杜君墓系铭并序》称赞杜甫:"上薄风骚,下该沈、宋,古傍苏、李,气夺曹、刘,掩颜、谢之孤高,杂徐、庾之流丽,尽得古今之体势,而兼昔人之

①［五代］王仁裕撰,曾贻芬点校:《开元天宝遗事》卷下,北京:中华书局2006年版,第55页。

②［五代］王仁裕撰,曾贻芬点校:《开元天宝遗事》卷下,第56页。

③萧涤非主编:《杜甫全集校注》卷一,第107页。

④［唐］殷璠编,傅璇琮校点:《河岳英灵集》卷上,《唐人选唐诗新编》,第171页。

⑤［唐］皮日休:《皮子文薮》卷四,上海:上海古籍出版社1981年版,第38—39页。

⑥［清］彭定求等编:《全唐诗》卷六百七十五,北京:中华书局1960年版,第7736页。

⑦［清］彭定求等编:《全唐诗》卷八百四十七,第9585页。

所独专矣。"①白居易《与元九书》云："杜诗最多,可传者千余篇,至于贯穿今古,覼缕格律,尽工尽善,又过于李。"②两人分别从集古今大成和儒家"诗教"的角度推崇杜诗,杜甫的声望至此达到高峰。之后虽然有过李杜优劣的争论,但杜诗堪称唐诗大家则没有疑问。韩愈《调张籍》云："李、杜文章在,光焰万丈长。"③杜牧《冬至日寄小侄阿宜诗》云："李、杜泛浩浩,韩、柳摩苍苍。近者四君子,与古争强梁。"④孟棨《本事诗》"高逸第三"条云："杜逢禄山之难,流离陇、蜀,毕陈于诗,推见至隐,殆无遗事,故当时号为'诗史'。"⑤可知在中晚唐人的心目中,杜甫的大家地位相当稳固。

　　王维是另一位有生之年即拥有巨大声望的诗人。薛用弱《集异记》记载了王维扮成乐工最终获得公主赏识的传奇故事,其言:"维即出献怀中诗卷,公主览读惊骇曰:'皆我素所诵习者,常谓古人佳作,乃子之为乎?'"⑥可知维诗在当时流行之广与声望之高。杜甫《解闷十二首》之八评王维曰："不见高人王右丞,蓝田丘壑蔓寒藤。最传秀句寰区满,未绝风流相国能。"⑦储嗣宗《过王右丞书堂二首》其一云："澄潭昔卧龙,章句世为宗。独步声名在,千岩水石空。"其二云："感深苏属国,千载五言诗。"⑧均对王维诗作流露

①[唐]元稹著,周相录校注:《元稹集校注》卷五十六,上海:上海古籍出版社2011年版,第1361页。
②[唐]白居易著,朱金城笺校:《白居易集笺校》卷四十五,上海:上海古籍出版社1988年版,第2791页。
③[唐]韩愈著,钱仲联集释:《韩昌黎诗系年集释》卷九,第989页。
④[清]彭定求等编:《全唐诗》卷五百二十,第5941页。
⑤[唐]孟棨:《本事诗》,《历代诗话续编》上册,第15页。
⑥[唐]薛用弱:《集异记》,《景印文渊阁四库全书》第1042册,第580页。
⑦萧涤非主编:《杜甫全集校注》卷十七,第4950页。
⑧[清]彭定求等编:《全唐诗》卷五百九十四,第6885—6886页。

出浓浓的崇敬之情。殷璠《河岳英灵集》收录王维作品15首,总量居全选第二位,仅次于王昌龄的16首,评曰:"维诗词秀调雅,意新理惬。在泉为珠,著壁成绘,一句一字,皆出常境。"[1]也是推崇备至。

孟浩然在盛唐同辈诗人中声望极高,李白有《赠孟浩然》《春日归山寄孟浩然》《黄鹤楼送孟浩然之广陵》等诗,其《赠孟浩然》云:"吾爱孟夫子,风流天下闻。"[2]杜甫《解闷十二首》之六评孟浩然云:"复忆襄阳孟浩然,清诗句句尽堪传。即今耆旧无新语,漫钓槎头缩项鳊。"[3]此外,王维、陈羽、白居易、张蠙等众多唐人有怀念、哀悼孟氏之作,可知孟浩然在唐人心目中分量极重。王士源《孟浩然诗集序》曰:

> 浩然每为诗,伫兴而作,故或迟成。行不为饰,动求真适,故以诞。游不利,期以放情,故常贫。名劣系于选部,聚不盈甔室,虽屡空不给,自若也。[4]

王氏对孟浩然的诗歌和人品均赞赏有加,这种立场颇具代表性。殷璠《河岳英灵集》评曰:"浩然诗,文彩葺茸,经纬绵密,半遵雅调,全削凡体。"[5]皮日休《郢州孟亭记》云:"明皇世,章句之风,大得建安体。论者推李翰林、杜工部为之尤。介其间能不愧者,惟吾乡之孟先生也。"[6]俨然视为堪与李、杜并称的盛唐大家。

---

①[唐]殷璠编,傅璇琮校点:《河岳英灵集》卷上,《唐人选唐诗新编》,第181页。
②[唐]李白撰,[清]王琦注:《李太白集注》卷九,上海:上海古籍出版社1992年版,第182页。
③萧涤非主编:《杜甫全集校注》卷九,第4947页。
④[唐]孟浩然著,佟培基笺注:《孟浩然诗集笺注》,上海:上海古籍出版社2013年版,第558页。
⑤[唐]殷璠编,傅璇琮校点:《河岳英灵集》卷下,《唐人选唐诗新编》,第232页。
⑥[唐]皮日休:《皮子文薮》卷七,第70页。

　　盛唐李颀、高适、岑参、储光羲、王昌龄等人有很多酬答赠别之作,后人也常把他们视为盛唐群体而加以推崇。殷璠《河岳英灵集》评李颀曰:"颀诗发调既清,修辞亦绣,杂歌咸善,玄理最长。"①评高适曰:"适诗多胸臆语,兼有气骨,故朝野通赏其文。"②评岑参曰:"参诗语奇体峻,意亦奇造。"③评储光羲曰:"储公诗,格高调逸,趣远情深,削尽常言,挟风雅之道,得浩然之气。"④评王昌龄曰:"元嘉以还,四百年内,曹、刘、陆、谢,风骨顿尽。顷有太原王昌龄、鲁国储光羲,颇从厥迹。且两贤气同体别,而王稍声峻。"⑤《河岳英灵集》影响极为深远,这些评价也成为后世诗坛习论。

　　唐人对中唐诗歌大家的筛选不像盛唐那么趋于一致,如元结《箧中集》所收沈千运、王季友、于逖、孟云卿、张彪、赵微明、元季川七人,后人并不看重。相对而言,韦应物曾受到众多诗家的推崇。白居易《与元九书》评曰:"如近岁韦苏州歌行,清丽之外,颇近兴讽。其五言诗又高雅闲澹,自成一家之体。今之秉笔者,谁能及之?"⑥司空图《与李生论诗书》曰:"王右丞、韦苏州,澄澹精致,格在其中,岂妨于遒举哉?"⑦均十分推重。此外,钱起和郎士元曾被视为大历典范,高仲武《中兴间气集》收录26家诗人,分列两人于上下卷之首。其评钱起曰:"员外诗,体格新奇,理致清赡。越从登

---

① [唐]殷璠编,傅璇琮校点:《河岳英灵集》卷上,《唐人选唐诗新编》,第202页。
② [唐]殷璠编,傅璇琮校点:《河岳英灵集》卷上,《唐人选唐诗新编》,第209页。
③ [唐]殷璠编,傅璇琮校点:《河岳英灵集》卷上,《唐人选唐诗新编》,第215页。
④ [唐]殷璠编,傅璇琮校点:《河岳英灵集》卷下,《唐人选唐诗新编》,第239页。
⑤ [唐]殷璠编,傅璇琮校点:《河岳英灵集》卷上,《唐人选唐诗新编》,第244—245页。
⑥ [唐]白居易著,朱金城笺校:《白居易集笺校》卷四十五,第2795页。
⑦ 祖保泉、陶礼天笺校:《司空表圣诗文集笺校》文集卷二,合肥:安徽大学出版社2002年版,第193页。

第,挺冠词林。文宗右丞,许以高格,右丞没后,员外为雄。救宋齐之浮游,削梁陈之靡嫚,迥然独立,莫之与群。"① 评郎士元曰:"员外河岳英奇,人伦秀异,自家邢国,遂拥大名。右丞以往,与钱更长。自丞相已下,出使作牧,二君无诗祖饯,时论鄙之。两君体调,大抵欲同,就中郎公稍更闲雅,近于康乐。"② 对其他中唐诗人,高仲武微有贬意,其评刘长卿曰:"诗体虽不新奇,甚能炼饰。大抵九首已上,语意稍同,于落句尤甚,思锐才窄也。"③

对元和诗歌大家的勾勒,赵璘《因话录》较为明晰,其云:"元和以来,词翰兼奇者,有柳柳州宗元、刘尚书禹锡及杨公。刘、杨二人,词翰之外,别精篇什。又张司业籍善歌行,李贺能为新乐府,当时言歌篇者,宗此二人。"④ "杨公"即杨于陵,是赵璘座师,虽被列为大家,其成就有限,应是赵璘对座师的刻意推举。不过,赵璘所推举的柳宗元、刘禹锡、张籍和李贺在当时颇受重视。另外,唐人笔记涉及白居易的材料相当丰富,如张固《幽闲鼓吹》曰:"白尚书应举初至京,以诗谒顾著作。顾睹姓名,熟视白公曰:'米价方贵,居亦弗易。'乃披卷。首篇曰:'咸阳原上草,一岁一枯荣。野火烧不尽,春风吹又生。'即嗟赏曰:'道得个语,居即易矣!'因为之延誉,声名大振。"⑤ 张为撰《诗人主客图》,列白居易为广大教化主,俨然视为中唐诗人第一家。

韩愈以文知名,时论曰"孟诗韩笔"。就诗歌而言,影响似乎逊于白居易,不过由于他喜欢奖掖后进,声望同样很高。司空图

①[唐]高仲武编,傅璇琮校点:《中兴间气集》卷上,《唐人选唐诗新编》,第459页。
②[唐]高仲武编,傅璇琮校点:《中兴间气集》卷下,《唐人选唐诗新编》,第494页。
③[唐]高仲武编,傅璇琮校点:《中兴间气集》卷下,《唐人选唐诗新编》,第504页。
④[唐]赵璘:《因话录》卷三,上海:上海古籍出版社1979年版,第82页。
⑤[唐]张固:《幽闲鼓吹》,《景印文渊阁四库全书》第1035册,第552页。

《题柳柳州集后序》曰:"愚常览韩吏部歌诗数百首,其驱驾气势,若掀雷抉电,撑抉于天地之间,物状奇怪,不得不鼓舞而徇其呼吸也。其次皇甫祠部文集外,所作亦为遒逸,非无意于渊密,盖或未遑耳。今于华下方得柳诗,味其探搜之致,亦深远矣。"①可见对韩愈诗歌非常推崇,并把韩愈与柳宗元结合来谈,这种定位影响相当深远。相对而言,孟郊以诗颇受时人推崇。王定保《唐摭言》"韦庄奏请追赠不及第人近代者"条载:"孟郊,字东野,工古风,诗名播天下,与李观、韩退之为友。贞元十二年及第,佐徐州张建封幕卒,使下廷评,韩文公作志,东野谥曰贞耀先生。贾岛诗曰:'身殁声名在,多应万古传。寡妻无子息,破宅带林泉。冢近登山道,诗随过海船。故人相吊处,斜月下寒天。'(自注:庄云不及第,误也。)"②

　　晚唐诗家众多,许多诗人交谊笃厚,相互之间也颇多推重之词,其中李商隐、温庭筠、杜牧、许浑等人此时已颇受瞩目。如李商隐《杜司勋》云:"高楼风雨感斯文,短翼差池不及群。刻意伤春复伤别,人间唯有杜司勋。"③韦庄《题许浑诗卷》云:"江南才子许浑诗,字字清新句句奇。十斛真珠量不尽,惠休虚作《碧云词》。"④相较而言,声望最高的首推温庭筠和李商隐。皮日休《松陵集序》云:"近代称温飞卿、李义山为之最,俾陆生(按:陆龟蒙)参之,未知其孰为之后先也?"⑤已经提及温、李盛称于世。裴廷裕《东观奏记》云:"廷筠字飞卿,彦博之裔孙也。词赋诗篇,冠绝一时。与李商

① 祖保泉、陶礼天笺校:《司空表圣诗文集笺校》文集卷二,第196页。

② [五代]王定保撰,姜汉椿校注:《唐摭言校注》卷十,上海:上海社会科学院出版社2002年版,第216页。

③ [唐]李商隐著,叶葱奇疏注:《李商隐诗集疏注》卷上,北京:人民文学出版社1985年版,第93页。

④ [清]彭定求等编:《全唐诗》卷六百九十六,第8016页。

⑤ [唐]皮日休、陆龟蒙:《松陵集》,《景印文渊阁四库全书》第1332册,第165页。

隐齐名，号'温李'。"①孙光宪《北梦琐言》"温李齐名"条也有同样记载。五代韦縠编《才调集》，所选诗人跨越四唐，全选录诗1000首，分10卷，入选前十位的诗人是：韦庄（63），温庭筠（61），元稹（57），李商隐（40），杜牧（33），李白（28），白居易（27），曹唐（24），许浑（20），张泌（18）。除元稹、李白和白居易外，其他7人均为晚唐诗人，其中温、李高居前列，可见在韦縠心目中，两人无疑是唐诗大家。刘昫《旧唐书·文苑传》收录晚唐文士有李商隐、温庭筠、薛逢、李拯、李巨川、司空图等人，以诗知名仅李商隐、温庭筠和司空图三人。相较司空图因节操而著称，温、李纯粹是以文学而知名当世的。

综合来看，唐人对唐诗大家的建构呈现出两个特点：一、从形成途径来看，以品诗、怀人为主要内容的论诗诗和记载诗人佚事的笔记在唐诗大家的形成过程中起到了重要作用。杜甫、韩愈、白居易等众多诗人均有大量作品涉及对当代诗人诗作的品鉴，直接促进了相关诗人大家地位的获得；二、从群体序列来看，众多唐诗大家虽然此时获得广泛认同，但对其艺术风格的探索尚不够深入，表现为那些艺术风格、诗学渊源相近的诗家很少并称。如明清诗论家常把王维、孟浩然、储光羲、韦应物和柳宗元归于源出于陶渊明的一派，把韩愈、孟郊、贾岛、李贺归于好奇一派，而唐人尚未明确如此分类。总之，唐代是形成唐诗大家的重要时期，唐人是唐诗大家的首要"发现者"，后代对唐诗大家的推举离不开唐人的创始之功。

---

① 刘学锴、余恕诚、黄世中编：《李商隐资料汇编》上册，北京：中华书局2001年版，第5页。

（二）宋元时期对唐诗大家的推举

宋元是唐诗大家形成的另一个重要时期。与唐代相比，此期诗论家能够以一种历史的视角，从容而冷静地对前代诗歌创作加以梳理。由于时代风会的转移带来了审美思潮的变化，兼之对诗作艺术风格和诗学渊源的区分更加细致，此期诗论家所建构的唐诗大家秩序与前代相比呈现出几个较鲜明的特点：一是克服了唐人所特有的地域或故旧色彩，能够对整个唐代加以总体性地观照；二是由于理学的兴盛和江西诗派的提倡，杜甫的地位逐渐超越李白，成为最受推崇的唐诗大家；三是随着对宋诗创作的反思，盛唐诗人作为一个整体逐渐受到重视，并成为创作典范。总体来看，唐诗大家的传统秩序在此期逐渐奠定，众多诗歌流派的成员范围与风格内涵得以定型，可知此期唐诗学的建树卓有成效。

1.《新唐书》

宋代较早全面梳理唐诗大家总体序列的是《新唐书》，后世公认的成就较大唐代诗人被列为本传的有：陈子昂（卷107）、崔融、苏味道（卷114）、贾曾、白居易（卷119）、李峤、卢藏用（卷123）、张说（卷125）、张九龄（卷126）、席豫（卷128）、高适、元结、戴叔伦（卷143）、鲍防（卷159）、独孤及（卷162）、权德舆（卷165）、刘禹锡、柳宗元（卷168）、元稹（卷174）、韩愈（附孟郊、张籍、皇甫湜、卢仝、贾岛、刘叉）（卷176）、李绅（卷181）、韩偓（卷183）、司空图（卷194）、王绩、贺知章、张志和（卷196）。另外，《文艺传》三卷收录文人如下：

> 上：袁朗、贺德仁、蔡允恭、谢偃、崔信明、刘延佑、张昌龄、崔行功、杜审言（附易简、甫）、王勃（附勔、助、杨炯、卢照邻、骆宾王）、元万顷；（卷201）

中：李适(附韦元旦、刘允济、沈佺期、宋之问、阎朝隐)、
尹元凯、刘宪、李邕、吕向、王翰、孙逖、李白、王维、郑虔、萧颖
士、苏源明；(卷202)

下：李华、孟浩然(附王昌龄、崔颢)、刘太真、邵说、于邵、
崔元翰、于公异、李益、卢纶、欧阳詹、李贺、吴武陵、李商隐、
薛逢、李频、吴融。(卷203)

把《别裁》所选前20位诗人与《新唐书》所收诗人相比,只有岑
参、李颀、刘长卿三人《新唐书》不载。对张九龄,《新唐书》只言其
事功,对其诗不置一辞。可知《新唐书》注意到了16位唐诗大家,
已经比较接近传统诗论家所建构的唐诗大家序列。

另外,对盛唐著名诗人杜甫,《新唐书》本传"赞语"乃撮合白
居易《与元九书》和元稹《杜君墓系铭》而成,并以韩愈《调张籍》
"李、杜文章在,光焰万丈长"作结,对杜甫推崇备至。与此相对,李
白本传却无赞语,中唐以来"崇杜贬李"的习论仍然延续。对盛唐
其他著名诗人王维、孟浩然、王昌龄、崔颢、高适,《新唐书》也没有
赞语,只是在记录行实时涉及到一些唐人笔记中的逸事和评价,没
有表现明显的推崇意味。

相对盛唐而言,《新唐书》对初、中、晚三个时期的一些诗人
评价很高。《文艺传叙》曰："言诗则杜甫、李白、元稹、白居易、刘
禹锡,谲怪则李贺、杜牧、李商隐,皆卓然以所长为一世冠,其可尚
已!"①特意标举白居易、元稹和刘禹锡,并把李贺、杜牧和李商隐
视为一世之冠,这种观念与后代大有不同。其论白居易曰："居易
于文章精切,然最工诗。初,颇以规讽得失,及其多,更下偶俗好,

---

① 《新唐书》卷二百一,第5726页。

至数千篇,当时士人争传。"①论李贺:"辞尚奇瑰,所得皆惊迈,绝去翰墨畦径,当时无能效者。"②评刘禹锡:"素善诗,晚节尤精。与白居易酬复颇多。居易以诗自名者,尝推为'诗豪',又言:'其诗在处应有神物护持。'"③评杜牧:"牧于诗,情致豪迈,人号为'小杜',以别杜甫云。"④此外,《新唐书》对初唐诗人陈子昂、沈佺期、宋之问也沿袭唐人习论,对他们在唐诗发展史上巨大的开拓之功大加赞赏,评陈子昂曰:"唐兴,文章承徐、庾余风,天下祖尚。子昂始变雅正。初,为《感遇诗》三十八章,王适曰:'是必为海内文宗。'乃请交。子昂所论著,当世以为法。"⑤评宋之问曰:"魏建安后迄江左,诗律屡变,至沈约、庾信,以音韵相婉附,属对精密。及之问、沈佺期,又加靡丽,回忌声病,约句准篇,如锦绣成文。学者宗之,号为'沈宋',语曰'苏、李居前,沈、宋比肩',谓苏武、李陵也。"⑥

　　综合以上对唐诗大家的论述,可以发现《新唐书》对沈佺期、宋之问、陈子昂、杜甫、白居易、李贺、李商隐非常推崇,而王维、孟浩然等众多盛唐诗人尽管成就巨大,却不甚受重视。大概是宋祁这些史家本来就重视考辨历史发展的源流,也更关注那些能够起到转移一代风气之人。

　　2. 严羽《沧浪诗话》

　　严羽《沧浪诗话》明确推崇盛唐,他对唐诗大家序列的构建对后代影响最大。其《沧浪诗话·诗体》云:

①《新唐书》卷一百十九,第4304页。

②《新唐书》卷二百三,第5788页。

③《新唐书》卷一百六十八,第5131页。

④《新唐书》卷一百六十六,第5097页。

⑤《新唐书》卷一百七,第4078页。

⑥《新唐书》卷二百二,第5751页。

以人而论,则有:……沈宋体(自注:佺期、之问也)。陈
拾遗体(自注:陈子昂也)。王杨卢骆体(自注:王勃、杨炯、卢
照邻、骆宾王也)。张曲江体(自注:始兴文献公九龄也)。少
陵体。太白体。高达夫体(自注:高常侍适也)。孟浩然体。
岑嘉州体(自注:岑参也)。王右丞体(自注:王维也)。韦苏
州体(自注:韦应物也)。韩昌黎体。柳子厚体。韦柳体(自
注:苏州与仪曹合言之)。李长吉体。李商隐体(自注:即西
昆体也)。卢仝体。白乐天体。元白体(自注:微之、乐天,
其体一也)。杜牧之体。张籍、王建体(自注:谓乐府之体同
也)。贾浪仙体。孟东野体。杜荀鹤体。[1]

严羽所举唐人诗体有24种,涉及诗人26位,与《别裁》所选数量居
前20位的诗人相比,除王昌龄、刘长卿、钱起、刘禹锡外,有16家
相合。此外,《沧浪诗话》多次言及"盛唐体""盛唐诗人""开元天
宝诸大家",似乎也包括王昌龄在内。另《诗评》曰:"权德舆之诗,
却有绝似盛唐者。权德舆或有似韦苏州、刘长卿处。"[2]又曰:"大
历后,刘梦得之绝句,张籍、王建之乐府,吾所深取耳。"[3]特标举权
德舆、刘禹锡等。总体来看,只有钱起未被提及,可知严羽所建构
的唐诗大家序列影响相当深远。

除此之外,严羽唐诗大家序列的另一个特点是有意把李白、
杜甫与其他盛唐诗人加以区分。《诗辨》曰:"即以李、杜二集枕藉
观之,如今人之治经;然后博取盛唐名家,酝酿胸中,久之自然悟
入。"[4]又曰:"次取开元、天宝诸家之诗而熟参之,次独取李、杜二

①[宋]严羽著,张健校笺:《沧浪诗话校笺》上册,第219—236页。
②[宋]严羽著,张健校笺:《沧浪诗话校笺》下册,第553—554页。
③[宋]严羽著,张健校笺:《沧浪诗话校笺》下册,第573页。
④[宋]严羽著,张健校笺:《沧浪诗话校笺》上册,第73页。

公之诗而熟参之。"①特意标举李白和杜甫。《诗评》部分则分别论述了李白、杜甫诗风之不同,并言:"李、杜二公,正不当优劣。太白有一二妙处,子美不能道;子美有一二妙处,太白不能作。"②这种李、杜高出众人并各有所长的观念对中唐以来的"李杜之争"做出了相当圆满的解答。《别裁》以时为序,但在诗人世次安排上,于崔颢、王维、高适、岑参等盛唐诗人之后,再列李白、杜甫,且在五古、七古两种诗体中,两人单独成卷,这种编选体例暗含推崇李杜之意,正是承继严羽《沧浪诗话》而来。

3. 方回《瀛奎律髓》

方回论诗与严羽有相似之处,两人均对永嘉四灵、江湖诗人非常不满,不过严羽是通过提倡盛唐诗风,反对江西诗派来矫正时弊,而方回仍坚持江西诗派的基本主张,通过对黄庭坚诗论的改良重新确立宋诗的发展道路。因此,方孝岳在《中国文学批评史》中评价道:"方回则仍抱定黄、陈诸子,以黄、陈接杜甫,建立一条边的大路,为江西派的护法,而且也是江西派的救弊者。"③方回在《瀛奎律髓》中对唐代诗人诗作的选评,基本上代表了宋代诗坛主流观念对唐人的定位。

古体和近体均是唐人习用的体裁,但由于时代与诗人喜好的不同,同一诗人的古体与近体的创作成就并不平衡。方回《瀛奎律髓》只选律诗,难免导致他对诗人地位的评判与传统的定位存在差别。不过从表面来看,方回所建构的唐诗大家序列却与传统非常接近。其评陈子昂《度荆门望楚》云:"陈子昂、杜审言、宋之问、沈

①〔宋〕严羽著,张健校笺:《沧浪诗话校笺》上册,第59页。
②〔宋〕严羽著,张健校笺:《沧浪诗话校笺》下册,第575页。
③方孝岳:《中国文学批评 中国散文概论》,北京:生活·读书·新知三联书店 2007年版,第176页。

佺期俱同时，而皆精于律诗。孟浩然、李白、王维、贾至、高适、岑参与杜甫同时，而律诗不出则已，出则亦足与杜甫上下。唐诗一时之盛，有如此十一人，伟哉！"①所列律诗11人中，有7人属于后世公认的唐诗大家，其他4位也常被人称道。

但是，从《瀛奎律髓》对作品收录的情况来看，杜甫以217首高居首位，其下是白居易121首、贾岛66首、刘禹锡54首、张籍47首、岑参31首、李商隐23首、刘长卿21首、宋之问和韦应物均为15首、王维和韩愈均为14首、李白13首、柳宗元10首，至于张九龄、陈子昂、崔颢、孟浩然这些初盛唐名家的入选数量均不超过10首，尤其是高适、王昌龄、李颀三位盛唐大家的入选数量分别是2首、1首和0首，可见方回通过入选作品所建立的唐诗大家序列与严羽以来的传统观念存在多么巨大的差别。

方回的这种定位与江西诗派有密切关系，黄庭坚论诗注重以理为主，讲究诗法，虽然推崇平淡自然的陶诗，但学力丰厚、诗法高妙、有迹可循的杜甫却最受江西诗派推崇。方回评陈与义《清明》说："呜呼古今诗人当以老杜、山谷、后山、简斋四家为一祖三宗，余可预配飨者有数焉。"②又评陈与义《与大光同登封州小阁》道："老杜诗为唐诗之冠。黄、陈诗为宋诗之冠。黄、陈学老杜者也。"③明确把杜甫视为唐诗成就最高的诗人。而所谓能够"预配飨者"，在方回看来就是与杜甫存在诗学渊源的中晚唐诗家。方回《恢大山西山小稿序》曾说："韩柳、郊岛、杜牧之、张文昌，皆老杜之派也。"④至于白居易，更是推崇老杜不遗余力。由此也就不难

①［元］方回选评，李庆甲集评校点：《瀛奎律髓汇评》卷一，第2页。
②［元］方回选评，李庆甲集评校点：《瀛奎律髓汇评》卷二十六，第1149页。
③［元］方回选评，李庆甲集评校点：《瀛奎律髓汇评》卷一，第42页。
④［元］方回：《桐江续集》卷三十三，《景印文渊阁四库全书》第1193册，第684页。

解释为何白居易、贾岛、张籍等人在《瀛奎律髓》中入选数量如此之多了。

4.杨士弘《唐音》

杨士弘《唐音》分"始音、正音、遗响"三部分,"正音"卷首说:"故自大历以降,虽有卓然成家,或沦于怪,或迫于险,或近于庸俗,或穷于寒苦,或流于靡丽,或过于刻削,皆不及录。"①显然,"正音"代表了正格,是指导后学的典范。按此选《凡例》云:"李、杜、韩诗,世多全集,故不及录。"可知三人虽未入选,仍被杨士弘视为唐诗大家。除此3人外,"正音"入选诗数量居前17位的诗人如下表:

名次	1	2	4	5	6	7	8	9	10	11	12	15	16	17
诗人	王维	储光羲/张籍	刘长卿	岑参	孟浩然	王建	陈子昂	柳宗元	李商隐	常建	高适/李颀/钱起	王昌龄	杜牧	许浑
数量	96	57	53	52	44	43	31	29	27	19	18	17	14	10

上表17人中,盛唐诗人有王维、储光羲、岑参、孟浩然、常建、高适、李颀、王昌龄,中唐诗人有张籍、刘长卿、王建、柳宗元、钱起,晚唐有李商隐、杜牧和许浑,他们应当代表了杨士弘心目中的除李白、杜甫、韩愈之外的唐诗大家。另外,《唐音》"正音"分体编选,这种体例更利于初学者,也是明清格调派常用的编选体例。下表是《唐音》"正音"部分各体裁入选数量居前五位的诗人:

①[元]杨士弘编选,[明]张震辑注,[明]顾璘评点,陶文鹏、魏祖钦整理点校:《唐音评注》,第74页。

名次 体裁	1	2	3	4	5
五古	韦应物(45)	储光羲(39)	陈子昂(26)	王维(19)	柳宗元(14)
七古	岑参(23)	王建(21)	张籍(18)	王维(14)	李颀(13)
五律	王维(20)	孟浩然(15)	岑参(11)	刘长卿(9)	张籍(9)
七律	刘长卿(15)	李商隐(10) 许浑(10)		王维(9)	张籍(6) 卢僎(6)
五绝	王维(18)	刘长卿(9) 张籍(9)		钱起(8) 崔国辅(8)	
七绝	王昌龄(17)	李商隐(17)	刘禹锡(15)	杜牧(14) 张籍(14)	

上表共涉及19人,其中初唐诗人有陈子昂和卢僎,共2位;盛唐诗人有储光羲、王维、岑参、李颀、孟浩然、崔国辅和王昌龄,共7位;中唐诗人有韦应物、柳宗元、王建、张籍、刘长卿、钱起和刘禹锡,共7位;晚唐诗人有李商隐、杜牧和许浑,共3位。另外,王维和张籍各出现5次,刘长卿出现3次,岑参和李商隐出现2次,其他14人分别出现1次,可见杨士弘心目中各种诗体成就最大的典范诗人主要是盛唐和中唐。

此外,在"正音"各卷的叙目中,杨士弘也透露出了对各期大家的看法,其云:

五言古诗盛唐初变六朝,作者极多,然音律参差,各成其家。所可法者六人,共诗一百一十九首。中唐来作者多,独韦、柳追陶、谢,可与前诸家相措而观,故取之。

七言古诗唐初作者亦少,独王、岑、崔、李较多,然其音律沉浑皆足为法者十人,共诗八十二首。……中唐来作者虽多,独刘长卿、韦、柳近似前诸家,张籍、王建以七言为乐府,通得五人,共诗五十三首。

五言律诗唐初作者虽多,选其精纯者十四人,共诗七十六首。……中唐来,作五言律者亦多。选其音律近盛唐者一十九人,共诗五十九首。

唐初作七言律者极少,诸家不过所录者是。然其音律纯厚自然可法者九人,共诗二十六首。……中唐来作者渐盛,然音律亦渐微,选其近盛唐者一十七人,共诗五十八首。……晚唐来作者愈盛而音律愈降,独许浑、李商隐对偶精密,有可法者二人,共诗二十首。

五言绝句盛唐初变六朝《子夜》《杨柳》之类,往往音调高古,皆可为法,十三人共诗六十首。……中唐来作五言绝句者亦多,取其音律近盛唐者十九人,共诗七十三首。

七言绝句唐初作者尚少,独王少伯、贺知章、王维而下,音律高古。可为法者十人,共诗四十七首。……中唐来作者渐盛,今取近盛唐者二十六人,共诗九十一首。……晚唐来作者愈多,音律愈下,独牧之、商隐其精思温丽有可法者二人,共诗三十一首。①

综合《唐音》"正音"入选总量、各种诗体的入选数量和各卷叙目的评论,我们可以推断杨士弘心目中的唐诗大家除李白、杜甫、韩愈外,初唐有陈子昂,盛唐有王维、孟浩然、岑参、崔国辅、王昌龄、储光羲,中唐有韦应物、刘长卿、刘禹锡、张籍、王建、柳宗元,晚唐有杜牧、李商隐、许浑。这个序列与明清传统诗论家相比,主要特点

---

① [元]杨士弘编选,[明]张震辑注,[明]顾璘评点,陶文鹏、魏祖钦整理点校:《唐音评注》,第72—74页。

有二：一是推崇中唐的色彩相当浓厚，许多中唐诗人的地位并不亚于盛唐；二是后人常称许的张九龄、高适、白居易和钱起等大家较少提及，与后世所公认唐诗大家序列传统已相当接近。

总体来看，宋元诗论家对唐诗大家的推举大致分为两派：一派以宋祁、方回为代表，他们是站在宋诗的立场上评价唐诗的，把杜甫视为唐诗第一大家，但独尊盛唐的观念并不明显；另一派以严羽、杨士弘为代表，他们站在反宋诗的立场上，以盛唐诗风来矫宋诗之弊，对盛唐之外的唐诗大家的推崇，多是以盛唐为标准来衡量的。

（三）明代复古派视野中的唐诗大家

明代是唐诗大家地位确立的关键时期，此期声势浩大的复古诗潮的基本内涵就是宗唐贬宋，这种宗唐的价值判断是以对唐代各个时期众多诗家诗作风貌的细致考察为前提的，唐诗大家序列至此基本定型。明末以来，反复古诗潮渐成诗坛主流，不过，这种诗潮更多指向创作层面，至于理论层面对唐诗大家序列的探讨，公安派、竟陵派与清代的虞山派、神韵派、宋诗派只是对七子派相关主张加以修订完善，并没有完全颠覆七子派所建立的以盛唐为基准的价值体系。因此，以高棅、李东阳、前后七子和七子余派所代表的明代复古派所建构的唐诗大家序列具有重要的诗学价值，代表了宋代以来唐诗学的最高成果，并直接影响了后代对唐诗各家的评价。

1.高棅《唐诗品汇》

高棅《唐诗品汇》是明代著名的唐诗选本。此选除了通过"九品"来评判高下外，还通过入选数量标明成就大小。下表是《唐诗品汇》所选总量居前二十位的诗人：

名次	1	2	3	4	5	6	7	8	9	10	11	12	13	14	15	16	17	18	19	20
诗人	李白	杜甫	刘长卿	王维	钱起	韦应物	岑参	高适	王昌龄	孟浩然	储光羲	韩愈	陈子昂	张籍	李颀	刘禹锡	卢纶	王建	许浑	孟郊
数量	398	296	171	167	148	140	131	108	97	87	84	77	75	74	71	67	65	62	61	58

上表20人中，初唐仅有陈子昂，盛唐有李白、杜甫、王维、岑参、高适、王昌龄、孟浩然、储光羲、李颀，共9人；中唐有刘长卿、钱起、韦应物、韩愈、张籍、刘禹锡、卢纶、王建、孟郊，共9人，晚唐仅有许浑。此外，《唐诗品汇》分体编选，各类诗体的入选数量居前五位的诗人如下表：

名次 体裁	1	2	3	4	5
五古	李白(196)	韦应物(93)	杜甫(84)	陈子昂(55)	储光羲(53)
七古	李白(76)	杜甫(53)	岑参(30)	韩愈(29) 王建(29)	
五绝	钱起(31)	韦应物(30)	王维(25)	李白(23)	刘长卿(18)
七绝	王昌龄(42)	李白(39)	刘禹锡(28)	张籍(23) 杜牧(23)	
五律	杜甫(82)	李白(46)	王维(40)	孟浩然(39)	刘长卿(31)
五排	钱起(26)	杜甫(25)	刘长卿(20)	王维(15) 卢纶(15)	
七律	杜甫(37)	刘长卿(20)	钱起(19) 刘沧(19)		许浑(17)

上表涉及19人，其中李白和杜甫出现5次，王维、刘长卿、钱起各出现3次，韦应物出现2次，其余陈子昂、储光羲、岑参、王昌龄、孟浩然、韩愈、张籍、王建、刘禹锡、杜牧、卢纶、刘沧、许浑分别出现1次。这19人中，杜牧、卢纶和刘沧诗歌的入选总量未能进入前20位，显然高棅认为这3人仅在某种诗体的创作上成就较大。

综合各家诗人在《唐诗品汇》入选总量和各体入选数量，再结合上文《唐诗品汇》关于各期诗风的论述，可以发现高棅所建构的唐诗大家序列与宋元诗论家相比具有以下几个特点：一是李、杜并称，但李白成就高于杜甫。高棅虽然承袭宋人习论，把李白、杜甫视为唐诗成就最大的两个大家，且在不同诗体中各有所长，但从"正宗""大家"的设置和入选总量的巨大差异来看，高棅推崇李白甚于杜甫；二是十分推崇刘长卿、钱起、韦应物和张籍等中唐诗人。尤其是刘长卿，不但总量超过王维，且五绝、五律、五排和七律四种近体诗体均高居前五，五古列入专为盛唐诗人设置的"名家"品目之中；三是大大增加了王昌龄、高适和李颀的入选数量，连同一贯受到重视的盛唐诗人王维、孟浩然、储光羲、岑参等人，盛唐群体自此得以完整体现；四是对白居易和贾岛较少收录，不同于之前诗坛对两人相当尊崇的风习。

2. 李攀龙《古今诗删·唐诗选》

李攀龙《古今诗删》是一部体现明七子论诗主张的诗歌选本，其"唐诗选"部分多次单独刻行，影响尤为深远。此选曾有多个评点本，不过李攀龙在编选之初并无评注，其对唐代诗人的高下评判主要是通过入选数量来体现的。下表是此选入选总量居前二十位的诗人：

名次	1	2	3	4	5	6	7	9	10	11	14	15	17	18	19	20
诗人	杜甫	李白	王维	高适	岑参	王昌龄	沈佺期/韦应物	李颀	孟浩然	陈子昂/储光羲/刘长卿	常建	张九龄/崔颢	张说	宋之问	钱起	刘禹锡
数量	92	57	48	40	38	31	17	16	14	13	12	11	10	9	8	7

上表20人中，初唐有沈佺期、陈子昂、张九龄、张说和宋之问，共5人；盛唐有杜甫、李白、王维、高适、岑参、王昌龄、李颀、孟浩然、储光羲、常建、崔颢，共11人，所有盛唐名家均得入选；中唐有韦应物、刘长卿、钱起、刘禹锡，共4人；晚唐无人入选。此外，《古今诗删·唐诗选》分体编选，各体入选数量居前五位的诗人如下：

名次 体裁	1	2	3	4	5
五古	杜甫(17)	李白(9) 储光羲(9)		高适(8) 韦应物(8)	
七古	杜甫(21)	高适(12)	李白(8)	岑参(5)	刘长卿(4) 韩愈(4)
五律	杜甫(22)	李白(13)	王维(10)	高适(9)	岑参(6)
七律	杜甫(13)	王维(11)	沈佺期(7) 李颀(7) 岑参(7)		
五排	杜甫(12)	张九龄(5) 王维(5)		沈佺期(4) 宋之问(4) 李白(4)	
五绝	王维(6) 韦应物(6)		李白(5)	孟浩然(3)	*

续表

名次 体裁	1	2	3	4	5
七绝	王昌龄(19)	李白(17)	岑参(12)	王维(6) 刘禹锡(6)	

　　*五绝入选数量居第五的有杜甫、王昌龄、储光羲、高适、岑参、刘长卿、钱起、卢纶等9人,由于数量仅2首,这个排名及数量对考察诗学地位的参考价值并不明显,故不录。

上表共涉及16人,其中初唐有沈佺期、宋之问、张九龄,共3人;盛唐有杜甫、李白、储光羲、高适、岑参、王维、李颀、孟浩然、王昌龄,共9人;中唐有韦应物、刘长卿、韩愈、刘禹锡,共4人;晚唐无人入选。以上16人中,李白出现6次,杜甫和王维各出现5次(杜甫5次均是居于首位),岑参出现4次,高适出现3次,韦应物和沈佺期分别出现2次,其他各出现1次。

　　综合入选总量和各体入选数量,可以推断李攀龙所建构的唐诗大家序列有以下特点:其一,李、杜并称,但杜甫成就高于李白。不但杜甫诗作的入选总量远超李白,且在七种诗体中,有5种处于首位,即使是杜甫不擅长的五绝和七绝,此选分别入选2首和5首,远多于其他诗人;其二,推崇盛唐的色彩十分浓厚,甚至有些极端。《古今诗删·唐诗选》入选总量居前10位的诗人中有8位是盛唐诗人,各类诗体中的入选也类似,即使是对中晚唐所擅长且成就较大的近体诗,也是把盛唐推为圭臬;其三,高棅所推崇的刘长卿、钱起、韦应物和张籍这些中唐名家,在《古今诗删》中的地位均有明显下降;其四,承袭并强化了《唐诗品汇》对白居易和贾岛的贬斥态度,对2人分别收录1首和2首。与前人相比,李攀龙所建构的唐诗大家序列最大的特点是贬斥中晚。高棅《唐诗品汇》虽然非常鲜明地提出"诗必盛唐"的诗学主张,但众多中晚唐诗人被视为"接武""正变""余响",其寓意是能够接踵盛唐、变而不离其正、犹有盛唐余韵,并非一概废弃中晚。李攀龙则不然,其对盛唐诗家的推崇是相当极端的。

　　3.王世贞《艺苑卮言》

　　除唐诗选本之外,明代复古派尚有许多体系严密、理论深刻的诗话著作,也涉及到对唐诗大家的筛选。如李东阳《怀麓堂诗话》云:"唐诗,李、杜之外,孟浩然、王摩诘足称大家。王诗丰缛而不华靡;孟却专心古淡,而悠远深厚,自无寒俭枯瘠之病。由此言之,则孟为尤胜。储光羲有孟之古,而深远不及;岑参有王之缛,而又以华靡掩之。"①对王、孟两家的诗学特点及地位的辨析相当细致。不过,全书这类论述并不多见,由于《怀麓堂诗话》的辨体仅限于古体与近体、诗与文、诗与词、唐诗与宋诗等层面,因此对四唐各期诗人作品风貌的考察尚不够细致全面,对唐诗大家序列的建构也缺少系统性。相对而言,比较集中地涉及唐诗大家序列的是王世贞《艺苑卮言》、胡应麟《诗薮》和许学夷《诗学辩体》三部著作。

　　王世贞《艺苑卮言》卷四对唐代各期重要诗人进行较为全面的品评,体现出较为明确而系统的唐诗大家序列。王世贞首先评述了唐太宗、唐中宗和唐玄宗的诗风,并称赞玄宗诗作骨气超迈。对初唐诗人,《艺苑卮言》主要涉及初唐四杰、沈佺期、宋之问、杜审言和陈子昂。王世贞肯定了初唐四杰和沈、宋对齐梁旧体的改造及唐代近体诗的开创作用,对杜审言评价尤高,视为"中兴之祖"。对陈子昂则微有贬意:"陈正字陶洗六朝铅华都尽,托寄大阮,微加

①[明]李东阳著,李庆立校释:《怀麓堂诗话校释》,北京:人民文学出版社2009年版,第38页。

断裁,而天韵不及,律体时时入古,亦是矫枉之过。"①其实是继承李攀龙《古今诗删》所论,不同意高棅《唐诗品汇》对陈子昂过高的定位。

对盛唐诗人,《艺苑卮言》主要评价了李白、杜甫、高适、岑参、王维、孟浩然、李颀等7位诗人,主要分为三组:李白与杜甫,王维与孟浩然,高适与岑参。其论李、杜曰:

> 五言古、《选》体及七言歌行,太白以气为主,以自然为宗,以俊逸高畅为贵;子美以意为主,以独造为宗,以奇拔沈雄为贵。其歌行之妙,咏之使人飘扬欲仙者,太白也;使人慷慨激烈,歔欷欲绝者,子美也。《选》体,太白多露语率语,子美多稚语累语,置之陶、谢间,便觉伧父面目,乃欲使之夺曹氏父子位耶! 五言律、七言歌行,子美神矣,七言律,圣矣。五七言绝,太白神矣,七言歌行,圣矣,五言次之。太白之七言律,子美之七言绝,皆变体,间为之可耳,不足多法也。②

分别指出两位唐代成就最高诗人的风格、体裁的不同特点,相对客观地对元稹以来李、杜之争进行了总结。对高适与岑参,王世贞说:"高、岑一时,不易上下。岑气骨不如达夫,遒上而婉缛过之。《选》体时时入古,岑尤陟健。歌行磊落奇俊,高一起一伏,取是而已,尤为正宗。"③对王维与孟浩然,王世贞说:"摩诘才胜孟襄阳,由工入微,不犯痕迹,所以为佳。"④总体而言,《艺苑卮言》仅涉及7位盛唐诗人,其对盛唐大家的建构相对于《唐诗品汇》《古今诗删》等唐诗选本和后世规模较大的诗话而言,尚显粗略,但他所采用的

————————
① [明] 王世贞:《艺苑卮言》卷四,《历代诗话续编》中册,第1005页。
② [明] 王世贞:《艺苑卮言》卷四,《历代诗话续编》中册,第1005—1006页。
③ [明] 王世贞:《艺苑卮言》卷四,《历代诗话续编》中册,第1006页。
④ [明] 王世贞:《艺苑卮言》卷四,《历代诗话续编》中册,第1006页。

分体论述的方式却是七子派论诗的显著特点,非常有利于指导后学创作。另外,这种对盛唐诗的分组直接启发了后人对盛唐诗坛的分类,传统诗学常把李、杜视为双子星座,又把王、孟视为山水田园一派,高、岑视为边塞一派,与王世贞《艺苑卮言》的定位有一定关系。

　　对中晚唐诗人,《艺苑卮言》主要评价了刘长卿、李贺、韦应物、柳宗元、韩愈、白居易、元稹、刘禹锡、孟郊、贾岛、张籍、王建、李商隐、许浑与郑谷,共涉及15位诗人,他们是王世贞心目中的中晚唐大家。王世贞对中晚唐诗人的评价主要有三个特点:一是大大降低了中晚唐诗人的地位。从宋代至高棅,众多诗论家在树立盛唐典范的同时,认为众多中晚唐诗人能够接绪盛唐,堪称大家,王世贞对这类论断多有否定:

> 刘随州五言长城,如"幽州白日寒"语,不可多得。惜十章以还,便自雷同,不耐检。①
>
> 李长吉师心,故尔作怪,亦有出人意表者。然奇过则凡,老过则稚,此君所谓不可无一,不可有二。②
>
> 韦左司平淡和雅,为元和之冠。至于拟古,如"无事此离别,不如今生死"语,使枚、李诸公见之,不作呕耶? 此不敢与文通同日,宋人乃欲令之配陶陵谢,岂知诗者。柳州刻削虽工,去之稍远,近体卑凡,尤不足道。③
>
> 韩退之于诗本无所解,宋人呼为大家,直是势利他语。子厚于《风》《雅》《骚》赋,似得一斑。④

---

① [明]王世贞:《艺苑卮言》卷四,《历代诗话续编》中册,第1010页。
② [明]王世贞:《艺苑卮言》卷四,《历代诗话续编》中册,第1010页。
③ [明]王世贞:《艺苑卮言》卷四,《历代诗话续编》中册,第1011页。
④ [明]王世贞:《艺苑卮言》卷四,《历代诗话续编》中册,第1011页。

张为称白乐天"广大教化主"。用语流便,使事平妥,固
其所长,极有冗易可厌者。少年与元稹角靡逞博。意在警策
痛快,晚更作知足语,千篇一律。诗道未成,慎勿轻看,最能
易人心手。[1]

元轻白俗,郊寒岛瘦,此是定论。[2]

昔人有言:元和以后文士,学奇于韩愈,学涩于樊宗师。
歌行则学放于张籍,诗句则学娇激于孟郊,学浅易于白居易,
学淫靡于元稹,俱谓之"元和体"。[3]

乐府之所贵者,事与情而已。张籍善言情,王建善征事,
而境皆不佳。[4]

义山浪子,薄有才藻,遂工俪对。宋人慕之,号为"西
昆"。杨、刘辈竭力驰骋,仅尔窥藩。许浑、郑谷厌厌有就泉
下意,浑差有思句,故胜之。[5]

王世贞论诗,主张"捃拾宜博,师匠宜高",对七子派极端复古
主张有所修正。但是,在涉及唐诗大家序列的建构时,对中唐诗人
多有微词,全然忽略了宋代以来至高棅《唐诗品汇》对众多中唐诗
人的推崇,其诗学立场与李攀龙《古今诗删》非常接近。

4.胡应麟《诗薮》

胡应麟《诗薮》也是一部代表七子派诗学主张的诗话,清人多
认为其诗学完全祖述王世贞,如王鸿绪《明史稿》云:"大抵奉元美
《卮言》为律令,而敷衍其说。谓千古之诗,莫盛于明李、何、李、

---

①[明]王世贞:《艺苑卮言》卷四,《历代诗话续编》中册,第1011页。
②[明]王世贞:《艺苑卮言》卷四,《历代诗话续编》中册,第1012页。
③[明]王世贞:《艺苑卮言》卷四,《历代诗话续编》中册,第1013页
④[明]王世贞:《艺苑卮言》卷四,《历代诗话续编》中册,第1015页
⑤[明]王世贞:《艺苑卮言》卷四,《历代诗话续编》中册,第1016页。

王四家。四家之中,牢笼千古,总萃百家,则又莫盛于弇州。"①不过当代学者多不认同这种观点,刘明今先生在《中国文学批评通史·明代卷》中说:"《诗薮》论诗虽有不少本之王世贞者,然实多有发明。"②这个论断相当中肯。具体到对唐诗大家序列的建构,胡应麟就吸收了明末以来众多新思潮的合理论述,对前后七子的诗论多有改造。以五言律诗为例,胡应麟说:

> 五言律体,兆自梁、陈。唐初四子,靡缛相矜,时或拗涩,未堪正始。神龙以还,卓然成调。沈、宋、苏、李,合轨于先;王、孟、高、岑,并驰于后。新制迭出,古体攸分。实词章改变之大机,气运推迁之一会也。③

> 五言律体,极盛于唐,要其大端,亦有二格:陈、杜、沈、宋,典丽精工;王、孟、储、韦,清空闲远。此其概也。然右丞赠送诸什,往往阑入高、岑。鹿门、苏州,虽自成趣,终非大手。太白风华逸宕,特过诸人。而后之学者,才匪天仙,多流率易。唯工部诸作,气象嵬峨,规模宏远,当其神来境诣,错综幻化,不可端倪。千古以还,一人而已。④

> 学五言律,毋习王、杨以前,毋窥元、白以后。先取沈、宋、陈、杜、苏、李诸集,朝夕临摹,则风骨高华,句法宏赡,音节雄亮,比偶精严。次及盛唐王、岑、孟、李,永之以风神,畅之以才气,和之以真澹,错之以清新。然后归宿杜陵,究竟绝

---

① [清]王鸿绪等:《明史稿》列传第163卷,周骏富辑:《明代传记丛刊》第97册,台北:明文书局1991年版,第441页。
② 袁震宇、刘明今:《中国文学批评通史·明代卷》,上海:上海古籍出版社1996年版,第284页。
③ [明]胡应麟:《诗薮》内编卷四,第58页。
④ [明]胡应麟:《诗薮》内编卷四,第58页。

轨,极深研几,穷神知化,五言律法尽矣。①

　　结合以上三条所论,可知胡应麟所认为五律大家初唐有沈佺期、宋之问、苏味道、李峤、杜审言、陈子昂6人;盛唐有李白、杜甫、王维、孟浩然、高适、岑参、储光羲、李颀等8人;中唐有韦应物,整体而言以初盛唐为主。再结合具体论断,可知初盛唐诗人中,盛唐人成就更大,堪为师法。这些论述与李攀龙、王世贞等七子大家基本相合。不过,在《诗薮》外编中,胡应麟对七子派这种极端的复古主张又有所修正:

> 元和而后,诗道浸晚,而人才故自横绝一时。若昌黎之鸿伟,柳州之精工,梦得之雄奇,乐天之浩博,皆大家材具也。今人概以中、晚束之高阁,若根脚坚牢,眼目精利,泛取读之,亦足充扩襟灵,赞助笔力。②

> 东野之古,浪仙之律,长吉乐府,玉川歌行,其才具工力,故皆过人。如危峰绝壑,深涧流泉,并自成趣,不相沿袭。必薛逢、胡曾,方堪覆瓿瓾。③

> 俊爽若牧之,藻绮若庭筠,精深若义山,整密若丁卯,皆晚唐铮铮者。其才,则许不如李,李不如温,温不如杜。今人于唐专论格不论才,于近则专论才不论格,皆中无定见,而任耳之过也。④

　　首条标榜韩愈、柳宗元、刘禹锡、白居易"皆大家材具",次条指出孟郊古诗、贾岛律诗、李贺乐府诗、卢仝歌行诗皆有独特的价值,第三条对晚唐的杜牧、温庭筠、李商隐、许浑独特的诗风加以赞

---

① [明]胡应麟:《诗薮》内编卷四,第58—59页。
② [明]胡应麟:《诗薮》外编卷四,第187页。
③ [明]胡应麟:《诗薮》外编卷四,第187页。
④ [明]胡应麟:《诗薮》外编卷四,第187页。

赏,其对中晚唐诗家的接纳态度是十分明显的。

总体来看,胡应麟虽然立足于明七子辨体传统评论各期诗作,许多观点有明显因袭王世贞等七子大家的痕迹,但他部分避免了七子派拘于时代世次来评判高下的机械作法,对不同时期诗家的艺术风貌考察得更为细致,其对唐诗大家的建构相对而言与沈德潜和当代学界更加接近。

5.许学夷《诗源辩体》

许学夷是明末重要的诗论家,其《诗源辩体》初刻于万历四十一年(1613),由于它是配合诗选而作,对各期诗家的论述往往结合具体作品进行辨析,因此,与《艺苑卮言》《诗薮》相比,这部诗话对各个时期的诗人风貌的论述更为细密,甚至流于琐屑。许学夷身处公安派、竟陵派对前后七子复古理论进行激烈抨击的时期,不过这种反复古思潮对他的影响并不明显。就基本诗学立场而言,许学夷论诗最服膺严羽,其曰:"沧浪论诗独为诣极者,匪直识见超越,学力精深,亦由晚唐、宋人变乱斯极,鉴戒大备耳。正犹《孟子》一书发愤于战国也。"[①]把《沧浪诗话》与《孟子》相提并论,推崇备至。爱屋及乌,许学夷对与严羽诗学有密切渊源关系的李东阳、前后七子、胡应麟的诗学主张也多有赞同,因此学术界一般把他归入前后七子复古一派。就唐诗大家序列的建构而言,许学夷《诗源辩体》同样推崇盛唐,不过不再限于严羽以来的"兴趣""气象"等标准,而是引入了公安、竟陵派常用的"自得""真情""自然"等范畴,但基本结论与严羽、明七子并无不同,同样肯定传统盛唐诗人的大家地位。值得注意的是许学夷对中晚诗人的论述:

> 开元、天宝间,高、岑、王、孟古、律之诗,始流而为大历

---

① [明] 许学夷著,杜维沫校点:《诗源辩体》卷三十五,第337—338页。

钱、刘诸子。钱、刘才力既薄，风气复散，故其五七言古气象风格顿衰，然自是正变；五七言律造诣兴趣所到，化机自在，然体尽流畅，语半清空，而气象风格亦衰矣，亦正变也。[1]

　　大历以后，五七言古、律之诗，流于委靡。元和间，韩愈、孟郊、贾岛、李贺、卢仝、刘叉、张籍、王建、白居易、元稹诸公群起而力振之，恶同喜异，其派各出，而唐人古、律之诗至此为大变矣。亦犹异端曲学，必起于衰世也。[2]

大历、元和即传统诗论所说的中唐时期，许学夷认为大历诗作"气象风格亦衰"，元和诗作"犹异端曲学"，似乎承袭了严羽"诗必盛唐"的核心理论，但语气更为直接，贬斥的态度更为明显。相对而言，高棅、胡应麟对中唐一些名家的合理定位却没有受到许学夷的继承。另外，对于中晚唐以七古而著称的韩愈、以七律而著称的李商隐，许学夷同样表示不满：

　　韩七言古，艳冶婉媚，乃诗余之渐。如"重门寂寞垂高柳"、"把君香袖长河曲"、"平芜霁色寒城下，美酒百壶争劝把"、"朝辞芳草万岁街，暮宿春山一泉坞"、"残花片片细柳风，落日疏钟小槐雨"、"池畔花深斗鸭栏，桥边雨洗藏鸦柳"等句，皆诗余之渐也。下流至李贺、李商隐、温庭筠，则尽入诗余矣。[3]

　　予尝以唐律比闺媛，初唐可谓端庄，盛唐足称温惠，大历失之轻弱，开成过于美丽，而唐末则又妖艳矣。然美丽、妖艳虽非端庄、温惠可比，而好色者不免于溺，此人情之常，无足

①［明］许学夷著，杜维沫校点：《诗源辩体》卷二十，第223页。
②［明］许学夷著，杜维沫校点：《诗源辩体》卷二十四，第248页。
③［明］许学夷著，杜维沫校点：《诗源辩体》卷二十一，第231页。

为异。至若王、杜、皮、陆,乃怪恶奇丑,见之必唾其面,今好奇之士反以为姣好而慕悦之,此人情之大变,不可以常理推也。①

宋代以来,对韩愈、李商隐评价均较高,即使是"以盛唐为法"的严羽,在《沧浪诗话》中也并不对韩愈全面否定。《诗辩》云:"大抵禅道惟在妙悟,诗道亦在妙悟。且孟襄阳学力下韩退之远甚,而其诗独出退之之上者,一味妙悟而已。"②只是认为韩愈不如孟浩然。《诗体》列有"韩昌黎体",《诗评》评韩愈曰:"韩退之《琴操》极高古,正是本色,非唐贤所及。"③言语之中尚有推许之意。至杨士弘《唐音》则明言李白、杜甫、韩愈三家乃大家,世传别集众多,故不选。在高棅《唐诗品汇》和李攀龙《唐诗选》中,韩愈七古数量均居全选前五。许学夷却评价为"艳冶婉媚,乃诗余之渐",其立场已经与前后七子一派有所不同,且明显不符合韩愈的实际诗坛地位。至于被后人称许的晚唐七律,许学夷称"开成过美丽,而唐末则又妖艳矣",对李商隐、许浑、杜牧等晚唐名家的成就一概抹杀。总之,许学夷所建构的唐诗大家序列似乎比前后七子"近体尊盛唐"走得更远,并没有吸收胡应麟以来的合理成分。

(四)清代御选唐诗对唐诗大家的强化

明末清初是一个风云激荡的大变动时代,就文学思潮而言,公安派、竟陵派、虞山派、宋诗派和神韵派先后引领风潮,并对明七子的复古理论大加挞伐。尽管如此,明代复古派所建构的以李杜为

---

① [明]许学夷著,杜维沫校点:《诗源辩体》卷三十一,第298页。
② [宋]严羽著,张健校笺:《沧浪诗话校笺》上册,第27页。
③ [宋]严羽著,张健校笺:《沧浪诗话校笺》下册,第628页。

首、盛唐诗人为主的唐诗大家序列并没有被颠覆，直至御定选本的出现，这种相对稳定的局面方得以改变。作为清代特有的一种文化现象，御定选本的编选初衷无外乎借此宣示国家右文的政策，不过，由于编选者特殊的帝王身份，选本所体现的文学观念也自然具有了官方的权威，其影响力非一般选本可比。

1.康熙《御选唐诗》

清代第一部御定唐诗选本是康熙《御选唐诗》，三十二卷，康熙五十二年(1713)刻行。据康熙序，此选的编撰缘于前代选本各有所偏，不能反映唐诗全貌，故康熙在披览《全唐诗》时汇集优秀作品编撰成书。此选按诗体编次，但律诗、绝句等体裁中篇次又兼顾题材内容，故体例似乎有些驳杂。全书入选作品1894首，其中五古192首，七古73首，五律388首，六言律诗3首，七律378首，五言排律74首，五绝336首，七言排律1首，六言绝句4首，七绝445首。从全书来看，古体仅占总量的14%，差别悬殊。另外，六言律诗、六言绝句单独列出，七言排律仅入选1首也单列一体，这种作法也十分罕见。除了体例的独特，此选通过所选数量所体现的唐诗大家序列也与前代有所不同，下表是《御选唐诗》入选总量居前二十位的诗人：

名次	1	2	3	4	5	6	9	10	11	12	13	14	15	16	20
诗人	李白	杜甫	王维	唐玄宗	钱起	唐太宗/岑参/白居易	孟浩然	刘长卿	许浑	张说	沈佺期	韦应物	张籍	李商隐/宋之问/王昌龄/储光羲	刘禹锡
数量	125	80	72	53	51	40	38	37	30	28	27	25	23	22	21

上表20人中，唐玄宗、唐太宗入选总量居前十位，明显是陈廷敬等编撰者借唐代君主来逢迎康熙。其他18人中，初唐有张说、沈佺

期、宋之问，共3人；盛唐有李白、杜甫、王维、岑参、孟浩然、王昌龄、储光羲，共7人；中唐有钱起、白居易、刘长卿、韦应物、张籍、刘禹锡，共6人；晚唐有许浑和李商隐2人，就四唐比例而言，已经不同于此前明复古派的传统观念。此外，《御选唐诗》分体编选，各种诗体入选数量居前五位的诗人如下表：

名次 体裁	1	2	3	4	5
五古	李白(43)	唐太宗(13)	王维(11)	唐玄宗(10) 孟浩然(10) 储光羲(10)	
七古	杜甫(10)	李白(9)	张说(6)	岑参(4) 韩愈(4)	
五律	杜甫(26)	李白(24)	王维(21)	孟浩然(17)	唐太宗(16)
七律	杜甫(21)	王维(12)	钱起(11) 温庭筠(11) 许浑(11)		
五排	唐玄宗(21)	唐太宗(5) 张说(5)		沈佺期(3) 王维(3)	
五绝	钱起(21)	李白(18)	王维(15)	白居易(12)	杜甫(9)
七绝	李白(24)	白居易(17)	王昌龄(16)	杜牧(13)	李商隐(10)

上表共涉及18人，其中李白和王维各出现5次，杜甫出现4次，他们应当代表了康熙朝官方所认可的第一层次唐诗大家；唐太宗出现3次，唐玄宗、孟浩然、张说、钱起、白居易各出现2次，可视为第

二层次的唐诗大家,除太宗和玄宗是因为特殊的地位而受尊崇,与明代复古派通常建构的唐诗大家序列相比,这个层次中出现了张说、钱起、白居易三位新面孔;此外,储光羲、岑参、韩愈、温庭筠、许浑、沈佺期、王昌龄、杜牧、李商隐均出现1次,这9人可视为第三层次的唐诗大家,其中初唐有沈佺期,盛唐有储光羲、岑参和王昌龄,中唐有韩愈,晚唐有温庭筠、许浑、杜牧和李商隐,中晚唐诗人占绝大多数。

　　通过对以上两个表格关于收录数量的综合分析,不难发现《御选唐诗》所代表的清代官方对唐诗的定位较明代有了显著变化,其主要标志就是众多新面孔的出现。明末以来,众多文学流派攻击七子派的核心武器就是"中晚唐自有诗,不必盛唐也",对一些中晚唐名家大加褒奖,自《御选唐诗》把白居易、许浑、李商隐、杜牧等人列入唐诗大家序列之中,明代复古派所建构的唐诗大家序列受到重大冲击。

　　2. 乾隆《御选唐宋诗醇》

　　以乾隆名义编选的《御选唐宋诗醇》是清代另一部著名的诗歌选本。全书四十七卷,入选李白、杜甫、白居易、韩愈、苏轼和陆游六家诗人。"凡例"论及六家入选原因:

　　　　唐、宋人以诗鸣者指不胜屈,其卓然名家者犹不减数十人,兹独取六家者,谓惟此足称大家也。大家与名家,犹大将与名将,其体段正自不同。李、杜一时瑜、亮,固千古希有,若唐之配白者有元,宋之继苏者有黄,在当日亦几角立争雄,而百世论定,则微之有浮华而无忠爱,鲁直多生涩而少浑成,其视白、苏较逊。退之虽以文为诗,要其志在直追李、杜,实能拔奇于李、杜之外。务观包含宏大,亦犹唐有乐天,然则骚坛之大将旗鼓,舍此何适矣?①

以上所列唐诗四大家中,李、杜为大家之首乃古今共识。白居易入选是通过与元稹的比较而阐发的,元、白并称,而元稹"有浮华而无忠爱",换言之,白居易有忠爱而无浮华,这应该是入选的主要理由。韩愈"拔奇于李、杜之外",即肯定了韩愈诗歌的创新精神,故得以入选。这是《御选唐宋诗醇》对唐诗四大家的基本定位。从入选作品数量和评语来看,此选对四家诗人的评价有三个重要特点:

首先是树立了杜甫的至尊地位。李、杜并称乃明清习论,此选"凡例"虽言两人"一时瑜、亮,固千古希有",但从入选数量来看却有较大差异。下表是《御选唐宋诗醇》中各家入选作品的数量②:

诗人	李白	杜甫	白居易	韩愈	苏轼	陆游
卷数	8	10	8	5	10	6
数量	375	722	363	103	541	561

杜甫以10卷722首高居四家唐人之首。从入选作品占诗人全部作品的比例来看,杜甫约为50%,李白约为38%,白居易约为10%,韩愈约为29%,杜甫的入选数量和比例相对高于其他诗人。另外,乾隆在总评中还特意标举杜甫道:

　　夫子美以疏逖小臣,旋起旋踬,间关寇乱,漂泊远游,至于负薪拾椽,餔糒不给,而忠君爱国之切,长歌当哭,情见乎词,是岂特善陈时事、足征诗史已哉?东坡信其自许稷、契,或者有激而然;至谓其一饭未尝忘君,发于情止于忠孝,诗家

①[清]乾隆:《御选唐宋诗醇》,《景印文渊阁四库全书》第1448册,第2页。
②此表引自莫砺锋《论〈唐宋诗醇〉的编选宗旨与诗学思想》(《南京大学学报》2002年第3期)。

者流断以是为称首。呜呼,此真子美之所以独有千古者矣!
予曩在书窗,尝序其集,以为原本忠孝,得性情之正,良足承
《三百篇》坠绪。兹复订唐宋六家诗选,首录其集而备论之,
匪唯赏味其诗,亦藉以为诗教云。①

"原本忠孝,得性情之正"是乾隆对杜诗的基本定位。乾隆首重诗歌
的教化功用,艺术方面成就的高下则退居次位,固杜诗尤受重视。

其次是对白居易的标举。其评白居易曰:

唐人诗篇什最富者无如白居易诗,其源亦出于杜甫,而
视甫为更多。史称其每一篇出,士人传诵,鸡林行贾,售其国
相,诗名之盛,前古罕俪矣。且夫居易岂徒以诗传哉?当其为
左拾遗,忠诚謇谔,抗论不回,中遭远谪,处之怡然。牛、李构
衅,绝无依附,不以媻婴逢时,不以党援干进,不以坎壈颠踬,
而于邑无憀,自非识力涵养有大过人者,安能进退绰有余裕若
是?洎太和开成之后,时事日非,宦情愈淡,唯以醉吟为事,
遂托于诗以自传焉。其《与元微之书》云:"志在兼济,行在独
善。讽谕者意激而言质,闲适者思澹而辞迂。"作诗指归具见
于此,盖根柢六义之旨而不失乎温厚和平之意。变杜甫之雄
浑苍劲而为流丽安详,不袭其面貌而得其神味者也。②

此论的核心观点是把白居易视为杜甫的继承者。历代认为杜诗海
涵地负,包含无限法门。就诗歌内容而言,杜诗继承了风雅传统、
体现出忠君爱国的精神;就艺术手法而言,杜诗善陈时事,叙事有
法;就艺术技巧而言,杜诗重视人工锤炼,且大巧若拙,由人工而趋
自然。白居易"忠君爱国,遇事托讽,与少陵相同",得以位居唐诗

① [清]乾隆:《御选唐宋诗醇》卷九,《景印文渊阁四库全书》第1448册,第209页。
② [清]乾隆:《御选唐宋诗醇》卷十九,《景印文渊阁四库全书》第1448册,第405页。

大家之列，主要是诗歌内容方面承继杜甫，至于唐代以来非议白诗
"浅易直切"之论，已经无关紧要了。

再次是对韩愈的标举。北宋时期王安石曾作杜甫、欧阳修、
韩愈、李白《四家诗选》，把韩愈视为与李、杜并称的大家，后代对
此选的宗旨有很多争议①，不过韩愈在宋代深受重视且对宋人诗
歌创作产生重大影响则是不争的事实。随着严羽以来对宋诗的批
判，韩愈在明代复古派所建构的唐诗大家序列中也退居其后。《御
选唐宋诗醇》极大提高了韩愈的地位，取代了传统序列中王维的位
置，成为能够与李、杜并称的唐诗大家，其评韩愈曰：

> 唐诗如王、孟一派，源出于《风》；而愈则本之《雅》《颂》，
> 以大畅厥辞者也。……今试取韩诗读之，其壮浪纵恣，摆去拘
> 束，诚不减于李；其浑涵汪茫，千汇万状，诚不减于杜。而风
> 骨崚嶒，腕力矫变，得李、杜之神而不袭其貌，则又拔奇于二
> 子之外而自成一家。夫诗至足与李、杜鼎立，而论定犹有待于
> 千载之后。②

乾隆把韩愈定位于《雅》《颂》传统是十分耐人寻味的。在传统诗学
中，《风》与《雅》《颂》代表了两个不同的诗学传统。《风》诗重比兴，
重抒情；《雅》《颂》重赋，重叙事。从严羽到明七子，均重视诗歌的
抒情特点与比兴手法，认为这才是诗歌的本色之美。韩愈诗歌讲
究铺叙、议论，不符合这个《风》诗传统，所以明代复古派对韩愈的
评价较低。《御选唐宋诗醇》把韩愈纳入到同属经学的《雅》《颂》传
统之中，从而确立了韩愈唐诗大家的地位。

---

① 参见杨国安：《宋代韩学研究》，北京：中国社会科学出版社2006年版，第318—
　319页。
② [清]乾隆：《御选唐宋诗醇》卷二十七，《景印文渊阁四库全书》第1448册，第
　535页。

　　总体来看,康熙《御选唐诗》和乾隆《御选唐宋诗醇》这两部诗选所建构的唐诗大家序列均对中晚唐名家有所吸纳,打破了七子派"独尊盛唐"的传统。由于御选唐诗代表了官方对唐诗各期诗人价值与地位的评判,其效应非一般诗选可比,自此,中晚唐近体诗的成就越来越受重视,韩愈、白居易、李商隐、杜牧等中晚唐诗人作为唐诗大家也逐渐成为诗坛共识。

二、诗歌艺术的开拓与唐诗大家的产生

　　唐诗大家的产生与诗歌艺术的开拓有密切的联系。一些诗人之所以被推崇为大家,往往意味着具有巨大惯性的创作风尚在这些诗人手中得以转型,他们既是旧范式的终结者,又是新范式的开创者。这些诗人大多具有巨大的感召力,能够使其他诗人自愿追随他们进行创作,从而主导一代诗风。陈子昂、杜甫和韩愈之所以被视为唐诗大家,与他们对后代诗风的开创有密切关系,下面试对此加以论述。

（一）陈子昂对盛唐诗风的开启

　　陈子昂是初唐诗人中唯一一位被公认的唐诗大家,历代对陈子昂的评价集中于三个问题:一是陈子昂五言古诗的价值;二是陈子昂五言律诗的价值;三是陈子昂在唐代的诗学地位。这三个问题的核心是陈子昂与盛唐诗风的关系,下面分别论述。

　　历代诗论家对陈子昂五古的评价并没有太大分歧,下表是历代著名选本对陈子昂五古的选录情况:

诗选	唐音（正音）	唐诗品汇	古今诗删·唐诗选	唐诗别裁集
入选数量	26	55	7	19
名次	2	4	6	6

由于《唐音》不收李、杜、韩，可以推测陈子昂五古在杨士弘诗学中的地位大概是第五。综合四部选本的入选数量和名次，可以看出陈子昂五古非常受到推崇。即使李攀龙在《选唐诗序》中明确指出"陈子昂以其古诗为古诗，弗取也"，但在选入作品时仍能够把他与王维并列为大家，并未完全摒弃。另外，宋代以来，众多诗论家都强调陈子昂与李白诗歌的内在联系，从而赋予了陈氏五古较高的价值地位。《朱子语类·论文下》云：

> 李太白诗非无法度，乃从容于法度之中，盖圣于诗者也。《古风》两卷多效陈子昂，亦有全用其句处。太白去子昂不远，其尊慕之如此。①

刘克庄评李白《古风》曰：

> 此六十八首，与陈拾遗《感遇》之作笔力相上下，唐诸人皆在下风。②

这种观念发展到高棅《唐诗品汇》，遂有把陈氏与李白并列为五古"正宗"之举。直至清代沈德潜，仍然承袭这种观念。《别裁·凡例》云：

> 五言古体，发源于西京，流衍于魏、晋，颓靡于梁、陈，至唐显庆、龙朔间，不振极矣。陈伯玉力扫俳优，直追曩哲，读

---

① ［宋］黎靖德编，王星贤点校：《朱子语类》卷一百四十，北京：中华书局1986年版，第3326页。
② ［宋］刘克庄撰，王秀梅点校：《后村诗话》前集卷一，第8页。

《感遇》等章,何啻在黄初间也? 张曲江、李供奉继起,风裁各异,原本阮公。唐体中能复古者,以三家为最。(卷首,第2页)

客观而言,陈子昂《感遇》诗用连章组诗的形式和比兴寄托的方式,曲折隐晦地抒发了对政治的忧虑之情,从题材内容到表现方式与阮籍《咏怀》有密切联系,并对李白《古风》有直接影响。沈德潜这个概括代表了传统诗论对陈子昂五古的基本定位。

历代对陈子昂五律的评价有较大争议。方回《瀛奎律髓》和杨士弘《唐音》持肯定态度。方回评《度荆门望楚》曰:

陈拾遗子昂,唐之诗祖也。不但《感遇诗》三十八首为古体之祖,其律诗亦近体之祖也。《白帝》、《岘山》二首极佳,已入"怀古类",今揭此一诗为诸选之冠。①

不但把《度荆门望楚》列为《瀛奎律髓》之冠,还提出陈子昂也是五律最优秀的诗家。在《瀛奎律髓》中,方回多次以陈子昂为例说明盛唐律诗的特征,如评《晚次乐乡县》曰:"盛唐律,诗体浑大,格高语壮;晚唐下细工夫,作小结裹,所以异也。学者详之。"②"旅况类"又入选此诗,并评曰:"起两句言题,中四句言景,末两句摆开言意。盛唐诗多如此。全篇浑雄齐整,有古味。"③"送别类"入选《送崔著作东征》,评曰:"平仄不粘,唐人多有此体。陈子昂才高于沈佺期、宋之问,惟杜审言可相对。此四人唐律,在老杜以前,所谓律体之祖也。"④"边塞类"入选《和陆明甫赠将军重出塞》,评曰:"盛唐诗浑成。'晓风吹画角',犹'池塘生春草',自然诗句,亦是别用

---

① [元] 方回选评,李庆甲集评校点:《瀛奎律髓汇评》卷一,第1—2页。
② [元] 方回选评,李庆甲集评校点:《瀛奎律髓汇评》卷十五,第529页。
③ [元] 方回选评,李庆甲集评校点:《瀛奎律髓汇评》卷二十九,第1256页。
④ [元] 方回选评,李庆甲集评校点:《瀛奎律髓汇评》卷二十四,第1018页。

一意。"①"释梵类"入选《酬晖上人独坐山亭有赠》,评曰:"盛唐人诗,多以起句十字为题目,中二联写景咏物,结句十字撤开,却说别意。此一大机括也。"②均把陈子昂视为唐代最优秀的诗家,最能代表这种定位的是方回对陈子昂《白帝怀古》之评:

> 律诗自徐陵、庾信以来,叠叠尚工,然犹时拗平仄。唐太宗时,多见《初学记》中,渐成近体,亦未脱陈、隋间气习。至沈佺期、宋之问,而律诗整整矣。陈子昂《感遇》古诗三十八首,极为朱文公所称。天下皆知其能为古诗,一扫南、北绮靡,殊不知律诗极精。此一篇置之老杜集中,亦恐难别,乃唐人律诗之祖。③

"唐人律诗之祖"就是方回对陈子昂的基本定位。联系以上评点,可以看出方回从风格、结构、平仄诸多方面阐明陈子昂对盛唐律诗的开启作用,从而赋予陈子昂五律崇高的诗学地位。

杨士弘《唐音》沿袭了方回的定位,"正音"五律收录诗家仅33人,陈子昂入选5首,位居第七,同样视为唐诗五律大家。但是,明代复古派兴起之后,对陈子昂五律的评价发生了根本的改变。就诗选而言,高棅《唐诗品汇》列陈子昂五律为"正始",入选8首,与骆宾王、崔湜、祖咏、李颀、张籍并列第三十七位,已经称不上大家的地位。李攀龙《古今诗删·唐诗选》收录陈子昂五律仅3首,与李峤、张九龄、祖咏、严维并列第十一,也被摒弃到前十名之外。王世贞《艺苑卮言》评陈氏曰:"陈正字陶洗六朝铅华都尽,托寄大阮,微加断裁,而天韵不及,律体时时入古,亦是矫枉之过。"④贬谪

---

① [元] 方回选评,李庆甲集评校点:《瀛奎律髓汇评》卷之三十,第1303页。
② [元] 方回选评,李庆甲集评校点:《瀛奎律髓汇评》卷四十七,第1620页。
③ [元] 方回选评,李庆甲集评校点:《瀛奎律髓汇评》卷三,第78—79页。
④ [明] 王世贞:《艺苑卮言》卷四,《历代诗话续编》中册,第1005页。

之意明显。沈德潜有意矫正明七子近体独尊盛唐之失,开始有意提升陈子昂五律的地位,其《别裁·凡例》曰:

> 五言律,阴铿、何逊、庾信、徐陵已开其体,唐初人研揣声音,稳顺体势,其制大备。神龙之世,陈、杜、沈、宋如浑金璞玉,不须追琢,自饶名贵。开、宝以来,李太白之秾丽,王摩诘、孟浩然之自得,分道扬镳,并推极胜。杜少陵独开生面,寓纵横颠倒于整密中,故应超然拔萃。终唐之世,变态虽多,无有越诸家之范围者矣。以此求之,有余师焉。(卷首,第3页)

沈氏指出五律师法对象有三派:初唐陈子昂、杜审言、沈佺期、宋之问为一派,盛唐李白、王维、孟浩然为一派,杜甫为一派。同时,沈德潜也认同方回对陈子昂“近体之祖”的定位,《别裁》评《晚次乐乡县》曰:

> 前此风格初成,精华未备。子昂崛起,坚光奥响,遂开少陵之先。方虚谷云:“不但《感遇》为古调之祖,其律诗亦近体之祖也。”(卷九,第291页)

把陈子昂五律视为杜甫诗风的开启者,评价不可谓不高。不过《唐诗别裁集》仅选入陈子昂五律6首,与韦应物、郎士元并列第十四位,竟未能进入前十。可以感到,沈德潜所说的“律诗之祖”犹如评价古诗时所言陈胜、吴广的比喻,只是认为开启了盛唐创作,就五律成就而言,尚不能与李、杜等大家相提并论。

　如何看待陈子昂在唐代诗学中的地位是历代诗论家难以回避的问题。明七子之前的评论家均把陈子昂视为改变初唐以来沿袭的齐梁余风、重新承继汉魏优良传统并开启盛唐诗风的诗歌大家,并把他与历代最优秀的诗家相提并论。李白、杜甫、韩愈对陈子昂均有推崇之语,后人仍承袭这种观念,如欧阳修《书梅圣俞诗稿后》云：

> 盖诗者，乐之苗裔与！汉之苏、李，魏之曹、刘，得其正始。宋、齐而下，得其浮淫流佚。唐之时，子昂、李、杜、沈、宋、王维之徒，或得其淳古淡泊之声，或得其舒和高畅之节，而孟郊、贾岛之徒，又得其悲愁郁堙之气。由是而下，得者时有，而不纯焉。①

朱熹《斋居感兴二十首序》云：

> 余读陈子昂《感寓诗》，爱其词旨幽邃，音节豪宕，非当世词人所及。如丹砂空青，金膏水碧，虽近乏世用，而实物外难得，自然之奇宝。②

戴复古《昭武太守王子文日与李贾严羽共观前辈一两家诗及晚唐诗因有论诗十绝子文见之谓无甚高论亦可作诗家小学须知》其六云：

> 飘零忧国杜陵老，感寓伤时陈子昂。近日不闻秋鹤唳，乱蝉无数噪斜阳。③

元好问《论诗三十首》其八：

> 沈宋横驰翰墨场，风流初不废齐梁。论功若准平吴例，合著黄金著子昂。④

以上评价都有意把陈子昂与其他初唐诗人加以区分，重视其五古、五律对李白、杜甫等盛唐大家的引领作用。尤其是元好问"范蠡"

---

①［宋］欧阳修著，李逸安点校：《欧阳修全集》卷七十二，北京：中华书局2001年版，第1048—1049页。

②［宋］朱熹：《朱文公文集》卷四，《四部丛刊初编》第226册，第102页。

③［宋］戴复古：《石屏诗集》卷七，《景印文渊阁四库全书》第1165册，第656—657页。

④［金］元好问著，郭绍虞笺释：《元好问论诗三十首小笺》，北京：人民文学出版社1978年版，第63页。

之喻,相当形象地说明陈子昂开启盛唐诗风的丰功伟绩。

对陈子昂评价的转折点发生在明代高棅编选的《唐诗品汇》。这部诗选分体编选,又按时代世次分唐诗为九品,陈子昂在各体中的品级如下:

体裁	五古	七古	五绝	五律	五排
品级	正宗	正始	正始	正始	正始

注:陈子昂无七言近体,故七绝与七律阙。

上表除五古外,其他各体均列入"正始"。"正始"即正宗的开始,符合风雅传统,为正宗的起源但不能作为创作的最高成就的代表。陈子昂身为初唐诗人,按照高棅"四唐九品"的体例自然属于"正始"。不过,高棅可能意识到前人对陈子昂的高度评价,故特意打破体例,置陈子昂五古于"正宗"之列。《唐诗品汇·凡例》云:"间有一二成家特立,与时异者,则不以世次拘之。如陈子昂与太白列在正宗,刘长卿、钱起、韦、柳与高、岑诸人同在名家者是也。"[1]尽管如此,高棅这种以世次前后权衡价值高下的做法开始改变了传统对陈子昂的定位,前七子代表人物何景明在《海叟集序》中说:"盖诗虽盛称于唐,其好古者自陈子昂后,莫如李、杜二家,然二家歌行近体,诚有可法,而古作尚有离去者,犹未尽可法之也。故景明学歌行近体,有取于二家及唐初盛唐诸人,而古体必从汉魏求之。"[2]否定了陈子昂五言古诗的典范地位。之后李攀龙、王世贞、许学夷等均沿袭了这一立场,对陈子昂多有批评。许学夷云:

　　五言自汉、魏流至元嘉,而古体亡。自齐、梁流至初唐

----

①[明]高棅:《唐诗品汇》,第14页。
②[明]何景明:《何大复集》卷三十四,第595页。

而古、律混淆，词语绮靡。陈子昂始复古体，效阮公《咏怀》
为《感遇三十八首》，王适见之，曰："是必为海内文宗。"然李
于鳞云："唐无五言古诗，而有其古诗。陈子昂以其古诗为古
诗，弗取也。"何耶？盖子昂《感遇》虽仅复古，然终是唐人古
诗，非汉、魏古诗也。且其诗尚杂用律句，平韵者犹忌上尾。
至如《鸳鸯篇》、《修竹篇》等，亦皆古、律混淆，自是六朝余弊，
正犹叔孙通之兴礼乐耳。①

在这些七子派诗论家看来，一代有一代诗风，陈子昂身处初唐自然
也不能摆脱六朝余习，与前人强调陈子昂与盛唐诗人的联系不同，
李攀龙、王世贞、许学夷开始强调陈子昂与唐初诗人的联系，认为
陈子昂不足与李、杜并称，开始对陈氏有所否定。

　　明末清初以来，反对七子派"古体必汉魏，近体宗盛唐"极端
复古理论成为诗坛的主流，但七子派对陈子昂的否定评价并未完
全得以消除。一些诗论家从诗品出于人品的立场出发，针对陈子
昂谄事武后之事，对其人其诗加以否定。王士禛云：

　　　　子昂五言诗力变齐、梁不须言，其表序碑记等作，沿袭
颓波，无可观者。上《大周受命颂表》一篇、《大周受命颂》四
章，其辞谄诞不经；又有《请追上太原王帝号表》，太原王者士
蒦也，此与扬雄《剧秦美新》无异，殆又过之，其下笔时不知世
有节义廉耻事矣。子昂真无忌惮之小人哉，诗虽美吾不欲观
之矣。子昂后死贪令段之手，殆高祖、太宗之灵假手殄之耳。
（《香祖笔记》）②

---

① ［明］许学夷著，杜维沫校点：《诗源辩体》卷十三，第144页。
② ［清］王士禛著，张宗柟纂集，戴鸿森校点：《带经堂诗话》卷二十四"破邪类"，北
京：人民文学出版社1963年版，第704页。

王士禛尽管认为陈子昂人品不足道，但对其诗仍能接受。《古诗选》于唐代五古仅入选陈子昂、张九龄、李白、韦应物和柳宗元5家，并不因人废言。潘德舆则不然，其云：

> 人与诗有宜分别观者，人品小小缪戾，诗固不妨节取耳。若其人犯天下之大恶，则并诗不得而恕之。故以诗而论，则阮籍之《咏怀》，未离于古；陈子昂之《感遇》，且居然复古也。以人而论，则籍之党司马昭而作《劝晋王笺》，子昂之谄武曌而上书请立武氏九庙，皆小人也。既为小人之诗，则皆宜斥之为不足道，而后世犹赞之诵之者，不以人废言也。夫不以人废言者，谓操治世之权，广听言之路，非谓学其言语也。籍与子昂诚工于言语者，学之则亦过矣！况吾尝取籍《咏怀八十二首》、子昂《感遇三十八首》反复求之，皆归于黄、老无为而已。其言廓而无稽，其意晦而不明，盖本非中正之旨，故不能自达也。……杜公尊子昂诗，至以《骚》、《雅》忠义目之，子乌得异议？曰：子昂之忠义，忠义于武氏者也，其为唐之小人无疑也。①

不过，明七子、王士禛、潘德舆所代表的否定陈子昂意见在当时的影响并不是压倒性的，以明代胡震亨和清代沈德潜为代表，明清时期也有一些诗论家吸收了明七子辨体的思路，既承认陈子昂对盛唐诗人的开启作用，又把他定位为初唐诗人，成就不足与盛唐并称。胡震亨曰：

> 唐人推重子昂，自卢黄门后，不一而足。如杜子美则云："有才继骚雅"，"名与日月悬。"韩退之则云："国朝盛文章，子昂始高蹈。"独颜真卿有异论，僧皎然采而著之《诗式》，近代

---

① [清]潘德舆：《养一斋诗话》卷一，《清诗话续编》下册，第2008—2009页。

李于鳞,加贬尤剧。余谓诸贤轩轾,各有深意。子昂自以复古反正,于有唐一代诗功为大耳。正如伙涉为王,殿屋非必沉沉,但大泽一呼,为群雄驱先,自不得不取冠汉史。①

沈德潜《说诗晬语》云:

隋炀帝艳情篇什,同符后主;而边塞诸作,铿然独异,剥极将复之候也。杨素幽思健笔,词气清苍,后此射洪、曲江,起衰中立,此为胜、广云。②

两人均以陈胜、吴广来喻陈子昂、张九龄,视为改变六朝诗风之发轫者,真正建立王朝基业的汉高祖无疑属于李白、杜甫等盛唐大家。

综上所论,明代之前的诗论家对陈子昂的定位最高,明代复古派限于"古体宗汉、魏,近体宗盛唐"的基本立场,对陈子昂五古、五律均有所贬抑,代表了对陈子昂评价的低谷。清代沈德潜所代表的传统诗论家则认为陈子昂的地位虽逊于李、杜、王、孟等盛唐诗人,但承认其五古、五律对盛唐诗人的开启作用,故认为陈子昂地位高于初唐其他诗人而具备了大家的地位。

(二)杜甫对元和诗人的影响与大家地位的确立

学界关于最早确立杜甫大家地位的认识存在分歧。黄桂凤《唐代杜诗接受研究》指出:"任华对杜甫和杜诗倒是很推崇的,任华有一首欣赏杜甫和杜诗的诗歌(注:《寄杜拾遗》),唱出了杜甫和杜诗接受史上的第一声。"③魏景波《百年歌苦与千秋盛名:诗人

---

① [明]胡震亨:《唐音癸签》卷五,上海:上海古籍出版社1981年版,第44—45页。
② [清]沈德潜著,王宏林笺注:《说诗晬语笺注》,第151页。
③ 黄桂凤:《唐代杜诗接受研究》,北京师范大学博士学位论文,2006年,第17页。

杜甫的被理解与被误解》认为:"直到杜甫卒后四十余年,元稹所撰《唐检校工部员外郎杜君墓系铭》的出现,才标志着对杜甫诗名的重新认识,此后逐步得到了诗坛主流的肯定。"①相对而言,"元稹说"的影响更大一些。

　　结合唐人论诗材料来看,元和时期是杜甫地位转折的关键。杜甫虽与李白并称为"双子星座",但其有生之年的声望远不如李白。李冗《独异志》、李肇《唐国史补》、王仁裕《开元天宝遗事》、薛用弱《集异记》、赵璘《因话录》等众多唐人笔记曾记载陈子昂、李白、王维等众多诗人的奇闻逸事,推崇之意溢于言表,独阙杜甫。同时代诗人中,题赠杜甫的有李白《沙丘城下寄杜甫》《秋日鲁郡尧祠亭上宴别杜补阙范侍御》《鲁郡东石门送杜二甫》《戏赠杜甫》、岑参《寄左省杜拾遗》、高适《人日寄杜二拾遗》《赠杜二拾遗》,内容均为朋友相思或对杜甫不遇的同情,对杜诗的推崇之意并不明显。杜甫离世之年,润州刺史樊晃编有《杜工部小集》六卷,其《序》曰:

　　　　工部员外郎杜甫字子美,膳部员外郎审言之孙。至德初,拜左拾遗。直谏忤旨,左转,薄游陇蜀,殆十年矣。黄门侍郎严武总戎全蜀,君为幕宾,白首为郎,待之客礼。属契阔湮厄,东归江陵,缘湘沅而不返,痛矣夫! 文集六十卷,行于江汉之南。常蓄东游之志,竟不就。属时方用武,斯文将坠,故不为东人之所知。江左词人所传诵者,皆公之戏题剧论耳。曾不知君有大雅之作,当今一人而已。今采其遗文凡二百九十篇,各以事类为六卷,且行于江左。②

----

① 魏景波:《百年歌苦与千秋盛名:诗人杜甫的被理解与被误解》,《西北大学学报》2014年第6期,第114页。
② 华文轩:《古典文学研究资料汇编·杜甫卷上编唐宋之部》第1册,北京:中华书局1964年版,第7页。

《序》称杜甫"薄游陇蜀,殆十年矣"。按杜甫于乾元二年(759)岁末至成都①,那么樊晃编《杜工部小集》的时间不会早于大历四年(769)。郁贤皓《唐刺史考全编》认为樊晃担任润州刺史的时间是大历五年(770)至稍后一二年(771、772),结合赞宁《宋高僧传·唐金陵钟山元崇传》和卢宪《嘉定镇江志》卷十四"唐润州刺史"条相关记载,是令人信服的。樊晃《〈杜工部小集〉序》亦署其职务为润州刺史,又《金石录》卷八载大历十年(775)樊晃撰《怪石铭》,这是迄今能够见到的樊晃的最晚记录。据此,则《杜工部小集》的编次时间可以确定在大历五年(770)杜甫卒后不久,即诗人去世次年或稍后。从樊晃"不为东人之所知"的感叹来看,杜甫尚未享有大名。此期,殷璠、元结、高仲武分别编选了《河岳英灵集》《箧中集》和《中兴间气集》,均不选杜诗,正是杜甫未受诗坛重视的鲜明写照。

直至元和年间(806—820),随着韩愈、元稹、白居易等人登上诗坛,李、杜并称渐成诗坛习论。元稹与白居易分别从集古今大成和儒家"诗教"的角度推崇杜诗,杜甫至此获得了大家的地位。之后,虽然有过李杜优劣的争论,但杜诗堪称大家并没有疑问。韩愈《调张籍》云:"李、杜文章在,光焰万丈长。"②杜牧《冬至日寄小侄阿宜诗》云:"李、杜泛浩浩,韩、柳摩苍苍。近者四君子,与古争强梁。"③孟棨《本事诗·高逸第三》云:"杜逢禄山之难,流离陇蜀,毕陈于诗,推见至隐,殆无遗事,故当时号为'诗史'。"④可知在中晚

---

① 张忠纲辑录:《杜甫年谱简编》,萧涤非主编:《杜甫全集校注》附录一,第6543页。
② [唐]韩愈著,钱仲联集释:《韩昌黎诗系年集释》卷九,第989页。
③ 吴在庆:《杜牧集系年校注》卷一,北京:中华书局2008年版,第81页。
④ [唐]孟棨:《本事诗》,古典文学出版社编:《中国文学参考资料小丛书·第二辑》,古典文学出版社1957年版,第17页。

唐人心目中,杜甫的大家地位已相当稳固。

与此相应,晚唐人在衡量诗人的地位时,杜甫已经成为一个重要的标尺。王赞《玄英集序》云:

> 唐兴,其音复振。陈子昂始以骨气为主,而浸拘四声五七字律。建中之后,其诗益善,钱起为最。杜甫雄鸣于至德、大历间,而诗人或不尚之。呜呼! 子美之诗,可谓无声无臭者矣。……予尝较之,张祜生杜甫之堂,方干入钱起之室矣。①

王氏所言不虚。光化三年(900)韦庄编《又玄集》,列杜甫为卷首,至此杜甫的大家地位已成公论。五代韦縠《才调集》虽不选杜诗,但《集叙》云:“暇日因阅李、杜集,元、白诗,其间天海混茫,风流挺特,遂采摭奥妙,并诸贤达章句。不可备录,各有编次。”②可知在他心目中,杜甫已能够与李白并称。总之,杜甫的诗坛地位经历了一个逝后渐享尊荣的过程,元和则是杜甫诗坛地位提升的关键时期。

元和是中国诗歌发展的重要转折期,主要标志就是此期诗歌在题材内容和艺术手法等方面有诸多新变,古今学者对此均有发明。如高棅《唐诗品汇总叙》云:“下暨元和之际,则有柳愚溪之超然复古,韩昌黎之博大其词,张、王乐府得其故实,元、白序事务在分明,与夫李贺、卢仝之鬼怪,孟郊、贾岛之饥寒,此晚唐之变也。”③按高氏所述,元和时期有以险怪新奇而著称的韩孟诗派,包括韩愈、孟郊、李贺、卢仝等;以通俗平实而著称的元白诗派,包括元稹、白居易、李绅等。此外,柳宗元的五古和张籍、王建的乐府也

①［唐］方干:《玄英集》,《景印文渊阁四库全书》第1084册,第44—45页。
②［五代后蜀］韦縠编,傅璇琮点校:《才调集》,《唐人选唐诗新编》,第919页。
③［明］高棅编选:《唐诗品汇》,第9页。

取得了重大成就。

　　明代许学夷《诗源辩体》也有类似论断："元和间,韩愈、孟郊、贾岛、李贺、卢仝、刘叉、张籍、王建、白居易、元稹诸公群起而力振之,恶同喜异,其派各出,而唐人古、律之诗至此而大变矣。"①强调元和是诗体"新变"的时代,"变"成为此期诗坛之主流。

　　叶燮进一步肯定了元和诗人的创新价值。在《百家唐诗序》中,他指出韩愈、柳宗元等贞元、元和诗人是诗风转变的关键,并赋予中唐特殊的地位:"此其故,皆因后之称诗者,胸无成识,不能有所发明,遂各因其时以差别,号之曰中唐,又曰晚唐。今知此中也者,乃古今百代之中,而非有唐之所独得而称中者也。"②把中唐作为传统诗歌唐前和宋后的分界点,为百代之"中",而不仅仅是中唐。由于叶燮论诗并不是以汉魏盛唐作为圭臬,故中唐的这种开拓作用在叶燮看来是具有重大诗史意义的。这种观念在近代诗论家相关阐述中得到进一步发挥,陈衍说:"盖余谓诗莫盛于三元:上元开元、中元元和、下元元祐也。"又云:"庐陵、宛陵、东坡、临川、山谷、后山、放翁、诚斋、岑、高、李、杜、韩、孟、刘、白之变化也;简斋、止斋、沧浪、四灵,王、孟、韦、柳、贾岛、姚合之变化也。故开元、元和者,世所分唐、宋人之枢翰也。"③陈氏主张"诗不分唐宋",提出了著名的"三元"说。并进一步强调宋诗与唐诗的承传关系,肯定了前者对于后者有开辟创新之功。同时他还把元和当成唐音向宋调转捩的标志。而上文提到"新变"是元和诗坛的显著特征。元和新变的典型表现有三点:

---

①［明］许学夷著,杜维沫校点:《诗源辩体》卷二十四,第248页。
②［清］叶燮:《已畦集》卷八,《四库全书存目丛书》集部第244册,第82页。
③陈衍著,郑朝宗、石文英校点:《石遗室诗话》卷一,第7页。

　　就体裁而言,元和时期长篇排律和次韵诗特别盛行。元稹和白居易师法杜甫,有意创作了许多长篇作品。此期,还特别盛行次韵诗,如赵翼《瓯北诗话》所言:"唐人有和韵,尚无次韵;次韵实自元、白始。依次押韵,前后不差,此古所未有也。"①元稹还在"次韵相酬"的基础上试过限韵创作,如其《生春》组诗,凡二十章,每首限于"中""风""融""丛"。凡此种种,在初盛唐诗歌中相当罕见。

　　就题材和风格而言,元和诗人对日常生活特别关注,追求浅易诗风。如白居易的许多作品风情宛然,颇受大众青睐。元稹《白氏长庆集序》云:"然而二十年间,禁省、观寺、邮候墙壁之上无不书,王公、妾妇、牛童、马走之口无不道。至于缮写模勒,衒卖于市井,或持之以交酒茗者,处处皆是。"②尤其是元白诗人对日常生活的简要描绘,大大拓展了诗歌的表现领域。

　　就创作手法而言,元和诗人也多有创新,尤以"以文为诗"为著。众所周知,诗至盛唐,传统技艺几乎登峰造极,杜甫开始改辙更张。受其影响,韩愈移用散文句法、章法而成"韵散同体,诗文合一"③。金人赵秉文《答李天英书》赞云:"然杜陵知诗之为诗,而未知不诗之为诗。而韩愈又以古文之浑浩,溢而为诗,然后古今之变尽矣。"④事实上,"以文为诗"不止韩愈而已。白居易的《长恨歌》与元稹的《连昌宫词》是引传奇入诗的产物。元白讽谕诗多杂以议论。"他如孟郊、李贺、贾岛、卢仝等人,着意打破诗的整饬结构而

①［清］赵翼著,霍松林、胡主佑校点:《瓯北诗话》卷四,北京:人民文学出版社1963年版,第38页。
②［唐］元稹著,周相录校注:《元稹集校注》卷五十一,下册,第1281页。
③陈寅恪:《论韩愈》,《历史研究》1954年第2期,第113页。
④［金］赵秉文:《闲闲老人滏水文集(附补遗)》卷十九,王云五主编:《丛书集成初编》第2414册,上海:商务印书馆1936年版,第230页。

形成的散化句式体格,亦皆比比可见。"①要之,"以文为诗"俨然成为一种时代风气。

　　总体而言,元和诗人在体裁、题材、创作手法等方面多有突破,充分展现出追新求变的文学精神。当代学者有时从狭义角度理解"元和体",即白居易、元稹唱和的长篇排律和杂体诗。如陈寅恪《元白诗笺证稿》云:"据此,则'元和体诗'可分为二类,其一为次韵相酬之长篇排律,如《白氏长庆集》一三《代书诗一百韵寄微之》,及《元氏长庆集》十《酬翰林白学士代书一百韵》,《白氏长庆集》一六《东南行一百韵》,及《元氏长庆集》一二《酬乐天东南行一百韵》等,即是其例。……其二为杯酒光景间之小碎篇章,此类实亦包括微之所谓艳体诗中之短篇在内。"②陈先生以史家独到的眼光,对"元和体"做出了现代意义上的学术理性梳理。他认为"元和体"主要包括"次韵相酬之长篇排律"和"杯酒光景间之小碎篇章"两类。其说法应该是比较接近"元和体"之原始内涵的,但也并不意味着这就是"元和体"之本来面貌。

　　不过,尽管古今对"元和体"代表诗人及作品体裁的看法存在不同,但对于元和诗歌的新变特点并无根本差别。张少康先生指出"元和体"的特点主要是表现内容上"别创新辞""风情宛然",艺术形式上是"驱驾文字,穷极声韵""韵律调新,属对无差"③。刘宁则总结出"元和体"艺术新变的主要特点是"入实趣味""品味、反思

---

① 许总:《唐诗史》第五编,南京:江苏教育出版社1994年版,第193页。
② 陈寅恪:《元白诗笺证稿·附论(丁)》,北京:商务印书馆2017年版,第346—347页。
③ 张少康:《中国文学理论批评史》上卷,北京:北京大学出版社2005年版,第318—320页。

与感悟的理性趣味""使用散文句式"三个方面①。

可以看出,古今学者对元和诗歌认识的不同主要是"元和体"代表诗人的范围:高棅、许学夷等人所言元和诗人的范围比较广泛,包括韩愈、柳宗元、贾岛、孟郊等众多诗人;陈寅恪、张少康、刘宁等学者多从狭义的角度理解"元和体",故代表诗人仅指元稹和白居易。不过,就元和诗歌"新变"的特征,古今学者的看法则比较一致。

"诗到元和体变新"②与"诗至杜子美一变"③,两者之间是否存在直接关系呢? 从韩愈、白居易、贾岛等的创作来看,它们之间确实有密切关系。

韩愈是学杜风气的开创者,他生于国势转衰之时。之前以刘长卿、钱起、韦应物和"大历十才子"为代表的大历诗人,诗风雅淡闲旷、清淡冲秀,迥异于盛唐诗歌气骨雄浑的壮丽之美,与中唐朝政日衰的严酷形势完全脱节。韩愈的求奇求变正缘于对现实政治及当代文风的不满。而杜诗所体现的骨力瘦硬、沉郁顿挫之美及感时伤世的风雅精神与韩氏诗学理想非常契合,自然成为其以复古为新变的最佳资源。

韩愈学杜成就最大的是七言古诗。韩愈七古有两个特点特别突出:一是发扬杜甫以诗歌纪时事的传统,众多作品题材涉及当前的时事政治或社会事件,与大历诗人多歌咏个人之悲欢有明显不

---

① 刘宁:《唐宋之际诗歌演变研究:以元白之"元和体"的创作影响为中心》,北京:
　北京师范大学出版社2002年版,第3—18页。
② [唐]白居易:《余思未尽加为六韵重寄微之》,[唐]白居易著,朱金城笺校:《白
　居易集笺校》卷二十三,第1532页。
③ 出自冯班《钝吟杂录》"严氏纠谬"引苏轼语。[清]冯班撰,[清]何焯评,李鹏点
　校:《钝吟杂录》卷五,北京:中华书局2013年版,第83页。

同。如《汴州乱二首》《嗟哉董生行》《华山女》等，均以见证者的身份叙事抒怀，与杜甫诗歌"诗史"的特征具有明显的继承关系。二是在艺术手法和风格特征方面，韩愈突破了大历诗歌之窠臼，在部分作品中采用赋的手法，注重字句的锤炼，从而造成一种怪异之美。如《嗟哉董生行》句式参差。"唐贞元时，县人董生召南隐居行义于其中。刺史不能存，天子不闻名声。"①把古文句法融入诗作。《山石》以时间为线索，写了从黄昏到次日黎明的古寺景色。"僧言古壁佛画好，以火来照所见稀。铺床拂席置羹饭，疏粝亦足饱我饥。"②佛画好却几不可见，置羹饭却是疏粝。后句否定前句，造成一种语义的多重转折。末尾议论，与游记无异。《石鼓歌》云："年深岂免有缺画，快剑斫断生蛟鼍。鸾翔凤翥众仙下，珊瑚碧树交枝柯。"③用蛟鼍、鸾凤、珊瑚、碧树这些奇怪的意象来达到离奇怪诞的审美效果。

　　韩愈诗作的这些新变特点根本原因在于其自身才性及革新精神，但杜诗对他的启发也是不容忽视的。在前代诗人中，杜甫颇为韩愈所青睐。韩愈《荐士》云"国朝盛文章，子昂始高蹈。勃兴得李、杜，万类困陵暴"④，《调张籍》云"李、杜文章在，光焰万丈长"，又云"惟此两夫子，家居率荒凉"⑤，景仰之情溢于言表。尤其是杜诗的创新精神颇为韩愈所欣赏，并被其发扬光大。

　　韩愈之外，中唐大力推崇并有意规摹杜诗的诗人尚有白居易和元稹。白居易《与元九书》集中体现了白氏的诗学思想。其间谈

①〔唐〕韩愈著，钱仲联集释：《韩昌黎诗系年集释》卷一，第79—80页。
②〔唐〕韩愈著，钱仲联集释：《韩昌黎诗系年集释》卷二，第145页。
③〔唐〕韩愈著，钱仲联集释：《韩昌黎诗系年集释》卷七，第794页。
④〔唐〕韩愈著，钱仲联集释：《韩昌黎诗系年集释》卷五，第528页。
⑤〔唐〕韩愈著，钱仲联集释：《韩昌黎诗系年集释》卷九，第989页。

到唐人的创作,最推崇的乃是杜甫两类作品:"杜诗最多,可传者千余篇,至于贯穿今古,靦缕格律,尽工尽善,又过于李。然撮其《新安吏》《石壕吏》《潼关吏》《塞芦子》《留花门》之章,'朱门酒肉臭,路有冻死骨'之句,亦不过三四十首。"[1]"靦缕格律"之作是杜甫的长篇排律,"《新安吏》《石壕吏》"之章即杜甫的新题乐府。白居易对这两类诗尤为称赏。元稹《唐故工部员外郎杜君墓系铭并序》也有类似论断。此文先从风雅传统的立场梳理了历代诗作,肯定了杜甫承继风雅的特点。然后对比李杜作品并抑李扬杜,核心主张是肯定了杜甫的长篇排律。其言:"至若铺陈终始,排比声韵,大或千言,次犹数百,词气豪迈,而风调清深;属对律切,而脱弃凡近,则李尚不能历其藩翰,况堂奥乎?"[2]与白居易看法一致,元稹也对杜甫这两类诗大加赞赏。

　　从新乐府和长篇排律的创作实践来看,元、白均取得了重大成绩。白居易有新乐府五十篇,其《序》云:"其辞质而径,欲见之者易谕也。其言直而切,欲闻之者深诫也。其事核而实,使采之者传信也。其体顺而肆,可以播于乐章歌曲也。总而言之,为君、为臣、为民、为物、为事而作,不为文而作也。"[3]可知这组作品明显承继杜甫。根据现实事件确定乐府题目,意图是改良时弊,具有明确的政治功用。元稹亦是如此,其《乐府·序》云:"近代唯诗人杜甫《悲陈陶》《哀江头》《兵车》《丽人》等,凡所歌行,率皆即事名篇,无复倚傍。予少时与友人乐天、李公垂辈谓是为当,遂不复拟赋古题。"[4]他有《和李校书新题乐府十二首》,同样是继承了杜甫乐府讽谕现

① [唐]白居易著,朱金城笺校:《白居易集笺校》卷四十五,第2791页。
② [唐]元稹著,周相录校注:《元稹集校注》卷五十六,下册,第1361页。
③ [唐]白居易著,朱金城笺校:《白居易集笺校》卷三,第136页。
④ [唐]元稹著,周相录校注:《元稹集校注》卷二十三,中册,第674页。

实的传统。要之,此期元白所倡导的新乐府运动及各自的创作均是明确以杜甫为典范的。

长篇律诗包括五言长律和七言长律两种体裁。五言长律由于包括五言六韵的试贴诗,故为唐人所习用。而七言长律一般认为是创于杜甫,但后继者寥寥。据浦起龙统计,杜甫七言长律只有《题郑十八著作丈》《释闷》《寄岑嘉州》《寄从孙崇简》《寒雨朝行视园树》《清明二首》《岳麓山道林二寺行》8首。由于数量太少,所以浦氏并未单独列出这种诗体,而是附在五排之后,并注曰:“七排极难佳,古人亦不常为,具体而已。”①从元稹和白居易的论述来看,两人颇以这类诗而自豪。元稹《上令狐相公诗启》云:“某又与同门生白居易友善,居易雅能为诗,就中爱驱驾文字,穷极声韵,或为千言,或为五百言律诗以相投寄。小生自审不能有以过之,往往戏排旧韵,别创新词,名为次韵相酬,盖欲以难相挑耳。江湖间为诗者,复相仿效,力或不足,则至于颠倒语言,重复首尾,韵同意等,不异前篇,亦自谓为元和诗体。”②按他所言,元白以长篇律诗相酬和,影响所至,元和诗风为之改变。总之,元、白对杜甫新题乐府和长篇律诗的特意效仿,很自然地大大提高了老杜的诗坛声望。

贾岛是另一位在晚唐和宋初享有盛名的诗人,他诗歌的艺术成就同样与杜甫的影响有直接关系。这种影响主要表现为贾岛对杜甫所开创的变格五律的发扬光大。王定保《唐摭言》“无官受黜”条云:“贾岛,字阆仙。元和中,元白尚轻浅,岛独变格入僻,以矫浮艳。”③所谓“变格入僻”,就是突破传统“虚实自对”的律诗对偶

---

①［清］浦起龙著,王志庚点校:《读杜心解》卷五之末,北京:中华书局1961年版,第819页。

②［唐］元稹著,周相录校注:《元稹集校注》补遗卷二,下册,第1450—1451页。

③［五代］王定保撰,姜汉椿校注:《唐摭言校注》卷十一,第223页。

规范,有意采用"虚""实"相对。这种写法始创于杜甫,却成熟于贾岛。方回《瀛奎律髓》"变体类"曰:"周伯弼《诗体》,分四实四虚、前后虚实之异。夫诗止此四体耶?然有大手笔焉,变化不同。用一句说景,用一句说情。或先后,或不测。此一联既然矣,则彼一联如何处置?今选于左,并取夫用字虚实轻重。"①其评贾岛《忆江上吴处士》云:

> 或问此诗何以谓之变体?岂"秋风吹渭水,落叶满长安"为壮乎?曰:不然。此即唐人"春还上林苑,花满洛阳城"也。其变处乃是"此地聚会夕,当时雷雨寒",人所不敢言者。或曰:以"雷雨"对"聚会",不偏枯乎?曰:两轻两重自相对,乃更有力。但谓之变体,则不可常尔。②

此诗是为忆念一位到福建一带去的吴姓友人而作,中间四句颇有特色。"秋风吹渭水,落叶满长安"一联兴致自然,气象浑厚。诚如孙琴安先生所评:"此何等气象!此乃盛唐人高唱,非晚唐人所能为也。"③"此地聚会夕,当时雷雨寒"二句先逆挽一笔,再倒叙昔日欢会,可谓曲折绝妙。这是以律对句法之变化为变体。其中以"雷雨"对"聚会"是"虚""实"相对,不仅"不偏",反而"更有力"。"虚"指虚无或无形,通常指构成对偶的情感描写;"实"指有形或实相,通常指构成对偶的景物描写。杜甫"桑麻深雨露,燕雀半生成"(《屏迹三首·其二》)、"日兼春有暮,愁与醉无醒"(《又呈窦使君》)、"鬓毛垂领白,花蕊亚枝红"(《上巳日徐司录林园宴集》)均是五律变体对偶的名句。宋罗大经《鹤林玉露》"生成吹嘘"条曰:

---

① [元]方回选评,李庆甲集评校点:《瀛奎律髓汇评》卷二十六,第1128页。
② [元]方回选评,李庆甲集评校点:《瀛奎律髓汇评》卷二十六,第1131页。
③ 孙琴安:《唐五律诗精品》,上海:上海社会科学院出版社1991年版,第405页。

"杜陵诗云：'桑麻深雨露，燕雀半生成。'后山诗云：'辍耕扶日月，起废极吹嘘。'或谓虚实不类。殊不知生为造，成为化，吹为阴，嘘为阳，气势力量，与日月字正相配也。"①杜甫以"雨露"对"生成"，以名词对动词，虚实相对。从罗大经的维护之言可以感到：诗界对这种作法尚有争议。贾岛以"雷雨"对"聚会"也是名词对动词，以实对虚，乃因袭杜甫而来。据齐文榜先生统计："贾岛现存的约二百四十首五律中，使用各种形式的虚实对偶创作的变体律诗多达八十余首，几乎每三首即出现一首虚实对体。"②可见杜甫所开创的这种变体在贾岛这里方发扬光大，并深深影响了后代创作，从而开辟出五律创作的新天地。《瀛奎律髓》五言律诗"变体类"共选10首：杜甫占3首，贾岛占4首，陈师道占3首，正说明方回相当敏锐地看出贾岛变体五律的巨大贡献。

"变体"是指作律诗时妥善处理虚字和实字、景句和情句以及辞意的轻和重、色彩的浓和淡等既对立又统一的各对矛盾，使作品的体制富于变化。传统谈"变体"主要强调格律变体，侧重平仄声调。如王昌龄《诗格》"论文意"云："凡作诗之体，意是格，声是律，意高则格高，声辨则律清，格律全，然后始有调。"③王氏提出"格律"这一美学概念，并揭示了诗之立意、格律、声调三者间的关系。到杜甫那里，"变体"开始指对仗。如方回评杜甫《屏迹》颔联"桑麻深雨露，燕雀半生成"云：

　　或问"雨露"二字双重，"生成"二字双轻，可以为法乎？

①［宋］罗大经撰，王瑞来点校：《鹤林玉露》甲编卷三，北京：中华书局1983年版，第42页。
②齐文榜：《贾岛研究》，北京：人民文学出版社2007年版，第183页。
③［唐］王昌龄《诗格》卷上，张伯伟：《全唐五代诗格汇考》，南京：凤凰出版社2002年版，第160页。

"雨"自对"露","生"自对"成",此轻重各对之法也。必善学
者始能之。①

律诗的法则要求中间两联对仗。按杜诗此联出句"雨露"二字为名
词,对句对应的"生成"二字却是动词,显然对得不甚工整。但方氏
却说"雨"和"露"自相为对,"生"和"成"自相为对,是"轻重各对",
正是一种值得效法的"变体"。纵观方回在《瀛奎律髓》"变体类"
中的选评,可知他重点关注对仗变格。并一再指出:这种"变体"乃
肇始于杜甫,后被贾岛、陈师道等人继承发扬。

元和之后,杜甫诗坛大家的地位日趋稳固。王安石《〈老杜诗
后集〉序》云:"予考古之诗,尤爱杜甫氏作者。其辞所从出,一莫知
穷极,而病未能学也。世所传已多,计尚有遗落,思得其完而观之。
然每一篇出,自然人知非人之所能为,而为之者,惟其甫也,辄能辨
之。"②所编《四家诗选》以杜甫为第一,李白为第四,对杜甫可谓推
崇备至。方回《瀛奎律髓》云:"老杜诗为唐诗之冠。黄、陈诗为宋
诗之冠。黄、陈学老杜者也。"③把杜诗誉为"唐诗之冠",景仰之情
溢于言表。

总体而言,杜甫对元和诗人的影响是十分广泛的,究其原因不
外乎两个方面:一是杜甫所经历的"安史之乱"与元和诗人所处的
危机重重的政治形势基本一致,感时伤世自然也成为杜甫和元和
诗人共同的创作主题;二是杜甫对诗歌艺术强烈的创新精神开启
了众多诗体的创作法门,如胡应麟《诗薮》所说:"盛唐一味秀丽雄
浑。杜则精粗、钜细、巧拙、新陈、险易、浅深、浓淡、肥瘦,靡不毕

---

① [元]方回选评,李庆甲集评校点:《瀛奎律髓汇评》卷二十六,第1130页。
② [宋]王安石撰,聂安福等整理:《临川先生文集》卷八十四,王水照主编:《王安石
全集》,上海:复旦大学出版社2016年版,第1483页。
③ [元]方回选评,李庆甲集评校点:《瀛奎律髓汇评》卷一,第42页。

具。参其格调,实与盛唐大别。其能会萃前人在此,滥觞后世亦在此。"①由于所处时代环境和对追求艺术新变的相似,最终导致杜甫超越其他盛唐大家,成为元和诗人的重要创作理论资源。也正是由于元和众多诗人对杜甫的积极效仿,极大地提高了他的诗坛地位,最终使杜甫得以与李白并称甚至超过李白成为唐诗第一人。

(三)韩愈对宋诗的开启及大家地位的确立

韩愈才性颇近李白,天分超人,豪放不羁,且以复兴古学为己任。《元和圣德诗》《猗兰操》古奥典重,具有浓厚的摹拟《风》《骚》的特征。同时,韩愈具有深厚的学养,诗歌针砭时弊,追求艺术的创新,又近似杜甫。《南山》《咏雪赠张籍》《山石》等作品或押险韵、或用奇语,风格粗豪,意境险怪,与盛唐以来盛行的兴象高远迥然不同。由于较高的政治地位和对后学的大力提携,韩愈成为中唐韩孟诗派的领袖,深受张籍、孟郊、贾岛、李贺等著名诗人推崇。不过,在相当长的时间,韩愈是以复古儒学的古文大家形象而受到文坛尊崇的,韩诗所特有的个性张扬的风格很少受到青睐,晚唐众多诗家更喜爱李贺、贾岛所代表的浓艳伤感与浅吟低唱。反而是倡导"韵外之致"的司空图对韩诗有所包容,其《题柳柳州集后》云:"愚常览韩吏部歌诗数百首,其驱驾气势,若掀雷抉电,撑抉于天地之间,物状奇怪,不得不鼓舞而徇其呼吸也。"②宋初诗坛主要盛行白体和晚唐体,白体多为在朝高官,以王禹偁、徐铉、李昉为代表;晚唐体多为在野隐士高僧,以九僧、魏野、寇准为代表。至真宗朝,西昆体逐渐兴起。仁宗朝,随着儒学的复兴,尊韩渐成一时风

---

① [明] 胡应麟:《诗薮》内编卷四,第70页。
② 祖保泉、陶礼天笺校:《司空表圣诗文集笺校》文集卷二,第196页。

气。苏舜钦《往王顺山值暴雨雷霆》《大雾》《己卯冬大寒有感》《大风》有明显的追摹韩愈的痕迹。梅尧臣与苏舜钦并称"苏梅",《依韵和王平甫见寄》言"近世无如韩""乃复元和盛",标榜学韩。《子聪惠书备言行路及游王屋物趣因以答》《希深惠书言与师鲁永叔子聪几道游嵩山因诵而韵之》等为学韩名作。欧阳修《感二子》云:"二子精思极搜抉,天地鬼神无遁情。及其放笔骋豪俊,笔下万物生光荣。古人谓此觑天巧,命短疑为天公憎。"①所谓"无遁情""觑天巧",即是对苏、梅两人学习韩愈"资谈笑,助谐谑,叙人情,状物态,一寓于诗,而曲尽其妙"②的概括。在这种氛围中,宋诗代表诗人苏轼从中也汲取了丰富的营养,许多作品明显是学习韩愈作品,如《石鼓歌》乃摹拟韩愈原作,《云龙山观烧》因袭韩愈《陆浑山火》等,胡仔云:"退之《赤藤杖诗》:'空堂昼眠倚牖户,飞电著壁搜蛟螭。'故东坡《铁柱杖诗》云:'入怀冰雪生秋思,倚壁蛟龙护昼眠。'山谷《筇竹杖赞》:'涪翁昼寝,苍龙挂壁。'皆用昌黎诗也。"③总体来看,以欧阳修、苏轼等人所代表的宋诗所特有的题材广泛、风格诡怪、以文为诗等特点与韩愈有密切关系,故学界常把韩诗视为改变宋代诗风的重要资源。

尽管韩愈对宋人创作具有如此重大的影响,但诗论家对韩愈大家的地位却充满争议。极度推尊者如欧阳修、王安石,刘攽《中山诗话》云:"欧公亦不甚喜杜诗,谓韩吏部绝伦。吏部于唐世文章,未尝屈下,独称道李、杜不已。欧贵韩而不悦子美,所不可晓。"④邵博也说:"欧阳公于诗主韩退之,不主杜子美,刘中原父每

---

①[宋]欧阳修著,李逸安点校:《欧阳修全集》卷九,第138页。
②[宋]欧阳修:《六一诗话》,《历代诗话》上册,第272页。
③[宋]胡仔纂集,廖德明校点:《苕溪渔隐丛话》前集卷十八,第117页。
④[宋]刘攽:《中山诗话》,《历代诗话》上册,第288页。

不然之。"①王安石编《四家诗选》,入选杜甫、欧阳修、韩愈、李白四人诗作,把韩愈视为唐诗大家。不过,宋人对韩愈的大家地位也有否定意见。陈师道云:"学诗当以子美为师,有规矩可学。退之于诗,本无解处,以才高而好尔。"②

与诗话相仿,众多诗歌选本对韩诗也是充满争议。贬斥者如韦縠《才调集》、周弼《三体唐诗》和元好问《唐诗鼓吹》,均不选韩诗。韦庄《又玄集》仅选入2首,谢枋得《千家诗》仅选入3首,总体而言相当轻视。推崇者如杨士弘《唐音》,虽不选韩诗,但却把韩愈视为与李、杜并称的大家。方回《瀛奎律髓》选入韩诗14首,数量虽远逊于贾岛66首、刘禹锡54首和张籍的47首,但与王维并列第11位,其评韩愈《春雪间早梅》云:"汗血千里马,必能折旋蚁封。昌黎,大才也。文与六经相表里,《史》《汉》并肩而驱者。其为大篇诗,险韵长句,一笔百千字,而所赋一小着题诗,如雪,如笋,如牡丹、樱桃、榴花、蒲萄,一句一字不轻下。"③推崇之意还是比较明显的。

明代对韩愈诗歌的评价仍然充满争议。高棅《唐诗品汇》按时代世次把韩愈归入正变,但收录韩诗77首,其五古和七古均为29首,数量并不算少。之后,李东阳对韩诗也有佳评:"昔人论诗,谓'韩不如柳'、'苏不如黄'。虽黄亦云:'世有文章名一世,而诗不逮古人者。'殆苏之谓也。是大不然。汉魏以前,诗格简古,世间一切细事长语,皆著不得。其势必久而渐穷,赖杜诗一出,乃稍为开扩,庶几可尽天下之情事。韩一衍之,苏再衍之,于是情与事无

① [宋]邵博:《邵氏闻见后录》卷十九,《丛书集成新编》第83册,台北:新文丰出版公司1985年版,第648页。
② [宋]陈师道:《后山诗话》,《历代诗话》上册,第304页。
③ [元]方回选评,李庆甲集评校点:《瀛奎律髓汇评》卷二十,第749页。

不可尽。而其为格,亦渐粗矣。然非具宏才博学,逢原而泛应,谁
与开后学之路哉?"[1]七子派兴起之后,尊唐贬宋、独尊盛唐渐成为
诗坛习论,被视为宋诗开启者的韩愈诗歌自然难被推重。王世贞
曰:"韩退之于诗本无所解,宋人呼为大家,直是势利他语。子厚于
《风》《雅》《骚》赋,似得一斑。"[2]李攀龙《古今诗删·唐诗选》仅选
录韩愈作品5首,分别是《越裳操》《履霜操》《汴州乱二首》《奉和库
部卢四兄曹长元日朝回》,侧重其古诗乐府的摹拟之作。可见在明
七子价值体系中,韩愈那种开启宋代诗风的新变之作并不受重视,
地位也较为低下。竟陵派钟惺、谭元春虽欲矫七子之弊,但对韩愈
的评价并无改观,钟惺评曰:"唐文奇碎,而退之春融,志在挽回。
唐诗淹雅,而退之艰奥,意专出脱。诗文出一手,彼此犹不相袭,
真持世特识也。至其乐府,讽刺寄托,深婉忠厚,真正风雅,读《猗
兰》《拘幽》等篇可见。"[3]《唐诗归》多达三十六卷,入选韩愈诗作仅
14首,分别是《猗兰操》《拘幽操》《别操》《残形操》《剥啄行》《秋怀
诗四首》《长安交游者一首赠孟郊》《出门》《题炭谷湫祠堂》《病鸱》
《夜歌》《雉带箭》《送区弘南归》《记梦》,与《古今诗删》相比,同样
重视乐府古题之作,整体评价是比较低的。

　　韩愈大家地位的牢固确立是在清代实现的。明代后期公安
派、竟陵派和清初钱谦益等人否定明七子,主要从"诗言志"的传统
出发,首先重视诗歌要表达诗人的性情,以"真"作为首要追求,这
就要求诗歌的形式风格等不得不发生变化。叶燮论诗反对七子派
的复古说,但与公安派、竟陵派和钱谦益不同,他不是从抒情言志

---

①[明]李东阳著,李庆立校释:《怀麓堂诗话校释》,第205页。
②[明]王世贞:《艺苑卮言》卷四,《历代诗话续编》中册,第1011页。
③[明]钟惺、谭元春辑:《唐诗归》卷二十九,《续修四库全书》第1590册,第179页。

这一诗学内部的命题推导出形式风格要随之变化,而是从普遍的宇宙规律推论诗歌也要随着时代的变化而变化。他说:"盖自有天地以来,古今世运气数,递变迁以相禅。古云天道十年而一变,此理也,亦势也,无事无物不然,宁独诗之一道,胶固而不变乎?"[1]在这种理论前提下,叶燮对创新成就最显著的杜甫、韩愈和苏轼三位诗人予以高度推崇,其评韩愈说:

> 唐诗为八代以来一大变,韩愈为唐诗之一大变,其力大,其思雄,崛起特为鼻祖。宋之苏、梅、欧、苏、王、黄,皆愈为之发其端,可谓极盛。[2]

> 杜甫之诗,独冠今古。此外上下千余年,作者代有,惟韩愈、苏轼,其才力能与甫抗衡,鼎立为三。韩诗无一字犹人,如太华削成,不可攀跻。若俗儒论之,摘其杜撰,十且六五,辄摇唇鼓舌矣。[3]

既然"变"是一切事物发展的内在规律和必然趋势,诗歌也不例外。叶燮认为韩愈作为唐诗新变的代表,作为宋代诗风的开创者,自然应该具有至高无上的地位。此外,叶燮承袭传统所论,尤重韩愈古体。《原诗》云:"五古,汉魏无转韵者,至晋以后渐多。唐时五古长篇,大都转韵矣,惟杜甫五古,终集无转韵者。毕竟以不转韵者为得。韩愈亦然。"[4]又云:"七古终篇一韵,唐初绝少;盛唐间有之。杜则十有二三,韩则十居八九。……此七古之难,难尤在转韵也。若终篇一韵,全在笔力能举之,藏直叙于纵横中,既不患错乱,又不觉其平芜,似较转韵差易。韩之才无所不可,而为此者,避虚而走

---

①[清]叶燮著,蒋寅笺注:《原诗笺注》内篇上,第15—16页。
②[清]叶燮著,蒋寅笺注:《原诗笺注》内篇上,第69页。
③[清]叶燮著,蒋寅笺注:《原诗笺注》外篇上,第291—292页。
④[清]叶燮著,蒋寅笺注:《原诗笺注》外篇下,第426页。

实,任力而不任巧,实启其易也。"①盛赞韩愈才力巨大,五古、七古能够终篇一韵,为古体典范。总之,在叶燮诗学体系中,韩愈当之无愧为唐诗大家。

叶燮之后,对提升韩愈地位影响最大的是《御选唐宋诗醇》。此选以"御选"名义刊行,代表了官方的诗学立场。韩愈与李白、杜甫、白居易、苏轼和陆游等五人并称为唐宋六大家,其大家地位更加牢固。

沈德潜对韩愈大家的定位深受叶燮和《御选唐宋诗醇》的影响。一方面,沈德潜肯定了韩愈与杜甫的渊源关系,从反映现实、感时忧世的角度推崇韩诗。《别裁》评曰:"善使才者当留其不尽,昌黎诗不免好尽。要之,意归于正,规模宏阔,骨格整顿,原本《雅》《颂》,而不规规于风人也。品为大家,谁曰不宜。"(卷四,第117页)所选《龊龊》《泷吏》《汴州乱二首》《八月十五夜赠张功曹》《嗟哉董生行》《华山女》等作品均涉及当前的社会政治事件,明显是继承了杜甫以诗歌纪时事的传统。另一方面,沈德潜也非常重视韩愈对诗歌艺术手法的开拓,他立足于宋代至叶燮以来对韩愈新变特点的推崇,高度肯定了韩愈古体诗的艺术成就。《别裁》评曰:"昌黎从李、杜崛起之后,能不相沿习,别开境界;虽纵横变化不逮李、杜,而规模堂庑,弥见阔大,洵推豪杰之士。"(卷七,第238页)全书入选韩愈诗歌43首,居第九位。所选作品以古体为主,其中五古12首,七古21首。七古数量次于杜甫的58首和李白的37首,居第三位。沈德潜能够打破传统七子派"诗必盛唐"的传统定位,正在于接受了叶燮对"变"的强调,从而肯定了韩愈古体诗的创新精神。

---

① [清]叶燮著,蒋寅笺注:《原诗笺注》外篇下,第430—431页。

三、审美思潮与大家地位的起伏

审美思潮涉及时代风尚、士人心态和帝王喜好等诸多方面,而审美思潮的变化往往带来大家体系的重新建构。下面试探讨不同时期审美思潮对唐诗大家序列的建构及其影响。

（一）传统风骨论与李白大家地位的确立

李白在唐代享有盛誉,唐人笔记中所记载的御手调羹、力士脱靴、贵妃捧砚等故事即是明证。较早推崇李白诗歌并产生较大影响的是殷璠,其《河岳英灵集》曰:"白性嗜酒,志不拘检,常林栖十数载,故其为文章,率皆纵逸。至如《蜀道难》等篇,可谓奇之又奇。然后自骚人以还,鲜有此体调也。"[1]之后的唐诗选本多把李白视为唐诗大家,即使少量选本不选李诗也是由于李白诗集流传太广或限于体例不选盛唐诗之故,并不否认其唐诗大家的地位。元稹曾在《唐故工部员外郎杜君墓系铭并序》中为推崇杜甫而刻意贬抑李白,但并未撼动李白的大家地位。李、杜作为盛唐诗坛的"双子星座"各有所长,一直是诗坛的主流看法。下表是《唐诗品汇》《古今诗删》和《唐诗别裁集》所选李白诗歌的数量及名次:

诗选	唐诗品汇	古今诗删	唐诗别裁集
数量	398	57	140
名次	1	2	2

①［唐］殷璠编,傅璇琮校点:《河岳英灵集》卷上,《唐人选唐诗新编》,第171页。

从这三部著名选本对李白诗歌的选入数量和名次看,《唐诗品汇》对李白评价最高,选诗数量远高于杜甫的296首;《古今诗删》和《唐诗别裁集》的选入总量仅次于杜甫居第二位,总体而言均把李白视为唐代最优秀的诗人。结合李白创作实际和历代评价,李白大家地位的确立与六朝以来的风骨论有密切关系。

　　风骨是刘勰、钟嵘等诗论家为矫正齐梁诗风而提出的美学范畴。在他们看来,诗歌自刘宋以来逐渐出现片面追求属对工巧、讲究声律、注重辞采之美的不良倾向,汉魏以来那种刚健有力、文质兼备的优秀传统逐渐被废弃,故提倡风骨以矫正时弊。刘勰《文心雕龙·风骨》云:

> 是以怊怅述情,必始乎风,沉吟铺辞,莫先于骨。故辞之待骨,如体之树骸;情之含风,犹形之包气。结言端直,则文骨成焉;意气骏爽,则文风清焉。若丰藻克赡,风骨不飞,则振采失鲜,负声无力。是以缀虑裁篇,务盈守气,刚健既实,辉光乃新,其为文用,譬征鸟之使翼也。①

此论代表了传统诗学对唐前古体诗美学理想的看法,诗歌情感要充实并有感染力,语词精美富有文采。尽管学界对“风骨”的内涵争议较大,但均认同是对文学作品中精神风貌美与物质形式美的要求。钟嵘也表达了类似的主张,《诗品序》曰:“干之以风力,润之以丹彩,使咏之者无极,闻之者动心,是诗之至也。”②并推崇曹植作品“骨气奇高,辞采华茂。情兼雅怨,体披文质”③,也是在古体

---

① [南朝梁]刘勰著,范文澜注:《文心雕龙注》,北京:人民文学出版社1958年版,第513页。
② [南朝梁]钟嵘著,曹旭集注:《诗品集注》,上海:上海古籍出版社2011年版,第47页。
③ [南朝梁]钟嵘著,曹旭集注:《诗品集注》,第117页。

诗盛行时期对作品辞采和情感表达的要求。

　　入唐之后,刘勰、钟嵘所反对的齐梁文风并未绝迹,注重辞采的初唐体和讲究声律的上官体正是齐梁文风在唐代之遗留。故陈子昂在《修竹篇序》中声称:"汉魏风骨,晋宋莫传。"对诗坛现状深为不满,并以六朝风骨论作为医治时弊之良药,赞扬东方虬《咏孤桐》"骨气端翔,音情顿挫,光英朗练,有金石声"①。殷璠评陶翰诗:"既多兴象,复备风骨。"②评高适诗:"多胸臆语,兼有气骨。"③评崔颢诗:"晚节忽变常体,风骨凛然,一窥塞垣,说尽戎旅。"④均是以风骨补救浮靡卑弱之风。

　　殷璠对李白的肯定正是基于传统的风骨论,此后诗论家多沿袭这一思路来肯定李白的大家地位。《别裁》评李白道:"太白诗纵横驰骤,独《古风》二卷,不矜才,不使气,原本阮公,风格俊上,伯玉《感遇》诗后,有嗣音矣。"(卷二,第43页)在沈德潜所构建的五古发展史中,苏武、李陵、《古诗十九首》以及曹植、阮籍、左思均是正宗之一,其特点是寓意深远,辞采华茂,文质兼备,最能体现风骨之美,唐代继承者有陈子昂、李白、张九龄等人;陶渊明是正宗之二,风格特点是闲淡高古,唐代的继承者有王、孟、韦、柳等;杜甫五古善叙时事,篇幅恢张,纵横挥霍,鼎足为三。李白作为汉魏五古传统的继承者,风骨是其所长。

　　七古也是如此,李白七古多乐府旧题,如《战城南》《远别离》《长相思》《独漉篇》等名篇,尽管内容不脱现实,但在写作时往往有意照应乐府古题,复古意味十足。《别裁》评李白七古曰:"太白七

---

① 陈庆生:《陈子昂诗注》,第217页。
② [唐]殷璠编,傅璇琮点校:《河岳英灵集》卷上,《唐人选唐诗新编》,第197页。
③ [唐]殷璠编,傅璇琮点校:《河岳英灵集》卷上,《唐人选唐诗新编》,第209页。
④ [唐]殷璠编,傅璇琮点校:《河岳英灵集》卷下,《唐人选唐诗新编》,第219页。

言古,想落天外,局自变生。大江无风,波浪自涌,白云从空,随风变灭。此殆天授,非人可及。……读李诗者,于雄快之中,得其深远宕逸之神,才是谪仙人面目。"(卷六,第183页)特意强调李白在复古的形式下,个人真性情流露无疑,这种评价正是基于风骨传统对李诗的肯定。风骨论的核心是在"诗言志"的传统下,如何充分地表现诗人富有个性的情感。具有风骨之美的作品,诗歌内容必然合乎雅正传统,同时情感的抒发一定是充沛的,能够体现出诗人的气质个性;语言修辞必然华茂鲜明,同时这种文辞一定不会流于浮靡,且同样具有个人特色。李白诗歌则具备了这一特点。

　　与古体诗不同,近体诗对平仄、押韵、对仗等形式方面有明确的要求,符合这些要求才算合格。从抒情特点来看,古体诗景物描写上注重反复渲染,抒情上注重反复咏叹,近体诗则由于篇幅相对短小,很难采用这种"辞必尽"的抒情方式,它往往需要借助具有飞动传神之美的意境以寄托作者的情感。因此,近体诗创作的成败往往有两个标尺:一是体制合格,即符合近体诗平仄、押韵、对仗等要求;二是抒情效果鲜明,能够充分体现出诗人的情感。前者衍生出对字法、句法的探讨,如张表臣所言:"诗以意为主,又须篇中炼句,句中炼字,乃得工而。"[1]后者衍生出对象外之象、言外之意的追求,如司空图《与李生论诗书》所言:"近而不浮、远而不尽,然后可以言韵外之致耳。"[2]

　　李白近体诗比较独特,除早年的五律讲究对仗并符合声律要求外,其他近体诗多更近古诗传统,对此包括沈德潜在内的众多诗论家均予以包容。《别裁》选入李白五言律诗27首,少于杜甫的63

---

①[宋]张表臣:《珊瑚钩诗话》卷一,《历代诗话》上册,第455页。
②祖保泉、陶礼天笺校:《司空表圣诗文集笺校》文集卷二,第193—194页。

首和王维的31首,居第三;选入李白五言绝句5首,少于王维的16首,居第二;选入李白七言绝句20首,高居第一位,其评李白五律:"逸气凌云,天然秀丽,随举一联,知非老杜诗,非王摩诘、孟襄阳诗也。"(卷十,第337页)评李白绝句:"五言绝右丞、供奉,七言绝龙标、供奉,妙绝古今,别有天地。七言绝句,以语近情遥,含吐不露为贵;只眼前景,口头语,而有弦外音,使人神远。太白有焉。"(卷二十,第653页)从这些评点来看,沈德潜比较重视李白诗中所体现出的超逸豪放的个性气质、奇特壮丽的修辞方式和寄托深厚的意蕴,对近体诗一贯强调的对仗之工、字法之妙均未涉及,究其根源,仍不脱六朝以来风骨论传统。

(二)宋代平淡论与韦、柳大家地位的确立

在《唐诗别裁集》所确立的唐诗大家中,中唐诗人韦应物、柳宗元颇引人瞩目。从入选作品总量来看,韦应物以63首高居第四位,柳宗元以40首位居第十位,推崇之意明显。下表是此选对两位诗人不同体裁的选入数量:

体裁	五古	七古	五律	七律	五排	五绝	七绝	总计
韦应物	44	3	6	2	0	4	4	63
柳宗元	21	3	2	5	1	4	4	40

可知沈德潜推崇两家主要缘于五言古诗,其中韦应物的数量少于杜甫的53首,多于李白的42首,居于第二位;柳宗元的数量少于王维的23首,多于陈子昂的19首,居于第五位。此外,沈德潜特意强调两家与陶渊明的渊源关系,《唐诗别裁集·凡例》云:

　　过江以后,渊明诗胸次浩然,天真绝俗,当于语言意象外

求之。唐人祖述者，王右丞得其清腴，孟山人得其闲远，储太
祝得其真朴，韦苏州得其冲和，柳柳州得其峻洁，气体风神，
翛然埃壒之外。（卷首，第2页）

《古诗源》评陶渊明曰：

> 清远闲放，是其本色。而其中自有一段渊深朴茂，不可
> 几及处。唐人王、储、韦、柳诸公，学焉而得其性之所近。[1]

显然，韦应物、柳宗元是作为陶诗的继承者而受到推崇的。这
种定位与严羽以来"推尊盛唐"的传统观念有所不同，堪称清代格
调派所建构的唐诗价值体系中较有特色之处。

沈德潜对两家的定位与宋代平淡论思潮下对陶渊明的推崇密
切相关。宋人论诗，虽然也使用唐前人论诗常用的诗教、风骨、兴
象、声律等审美范畴，但最具时代特征的则是"平淡"范畴的大量使
用。这种观念与宋代反对西昆诗风有密切关系，西昆体注重辞采、
用典，如铺锦列绣，雕缋满眼，故欧阳修等人提倡平淡以矫正之。
梅尧臣《读邵不疑学士诗卷杜挺之忽来因出示之且伏高致辄书一
时之语以奉呈》云：

> 作诗无古今，唯造平淡难，譬身有两目，瞭然瞻视端。《邵
> 南》有遗风，源流应未殚，所得六十章，小大珠落盘。光彩若
> 明月，射我枕席寒，含香视草郎，下马一借观。既观坐长叹，
> 复想李、杜、韩，愿执戈与戟，生死事将坛。[2]

把"平淡"作为最高追求。另外，《和绮翁游齐山寺次其韵》"重以
平淡若古乐，听之疏越如朱弦，秘藏褚中为不朽，咨诹坐上皆曰

---

① [清] 沈德潜：《古诗源》卷八，北京：文学古籍刊行社1957年版，第182—183页。
② [宋] 梅尧臣著，朱东润编年校注：《梅尧臣集编年校注》卷二十六，上海：上海古
　籍出版社1980年版，第845页。

然"①,《依韵和晏相公》"因吟适情性,稍欲到平淡"②,多次标榜平淡之美。其他如欧阳修、王安石、苏轼、黄庭坚,也有提倡平淡之论。诚如周裕锴先生所言:"如果说欧、苏的尚健是为了矫正晚唐体的卑弱之风,那么他们的尚淡则是有意洗涤西昆体的浮靡之习。"③故宋人论诗与创作,颇重平淡。叶梦得《石林诗话》评王安石晚年绝句云:

> 王荆公晚年诗律尤精严,造语用字,间不容发。然意与言会,言随意遣,浑然天成,殆不见有牵率排比处。如"含风鸭绿鳞鳞起,弄日鹅黄袅袅垂",读之初不觉有对偶。至"细数落花因坐久,缓寻芳草得归迟",但见舒闲容与之态耳。而字字细考之,若经檃括权衡者,其用意亦深刻矣。④

叶梦得所称赞的"读之初不觉有对偶""字字细考之,皆经檃括权衡者",正是对刻意追求文字技巧的否定及对平淡自然的更高境界的向往。黄庭坚《与王观复书》云:"但熟观杜子美夔州后古、律诗,便得句法:简易而大巧出焉,平淡而山高水深,似欲不可企及。文章成就,更无斧凿痕,乃为佳作耳。"⑤就这样,平淡成为最为宋人推崇的审美理想之一。

向往平淡很自然地表现为对陶渊明的推崇。梅尧臣《答中道小疾见寄》云:"诗本道情性,不须大厥声。方闻理平淡,昏晓在渊明。"⑥《寄宋次道中道》云:"次述盈百卷,补亡可继秦,中作渊明

---

①[宋]梅尧臣著,朱东润编年校注:《梅尧臣集编年校注》卷八,第115页。
②[宋]梅尧臣著,朱东润编年校注:《梅尧臣集编年校注》卷十六,第368页。
③周裕锴:《宋代诗学通论》,上海:上海古籍出版社2007版,第334页。
④[宋]叶梦得:《石林诗话》,《历代诗话》上册,第406页。
⑤[宋]黄庭坚著,郑永晓整理:《黄庭坚全集辑校编年》,第939页。
⑥[宋]梅尧臣著,朱东润编年校注:《梅尧臣集编年校注》卷十五,第293页。

诗,平淡可拟伦。"①对陶诗的倾慕之情溢于言表。更著名的则是苏轼所论,其《题柳子厚诗二首》其二曰:

> 诗须要有为而作,用事当以故为新,以俗为雅。好奇务新,乃诗之病。柳子厚晚年诗,极似陶渊明,知诗病者也。②

《评韩柳诗》曰:

> 柳子厚诗在陶渊明下,韦苏州上。退之豪放奇险则过之,而温丽靖深不及也。所贵乎枯澹者,谓其外枯而中膏,似澹而实美,渊明、子厚之流是也。若中边皆枯澹,亦何足道。佛云:"如人食蜜,中边皆甜。"人食五味,知其甘苦者皆是,能分别其中边者,百无一二也。③

《书黄子思诗集后》曰:

> 李、杜之后,诗人继作,虽间有远韵,而才不逮意。独韦应物、柳宗元发纤秾于简古,寄至味于澹泊,非余子所及也。④

苏轼所论对提升陶渊明和韦、柳的诗学地位起到了至关重要的作用。一方面,苏轼强调陶渊明所代表的平淡并非淡而无味,质朴无华,而是"淡而实绮,质而实腴",从而与白居易所代表的另一派平淡划清了界限;另一方面,苏轼通过韦应物、柳宗元与陶渊明的联系,直接启发了后人对两家的推崇。

苏轼之后,韦、柳作为唐诗大家,其五言古诗直追陶渊明几成选家共识。杨士弘虽然推尊盛唐,但对待韦、柳却能打破时代局限,《唐音》选入韦应物诗作67首,总量居第二,其中五古入选45首

---

① [宋]梅尧臣著,朱东润编年校注:《梅尧臣集编年校注》卷十五,第304页。
② [宋]苏轼著,孔凡礼点校:《苏轼文集》卷六十七,北京:中华书局1986年版,第2109页。
③ [宋]苏轼著,孔凡礼点校:《苏轼文集》卷六十七,第2109—2110页。
④ [宋]苏轼著,孔凡礼点校:《苏轼文集》卷六十七,第2124页。

高居第一；柳宗元入选29首，总量居第11，其中五古入选14首居第六位，均予以推崇。高棅《唐诗品汇》选入韦应物诗作140首，居第六位，其中五古入选93首，居第二位；柳宗元入选48首，与李商隐并列第24位，五古入选30首，居第13位，对两家同样重视。李攀龙《古今诗删》是一部著名的推崇盛唐的唐诗选本，韦应物入选17首，与沈佺期共列第七位，其中五古入选8首，与高适并列第四位；柳宗元入选6首，居第二十位，其中五古4首，与李颀并列第十一位。如果考虑到《古今诗删》极端推崇盛唐这一因素，两人诗作的入选数量和名次均表明其诗作成就独出中唐诸人。沈德潜《唐诗别裁集》对两家的定位明显受到苏轼及历代唐诗选本的影响。

此外，明清选家虽对韦、柳均有推崇之意，但却不同于苏轼更重视柳宗元的立场，这种原因可能与明清格调派所建立的五古三大传统有关。沈德潜《别裁·凡例》云：

> 五言古体，发源于西京，流衍于魏、晋，颓靡于梁、陈，至唐显庆、龙朔间，不振极矣。陈伯玉力扫俳优，直追曩哲，读《感遇》等章，何啻在黄初间也？张曲江、李供奉断起，风裁各异，原本阮公。唐体中能复古者，以三家为最。（卷首，第2页）

> 过江以后，渊明诗胸次浩然，天真绝俗，当于语言意象外求之。唐人祖述者，王右丞得其清腴，孟山人得其闲远，储太祝得其真朴，韦苏州得其冲和，柳柳州得其峻洁，气体风神，翛然埃壒之外。（卷首，第2页）

> 苏、李、《十九首》以后，五言所贵，大率优柔善入，婉而多风。少陵材力标举，篇幅恢张，纵横挥霍，诗品又一变矣。要其为国爱君，感时伤乱，忧黎元，希稷、皋，生平种种抱负，无不流露于楮墨中，诗之变，情之正者也。新宁高氏列为大家，

具有特识。(卷首,第2页)

在这三大传统之中,其一是苏武、李陵、《古诗十九首》以及曹植、阮籍、左思,直至唐代陈子昂、张九龄和李白,其风格特点是寓意深远、托词温厚;其二是陶渊明,以其闲淡高古而居于典范地位;其三是杜甫,篇幅恢张、纵横挥霍。韦氏山水田园诗一反描绘农村生活恬淡之俗套,浸透着对农夫辛劳的同情,与陶诗相通,故被历代诗论家视为陶诗的继承者而得以肯定。如钟惺所言:"韦苏州等诗,胸中腕中,皆先有一段真至深永之趣,落笔自然清妙,非专以浅淡拟陶者。"①沈德潜在评点韦诗时,非常注意揭示这一特点。十卷本《唐诗别裁集》评曰:

　　　　左司诗绝去形容,独标真素,读者当于色香臭味处求之。
　　○有陶公性情,故每一落笔,自饶渊永之趣,后人如何拟得。
　　○韦五言诗家正声,故所收独富。②

晚年重订《唐诗别裁集》时,沈德潜又引朱熹之论曰:

　　　　诗品高洁,朱子谓其"无一字造作,气象近道,真可传人也",而新、旧《唐书》俱不为之立传何耶?(卷三,第91页)

颇重韦诗高洁与自然之美。其评《园林晏起寄昭应韩明府卢主簿》曰:"真朴处最近陶公。"(《别裁》卷三,第95页)评《寄全椒山中道士》曰:"化工笔,与渊明'采菊东篱下,悠然见南山',妙处不关语言意思。"(《别裁》卷三,第96页)均是注重揭示韦诗与陶渊明内在神理的共通。

相较而言,柳宗元山水诗多写于贬谪之后,身世之悲寄寓其间,虽不刻意学陶,与韦应物相较,萧散闲淡或不及,沉郁刻峭并不

①[明]钟惺、谭元春辑:《唐诗归》卷二十六,《续修四库全书》第1590册,第147页。
②[清]沈德潜:《唐诗别裁集》卷二,清康熙刻本,广东中山图书馆藏。

逊色,苏轼对柳宗元的推崇正是缘于此。元好问《论诗三十首》也有类似评价:"谢客风容映古今,发源谁似柳州深?朱弦一拂遗音在,却是当年寂寞心。"[1]沈德潜言柳宗元"得其峻洁",显然是承袭苏轼、元好问所论。不过,从沈德潜所建立的五古三大传统来看,柳诗真朴处远不及韦应物。

(三)明代格调论与盛唐大家群体地位的确立

在《唐诗别裁集》入选总量居前二十位的诗人中,盛唐诗人有杜甫(255首,第1)、李白(140,第2)、王维(104,第3)、岑参(58,第6)、孟浩然(36,第11)、高适(25,第15)、王昌龄(23,第17)和李颀(23,第18),可知沈德潜所建构的唐诗大家序列是以杜甫、李白为首,其他盛唐诗人王维、岑参、孟浩然、高适、王昌龄和李颀也位列其中。这种定位与严羽以来的格调论有密切关系,严羽《沧浪诗话·诗辨》云:

> 试取汉、魏之诗而熟参之,次取晋、宋之诗而熟参之,次取南北朝之诗而熟参之,次取沈、宋、王、杨、卢、骆、陈拾遗之诗而熟参之,次取开元、天宝诸家之诗而熟参之,次独取李、杜二公之诗而熟参之,又取大历十才子之诗而熟参之,又取元和之诗而熟参之,又尽取晚唐诸家之诗而熟参之,又取本朝苏、黄以下诸家之诗而熟参之,其真是非自有不能隐者。[2]

严羽认为汉、魏、晋、盛唐之诗为"第一义"之作,又云:"大历以前,分明别是一副言语。晚唐,分明别是一副言语。如此见,方许具一

---

①[金]元好问著,郭绍虞笺释:《元好问论诗三十首小笺》,第72页。
②[宋]严羽著,张健校笺:《沧浪诗话校笺》上册,第59—60页。

只眼。"①首次明确把盛唐独立于其他时期,并赋予其至高无上的师法价值,这种观念直接启发了明七子的格调理论。

从历代使用"格调"的情况来看,这个范畴的含义大致有两个方面:一是"格"和"调"基本含义的叠加,即音调结构的某种传统或规范。李东阳曰:"今泥古诗之成声,平侧短长、句句字字,摹仿而不敢失,非惟格调有限,亦无以发人之情性。"②另一种含义是指诗歌的艺术风貌,接近于"风格"的内涵。就常人的阅读经验而言,最先感受到的是浅层的格律声调,之后体会深层的艺术风貌,而后者正是通过前者来把握体会的。正如胡应麟所言:"作诗大要不过二端,体格声调,兴象风神而已。体格声调有则可循,兴象风神无方可执。故作者但求体正格高,声雄调鬯;积习之久,矜持尽化,形迹俱融,兴象风神,自尔超迈。譬则镜花水月,体格声调,水与镜也;兴象风神,月与花也。必水澄镜朗,然后花月宛然。"③当然,"格调"这两层含义有着内在的联系,深层的艺术风貌往往通过浅层的格律声调来体会把握,因此"格调"派在论诗时非常重视对诗歌的体格声调的分析。

在论及诗歌格调时,明清格调派诗论家常常用"体"这个概念来表示所形成的审美典范,并以此作为衡量创作成败的重要标尺。由于辨体通常是通过体格声调这些具体内容的分析来总结时代之风格,因此格调派诗学有大量的对体格声调辨析的内容。通过辨体,七子派把汉魏古诗和盛唐近体确立为"第一义",形成了"古体尊汉、魏,近体宗盛唐"的基本主张。这种诗论的长处是改变了唐

---

① [宋]严羽著,张健校笺:《沧浪诗话校笺》下册,第497页。
② [明]李东阳著,李庆立校释:《怀麓堂诗话校释》,第20—21页。
③ [明]胡应麟:《诗薮》内编卷五,第100页。

宋以来以境象批评为重点的做法,开始以体式批评为核心,对揭示中国诗歌发展的历程起到了积极作用。

严羽诗学已经涉及辨体,不过仅仅涉及到五绝:"五言绝句,众唐人是一样,少陵是一样,韩退之是一样,王荆公是一样,本朝诸公是一样。"① 在《沧浪诗话》"诗体""诗评"等部分,严羽已经把盛唐大家视为一个群体而加以推崇:

> 以时而论,则有:……唐初体(自注:唐初犹袭陈、隋之体)。盛唐体(自注:景云以后,开元、天宝诸公之诗)。大历体(自注:大历十才子之诗)。元和体(自注:元、白诸公)。晚唐体。②

> 以人而论,则有:……少陵体。太白体。高达夫体(自注:高常侍适也)。孟浩然体。岑嘉州体(自注:岑参也)。王右丞体(自注:王维也)。③

可知严羽心目中的盛唐大家是以李、杜为首,还有高适、孟浩然、岑参和王维等人,这种观念被明七子所继承。下表是李攀龙《古今诗删·唐诗选》各期唐诗的入选情况:

时代	初唐	盛唐	中唐	晚唐	其他	合计
诗人(位)	30	42	41	14	27	154
数量(首)	125	445	122	18	30	740
比例(%)	16.9	60.1	16.5	2.4	4.1	100

"其他"参照《唐诗品汇》卷首的《诗人爵里世次》所列"有姓氏无字里世次"、"道士"、"衲子"、"女冠"、"宫闺"、"外夷"等人。

---

① [宋]严羽著,张健校笺:《沧浪诗话校笺》下册,第507页。
② [宋]严羽著,张健校笺:《沧浪诗话校笺》上册,第203—217页。
③ [宋]严羽著,张健校笺:《沧浪诗话校笺》上册,第219—228页。

从各期入选比例来看，《古今诗删》中的盛唐诗比例竟大于其他三个时期之和。以如此悬殊的比例来选取唐诗，自然是旗帜鲜明，方便群众追随应和，也使严羽"诗必盛唐"的口号深入人心。

此外，上文曾列举《古今诗删》唐选部分入选总量前十位和各体诗作前五位的诗人，从入选数量来看，严羽所提及的六位盛唐大家中，李白、杜甫、高适、岑参和王维在此选中居前五位，由此可知严羽视盛唐群体为典范并以盛唐为法的观念对李攀龙选诗有多么巨大的影响。不过，李攀龙选诗观念与严羽存在两方面的差异：一是严羽相当推崇的孟浩然在《古今诗删》中仅列第十位；二是严羽未特意提及的王昌龄和李颀在《古今诗删》中分列第六位和第九位。就前者而言，孟浩然与王维齐名，尤以五言著称，王士源《孟浩然诗集序》云："孟浩然，襄阳人也。……交游之中，通悦倾盖，机警无匿，学不故儒，务掇精华，文不按古，匠心独妙，五言诗天下称其尽善。"[1]谢榛曰："李空同评孟浩然《送朱二诗》曰：'不是长篇手段。'浩然五言古诗近体，清新高妙，不下李、杜。"[2]均推崇备至。《古今诗删》选入孟浩然五古1首，五律5首，五言排律2首，五绝3首，除五绝外，其他诗体均未进入前五，其中五律少于高适的9首和岑参的6首，与严羽的定位有所不同。结合本选对王昌龄、李颀的推崇，大概是李攀龙比较推崇那种高华浑厚之作，故对孟浩然平淡清远有所疏离。就后者而言，《古今诗删》选入王昌龄七绝19首，高居此体第一；选入李颀七律7首，居此体第三，如果考虑到李颀一共创作7首七律这种情况，可知李攀龙其实是把王昌龄和李颀分别视为七绝和七律的最高典范。李攀龙对王昌龄绝句的推崇

---

① ［唐］孟浩然著，佟培基笺注：《孟浩然诗集笺注》，第557页。
② ［明］谢榛：《四溟诗话》卷二，《历代诗话续编》下册，第1159页。

在后世引起广泛的共鸣,胡应麟云:"太白诸绝句,信口而成,所谓无意于工而无不工者。少伯深厚有余,优柔不迫,怨而不怒,丽而不淫。余尝谓古诗、乐府后,惟太白诸绝近之;《国风》《离骚》后,惟少伯诸绝近之。体若相悬,调可默会。"①《别裁》评王昌龄曰:"龙标绝句,深情幽怨,意旨微茫,令人测之无端,玩之无尽,谓之唐人《骚》语可。"(卷十九,第645页)均视为七绝最优。相对而言,李攀龙对李颀七律的推崇在后世曾引起较大的争议。《别裁》评李颀曰:"东川七律,故难与少陵、右丞比肩,然自是安和正声。自明代嘉、隆诸子奉为圭臬,又不善学之,只存肤面,宜招毛初晴太史之讥也。然讥诸子而痛扫东川,毋乃因噎而废食乎?"(卷十三,第439页)可知沈德潜虽然认同李颀的大家地位,但不认为其成就超出其他盛唐诗人。

　　总之,从严羽以来,经过高棅《唐诗品汇》九品论诗和李攀龙《古今诗删》独尊盛唐,盛唐诗人作为一个群体逐渐成为最高典范。这个群体早期是以李白、杜甫为首,还有王维、孟浩然、高适、岑参,之后王昌龄和李颀被补充进来,共同成为最高成就的代表。

(四)清代"诗教"说的兴起与白居易大家地位的确立

　　白居易诗歌数量众多,影响颇大,但后世著名的唐诗选本对白诗多无好评。杨士弘《唐音》仅选入白诗4首,列于"遗响"。高棅《唐诗品汇》五古与七古部分列白诗为"余响",五绝、七绝、五律、七律部分列白诗为"接武",并引用了宋人对白诗的评论:"苏东坡云:乐天善长篇,但格制不高,局于浅切。又不能变风操,故读而易

---

① [明]胡应麟:《诗薮》内编卷六,第117—118页。

厌矣。"①又言:"《西清诗话》云:乐天诗,自擅天然,贵在近俗,恨如苏小,虽美终带风尘耳。"②所谓"不能变风操""终带风尘",自然和风雅传统尚隔一层。之后李攀龙《古今诗删》和王士禛《唐贤三昧集》均不选白诗,受此影响,沈德潜《唐诗宗》仅选入白居易《邯郸至夜思亲》七绝一首,《凡例》谈及不选白诗的原因时说:"后如张、王之恬缛,元、白之近情,长吉之荒诞诡奇,飞卿之秾纤秀丽,皆一时杰作,恐途径多歧,俱未入选,此中微意可参《唐诗宗》。"③可见沈德潜是特意不选白氏诗作。在《唐诗别裁集》十卷本中,增选白居易三首七绝,选诗和评价并无明显变化。值得注意的是在评刘禹锡七律时涉及到白居易,其云:

> 中唐七律,梦得可继随州,后人与乐天并称,因刘、白有唱和诗耳,神彩骨干,恶可同日语?④

认为白居易的七律与刘禹锡不可同日而语,评价极低。

两选之后,沈德潜在论诗专著《说诗晬语》中有关白居易的评论共三条。此书著于雍正九年(1731),与成于康熙五十四年(1715)前后的《唐诗宗》《唐诗别裁集》十卷本相比,大约相距15年。其评白居易曰:

> 白乐天诗,能道尽古今道理,人以率易少之。然"讽谕"一卷,使言者无罪,闻者足戒,亦风人之遗意也。惟张文昌、王仲初乐府,专以口齿利便胜人,雅非贵品。⑤

> 大历十子后,刘梦得骨干气魄,似又高于随州。人与乐

①[明]高棅:《唐诗品汇》卷二十一,第238页。
②[明]高棅:《唐诗品汇》卷三十六,第374页。
③[清]沈德潜:《唐诗宗》,清康熙抄本,中国国家图书馆藏。
④[清]沈德潜:《唐诗别裁集》卷八,清康熙刻本,广东中山图书馆藏。
⑤[清]沈德潜著,王宏林笺注:《说诗晬语笺注》,第199页。

天并称,缘刘、白有《倡和集》耳,白之浅易,未可同日语也。萧山毛大可尊白诎刘,每难测其指趣。①

长律所尚,在气局严整,属对工切,段落分明,而其要在开阖相生,不露铺叙、转折、过接之迹,使语排而忘其为提排,斯能事矣。唐初应制、赠送诸篇,王、杨、卢、骆、陈、杜、沈、宋、燕、许、曲江,并皆佳妙。少陵出而瑰奇鸿丽,一变故方,后此无能为役。元、白滔滔百韵,俱能工稳;但流易有余,镕裁未足,每为浅率家效颦。温、李以下,又无论已。七言长律,少陵开出,然《清明》等篇已不能佳,何况学步余子?②

以上三条评语中,第一条着重评白氏"讽谕诗","亦风人之遗意也",多有肯定之意;第二条是从《唐诗宗》十七卷本和《唐诗别裁集》十卷本而来。前言"恶可同日语",是认为白远不如刘,此言"未可同日语也",语气虽缓,但意思相近;第三条评论七言长篇,"流易有余,镕裁未足,每为浅率家效颦",固然有指责之意,更多是指向后来不善学者。从这些评论来看,沈德潜对白居易的评价比早年有些缓和,但立场并没有发生根本变化,"率易""浅易""流易有余,镕裁未足"这些措辞和司空图、苏轼直至明七子等人的立场基本一致。

但成书于乾隆二十八年(1763)的《别裁》重订本对白居易的态度却发生了巨大的转变。从入选作品来看,十卷本《唐诗别裁集》仅选入白居易诗作4首,重订本却选入61首,名次也提高到第5位。五古、七古部分所选多为讽谕诗和长篇叙事诗,五律、七律和五言长律部分选入了一些闲适诗和"元和体"作品,可以说兼顾

---

① [清]沈德潜著,王宏林笺注:《说诗晬语笺注》,第237页。
② [清]沈德潜著,王宏林笺注:《说诗晬语笺注》,第247—248页。

到了白居易各类作品,其评价也与以前迥异:

> 乐天忠君爱国,遇事托讽,与少陵相同。特以平易近人,变少陵之沉雄浑厚,不袭其貌而得其神也。(卷三,第105页)

> 白乐天同对策,同倡和,诗称元、白体,其实远不逮白。白修直中皆雅音,元意拙语纤,又流于涩。东坡品为元轻白俗,非定论也。(卷八,第266页)

> 大历后诗,梦得高于文房。与白傅唱和,故称刘、白。实刘以风格胜,白以近情胜,各自成家,不相肖也。(卷十五,第490页)

细究这些评语,可以发现沈德潜已经把白居易和杜甫相提并论,在"忠君爱国,遇事托讽"方面两人完全一致,皆为遵从儒家"诗教"之典范,此为沈氏对白诗的一个基本定位。对白居易浅易的风格,沈氏认为"特以平易近人,变少陵之沉雄浑厚,不袭其貌而得其神也",并未否定这种风格,反视为得杜甫之神。对"刘、白"这一习称,以前认为白不如刘,此时却言"刘以风格胜,白以近情胜,各自成家,不相肖也"。总体来看,沈德潜在《唐诗别裁集》重订本中对白居易已由以前的总体否定变为相当推崇,地位也由以前的旁流支脉成为诗坛大家,其原因颇耐人寻味。

沈德潜固然推尊"诗教",重视诗歌的社会功用,但一贯强调诗歌要以塑造生动完美的艺术形象来传达诗人情意,推崇那些含蓄蕴藉、语浅情深的作品。其《清诗别裁集·凡例》曾谈到了唐诗优于宋诗的原因:"唐诗蕴蓄,宋诗发露。蕴蓄则韵流言外,发露则意尽言中。"[1]因此他对那些没有多少政治内涵、无关"诗教"的王、孟一派同样很重视。就白诗而言,固然其诗宗旨合乎传统的"诗

---

[1]〔清〕沈德潜等编:《清诗别裁集》,上海:上海古籍出版社1984年版,第2页。

教"精神,但格调低俗乃世所公认,且白诗还常常在诗中发出激烈的呐喊,诗后加上一个议论的尾巴,这和"中正和平"的审美效果也相差甚远。因此明代以来《唐诗品汇》《古今诗删》《古诗选》《唐贤三昧集》等几部影响深远的选本对白诗相当轻视,沈德潜早年对白诗的态度和传统是相当一致的。重订本选入白诗60多首,名次进入前五,和早年的十卷本《别裁》大相径庭。由于沈德潜论诗从早年的《唐诗宗》到晚年所选的《清诗别裁集》,诗学理想一直是宗旨、格调和神韵的综合,前后并没有发生巨变,因此仅仅从审美理想发生变化来解释对白诗态度的转变,恐怕是不够的。

　　从选本的角度而言,首次把白诗和李、杜、韩相提并论的是《御选唐宋诗醇》。此前选本无不对白诗毁誉相杂,惟《御选唐宋诗醇》认为白诗源于杜甫且得杜诗之神。乾隆《御选唐宋诗醇序》曰:"唐人诗篇什最富者无如白居易诗,其源亦出于杜甫。"又曰:"变杜甫之雄浑苍劲而为流丽安详,不袭其面貌而得其神味者也。"① 其实乾隆更为关注的是诗歌的政治教化作用,其《御制沈德潜选国朝诗别裁集序》指出:"且诗者何? 忠孝而已耳。离忠孝而言诗,吾不知其为诗也。"② 站在执政者的立场,最为重视诗歌内容对社会的教化作用,艺术成就的高下反而位居其次,故白氏得以和李、杜、韩相提并论。这类主张对沈德潜修订《唐诗别裁集》有重大影响,其《重订唐诗别裁集序》谈到增入白诗时说:"白傅讽谕,有补世道人心,本传所云'箴时之病,补政之缺'也。"(卷首,第3页)已忽略其浅易直切的缺陷,远离了自己一贯倡导的思想内容和审

---

① [清]乾隆:《御选唐宋诗醇》卷十九,《景印文渊阁四库全书》第1448册,第405页。
② [清]沈德潜:《钦定国朝诗别裁集》,清乾隆二十六年(1761)刻本,北京大学图书馆藏。

美形式并重的审美理想。又言:"乐天忠君爱国,遇事托讽,与少陵相同。特以平易近人,变少陵之沉雄浑厚,不袭其貌而得其神也。"(卷三,第105页)也强调白诗承继杜诗而来,不袭其貌而得其神,与《御选唐宋诗醇》的论述基本一致。《御选唐宋诗醇序》还谈到杜牧对白氏的指责,其曰:

> 杜牧讥其纤艳淫媟,非庄人雅士所为。夫居易之庄雅,孰与牧? 牧诗乃纤艳淫媟之尤者,而反唇以訾居易乎?[①]

对杜牧指责白诗进行了严厉驳斥,认为白诗的"庄雅"远胜杜牧。沈德潜也对杜牧评语加以辨析,评白居易《买花》曰:

> 乐天《和答微之诗序》云:"每下笔时,辄相顾共患其意太切而理太周。盖理太周则词繁,意太切则言激。与足下为文,所长在此,所病亦在此。"玩此数言,白傅已自定其诗,杜牧之讥之,直是隔壁语耳。(卷三,第112页)

同样认为杜牧的评价并没有真正把握住白居易的特点,只是"隔壁语"。此处所引白居易《和答微之诗序》给人的感觉是白居易早就有自知之明,维护之意十分明显。可见就整体的评价而言,重订本《唐诗别裁集》继承《御选唐宋诗醇》,把白居易和杜甫联系起来,赋予了白氏唐诗大家的地位。

《御选唐宋诗醇》选入李白、杜甫、白居易、韩愈、苏轼和陆游六位诗人,名为"御选",实为乾隆手下儒臣代笔。乾隆在序言中也承认这一点,他说:"兹《诗醇》之选,则以二代风华,此六家为最。时于几暇,偶一涉猎。而去取评品,皆出于梁诗正等数儒臣之手。"[②]

---

① [清]乾隆:《御选唐宋诗醇》卷十九,《景印文渊阁四库全书》第1448册,第405—406页。

② [清]乾隆:《御选唐宋诗醇》,《景印文渊阁四库全书》第1448册,第1页。

除了六家名单是乾隆亲自所定外,编选评注都由其他人完成。从卷首题名为"校对"的梁诗正、钱陈群和题名为"校刊"的陆宗楷、陈浩、孙人龙、张馨、徐堂等人来看,此选应当主要由这些人来完成,沈德潜并没有参与选编工作。按此书成于乾隆十五年(1750),筹划选编应在此之前。沈德潜于乾隆三年(1738)中举,次年中进士,入选庶常馆。乾隆七年(1742)散馆时第一次见到乾隆,受到赏识,此后仕途一帆风顺,和乾隆交往非常密切。两人和诗多达四十余首,也多次谈及诗学。沈德潜《自撰年谱》曾记载:"十年乙丑,年七十三。五月,旨晋德潜詹事府詹事,谢恩。上召见于勤政殿,问及年纪诗学,儿子几人。又云:'升汝京堂,酬汝读书苦心。'并论及历代诗之源流升降。"①乾隆十一年(1746),被授予内阁学士,留内阁。十二年(1747)授礼部侍郎。十三年(1748)专在上书房行走。十四年(1749)方因病归乡。可见在《御选唐宋诗醇》成书之前这段时间,沈德潜与乾隆的交往相当密切。沈德潜本身是一个以选诗著称的诗人,此时已经完成了《古诗源》《唐诗别裁集》和《明诗别裁集》等选本,按常理考虑,自然会关注这部代表官方立场的御定诗选,乾隆对白居易的态度难免会影响沈德潜对白氏的评价,由此导致《唐诗别裁集》对白居易的评价发生根本性的改变。

　　综上而言,唐代已对当代诗人的诗坛地位加以评判,直至清代,唐诗大家序列基本形成。唐诗大家的确立与诗人对诗歌艺术的开拓和时代审美思潮的变化有密切关系。就艺术开拓而言,陈子昂对盛唐诗风、杜甫对中晚唐诗风、韩愈对宋代诗风的开启是三人获得大家地位的重要原因。就时代审美思潮而言,六朝以来

---

①［清］沈德潜著,潘务正、李言校点:《沈德潜诗文集》第四册附录二《沈归愚自订年谱》,北京:人民文学出版社2011年版,第2120页。

的风骨论、宋代平淡论、明代格调说和清代诗教说分别是李白、韦应物、柳宗元、盛唐诗人群体和白居易大家地位得以确立的重要因素。

第三章 《唐诗别裁集》的分体经典观

　　与公安、性灵、神韵等诗学流派相比,明清格调派论诗的核心主张是"辨体",这种观念源于严羽。严氏强调通过"熟参"寻找"第一义"之作,作为可供初学者效法的最高典范,其结论是"以盛唐为法"。明代高棅、李梦阳、何景明等人通过对各个时期不同体裁作品的分析,认为近体、歌行可以师法盛唐,五古应该师法汉、魏,扩大了"第一义"的范围。之后李攀龙、王世贞、胡应麟、许学夷、沈德潜等人论诗均贯穿辨体的思路,但对"第一义"的筛选却有所不同。本章主要探讨《唐诗别裁集》对各类体裁评选所体现的经典观念。鉴于此选仅选入五言排律147首、五言绝句134首,且五言排律主要基于应试的实用指导意义,五言绝句除王维外,其他人的入选数量不足5首,最高典范的意味不是特别明显,故主要考察五言古诗、七言古诗、五言律诗、七言律诗、七言绝句这5种体裁的经典体系。

一、五古三类典范

　　五古是唐人习用的体裁,对唐人五古的成就,严羽以来存在巨大的争议。严氏《沧浪诗话·诗辩》云:"推原汉、魏以来,而截然谓当以盛唐为法。"并注曰:"后舍汉、魏而独言盛唐者,谓古律之

体备也。"①认为盛唐各种体裁的诗歌作品都是最高典范。明七子
不同于严羽之处，则是黜落了盛唐五古的最高地位。何景明《海叟
集序》曰："盖诗虽盛称于唐，其好古者自陈子昂后，莫若李、杜二
家。然二家歌行、近体，诚有可法；而古作尚有离去者，犹未尽可法
之也。故景明学歌行、近体有取于二家，旁及唐初、盛唐诸人；而古
作必从汉、魏求之。"②何氏此处把"古作"与歌行、近体相提并论，
可知"古作"乃指五古。所言"古作必从汉、魏求之"，显然不认同盛
唐五古的典范地位。之后，李攀龙选《古今诗删》，其《选唐诗序》所
言"唐无五言古诗，而有其古诗"正是对何景明诗学观的呼应，"五
古学汉、魏"也成为明七子派的标志性主张。进入清代，这种观念
成为众矢之的，唐人五古的典范地位逐渐得到认同。沈德潜《唐诗
别裁集·凡例》指出，值得效法的五古经典可以分为三类：一是继
承《古诗十九首》、"苏李"、"三曹七子"、阮籍之作，以陈子昂、张九
龄、李白为代表，特点是注重比兴寄托；二是与陶诗一脉相承之作，
以王维、孟浩然、储光羲、韦应物、柳宗元为代表，特点是能够体现
诗人超世脱俗的胸怀；三是杜甫之作，特点是注重铺叙，关注时事。
结合具体作品的选评来看，沈德潜对这三类作品的高下也有独特
认识。

（一）杜甫：千古独步

在沈德潜所建构的唐诗经典体系中，五古最高典范是杜诗。
《别裁》选入杜甫五古53首，远高于第二名韦应物的44首。其评杜
甫道："圣人言诗自兴观群怨，归本于事父事君。少陵身际乱离，负

---

① [宋] 严羽著，张健校笺：《沧浪诗话校笺》上册，第185页。
② [明] 何景明：《何大复集》卷三十四，第595页。

薪拾橡,而忠爱之意,惓惓不忘,得圣人之旨矣。"(卷二,第55页)
可谓推崇备至。

　　就题材而言,杜甫有感于大道沉沦和社会动荡,作品直击现
实,讽谏世事。"苟能制侵陵,岂在多杀伤"(《前出塞九首》其八),
"嫁女与征夫,不如弃路傍"(《新婚别》),"朱门酒肉臭,路有冻死
骨"(《自京赴奉先县咏怀五百字》),"何乡为乐土,安敢尚盘桓"
(《垂老别》),重视纪叙时事、陈述政见,怨愤之情溢于言表,与注
重比兴寄托的汉、魏五古迥然不同。《别裁》所选《前出塞九首》、
《后出塞五首》、《自京赴奉先咏怀五百字》、《述怀》、《彭衙行》、《北
征》、《羌村三首》、"三吏"、"三别"均是现实题材,也是杜甫被誉为
"诗史"的重要依据。

　　就表现手法而言,杜甫这类五古明显受到史传文学的影响,叙
事注重条理和细节,人物对话逼真,间或插入作者议论,均为实录
叙事的杰作,与传统诗歌注重兴象高远、比兴寄托大不相同。

　　从相关评点来看,沈德潜非常重视揭示杜甫这类五古与儒家
现实主义传统的密切联系。《别裁》评《自京赴奉先县咏怀五百字》
曰:"首叙抱负,次述道途所经,末述到家情事。身际困穷,心忧天
下,自是希稷、契人语。"(卷二,第61页)评《北征》曰:"汉、魏以来,
未有此体,少陵特为开出,是诗家第一篇大文。公之忠爱谋略,亦
于此见。"(卷二,第64—65页)评《新婚别》曰:"与《东山》、《零雨》
之诗并读,时之盛衰可知矣。文中子欲删汉以后续经,此种诗何不
可续?"(卷二,第69页)评《无家别》曰:"上章以忠结,此章以孝结,
想见老杜胸次。"(卷二,第70页)反复强调这类作品与风雅传统的
联系,从"审宗旨"的论诗立场出发,推举为最高典范。

（二）标举韦应物、王维等学陶诗人

沈德潜所推崇的另一类五古典范是王维、孟浩然、储光羲、韦应物和柳宗元，其共同特点是学习陶渊明。

从《别裁》选入作品来看，王维《赠刘蓝田》《春夜竹亭赠钱少府归蓝田》《赠张五弟諲》《蓝田山石门精舍》《青溪》《渭川田家》《春中田园作》均与陶诗多有相合。如"篱中犬迎吠，出屋候柴扉"（《赠刘蓝田》），"夜静群动息，时闻隔林犬"（《春夜竹亭赠钱少府归蓝田》），"日高犹自卧，钟动始能饭"（《赠张五弟諲》），从作品意象到遣词造句均明显承继陶渊明，呈现出"质而实绮，癯而实腴"[1]的特征。

《别裁》所选孟浩然五古《宿来公山房期丁大不至》《秋登万山寄张五》《南阳北阻雪》《万山潭》《晚泊浔阳望香炉峰》《采樵作》等作品也与陶渊明有相承关系。这些作品主观色彩比较鲜明，多抒发因求仕不遂而以田园自慰的旷达和对田园闲适生活向往的高逸情怀。如《宿来公山房期丁大不至》写道：

> 夕阳度西岭，群壑倏已暝。松月生夜凉，风泉满清听。樵人归欲尽，烟鸟栖初定。之子期宿来，孤琴候萝径（评曰：山水清音，悠然自远）。（卷一，第19页）

诗人于夜景之中静候丁大，惟有松月烟萝、山水清音相伴。"清听""欲尽""孤琴"使这种闲逸高远的脱俗之怀更为突出。黄生《唐诗摘抄》评曰："与王右丞《过香积寺》作几不相下，但王作调平

---

[1] 苏辙《子瞻和陶渊明诗集引》所引苏轼语（［宋］苏辙著，陈宏天、高秀芳校点：《苏辙集·栾城后集》卷二十一，北京：中华书局1990年版，第1110页）。

而较浑,此作调高而语过峭,此处微输一筹。"①虽然风格迥异,但不妨碍各自成家。

储光羲是另一位以学陶而著称的盛唐诗人。储氏学陶不同于王维,王维对山水田园风光的描绘是在平淡闲远中透露出很高的艺术技巧,讲究对句和修辞。储氏则用简洁的语言来表现对乡村田园生活的冲动喜爱之情,风格和性情均朴实无华。《别裁》所选《田家即事》《田家杂兴四首》均是学陶的名作,其评《田家杂兴四首》其四曰:"'既念生子孙,方思广园圃','糗糒常共饭,儿孙每更抱',此种真朴,右丞田家诗中未能道著。"(卷一,第28页)对储氏这一特点大加赞赏。

韦应物学陶乃古今共识。苏轼《书黄子思诗集后》曰:"李、杜之后,诗人继作,虽间有远韵,而才不逮意。独韦应物、柳宗元发纤秾于简古,寄至味于澹泊,非余子所及也。"②此后论诗者多以"陶韦""韦柳"并称。韦氏山水田园诗一反描绘农村生活恬淡之俗套,浸透着对农夫辛劳的同情。《别裁》选入韦氏五古44首,总量居第二位,仅次于杜甫的53首,所选多为与陶诗风格相近之作,所评也侧重对这种淡远风格和深厚意蕴的阐发。如评《园林晏起寄昭应韩明府卢主簿》曰:"真朴处最近陶公。"(卷三,第95页)评《寄全椒山中道士》曰:"化工笔,与渊明'采菊东篱下,悠然见南山',妙处不关语言意思。"(卷三,第96页)其他如《与友生野饮效陶体》《南塘泛舟会元六昆季》《观田家》《春游南亭》《游溪》《游开元精舍》《东郊》《神静师院》《蓝岭精舍》,也是能够体现陶诗神韵之作。

柳宗元山水诗多写于贬谪之后,寄寓柳氏身世之悲和忧民之

---

①陈伯海主编,孙菊园、刘初棠副主编:《唐诗汇评》,第797页。
②[宋]苏轼著,孔凡礼点校:《苏轼文集》卷六十七,第2124页。

心，故后人评柳多言得骚人遗意，如元好问《论诗三十首》言："谢客风容映古今，发源谁似柳州深？朱弦一拂遗音在，却是当年寂寞心。"[1]柳氏虽不刻意学陶，与韦应物相较，萧散闲澹或不及，沉郁刻峭并不逊色，故沈德潜言得陶诗之峻洁。《别裁》所选《首春逢耕者》《田家三首》是最接近陶诗的作品，诗中对田家生活的书写十分真切，并充满对农人的同情。另外《别裁》所选《南涧中题》《与崔策登西山》《旦携谢山人至愚池》《独觉》《溪居》《夏初雨后寻愚溪》《秋晓行南谷经荒村》《雨后晓行独至愚溪北池》《中夜起望西园值月上》《湘岸移木芙蓉植龙兴精舍》《禅堂》《苦竹桥》，虽然所透露的人生态度与陶诗有几分相似，但就艺术手法的精致而言更接近谢灵运，故李东阳评道："陶诗质厚近古，愈读而愈见其妙。韦应物稍失之平易，柳子厚则过于精刻。"[2]

　　总之，沈德潜对学陶一派诗人五古的推举克服了严羽所代表的"诗必盛唐"的局限，赋予韦应物、柳宗元两位中唐诗人大家地位，颇富新意。

（三）推崇李白、陈子昂、张九龄复古诗人

　　沈德潜对具有复古特点的陈子昂、张九龄和李白的定位比较独特。从作品的选评来看，沈德潜认为三人明确师法阮籍，却不失自己面目，可谓善学古人。《别裁》选入陈子昂五古19首，其中《感遇》15首；选入张九龄五古14首，其中《杂诗》2首、《感遇》诗9首；选入李白五古42首，其中《古风》15首、《拟古》4首。这些作品采用比兴寄托的表现手法，借物抒发对社会现实政治的关注之情，

---

①［金］元好问著，郭绍虞笺释：《元好问论诗三十首小笺》，第72页。
②［明］李东阳著，李庆立校释：《怀麓堂诗话校释》，第135页。

与阮籍《咏怀》有明显的继承关系。其评陈子昂《感遇（玄蝉号白露）》曰："人生天地中，不能不随时变迁，或游仙庶几可免也。此无可奈何之辞。"（卷一，第3页）评《感遇（朝发宜都渚）》曰："'岂兹越乡感'句，从上转下，见荒淫足以亡国，为世戒也。"（卷一，第5页）评张九龄《感遇》曰："《感遇》诗，正字古奥，曲江蕴藉，本原同出嗣宗，而精神面目各别，所以千古。"（卷一，第8页）评李白《古风》曰："太白诗纵横驰骤，独《古风》二卷，不矜才，不使气，原本阮公，风格俊上，伯玉《感遇》诗后，有嗣音矣。"（卷二，第43页）这些评点均强调与阮籍《咏怀》的联系，并着重揭示所蕴含的政治内涵。

不过，沈德潜对三人的定位却与李攀龙有明显的区别，更加重视三人在师古的同时能够自出机杼，避免流于模拟。李攀龙认为陈子昂名为复古，但其作仍具有唐人特点，不值得效法。《古今诗删》于陈子昂《感遇》和李白《古风》全部摒弃，于张九龄《感遇》仅选入2首，正是这种观念的产物。沈德潜则不然，《别裁》不但大量选入这类作品，而且评为"精神面目各别，所以千古"，对三人师古而不拟古的特点尤为重视。

总体来看，沈德潜对唐代五古经典的推崇呈现出诸多新意，在肯定杜甫最高典范的同时接纳学陶一派，又从创新的角度肯定复古一派，这正是清代格调派师法较宽的典型表现。

二、七古经典序列

明清人论诗，常把七言古诗等同于歌行，如胡应麟《诗薮》云："七言古诗，概曰歌行。"[①]《古今诗删》《唐诗品汇》《别裁》这些按体

---

① [明]胡应麟：《诗薮》内编卷三，第41页。

编选的诗选均不单列"歌行",而是以"七古"统称五言、四言之外的所有古体诗。

七古起源甚早,但和近体诗一样,直至唐代才迎来了创作的高潮。对唐人七古,胡应麟《诗薮》概括得相当精要:

> 唐七言歌行,垂拱四子,词极藻艳,然未脱梁、陈也。张、李、沈、宋,稍汰浮华,渐趋平实,唐体肇矣,然而未畅也。高、岑、王、李,音节鲜明,情致委折,浓纤修短,得衷合度,畅乎,然而未大也。太白、少陵,大而化矣,能事毕矣。降而钱、刘,神情未远,气骨顿衰。元相、白傅,起而振之,敷演有余,步骤不足。昌黎而下,门户竞开,卢仝之拙朴,马异之庸猥,李贺之幽奇,刘叉之狂谲,虽浅深高下,材局悬殊,要皆曲径旁蹊,无取大雅。张籍、王建,稍为真澹,体益卑卑。庭筠之流,更事绮绘,渐入诗余,古意尽矣。①

此论比较全面地评论了历代各家七古创作的特点,核心结论仍是推尊盛唐。沈德潜对七古名篇的筛选,既有对明七子观念的继承,也有独特的用意,《别裁·凡例》曰:

> 《大风》《柏梁》,七言权舆也。自时厥后,魏、宋之间,时多杰作,唐人出而变态极焉。初唐风调可歌,气格未上。至王、李、高、岑四家,驰骋有余,安详合度,为一体。李供奉鞭挞海岳,驱走风霆,非人力可及,为一体。杜工部沉雄激壮,奔放险幻,如万宝杂陈,千军竞逐,天地浑奥之气,至此尽泄,为一体。钱、刘以降,渐趋薄弱,韩文公拔出于贞元、元和间,踔厉风发,又别为一体。七言楷式,称大备云。(卷首,第2—3页)

---

① [明]胡应麟:《诗薮》内编卷三,第50页。

可以看出,沈氏所建构的七古经典作品可以分为四类:一是王维、李颀、高适、岑参;二是李白;三是杜甫;四是韩愈。结合作品的选评来看,沈氏七古典范体系在肯定盛唐的同时,特别推崇韩愈,并降低了初唐的地位。

(一)杜甫:独出众人

沈德潜认为,唐人七言古诗以杜甫的成就最大。《别裁》选入杜甫七古58首,高居首位。所选作品可以分为两类:一是传统诗论所说的"新题乐府",包括《兵车行》《贫交行》《丽人行》《白丝行》《悲陈陶》《悲青坂》《哀王孙》《哀江头》《洗兵马》《冬狩行》《古柏行》,共11首,其主要特点是以旁观的视角反映时政和社会问题。二是非"新题乐府",又可以分为两小类:其一是诗题带有"歌""吟""行""谣"等字,风格接近乐府的作品,包括《玄都坛歌寄元逸人》《高都护骢马行》《天育骠骑歌》《醉时歌》《醉歌行》《饮中八仙歌》《乐游园歌》《渼陂行》《骢马行》《奉先刘少府新画山水障歌》《苏端薛复筵简薛华醉歌》《瘦马行》《乾元中寓居同谷县作歌七首》《戏题画山水图歌》《题李尊师松树障子歌》《戏为双松图歌》《茅屋为秋风所破歌》《观打鱼歌》《又观打鱼》《短歌行》《桃竹杖引》《韦讽录事宅观曹将军画马图歌》《丹青引》《戏作花卿歌》《阆山歌》《阆水歌》《越王楼歌》《折槛行》《缚鸡行》《观公孙大娘弟子舞剑器行》《李潮八分小篆歌》《白凫行》《魏将军歌》《醉歌行赠公安颜少府请顾八分题壁》,共计40首。其二是诗题完全与乐府无关,包括《送孔巢父谢病归游江东兼呈李白》《曲江》《王兵马使二角鹰》《忆昔》《陪王侍御同登东山最高顶宴姚通泉晚携酒泛江》《夜闻篥篥》《追酬故高蜀州人日见寄》,共计7首。与"新题乐府"不同,这类七古多叙述杜甫自身的经历及生活中的喜怒哀乐之情,主观色彩鲜明。

从题材和相关评点来看，《别裁》所选11首新题乐府中，除《贫交行》《白丝行》《古柏行》之外，其余8首作品均是当时社会时政的客观记录，即传统诗学所谓"诗史"之作。沈德潜在评点时非常侧重阐发诗歌本事及诗人炽热的爱国情怀。其评《兵车行》曰："诗为明皇用兵吐蕃而作，设为问答。声音节奏，纯从古乐府得来。"（卷六，第202页）评《丽人行》曰："极言姿态服饰之美，饮食音乐宾从之盛，微指椒房，直言丞相，大意本《君子偕老》之诗，而风刺意较显。"（卷六，第206页）

杜甫"非新题乐府"七古作品题材广泛，既有对国计民生的关注，又有对日常生活的书写，沈德潜通过选入这类作品来展示杜诗思想内容的丰富多彩及艺术手法的博大精深。如《别裁》评《高都护骢马行》曰："结处悠扬不尽者，或四语，或六语，以传其神。若二语用韵，戛然而止，此又专取简捷，如此篇是也。"（卷六，第202页）评《醉歌行》"春光淡沱秦东亭，渚蒲芽白水荇青"曰："送别情景，突然接入，开后人无限法门。"（卷六，第204页）评《夜闻觱篥》曰："本言行路之难，而以干戈之满形之，则不见其难矣。透过一层。'家乡既荡尽，远近理亦齐'，用意亦复尔尔。"（卷七，第230页）在沈德潜看来，杜诗艺术的最大的特点在于不拘一格，有时把客观的叙事和主观的抒情融为一体，有时在叙事抒情中杂以议论，既有赋的铺排、散文的句法，也有风雅中的比兴手法。不但集前人之大成，而且开后人无限法门。

总之，沈德潜基于杜甫七古题材关注时事的特征及创作手法的丰富多变，故把其视为风雅传统的继承者和后代新风的开启者，从而给予其高出他人的独特定位。

（二）七古天才诗人李白

沈德潜评价李白，既赞赏其天才超迈的特点，也重视其诗艺术手法的新变与思想情感的寄托。《别裁》评道：

> 太白七言古，想落天外，局自变生。大江无风，波浪自涌，白云从空，随风变灭。此殆天授，非人可及。〇集中如"笑矣乎"、"悲来乎"、《怀素草书歌》等作，皆五代凡庸子所拟，后人无识，将此种入选，嗷訾者指太白为粗浅人作俑矣。读李诗者，于雄快之中，得其深远宕逸之神，才是谪仙人面目。（卷六，第183页）

高度肯定了李白空无依傍、变化多端、随性挥洒的伟大诗才。《别裁》选入李白七古共37首，约分两类：一是乐府旧题，包括《远别离》《蜀道难》《乌夜啼》《乌栖曲》《战城南》《飞龙引二首》《长相思二首》《上留田行》《夷则格上白鸠拂舞辞》《独漉篇》《登高丘而望远海》《杨叛儿》《白头吟》《久别离》《日出入行》《幽涧泉》《梁父吟》《北风行》《山人劝酒》，共计21首；二是非乐府七古，共16首，可细分为两小类：其一是诗题带有"歌""吟""行""谣"等字，风格接近乐府的作品，包括《襄阳歌》《江上吟》《侍从宜春苑奉诏赋龙池柳色初青听新莺百啭歌》《鸣皋歌送岑征君》《当涂赵炎少府粉图山水歌》《白云歌送刘十六还山》《庐山谣寄卢侍御虚舟》《梦游天姥吟留别》《灞陵行送别》，共计9首；其二是诗题完全与乐府无关，包括《寄王屋山人孟大融》《忆旧游寄谯郡元参军》《赠裴十四》《金陵酒肆留别》《宣州谢朓楼饯别校书叔云》《泾溪东亭寄郑少府谔》《示金陵子》，共计7首。从入选数量来看，沈德潜对两类七古价值高下的衡量并没有太大差别，但从评点来看，其侧重点却有显著不同。

对乐府旧题七古，沈德潜最重视其中所蕴含的现实内容，所推

举的经典名篇多属"以旧题写时事"之作。如《别裁》评《远别离》
曰："玄宗禅位于肃宗,宦者李辅国谓上皇居兴庆宫交通外人,将
不利于陛下,于是徙上皇于西内,怏怏不逾时而崩。诗盖指此也。
太白失位之人,虽言何补,故托吊古以致讽焉。"(卷六,第183页)
评《蜀道难》曰:"诸解纷纷,萧士赟谓禄山乱华,天子幸蜀而作,为
得其解。臣子忠爱之辞,不比寻常穿凿。"(卷六,第184页)评《上
留田行》曰:"末以孤竹、延陵、汉文、淮南为言,知此非同泛然而作
也。太白每借古题以讽时事,岂有感于永王璘之死而为是言与?"
(卷六,第187页)评《梁父吟》曰:"言己安于困厄以俟时。"(卷六,
第191页)总体来看,李白虽用乐府旧题,但内容多与现实时事密
切相关,在叙事之中展现个人对时局的关切之情,名为复古,实为
创新,沈德潜对其经典地位的认定正缘于此。

对非乐府旧题七古,《别裁》所推举的经典名篇多侧重艺术手
法的创新。如句式的自由奔放,《别裁》评《襄阳歌》"清风明月不
用一钱买,玉山自倒非人推"曰:"'清风明月'二语,欧阳公谓足以
惊动千古,信然。"(卷六,第193页)评《鸣皋歌送岑征君》曰:"学
《楚骚》而长短疾徐,横纵驰骤,又复变化其体,是为仙才。"(卷六,
第195页)评《宣州谢朓楼饯别校书叔云》"弃我去者昨日之日不
可留,乱我心者今日之日多烦忧"曰:"此种格调,太白从心化出。"
(卷六,第200页)这类作品能够摆脱初唐七古的骈俪范式,完全根
据情感的流动而自如变化。又如叙事手法的灵活多变,《别裁》评
《忆旧游寄谯郡元参军》曰:"叙与参军情事,离离合合,结构分明,
才情动荡,不止以纵逸见长也。老杜外谁堪与敌?"(卷六,第197
页)评《梦游天姥吟留别》曰:"托言梦游,穷形尽相,以极洞天之奇
幻,至醒后顿失烟霞矣。知世间行乐,亦同一梦,安能于梦中屈身
权贵乎?吾当别去,遍游名山以终天年也。诗境虽奇,脉理极细。"

（卷六,第199页)这类长篇叙事诗结构谨严,叙事详尽,间有抒情,同样呈现出灵活多变、神完气足的风貌。

（三)恢复盛唐七古的典范地位

初唐七古以初唐四杰、沈、宋、刘希夷、张若虚为代表,大量运用双声叠韵字,韵脚变化有一定规律,个别句式符合近体诗的规范,喜欢采用复沓、排比、顶针等修辞手法,最鲜明的特征是音韵和谐婉转,辞采华丽精美。对这种特点,历代诗论家的看法大不相同。何景明《明月篇序》曰:

> 仆读杜子七言歌诗,爱其陈事切实,布辞沉着,鄙心窃效之,以为长篇圣于子美矣。既而,读汉、魏以来歌诗及唐初四子者之所为。而反复之,则知汉、魏固承《三百篇》之后,流风犹可征焉。而四子者虽工富丽,去古远甚,至其音节,往往可歌。乃知子美辞固沉着,而调失流转,虽成一家语,实则诗歌之变体也。夫诗本性情之发者也,其切而易见者,莫如夫妇之间。是以《三百篇》首乎《雎鸠》,六义首乎风。而汉、魏作者,义关君臣、朋友,辞必托诸夫妇,以宣郁而达情焉。其旨远矣! 由是观之,子美之诗,博涉世故,出入夫妇者常少,至兼雅颂,而风人之义或缺,此其调反在四子之下与?[①]

何氏认为杜甫七古地位在初唐四杰之下,理由有二:一是初唐四杰七古具有音韵美感,甚至可歌,杜甫却缺少这种流转之美;二是初唐四杰善于运用比兴手法,借夫妇之情来寄寓政治情怀,杜甫只是客观书写时事,故初唐四杰的创作为七古最高典范。

何氏此论虽未成为共识,但有助于诗坛重新认识初唐七古的

---

①[明]何景明:《何大复集》卷十四,第210—211页。

价值。李攀龙《古今诗删·唐诗选》七古共选入98首,其中初唐七古入选9家12首,入选比例高于《唐音》《唐诗品汇》等前代选本,推崇之意明显。这些篇目分别是王勃《滕王阁》、卢照邻《长安古意》、骆宾王《帝京篇》、刘希夷《代悲白头翁》《公子行》、沈佺期《古意》、宋之问《明河篇》《下山歌》《至瑞州驿见杜五审言沈三佺期阎五朝隐王二无竞题壁慨然成咏》、王翰《饮马长城窟行》、孙逖《山阴县西楼》、张若虚《春江花月夜》。《唐诗别裁集》选入初唐七古13家19首,与《古今诗删》相同的有8首,分别是《滕王阁》《长安古意》《帝京篇》《代悲白头翁》《公子行》《明河篇》《至瑞州驿见杜五审言沈三佺期阎五朝隐王二无竞题壁慨然成咏》《春江花月夜》。不同篇目有宋之问《龙门应制》《寒食陆浑别业》《寒食江州满塘驿》、乔知之《绿珠篇》、李峤《汾阴行》、沈佺期《古歌》《入少密溪》、郭震《古剑篇》、张说《邺都引》、陈子昂《登幽州台歌》和孙逖《春日留别》,其对初唐七古名篇的认定远较明七子为广。

　　沈德潜对初唐七古的推崇也是从词采工丽、蝉联修辞、音韵婉转的角度而言的。《唐诗别裁集》评刘希夷《公子行》曰:"队仗工丽,上下蝉联,此初唐七古体,少陵所云'劣于汉魏近风骚'也。明代何景明谓此得风人之正,而以少陵之沉雄顿挫为变体,因作《明月篇》以拟之。王渔洋《论诗绝句》云:'接迹风人《明月篇》,何郎妙悟本从天。王、杨、卢、骆当时体,莫逐刀圭误后贤。'得此论而初盛之诗品乃定。"(卷五,第152页)又评张若虚《春江花月夜》曰:"前半见人有变易,月明常在,江月不必待人,惟江流与月同无尽也。后半写思妇怅望之情,曲折三致。题中五字安放自然,犹是王、杨、卢、骆之体。"(卷五,第159页)这些评点明显是继承明七子而来。不过,沈德潜并不把这种特质视为七古之极致,对于不同于初唐诗风的张说、陈子昂,同样予以推崇。《别裁》评张说《邺都引》

曰："声调渐响,去王、杨、卢、骆体远矣。"(卷五,第157页)评陈子昂《登幽州台歌》曰："余于登高时,每有今古茫茫之感,古人先已言之。"(卷五,第158页)

与何景明推崇初唐诗人不同,传统诗论对王维、李颀、高适、岑参等盛唐诗人评价颇高。如胡应麟《诗薮》论七古曰："盛唐高适之浑,岑参之丽,王维之雅,李颀之俊,皆铁中铮铮者。"[1]王士禛《古诗选·七言诗凡例》曰："开元、大历诸作者,七言始盛,王、李、高、岑四家,篇什尤多。"[2]《别裁》选入王维作品有《送友人归山歌二首》《陇头吟》《夷门歌》《洛阳女儿行》《老将行》《桃源行》《答张五弟》《同崔傅答贤弟》,李颀作品有《古意》《古从军行》《古行路难》《送刘昱》《崔五丈图屏风各赋一物得乌孙佩刀》《爱敬寺古藤歌》《送刘十》《别梁锽》《琴歌送别》,高适作品有《邯郸少年行》《古大梁行》《燕歌行》《送田少府贬苍梧》《赠别晋三处士》《赋得还山吟送沈四山人》《人日寄杜二拾遗》《封丘县》《别韦参军》《送浑将军出塞》,岑参作品有《登古邺城》《题匦城周少府厅壁》《凉州馆中与诸判官夜集》《胡笳歌送颜真卿使赴河陇》《函谷歌送刘评事使关西》《火山云歌送别》《走马川行奉送封大夫出师西征》《轮台歌奉送封大夫出师西征》《白雪歌送武判官归京》《卫节度赤骠马歌》《太白胡僧歌》《西亭子送李司马》《与独孤渐道别长句兼呈严八侍御》。以上所选作品可以分三类:一是古题乐府或诗题含有"歌""吟""行""古"等字,风格接近乐府的作品,共计24篇;二是赠别、赠答类,共计14篇;三是状物纪事类,大致有《崔五丈图屏风各

①〔明〕胡应麟:《诗薮》内编卷三,第47页。
②〔清〕王士禛选,〔清〕闻人倓笺:《古诗笺》,上海:上海古籍出版社2010年版,第4页。

赋一物得乌孙佩刀》《封丘县》《登古邺城》《题匡城周少府厅壁》等
4首。从入选数量来看，古题乐府和自拟新题的七古是沈德潜所
认可的经典名篇。这些篇目中，王维《陇头吟》、李颀《古从军行》、
高适《燕歌行》都是边塞题材的杰作，《古今诗删》同样选入，可谓公
认的典范。岑参《胡笳歌送颜真卿使赴河陇》《函谷歌送刘评事使
关西》《火山云歌送别》《走马川行奉送封大夫出师西征》《轮台歌奉
送封大夫出师西征》《白雪歌送武判官归京》《卫节度赤骠马歌》等
诗均为自创新题，内容多描写战争、边塞风光或军中生活，其内容
不同于初唐人所表现的普遍性情感，更注重个体独特的感受，写实
性更强。《古今诗删》仅选《胡笳歌送颜真卿使赴河陇》，《别裁》选
入数量较多，表明沈德潜对这类作品情有独钟。

　　另外，沈德潜还注意到四家作品的独特艺术手法，并以此作
为七古典范的重要特征。如古诗中使用律句，《别裁》评高适《燕歌
行》曰："七言古中时带整句，局势方不散漫。若李、杜风雨分飞，鱼
龙百变，又不可以一格论。"（卷五，第161页）评王维《老将行》曰：
"此种诗纯以队仗胜。学诗者不能从李、杜入，右丞、常侍自有门径
可寻。"（卷五，第175页）所谓"整句""对仗"是针对七古中的对偶
句而言，如"战士军前半死生，美人帐下犹歌舞"（高适《燕歌行》）、
"昔时飞箭无全目，今日垂杨生左肘"（王维《老将行》）之类，不但
不影响情感的表达，反而使全诗显得凝练，文义贯通。又如转韵，
《别裁》评岑参《走马川行奉送封大夫出师西征》："句句用韵，三句
一转，此《峄山碑》文法也。《唐中兴颂》亦然。"（卷五，第166页）这
种灵活多变的韵律节奏使全诗显得情调激越，风格独特。总之，
王、李、高、岑四家歌行与初唐相比，对偶、用韵不拘成法，完全适应
情感表达的需要，故被推为典范。

（四）七古新变诗人韩愈

韩愈是被沈德潜视为"七言楷式"的惟一中唐诗人。《别裁》评韩愈曰："昌黎从李、杜崛起之后，能不相沿习，别开境界，虽纵横变化，不追李、杜，而规模堂庑，弥见阔大，洵推豪杰之士。"（卷七，第238页）所谓"不相沿习，别开境界"，正是基于新变而对韩愈七古的推崇。

《别裁》选入韩愈七古共17首，分别是《汴州乱二首》《山石》《雉带箭》《汴泗交流赠张仆射》《赠唐衢》《八月十五夜赠张功曹》《谒衡岳庙遂宿岳寺题门楼》《嗟哉董生行》《寒食日出游》《郑群赠簟》《赠崔立之评事》《酬司门卢四兄云夫院长望秋作》《和虞部卢四酬翰林钱七赤藤杖歌》《石鼓歌》《华山女》《柳州罗池庙碑》，这些作品从不同方面展示了韩愈对七古艺术的探索和创新。

就用韵而言，《华山女》《山石》《寒食日出游》《谒衡岳庙遂宿岳寺题门楼》等作品完全不同于早期歌行四句一转的特点，通篇不换韵。就句式而言，《嗟哉董生行》特意打破七言的句式，错落有致；《八月十五夜赠张功曹》大段引用对话，且无一联律句。就用字而言，《和虞部卢四酬翰林钱七赤藤杖歌》和《石鼓歌》修辞奇特，描摹细致。这些作品大量使用古文的技法，既体现了韩愈笔力雄大的特点，又是以文为诗的代表作。

总体而言，沈德潜论七古，在接纳传统诗学所肯定的李白和盛唐群体的同时，尤其重视作品对风雅传统的继承和艺术手法的创新，故给予杜甫、韩愈以崇高的地位。

三、独尊盛唐五律

五律的渊源可以上溯到六朝,胡应麟《诗薮》引杨慎《五言律祖》所述,认为张正见《关山月》、崔鸿《宝剑》、邢巨《游春》、庾信《舟中夜月》等4首作品已经完全符合五律体制,并补充道:"六朝五言合律者,杨所集四首外,徐摛《咏笔》,徐陵《斗鸡》,沈氏《彩毫》,虽间有拗字,体亦近之。若陈后主'春砌落芳梅',江总'百花疑吐夜',陈昭《昭君词》,祖孙登《莲调》,沈炯《天中寺》,张正见《对酒当歌》《衡阳秋夕》,何处士《春日别才法师》,王由礼《招隐》十余篇,皆唐律,而杨不收。"[1]尽管六朝已有成熟的律诗,但学界一般认为律诗体制的定型是沈佺期、宋之问完成的。严羽《沧浪诗话·诗体》云:"《风》、《雅》、《颂》既亡,一变而为《离骚》,再变而为西汉五言,三变而为歌行、杂体,四变而为沈、宋律诗。"[2]王世贞云:"五言至沈、宋,始可称律。律为音律法律,天下无严于是者,知虚实平仄不得任情而度明矣。二君正是敌手。"[3]均沿袭元稹《唐故工部员外郎杜君墓系铭并序》和《新唐书·宋之问传》所论,把沈佺期、宋之问视为律诗形成的标志性人物。

五律之所以在唐代走向兴盛,与此期所推行的诗赋取士制度密切相关。唐人最重"进士"一科,而此科所考正是五言排律[4]。就唐代五律而言,不但总量最多,而且风格各异,《别裁·凡例》对此论述颇详:

①［明］胡应麟:《诗薮》内编卷四,第62页。
②［宋］严羽著,张健校笺:《沧浪诗话校笺》上册,第192页。
③［明］王世贞:《艺苑卮言》卷四,《历代诗话续编》中册,第1004页。
④相关论述参见孙琴安《唐五律诗精品·前言》,第1—2页。

　　　　五言律,阴铿、何逊、庾信、徐陵已开其体,唐初人研揣
　　声音,稳顺体势,其制大备。神龙之世,陈、杜、沈、宋,浑金
　　璞玉,不须追琢,自饶名贵。开、宝以来,李太白之秾丽,王摩
　　诘、孟浩然之自得,分道扬镳,并推极胜。杜子美独开生面,
　　寓纵横颠倒于整密中,故应超然拔萃。终唐之世,变态虽多,
　　无有越诸家之范围者矣。以此求之,有余师焉。(卷首,第
　　3页)

可知沈氏所建构的五律经典体系中,初唐诸家与盛唐李白、杜甫、
王维、孟浩然均受推崇。不过,从入选作品的数量和评点来看,独
尊盛唐的倾向相当鲜明。

(一)杜甫:凌轹千古

　　五律一体,杜甫成就最高。言数量,据浦起龙《读杜心解》所
载,多达516首,远超同代诸家;言题材,时事朝政、怀古伤今、送别
赠友、边塞征戍、行旅客愁、日常起居、咏物山水,无所不包;言法
度,众美杂陈,无法不备,故历来论诗,于老杜五律推崇备至。胡应
麟《诗薮》曰:"盛唐一味秀丽雄浑。杜则精粗、钜细、巧拙、新陈、
险易、浅深、浓淡、肥瘦,靡不毕具,参其格调,实与盛唐大别,其能
会萃前人在此,滥觞后世亦在此。且言理近经,叙事兼史,尤诗家
绝睹。其集不可不读,亦殊不易读。"[1]《别裁》选入杜甫五律多达
63首,总量高居第一位,其评曰:"杜诗近体,气局阔大,使事典切,
而人所不可及处,尤在错综任意,寓变化于严整之中,斯足凌轹千
古。"(卷十,第343页)无疑视为古今五律第一人。
　　《别裁》所选杜甫五律,大致是以创作时间先后而排列。葛景

---

① [明]胡应麟:《诗薮》内编卷四,第70页。

春先生曾把杜甫五律的发展分为七个阶段:"十年长安"之前的青年时期、长安十年时期、安史之乱后至入秦州以前时期、秦州时期、蜀中时期、夔州时期和荆湘时期①。《别裁》所选青年时期的作品有《登兖州城楼》《房兵曹胡马诗》《画鹰》《夜宴左氏庄》,所选长安十年时期的仅有《春日忆李白》。《登兖州城楼》是杜甫现存最早的五律,《杜诗详注》引赵汸注,认为此诗本于杜审言《登襄阳城》,故历来受到推崇。《房兵曹胡马诗》是咏物名作,《说诗晬语》云:"咏物,小小体也。而老杜《咏房兵曹胡马》则云:'所向无空阔,真堪托死生。'德性之调良,俱为传出。郑都官《咏鹧鸪》则云:'雨昏青草湖边过,花落黄陵庙里啼。'此又以神韵胜也。彼胸无寄托,笔无远情,如谢宗可、瞿佑之流,直猜谜语耳。"②此诗虽为咏物,却寄寓着杜甫深厚的现实情怀,如黄生所评:"前后咏物诸诗,合作一处读,始见杜公本领之大,体物之精,命意之远。说物理物情,即从人事世法勘入,故觉篇篇寓意,含蓄无限。"③《画鹰》是题画诗,《唐诗品汇》《古今诗删》皆不选。《说诗晬语》论题画诗时即以此诗为楷式:"唐以前未见题画诗,开此体者,老杜也。其法全在不粘画上发论。如题画马画鹰,必说到真马真鹰,复从真马真鹰开出议论,后人可以为式。"④所论似乎受到方回《瀛奎律髓》的影响。方回评此诗曰:"子美胸中愤世疾邪,又以寓见深意。谓焉得烈士有如真鹰,能搏扫庸缪之流也。盖亦以讥夫貌之似而无能为者也。诗至此神

---

① 葛景春:《李杜之变与唐代文化转型》,郑州:大象出版社2009年版,第91页。
② [清]沈德潜撰,王宏林笺注:《说诗晬语笺注》卷下,第354页。
③ [唐]杜甫撰,[清]仇兆鳌详注:《杜诗详注》卷十七《白小》注引,北京:中华书局1979年版,第1536页。
④ [清]沈德潜撰,王宏林笺注:《说诗晬语笺注》卷下,第356页。

矣。"①《夜宴左氏庄》起结两联深得后人好评,胡应麟曰:

> 仄起高古者:"故乡杳无际,日暮且孤征","士有不得志,栖栖吴楚间","人事有代谢,往来成古今","楼头广陵近,九月在南徐",苦不多得。盖初、盛多用工偶起,中、晚卑弱无足观。觉杜陵为胜:"严警当寒夜,前军落大星","不识南塘路,今知第五桥","今夜鄜州月,闺中只独看","带甲满天地,胡为君远行","吾宗老孙子,质朴古人风","韦曲花无赖,家家恼杀人",皆雄深浑朴,意味无穷。然律以盛唐,则气骨有余,风韵少乏。惟"风林纤月落"、"花隐披垣暮"绝工,亦盛唐所无也。②

胡氏先列举陈子昂《晚次乐乡县》、孟浩然《广陵别薛八》《与诸子登岘山》、王昌龄《客广陵》等四首仄起首句高古的名篇,又指出五律首句对偶易流于卑弱,最后强调杜甫《夜宴左氏庄》《春宿左省》兼有气骨风韵之长。可以看出,虽是青年习作,杜诗也能开后世法门。

　　安史之乱后至入秦州以前,是杜甫五律创作的转折期,主要表现为题材开始转向时事,沉郁顿挫的诗风逐渐形成。此期杜甫五律之作不足40首,《别裁》选入多达15首,计《对雪》《月夜》《春望》《喜达行在所三首》《收京三首》《天河》《端午日赐衣》《春宿左省》《送翰林张司马南海勒碑》《晚出左掖》《奉赠王中允维》。这些作品多数反映了当时的动乱生活,其中《月夜》是陷入叛军时所写的望月怀人的名作。《春望》语语沉痛,忧国之心跃然纸上,方回《瀛奎律髓》列此诗为"忠愤类"之首,并称赞道:"此第一等好诗。想天

①［元］方回选评,李庆甲集评校点:《瀛奎律髓汇评》卷二十七,第1153页。
②［明］胡应麟:《诗薮》内编卷五,第88页。

宝、至德以至大历之乱,不忍读也。"①《喜达行在所三首》与《收京三首》以连章组诗的形式记载时事,为杜甫对五律的重大贡献,故《别裁》予以标举。其评《喜达行在所》曰:"首章喜脱贼中,次章喜见人主,三章喜睹中兴之业,章法井然不乱。"(卷十,第346页)《对雪》《春宿左省》等诗不但寄寓着杜甫忠君爱国之情怀,且句法、字法等艺术技巧日臻完美,故沈氏颇为看重。

秦州3个月,是杜甫五律创作最集中的时期②。《别裁》选入《秦州杂诗四首》《月夜忆舍弟》《捣衣》《送远》《天末怀李白》《送人从军》《野望》,共10首。《秦州杂诗》以大型组诗的形式融个人之感、家国之悲于秦州风土景物之中,对元稹《生春二十首》、姚合《武功县中作三十首》等作品均有直接影响。《说诗晬语》评曰:"一首有一首章法,一题数首,又合数首为章法。有起、有结、有伦序、有照应,若阙一不得,增一不得,乃见体裁。陈思《赠白马王》、谢家兄弟酬答,子美《游何将军园》之类是也。又有随所兴触,一章一意,分观错杂,总述累累。射洪《感遇》、太白《古风》、子美《秦州杂诗》之类是也。"③视为五律连章组诗的最高典范。《野望》是杜甫傍晚登高望远之作,方回《瀛奎律髓》收入"暮夜类",其评曰:"此亦老杜暮夜诗,而题中惟指郊野,各极遒健悲惨,不可不选。前诗分明道乱离;后诗结末四句,有叹时感事、勖贤恶不肖之意焉。"④所评可谓中的。《月夜忆舍弟》等5诗均为怀人忆远赠别之作,情深意厚,且创作技巧已入化境,故得入选。

蜀中6年,杜甫生活比较安定,作品比较丰富。《别裁》所选

---

① [元]方回选评,李庆甲集评校点:《瀛奎律髓汇评》卷三十二,第1347页。
② 葛景春:《李杜之变与唐代文化转型》,第92页。
③ [清]沈德潜撰,王宏林笺注:《说诗晬语笺注》卷下,第366页。
④ [元]方回选评,李庆甲集评校点:《瀛奎律髓汇评》卷十五,第535页。

《春夜喜雨》《江亭》《后游》《客亭》均以日常生活为题材，表现了蜀中的风情及诗人悠闲的生活。其中《春夜喜雨》是一首体现春雨之神的咏物名作，方回评曰："'红湿'二字，或谓惟海棠可当。此诗绝唱。"① 胡应麟曰："咏物起自六朝，唐人沿袭，虽风华竞爽，而独造未闻。唯杜诸作自开堂奥，尽削前规，如题月：'关山随地阔，河汉近人流。'雨：'野径云俱黑，江船火独明。'雪：'暗度南楼月，寒深北浦云。'夜：'重露成涓滴，稀星乍有无。'皆精深奇邃，前无古人，后无来者。"② 《不见》一诗表现对李白的深切思念。《有感五首》不见于《瀛奎律髓》《古今诗删》，此诗主要表现杜甫对时局的关切，黄生评曰："高廷礼与赵东山各选其二，面各不同，其去之旨不知何在？后人不知杜公之大抱负大本领，而轻于选杜诗与轻于学杜诗，皆不知量者也。"③ 从所选此期作品来看，沈德潜比较看重时事题材之作，对此期大量描写日常生活的作品不甚关注。

夔州2年和漂泊荆湘时期是杜甫五律创作的另一个高峰，《别裁》选入此期作品多达23首。其中最推重的仍是那些关注时事的抒怀之作，包括《暂往白帝复还东屯》《移居公安山馆》《旅夜书怀》《刈稻了咏怀》《遣忧》《熟食日示宗文宗武》《又示两儿》《喜观即到复题短篇》《第五弟丰独在江左近三四载寂无消息觅使寄此》《公安县怀古》《泊岳阳城下》《登岳阳楼》，计12首。这些作品虽是行旅、登楼、寄子、赠友、思亲等日常题材，但浸透着诗人深厚真挚的忧世之心，故颇受后人推重。如《旅夜书怀》，《别裁》评曰："胸怀经济，故云名岂以文章而著；官以论事罢，而云老病应休，立言之妙如

---

① ［元］方回选评，李庆甲集评校点：《瀛奎律髓汇评》卷十七，第649页。
② ［明］胡应麟：《诗薮》内编卷四，第72页。
③ ［清］黄生：《杜工部诗说》卷六，《四库全书存目丛书》集部第5册，第427页。

此。"(卷十,第355页)纪昀评曰:"通首神完气足,气象万千,可当雄浑之品。"①又如《登岳阳楼》,方回《瀛奎律髓》评曰:"岳阳楼天下壮观,孟、杜二诗尽之矣。中两联,前言景,后言情,乃诗之一体也。"②《别裁》则评曰:"三四雄跨今古,五六写情黯淡,著此一联,方不板滞。孟襄阳三四语实写洞庭,此只用空写,却移他处不得,本领更大。"(卷十,第360页)于杜诗更为推重。

　　此期杜甫还创作了大量描绘长江壮丽景色的山水诗,但《别裁》仅选入《瞿塘两崖》,评曰:"三语状其高,四语状其深,结意言两崖插天,日光不到,羲和亦畏日车之翻而避之也。"(卷十,第356页)仅就诗意加以阐释,推重之意并不明显。值得注意的是《瀛奎律髓》《古今诗删》也很少选入这类作品,沈氏入选此作恐怕是出于让读者更加全面了解杜甫创作的考虑。另外,杜甫还有一些类似古诗之作,主要特点是以首句前两字命名。《别裁》选入有《江汉》《禹庙》《落日》《洞房》《江上》《吾宗》《孤雁》《促织》,计8首。这类作品中频频出现"老""暮""旧""衰""落日"等词汇,流露出叹老嗟卑的暮年心态,但忧国忧民的炽热情怀丝毫未减。《江汉》堪称这类诗的代表,方回评曰:"此诗余幼而学书,有此古印本为式,云杜牧之书也。味之久矣,愈老而愈见其工。中四句用'云天'、'夜月'、'落日'、'秋风',皆景也,以情贯之。'共远'、'同孤'、'犹壮'、'欲苏'八字绝妙。世之能诗者,不复有出其右矣。"③胡应麟云:"'片云天共远,永夜月同孤。落日心犹壮,秋风病欲苏',含阔大于沉深,高、岑瞠乎其后。"④均推崇备至。另外,沈德潜一直视杜

①[元]方回选评,李庆甲集评校点:《瀛奎律髓汇评》卷十五,第534页。
②[元]方回选评,李庆甲集评校点:《瀛奎律髓汇评》卷一,第6页。
③[元]方回选评,李庆甲集评校点:《瀛奎律髓汇评》卷二十九,第1259页。
④[明]胡应麟:《诗薮》内编卷四,第71页。

诗为咏物诗的典范,此期入选作品有《蕃剑》和《子规》,《别裁》评《蕃剑》曰:"不粘不脱,写一物而全副精神皆见。他人咏物,斤斤尺寸,惟恐失之,此高下之分也。"(卷十,第358页)

总之,沈德潜对杜甫五律典范的筛选十分精当,对相关作品艺术特色及诗学影响的点评多有真知灼见。

(二)五律正宗:王维、李白、孟浩然

高棅《唐诗品汇·五言律诗叙目·正宗》曰:"盛唐律句之妙者,李翰林气象雄逸,孟襄阳兴致清远,王右丞词意雅秀,岑嘉州造语奇峻,高常侍骨格浑厚,皆开元、天宝以来名家。今俱列之正宗。"[1]把盛唐群体视为五律正宗。沈德潜诗学立场与高棅相近,《别裁》选入王维五律31首,李白27首,孟浩然21首,分居第二、三、四位,推重之意相当明显。

《别裁》评王维五律道:"右丞五言律有二种:一种以清远胜,如'行到水穷处,坐看云起时'是也;一种以雄浑胜,如'天官动将星,汉地柳条青'是也。当分别观之。"(卷九,第310页)此论乃是承袭胡应麟而来,《诗薮》曰:"右丞五言,工丽闲淡,自有二派,殊不相蒙:'建礼高秋夜'、'楚塞三江接'、'风劲角弓鸣'、'扬子谈经处'等篇,绮丽精工,沈、宋合调者也;'寒山转苍翠'、'一从归白社'、'寂寞掩柴扉'、'晚年唯好静'等篇,幽闲古淡,储、孟同声者也。"[2]从选诗来看,《别裁》选入王维五律31首,体现雄浑特点的边塞诗有《送张判官赴河西》《送平淡然判官》《送赵都督赴代州》《送刘司直赴安西》《使至塞上》《观猎》。体现清远特点的隐逸诗

---

①[明]高棅:《唐诗品汇》,第506页。
②[明]胡应麟:《诗薮》内编卷四,第69页。

有《辋川闲居赠裴秀才迪》《山居秋暝》《归嵩山作》《辋川闲居》《过
香积寺》《终南别业》《登裴迪秀才小台作》和《秋夜独坐》，其他为
应制赠寄之作。《古今诗删》选入王维五律9首，分别是《同崔员外
郎秋宵寓直》《终南山》《过香积寺》《登辨觉寺》《送平淡然判官》
《送刘司直赴安西》《送邢桂州》《使至塞上》和《观猎》，体现清远特
点的只有《过香积寺》一首。相较《古今诗删》，《别裁》大量选入王
维清远之作，其趣味应是受到王士禛的影响。王士禛论诗提倡神
韵，尤重五律入禅妙境。其云："严沧浪以禅喻诗，余深契其说，而
五言尤为近之。"①《唐贤三昧集》以王维为宗，固然不废其雄浑风
格的作品，但更重视清远之作。《别裁》所选王维五律31首中有23
首与《唐贤三昧集》相同，受其影响痕迹十分明显。

　　李白虽以古体见长，但五律成就也十分可观。赵翼《瓯北诗
话》"李青莲诗"条曰："青莲集中古诗多，律诗少。五律尚有七十余
首，七律只十首而已。"②《别裁》选入数量27首，总量居第三位，几
占李诗五律总量的三分之一。其评曰："逸气凌云，天然秀丽，随举
一联，知非老杜诗，非王摩诘、孟襄阳诗也。"（卷十，第337页）推崇
之意明显。其中《宫中行乐词》共8首，《别裁》选入7首，主要缘于
这组诗体现出李白天才纵逸的特点。《塞下曲》共6首，《别裁》选入
3首，为边塞题材，是盛唐雄健飘逸诗风的典范。《别裁》还选入了
李白10首赠人、送别、访友之作，包括《口号赠征君卢鸿》《赠孟浩
然》《寄淮南友人》《渡荆门送别》《送友人》《送友人入蜀》《送翊十
少府》《寻雍尊师隐居》《访戴天山道士不遇》和《过崔八丈水亭》。
这些作品并无此类题材习见的凄苦悲凉之感，"我寻高士传，君与

---

① [清]王士禛著，张宗柟纂集：《带经堂诗话》卷三，第83页。
② [清]赵翼著，霍松林、胡主佑校点：《瓯北诗话》卷一，第4页。

古人齐"(《口号赠征君卢鸿》),"吾爱孟夫子,风流天下闻"(《赠孟浩然》),"不待金门诏,空持宝剑游"(《寄淮南友人》),"升沉应已定,不必问君平"(《送友人入蜀》),"无人知所去,愁倚两三松"(《访戴天山道士不遇》),"闲随白鸥去,沙上自为群"(《过崔八丈水亭》),乐观自信,词健意举,充满豪放旷达之气。此外,"山随平野尽,江入大荒流"(《渡荆门送别》),"青山横北郭,白水绕东城"(《送友人》),"山从人面起,云傍马头生"(《送友人入蜀》),"野竹分青霭,飞泉挂碧峰"(《访戴天山道士不遇》),"檐飞宛溪水,窗落敬亭云"(《过崔八丈水亭》),写景如画,工整秀丽,堪称典范。

《别裁》所选李白《秋登宣城谢朓北楼》《谢公亭》《太原早秋》和《夜泊牛渚怀古》为登临怀古之作。在这类题材中,诗人常借登临所见之景来抒发怀古之情。就写景而言,如"江城如画里,山晓望晴空。两水夹明镜,双桥落彩虹"(《秋登宣城谢朓北楼》),"客散青天月,山空碧水流。池花春映日,窗竹夜鸣秋"(《谢公亭》),"岁落众芳歇,时当大火流。霜威出塞早,云色渡河秋"(《太原早秋》),"牛渚西江夜,青天无片云"(《夜泊牛渚怀古》),婉丽而不失豪壮,疏朗而不失细腻,工稳而不失自然,情思婉洽,也被公认为典范。

孟浩然虽与王维并称,但诗风差异明显。李东阳云:"唐诗,李、杜之外,孟浩然、王摩诘足称大家。王诗丰缛而不华靡;孟却专心古淡,而悠远深厚,自无寒俭枯瘠之病。由此言之,则孟为尤胜。"[①]其对王、孟诗风特点的把握相当准确,但就五律而言,两人成就难分高下。《别裁》选入孟浩然五律21首,隐逸之作有《晚春》《题义公禅房》《李氏园卧疾》《寻梅道士》《梅道士水亭》《寻天台

---

①［明］李东阳著,李庆立校释:《怀麓堂诗话校释》,第38页。

山》《归终南山》《过故人庄》《裴司士见寻》,计9首,以上作品善于营造山林田园意象,枯淡而不贫瘠,明白如话又自然雅致,最得陶诗风神。寄赠之作有《临洞庭上张丞相》《与诸子登岘山》《和李侍御渡松滋江》《宿桐庐江寄广陵旧游》《送友东归》《留别王维》《闲园怀苏子》,计7首,这些诗作较少抒发别离相思之情,而是结合眼前之景的刻画,寄寓着苍凉、无奈的人生感慨。行旅之作《初出关旅亭夜坐怀王大校书》《早寒有怀》《途中遇晴》《赴京途中遇雪》《夜渡湘水》,计5首,内容多乡思之愁。在表现手法上,《别裁》所选孟浩然诗作都具有不刻意求工而自工的特点,如"林花扫更落,径草踏还生"(《晚春》),"夕阳连雨足,空翠落庭阴"(《题义公禅房》),"气蒸云梦泽,波撼岳阳城"(《临洞庭上张丞相》),"水落鱼梁浅,天寒梦泽深"(《与诸子登岘山》),"风鸣两岸叶,月照一孤舟"(《宿桐庐江寄广陵旧游》),"寂寂竟何待,朝朝空自归"(《留别王维》),初读之不觉有对偶,细味之方觉剪裁之妙,故《别裁》评孟浩然曰:"孟诗胜人处,每无意求工,而清超越俗,正复出人意表。清浅语,诵之自有泉流石上,风来松下之音。"(卷九,第319页)

总体来看,沈德潜对五律的标举与其他体裁兼取中晚不同,更多体现出对盛唐的重视。

四、七律经典序列

七律渊源于六朝,定型于初唐,并逐渐成为唐人最喜爱的诗体。高棅《唐诗品汇·七言律诗叙目·正宗》曰:"七言律诗,又五言八句之变也。在唐以前,沈君攸七言俪句已近律体。唐初始专此体,沈、宋等精巧相尚。"①胡应麟则更加细致地考察了六朝的创作,并指出此期已出现符合七律规范的作品。《诗薮》云:"杨用修取梁简文、隋王绩、温子昇、陈后主四章为《七言律祖》,而中皆杂五言,体殊不合。余遍阅六朝,得庾子山'促柱调弦'、陈子良'我家吴会'二首,虽音节未甚谐,体实七言律也,而杨不及收。"②尽管如此,传统诗学常认为七律的定型是在沈佺期、宋之问手中得以完成的。

　　七律定型之后,逐渐成为唐人所习用的体裁。据孙琴安先生统计,《全唐诗》中七律有九千余首,总量几占五分之一③。但各个时期的七律创作极不均衡,根据施子愉对《全唐诗》存诗一卷以上诗人七律作品数量的统计,初唐是72首、盛唐300首、中唐1848首、晚唐3683首④。可见这种体裁越到后期越受欢迎。历代诗论家对唐代各期七律的评价也存在巨大差异,主要表现为推崇初盛与中晚之别。下表是宋代周弼《三体唐诗》和明代李攀龙《古今诗删·唐诗选》所选七律的数量和比例:

选本＼时代	初唐	盛唐	中晚唐	共计
三体唐诗	0	8（7.2%）	103（92.8%）	111（100%）
古今诗删	16（20.8%）	51（66.2%）	10（13%）	77（100%）

①［明］高棅:《唐诗品汇》,第705页。
②［明］胡应麟:《诗薮》内编卷五,第81页。
③孙琴安:《唐七律诗精品·自序》,上海:上海社会科学院出版社1989年版,第3页。
④施子愉:《唐代科举制度与五言诗的关系》,(香港)《东方杂志》第40卷第8期,1933年4月。

《三体唐诗》于初盛唐七律仅取王维、岑参、高适、崔曙和崔颢
五家8首作品,比例仅占7.2%。中晚唐七律的入选比例超过90%,
其原因恐怕在于七律在中唐才走向艺术多样化,体派繁荣,诗法蓬
勃发展①。《古今诗删》却非常推重初盛唐,入选比例高达87%。选
中数量居前十位分别是杜甫(13首)、王维(11首)、李颀(7首)、岑
参(7首)、苏颋(3首)、张说(3首)、张谓(2首)、高适(2首)、崔颢
(2首)和钱起(2首),唯钱起为中唐诗人,两选旨趣真是天壤之别。
与周弼、李攀龙分别提倡中晚、初盛不同,沈德潜于七律典范是四
唐皆取,《别裁·凡例》曰:

> 七言律,平叙易于径直,雕镂失之佻巧,比五言更难。初
> 唐英华乍启,门户未开,不用意而自胜。后此摩诘、东川,春
> 容大雅,时崔司勋、高散骑、岑补阙诸公,实为同调,而大历十
> 子及刘宾客、柳柳州,其绍述也。少陵胸次闳阔,议论开辟,
> 一时尽掩诸家,而义山咏史,其余响也。外是曲径旁门,雅非
> 正轨,虽有搜罗,概从其略。(卷首,第3页)

沈氏所建构的七律典范包含五类:初唐七律“不用意而自胜”;盛唐
王维、李颀“春容大雅”,崔颢、高适、岑参“实为同调”;中唐“大历
十才子”与刘禹锡、柳宗元“绍述”盛唐;杜甫“尽掩诸家”;李商隐
为“余响”。这个体系涵盖唐代各期,与明七子“近体宗盛唐”有明
显不同。

(一)杜甫:尽掩诸家

七律一体,杜甫成就最大,此乃古今共识。言数量,据浦起龙

---

① 参见张智华先生《南宋的诗文选本研究》相关论述,北京:北京师范大学出版社
2002年版,第175页。

《读杜心解》,杜诗七律总量达151首,超过其他盛唐诗人;言题材,从之前的以应制、酬唱、赠别为主拓展到叙事、议论、抒怀;言体制,确立了粘、对律的规范、拗体七律、连章组诗。故胡震亨赞叹道:"少陵七律与诸家异者有五:篇制多,一也;一题数首不尽,二也;好作拗体,三也;诗料无所不入,四也;好自标榜,即以诗入诗,五也。此皆诸家所无。其他作法之变,更难尽数。"①《别裁》选入杜甫七律多达57首,总量高居第一位,并评曰:"杜七言律有不可及者四:学之博也,才之大也,气之盛也,格之变也。五色藻缋,八音和鸣,后人如何仿佛。王摩诘七言律风格最高,复饶远韵,为唐代正宗。然遇杜《秋兴》《诸将》《咏怀古迹》等篇,恐瞠乎其后,以杜能包王,王不能包杜也。"(卷十三,第447页)无疑视为古今七律第一作家。

据叶嘉莹《论杜甫七律之演进及其承先启后之成就》所述,杜甫七律创作可以分为安史之乱前、收京以后重返长安、成都草堂时期、入夔州以后等四个阶段②。安史之乱前杜甫七律仅有5首,《别裁》选入《题张氏隐居》和《城西陂泛舟》。《题张氏隐居》为杜甫现存第一首七律作品,故被历代选家所看重,包括《古今诗删》这类以选诗谨严而著称的选本也曾选入。《城西陂泛舟》是杜甫早期七律名作,以对仗工稳、用辞华丽、语意活泼而著称。谢榛《四溟诗话》曰:"'鱼吹细浪摇歌扇,燕蹴飞花落舞筵。'诸联绮丽,颇宗陈、隋。然句工气浑,不失为大家。"③深为后世选家所赞同。

收京以后重返长安期间,杜甫创作七律24首,《别裁》选入《九

---

① [明] 胡震亨:《唐音癸签》卷十,第95页。
② 叶嘉莹:《迦陵论诗丛稿》,北京:中华书局1984年版,第48—110页。
③ [明] 谢榛:《四溟诗话》卷四,《历代诗话续编》下册,第1215页。

日蓝田崔氏庄》《崔氏东山草堂》《紫宸殿退朝口号》《曲江对雨》
《送郑十八虔贬台州司户伤其临老陷贼之故阙为面别情见于诗》
《至日遣兴奉寄北省旧阁老两院故人》,计6首。《九日蓝田崔氏
庄》最为宋人称道,杨万里《诚斋诗话》曰:

> 唐律七言八句,一篇之中,句句皆奇,一句之中,字字皆
> 奇,古今作者皆难之。予尝与林谦之论此事。谦之慨然曰:
> "但吾辈诗集中,不可不作数篇耳。如老杜《九日》诗云:'老
> 去悲秋强自宽,兴来今日尽君欢。'不徒入句便字字对属。又
> 第一句顷刻变化,才说悲秋,忽又自宽,以'自'对'君'甚切,
> 君者君也,自者我也。'羞将短发还吹帽,笑倩旁人为正冠。'
> 将一事翻腾作一联,又孟嘉以落帽为风流,少陵以不落为风
> 流,翻尽古人公案,最为妙法。'蓝水远从千涧落,玉山高并
> 两峰寒。'诗人至此,笔力多衰,今方且雄杰挺拔,唤起一篇精
> 神,自非笔力拔山,不至于此。'明年此会知谁健,醉把茱萸仔
> 细看。'则意味深长,悠然无穷矣。"[1]

杨万里几乎把《九日蓝田崔氏庄》推为唐人七律第一,虽有过誉之
嫌,但全诗跌宕曲折,造语警拔,不失为七律上品。《崔氏东山草
堂》的特点是以古为律,在杜甫七律中比较少见。《紫宸殿退朝口
号》常与王维《宣政殿退朝口号》并称,均能体现盛唐昌盛富丽之
气象。《曲江对雨》与《送郑十八虔贬台州司户伤其临老陷贼之故
阙为面别情见于诗》以安史之乱为背景,把题材拓展到时事。《至
日遣兴奉寄北省旧阁老两院故人》为杜甫出任华州掾而作,《瀛奎
律髓》最为推崇,其评曰:"凡老杜七言律诗,无有能及之者。而冬

---

①[宋]杨万里:《诚斋诗话》,《历代诗话续编》上册,第139—140页。

至四诗,检唐、宋他集殆遍,亦无复有加于此矣。"①《别裁》评点此诗曰:"追忆去岁朝仪而今不得与,惓惓有故主之思焉。"(卷十三,第450页)入选似缘于此诗采用比兴寄托手法,表达了诗人眷恋故主之情。总体来看,杜甫此期的七律创作仍然处于探索和定型阶段,《别裁》所选展示了杜甫在题材和表现手法等方面所做的成功尝试。

　　杜甫成都草堂时期创作的七律约50首,《别裁》选入21首,按题材可分为三类:一是描写蜀中风情及日常生活,有《野老》《野人送朱樱》《南邻》《客至》《宾至》,共5首。这类作品不同于颂圣述德七律的厚重典雅,呈现出灵动流畅、随意闲适之特点。"渔人网集澄潭下,贾客船随返照来"(《野老》),"数回细写愁仍破,万颗匀圆讶许同"(《野人送朱樱》),"秋水才深四五尺,野航恰受两三人"(《南邻》),充满了乡村田园的情调;"盘餐市远无兼味,樽酒家贫只旧醅"(《客至》),"竟日淹留佳客坐,百年粗粝腐儒餐"(《宾至》),洋溢着朋友相聚之乐。《别裁》评杜甫七律说:"中有疏宕一体,实为宋、元人滥觞,才大自无所不可也。"(卷十三,第447页)正是指这类作品而言。

　　二是寄赠、送别、怀乡、思亲之作,有《送韩十四江东觐省》《和裴迪登蜀州东亭送客逢早梅相忆见寄》《将赴荆南寄别李剑州》《将赴成都草堂途中有作先寄严郑公五首》《野望》《闻官军收河南河北》,共10首。这类作品在抒发对朋友、亲人思念惜别之情时,往往透露出对时局的关注和人生的体验。"兵戈不见老莱衣,叹息人间万事非"(《送韩十四江东觐省》),"幸不折来伤岁暮,若为看去乱乡愁"(《和裴迪登蜀州东亭送客逢早梅相忆见寄》),"新松恨不

①[元]方回选评,李庆甲集评校点:《瀛奎律髓汇评》卷十六,第602页。

高千尺,恶竹应须斩万竿"(《将赴成都草堂途中有作先寄严郑公五首》其四),虽是寄赠却无应酬之气;"海内风尘诸弟隔,天涯涕泪一身遥"(《野望》),"剑外忽传收蓟北,初闻涕泪满衣裳"(《闻官军收河南河北》),思亲不忘忧国。总体来看,杜甫这类作品所抒发的个人悲欢总是紧紧联系着国家的命运,具有深厚的政治内涵,从而使这类传统题材升华到更高的境界。

三是登临、怀古之作,有《蜀相》《恨别》《秋尽》《登高》《登楼》《宿府》,共6首。这类作品通过个人身世或历史人物直接抨击时事,体现出强烈的忧国忧民之情,是对七律传统题材的重大拓展。同时,这些作品律法谨严、形式精美,堪称思想与体式的完美融合,故历来颇受推重。如《蜀相》,高棅引刘辰翁语曰:"刘云:'全首如此,一字一泪矣。'又云:'写得使人不忍读,故以为至。'又云:'千年遗下此语,使人意伤。'"①王嗣奭云:"盖不止为诸葛悲之,而千古英雄有才无命者,皆括于此,言有尽而意无穷也。"②《恨别》《秋尽》《登高》《登楼》《宿府》也是因事立题,并贯注着厚重的历史沧桑之感。其中《登楼》被方回《瀛奎律髓》视为"登览"楷式,《别裁》评此诗曰:"气象雄伟,笼盖宇宙,此杜诗之最上者。"(卷十三,第455页)《登高》被胡应麟视为古今七律第一,《诗薮》云:"杜'风急天高'一章五十六字,如海底珊瑚,瘦劲难名,沉深莫测,而精光万丈,力量万钧。通章章法、句法、字法,前无昔人,后无来学。微有说者,是杜诗,非唐诗耳。然此诗自当为古今七言律第一,不必为唐人七言律第一也。"③《别裁》相关作品的筛选,能够体现此期杜

① [明]高棅:《唐诗品汇》卷八十四,第722页。
② [清]王嗣奭:《杜臆》卷四,上海:上海古籍出版社1983年版,第120页。
③ [明]胡应麟:《诗薮》内编卷五,第95页。

甫七律的成就。

　　杜甫入夔州以后的七律约70首，《别裁》选入27首，题材以议论时事、伤今怀古、叹老嗟卑为主，体现出沈德潜一贯的诗学主张。在此前提下，沈德潜选诗比较侧重揭示杜甫对七律体制的开创意义，所选诗篇分别从章法、篇法、句法、格律等不同方面展示出杜诗的巨大成就。

　　首先是杜甫七律联章组诗的创作，《别裁》选入《秋兴八首》《咏怀古迹五首》和《诸将五首》，计18首。《咏怀古迹五首》和《诸将五首》是杜甫以议论入诗的典范，《别裁》评《咏怀古迹五首》之五曰："'云霄羽毛'，犹鸾凤高翔，状其才品之不可及也。文中子谓诸葛武侯不死，礼乐其有兴乎？即'失萧曹'之旨。此议论之最高者。后人谓诗不必著议论，非通言也。"（卷十四，第462页）评《诸将五首》曰："五章议论时事，感慨淋漓，而辞气仍出以丁宁反覆，所云'言者无罪，闻者足戒'。"（卷十四，第463页）与前人相比，杜甫在议论时注重通过景物的精心选择来烘托情感，如"三峡楼台淹日月，五溪衣服共云山"（《咏怀古迹五首》其一），"群山万壑赴荆门，生长明妃尚有村"（《咏怀古迹五首》其三），"锦江春色逐人来，巫峡清秋万壑哀"（《诸将五首》其五），"怅望千秋一洒泪，萧条异代不同时"（《咏怀古迹五首》其二），"独使至尊忧社稷，诸君何以答升平"（《诸将五首》其二），情韵婉然，贯注着强烈的忧国情怀，被视为议论最高之作。《秋兴八首》更是被公认为七律联章组诗的登峰造极之作，《别裁》总评云：

　　　　曰"巫峡"，曰"夔府"，曰"瞿唐"，曰"江楼"、"沧江"、"关塞"，皆言身之所处；曰"故国"、"故园"，曰"京华"、"长安"、"蓬莱"、"曲江"、"昆明"、"紫阁"，皆言心之所思，此八诗中线索也。○怀乡恋阙，吊古伤今，杜老生平，具见于此。其才气

之大，笔力之高，天风海涛，金钟大镛，莫能拟其所到。（卷十四，第461页）

沈氏指出，八诗借山城秋色来表达对故乡和京华的怀念，交错着艰危时局之际那种身世飘零、报国无门的无奈与感伤，代表了七律书写时事的最高成就。诗歌极力摹写长安全盛时宫阙的壮丽，如蓬莱宫阙、承露金茎、昆明池水、美陂紫峰等，既是实有之景，又是诗人追忆过去时的虚无之象，这种虚实结合的写法不同于之前中国诗歌常用的以现实之景物写现实之情怀的作法，能够赋予作品意象更加丰富的政治内涵，呈现出沉郁悲壮的雄浑之美，对李贺、李商隐有直接影响。

　　除18首联章组诗外，《别裁》所选夔州以后9首作品也从不同方面体现了杜甫七律的巨大成就。《白帝城最高楼》《暮归》是杜甫拗体七律的代表作。这类作品有意改变七律常格，以拗折艰涩之语，抒写内心抑郁凄苦之情，是杜甫对七律体制另一巨大革新，后世众多诗家均对此非常重视。如方回《瀛奎律髓》单列"拗字"类，并解释道："拗字诗在老杜集七言律诗中谓之'吴体'，老杜七言律一百五十九首，而此体凡十九出。不止句中拗一字，往往神出鬼没。虽拗字甚多，而骨骼愈峻峭。"[1]王士禛云："唐人拗体律诗有二种：其一，苍莽历落中自成音节，如老杜'城尖径仄旌旆愁，独立缥缈之飞楼'诸篇是也；其一，单句拗第几字，则偶句亦拗第几字，抑扬接坠，读之如一片宫商，如许浑之'溪云初起日沉阁，山雨欲来风满楼'，赵嘏之'湘潭云尽暮山出，巴蜀雪消春水来'是也。"[2]均对这种新诗体予以特殊关注。

---

①［元］方回选评，李庆甲集评校点：《瀛奎律髓汇评》卷二十五，第1107页。
②［清］王士禛著，［清］张宗柟纂集，戴鸿森校点：《带经堂诗话》卷一，第33页。

《阁夜》以用典而著称,胡仔《苕溪渔隐丛话》引《西清诗话》云:"杜少陵云:'作诗用事,要如禅家语:水中着盐,饮水乃知盐味。'此说诗家秘密藏也。如'五更鼓角声悲壮,三峡星河影动摇',人徒见凌轹造化之工,不知乃用事也。《祢衡传》:'挝《渔阳操》,声悲壮。'《汉武故事》:'星辰动摇,东方朔谓民劳之应。'则善用事者,如系风捕影,岂有迹邪!"①《别裁》则指出"卧龙跃马终黄土,人事音书漫寂寥"中"卧龙跃马"乃是用《蜀都赋》"公孙跃马而称帝"之典。(卷十三,第456页)

《九日》以"真假对"而著称,方回《瀛奎律髓》云:"此'竹叶',酒也,以对'菊花',是为真对假,亦变体。'于人既无分'、'从此不须开',于虚字上十分着力。"②沈德潜也以"真假对"评"竹叶于人既无分,菊花从此不须开",正是承袭方回而来。《夜》以"句法"而著称,方回《瀛奎律髓》曰:"此诗中四句自是一家句法。'千岩无人万壑静,三步回头五步空',是也。'耕田欲雨刈欲晴,去得顺风来者怨',亦是也。山谷得之,则古诗用为'沧江鸥鹭野心性,阴壑虎豹雄牙须',亦是也。盖上四字、下三字,本是两句。今以合为一句,而中不相粘,实则不可拆离也。试先读上四字绝句,然后读下三字,则句法截然可见矣。"③

《返照》以"字法"而著称,吕本中《童蒙诗训》曰:"潘邠老云:'七言诗第五字要响,如"返照入江翻石壁,归云拥树失山村",翻字、失字是响字也。……所谓响者,致力处也。'予窃以为字字当活,

① [宋]胡仔纂集,廖德明校点:《苕溪渔隐丛话》前集卷十,第66页。
② [元]方回选评,李庆甲集评校点:《瀛奎律髓汇评》卷二十六,第1137页。
③ [元]方回选评,李庆甲集评校点:《瀛奎律髓汇评》卷十二,第451页。

活则字字自响。"①

《冬至》以"八句皆对"而著称，许学夷《诗源辩体》云："或问：'子美"年年至日"一篇，一气浑成，与崔颢《黄鹤》、《雁门》宁有异乎？'曰：律诗诣极者，以圆紧为正，骀荡为变。《黄鹤》前四句虽歌行语，而后四句则其圆紧，《雁门》则语语圆紧矣。'年年'一篇，虽通体对偶，而淋漓骀荡，遂入小变。机趣虽同，而体制则异也。然读'年年'等作，便觉《秋兴》诸篇语多窒碍。"②

《又呈吴郎》以直写情事、通篇议论而著称，胡应麟《诗薮》云："杜七言律，通篇太拙者，'闻道云安曲米春'之类；太粗者，'堂前扑枣任西邻'之类；太易者，'清江一曲抱村流'之类；太险者，'城尖径仄旌旆愁'之类。杜则可，学杜则不可。"③《别裁》云："痌瘝一体意，却不涉庸腐。末并见诛求之酷，乱离之惨，所谓其言蔼如者耶！"（卷十四，第465页）

《吹笛》以"起结"而著称，王嗣奭云："何大复云：'此诗起结皆可作唐人绝唱，而末出一联甚可恨。'余谓引刘琨、马援事以形容其声之悲，有何可恨？且使事融洽，妙甚。"④《别裁》评曰："笛中有《折杨柳》曲，故翻其意作结。"（卷十四，第465页）

《小寒食舟中作》以善于化用前人诗句而著称，胡仔《苕溪渔隐丛话》云引范温《潜溪诗眼》云："山谷云：'船如天上坐，人似镜中行。''舡如天上坐，鱼似镜中悬。'沈云卿诗也。云卿得意于此，故屡用之。老杜'春水船如天上坐'，祖述佺期之语也，继之以'老

---

① [宋]阮阅编，周本淳校点：《诗话总龟》后集卷二十三，北京：人民文学出版社1987年版，第153页。
② [明]许学夷著，杜维沫校点：《诗源辩体》卷十九，第218页。
③ [明]胡应麟：《诗薮》内编卷五，第92页。
④ [清]王嗣奭：《杜臆》卷八，第269页。

年花似雾中看',盖触类而长之。"①之后方回、杨慎均有所阐发。

总之,杜甫入夔州以后的七律,创作技巧出神入化,艺术境界浑融无迹,极大地扩大了七律的表现力,代表了七律艺术的巅峰。正如黄庭坚《与王观复书》所言:"好作奇语,自是文章病,但当以理为主,理得而辞顺,文章自然出群拔萃,观杜子美到夔州后诗,韩退之自潮州还朝后文章,皆不烦绳削而自合矣。"②《别裁》对此期作品的筛选,能够展现杜甫无与伦比的艺术成就。

(二)推重王维、李颀等盛唐诗人

盛唐七律创作总量233首③,相较初唐不但总量显著增加,而且题材、表现手法均大大拓展,故颇受推重。高棅《唐诗品汇·七律叙目·正宗》曰:"盛唐作者虽不多,而声调最远,品格最高。若崔颢律非雅纯,太白首推其'黄鹤'之作,后至'凤凰'而仿佛焉。又如贾至、王维、岑参早朝倡和之什,当时各极其妙,王之众作尤胜诸人。至于李颀、高适当与并驱,未论先后,是皆足为万世程法。"④《别裁》选入盛唐七律计102首,从入选比例和相关评点来看,王维、李颀、崔颢、高适与岑参最受推崇。

王维是杜甫之外七律成就最大的盛唐诗人,七律共有20首,题材涉及应制、唱和、赠别、边塞、山水。《别裁》所选,应制之作有《奉和圣制从蓬莱向兴庆阁道中留春雨中春望之作应制》《敕赐百官樱桃》《敕借岐王九成宫避暑应教》《和贾至舍人早朝大明宫之作》《和太常韦主簿五郎温泉寓目》,共5首。其评《奉和圣制从蓬

---

①[宋]胡仔纂集,廖德明校点:《苕溪渔隐丛话》前集卷六,第33页。

②[宋]黄庭坚撰,郑永晓整理:《黄庭坚全集辑校编年》,第939页。

③徐毅:《盛唐七律研究》,南京大学硕士学位论文,2005年。

④[明]高棅:《唐诗品汇》,第706页。

莱向兴庆阁道中留春雨中春望之作应制》曰:"结意寓规于颂,臣子立言,方为得体。应制诗应以此篇为第一。"(卷十三,第435—436页)评《敕赐百官樱桃》曰:"起句敕赐之由,三四见敬礼臣下,结见君恩无已。词气雍和,浅深合度,与少陵《野人送朱樱》诗,均为三唐绝唱。"(卷十三,第436页)评《和贾至舍人早朝大明宫之作》曰:"早朝倡和诗,右丞正大,嘉州明秀,有鲁、卫之目。贾作平平,杜作无朝之正位,不存可也。"(卷十三,第436页)综合来看,这类作品善于使用高华博大的意象,"云里帝城双凤阙,雨中春树万人家"(《奉和圣制从蓬莱向兴庆阁道中留春雨中春望之作应制》),"芙蓉阙下会千官,紫禁朱樱出上阑"(《敕赐百官樱桃》),"九天阊阖开宫殿,万国衣冠拜冕旒"(《和贾至舍人早朝大明宫之作》),"青山尽是朱旗绕,碧涧翻从玉殿来"(《和太常韦主簿五郎温泉寓目》),对仗精工,气象恢弘,表现出大唐盛世的尊贵与强盛,故历代论宫廷应制,皆推王维为极致,沈德潜沿袭了传统定位。《出塞作》也是一首风格高华之作,此诗以古入律,但因"马"字犯重而受到非议,《唐音》《唐诗品汇》《古今诗删》等著名选本皆不载。《别裁》特意选入,并评曰:"上言疆场有警,下言命将出师,一结得'彤弓玿兮,受言藏之'意。二'马'字押脚,亦是一病。"(卷十三,第437页)仍推为名作。这种定位似乎受到王世贞影响,《艺苑卮言》云:"'居庸城外猎天骄'一首,佳甚,非两'马'字犯,当足压卷。然两字俱贵难易,或稍可改者,'暮云'句'马'字耳。"[1]同样予以推崇。

《别裁》所选王维《酬郭给事》《积雨辋川庄作》《送杨少府贬郴州》《送方尊师归嵩山》《春日与裴迪过新昌里访吕逸人不遇》皆为风格清远之作。"洞门高阁霭余辉,桃李阴阴柳絮飞"(《酬郭给

---

[1] [明]王世贞:《艺苑卮言》卷四,《历代诗话续编》中册,第1006—1007页。

事》),"漠漠水田飞白鹭,阴阴夏木啭黄鹂"(《积雨辋川庄作》),
"瀑布杉松常带雨,夕阳彩翠忽成岚"(《送方尊师归嵩山》),"城上
青山如屋里,东家流水入西邻"(《春日与裴迪过新昌里访吕逸人不
遇》),皆诗中有画,清新淡远。《别裁》评《积雨辋川庄作》曰:"俗说
谓'水田飞白鹭,夏木啭黄鹂'乃李嘉佑句,右丞袭用之。不知本句
之妙,全在'漠漠''阴阴',去上二字,乃死句也。况王在李前,安
得云王袭李耶?"(卷十三,第438页)对这类作品同样予以好评。

　　盛唐诸家中,惟有李颀七律可与王维并称。李颀仅有7首七
律,题材涉及送别、寄赠、题记、咏物,完全摆脱了应制之习。就表
现手法而言,李颀善于用典,典故与所要表达的情感十分贴切,这
比较集中地体现在《寄司勋卢员外》《送綦毋三》《送魏万之京》和
《送李回》这四首作品中。另外,李诗中间两联喜欢通过景物描写
来烘托情感,"鸿雁不堪愁里听,云山况是客中过。关城树色催寒
近,御苑砧声向晚多"(《送魏万之京》),"夜动霜林惊落叶,晓闻天
籁发清机。萧条已入寒空静,飒沓仍随秋雨飞"(《宿莹公禅房闻
梵》),"窗前绿竹生空地,门外青山似旧时。怅望秋天鸣坠叶,嶙
峋枯柳宿寒鸥"(《题卢五旧居》),均融情于景,情景交融,成为后
世七律最常用的表现手法。因此,就后世影响而言,李颀的作用确
不可小视。李颀七律价值的发现始于李攀龙,《古今诗删·唐诗选
序》曰:"七言律体,诸家所难,王维、李颀颇臻其妙。"[①]不但把李颀
与王维相推并论,还把李颀7首作品全部入选。《别裁》同样选入李
颀全部七律作品,并评曰:"东川七律,故难与少陵、右丞比肩,然自
是安和正声。自明代嘉、隆诸子奉为圭臬,又不善学之,只存肤面,
宜招毛初晴太史之讥也。然讥诸子而痛扫东川,毋乃因噎而废食

①[明]李攀龙:《沧溟先生集》卷十五,上海:上海古籍出版社1992年版,第378页。

乎?"(卷十三,第439页)认为毛奇龄讥讽七子不该完全否定李颀,其对李颀七律的推重是相当明显的。

崔颢七律仅存4首,《别裁》选入《黄鹤楼》和《行经华阴》。《黄鹤楼》首四句重复用字,第一句第四字该用仄声而用平声,第三句第四字该用平声而用仄声,虽不符合七律"属对律切"的要求,但却呈现出音韵婉转、声情摇曳的特殊美感,与初唐沈佺期《龙池篇》和《古意呈补阙乔知之》风格相似,是以古入律的典范。严羽《沧浪诗话·诗评》曰:"唐人七言律诗,当以崔颢《黄鹤楼》为第一。"① 后代诗论家对此多有不同看法,如何景明推崇沈佺期《独不见》,胡应麟推崇杜甫《登高》等。《别裁》评此诗曰:"意得象先,神行语外,纵笔写去,遂擅千古之奇。"(卷十三,第433页)《说诗晬语》曰:"沈云卿《龙池》乐章,崔司勋《黄鹤楼》诗,意得象先,纵笔所到,遂擅古今之奇;所谓'章法之妙,不见句法,句法之妙,不见字法'者也。"② 立场接近严羽,视为七律最高典范之一。

高适七律现存9首,题材涉及题记、酬寄、边塞、送别、春宴等,《别裁》所选3首均为送别诗,这些作品虽无高适七古常见的悲慨雄壮之气,但写景如画,声情婉然,神韵悠扬,为送别诗之典范。《别裁》评《送前卫县李宷少府》曰:"情不深而自远,景不丽而自佳,韵使之也。"(卷十三,第442页)评《夜别韦司士》曰:"以上皆近酬应诗,因神韵使人不觉,知近体贵神韵也。"(卷十三,第442页)从抒情效果悠远不尽的角度推为典范。

岑参七律今存12首,题材涉及应制、送别、寄赠、行旅等。《别裁》选入6首,《和贾至舍人早朝大明宫之作》为应制名篇,胡应麟

①[宋]严羽著,张健校笺:《沧浪诗话校笺》下册,第659页。
②[清]沈德潜撰,王宏林笺注:《说诗晬语笺注》卷上,第230页。

评道：

> 细校王、岑二作,岑通章八句,皆精工整密,字字天成。颈联绚烂鲜明,早朝意宛然在目。独颔联虽绝壮丽,而气势迫促,遂致全篇音韵微乖,不尔,当为唐七言律冠矣。王起语意偏,不若岑之大体;结语思窘,不若岑之自然;颈联甚活,终未若岑之骈切。独颔联高华博大,而冠冕和平,前后映带,遂令全首改色,称最当时。大概二诗力量相等,岑以格胜,王以调胜,岑以篇胜,王以句胜;岑极精严缜匝,王较宽裕悠扬。①

胡氏详细分析了岑参与王维同题之作的艺术特点和典范意义,代表了传统诗论家对此诗的基本定位。《别裁》所选其他五首为《和祠部王员外雪后早朝即事》《奉和杜相公发益州》《九日使君席奉饯卫中丞赴长水》《首春渭西郊行呈蓝田张二主簿》《暮春虢州东亭送李司马归扶风别庐》。与高适七律秀丽深婉不同,这些作品多有丽词壮句,"西山落月临天仗,北阙晴云捧禁闱"(《和祠部王员外雪后早朝即事》),"山花万朵迎征盖,川柳千条拂去旌"(《奉和杜相公发益州》),"台上霜风凌草木,军中杀气傍旌旗"(《九日使君席奉饯卫中丞赴长水》),"愁窥白发羞微禄,悔别青山忆旧溪"(《首春渭西郊行呈蓝田张二主簿》),均呈现出雄浑壮丽之美,却不乏高诗神韵悠扬之趣,堪为典范。

(三)中唐七律价值的再发现

《别裁》共选入七律346首,其中盛唐102首,中唐110首,晚唐117首。在总量居前五的诗人中,杜甫(57首)高居第一,李商隐(20首)居第二,白居易(18首)、刘禹锡(13首)、刘长卿(11首,与

---

① [明]胡应麟:《诗薮》内编卷五,第95页。

王维并列)等分居第三、四、五位。就数量而言,与明代格调派独尊
盛唐有明显的区别。从对作品的具体评选来看,沈德潜对刘长卿、
刘禹锡、柳宗元、白居易这几位中唐诗人十分推重。

刘长卿以"五言长城"自诩,但入清以来,其七律渐受瞩目。
吴乔引贺裳《载酒园诗话》所论,盛赞刘氏七律曰:"刘长卿七言律
之妙,有胜于盛唐人者。"①王士禛曰:"七律宜读王右丞、李东川,
尤宜熟玩刘文房诸作。"②据蒋寅先生统计,刘长卿今存七律63
首,在全部518首作品中占12%,比例超过杜甫③。刘氏作品不同
于盛唐的雄丽浑成,而是注重字句的锤炼,诗风渐趋流丽,故被视
为开中唐诗风的关键人物。《别裁》评曰:"七律至随州,工绝亦秀
绝矣,然前此浑厚兀奡之气不存。降而君平、茂政,抑又甚焉。风
会使然,岂作者莫能自主耶?"(卷十四,第467页)《别裁》选入刘
氏七律11首,涉及赠别、怀古、题记、贬谪等多种题材,推崇之意
十分明显。其中《赠别严士元》被公认为七律上乘之作,《中兴间
气集》《才调集》《众妙集》《三体唐体》《唐音》等均选入此作,其颔
联"细雨湿衣看不见,闲花落地听无声"尤为诸家所称道。《长沙过
贾谊宅》《登余干古城》为怀古名作,主要特点是创作技巧日臻成
熟,"秋草独寻人去后,寒林空见日斜时"(《长沙过贾谊宅》),"平
江渺渺迷人远,落日亭亭向客低"(《登余干古城》),景物描写自然
流利,对仗工稳,言外又有无穷感慨。《献淮宁军节度李相公》以劲
健而著称,周珽《唐诗选脉会通评林》云:"豪健闲雅,中唐第一首。

---

① [清]吴乔:《围炉诗话》卷三,《清诗话续编》上册,第563页。
② [清]何世璂:《然镫记闻》,《清诗话》上册,第120页。
③ 蒋寅:《大历诗人研究》上编,北京:中华书局1995年版,第45页。

王、李、少陵,何能多让?"①许学夷曰:"刘'张牙吹角'为中唐七言律第一,元美极称之,而于鳞不录,实所未晓。"②《别裁》所选刘氏其他作品有《自夏口至鹦鹉洲望岳阳寄阮中丞》《观校猎上淮西相公》《送柳使君赴袁州》《使次安陆寄友人》《送耿拾遗归上都》《送陆沣仓曹西上》《题灵佑和尚故居》,创作技巧纯熟,代表了中唐前期七律风尚。

　　刘禹锡是中唐后期七律大家,今存七律181首,几占其诗作总量的四分之一③。《别裁》评刘禹锡曰:"大历后诗,梦得高于文房。与白傅唱和,故称刘、白。实刘以风格胜,白以近情胜,各自成家,不相肖也。"(卷十五,第490页)评价甚高。《别裁》选入刘禹锡七律13首,总量居第四位,题材涉及怀古、寄赠、游览。怀古之作有《西塞山怀古》《汉寿城春望》《荆州道怀古》,均借前朝遗迹这一现实场景来展示无限的思古之情,再由古及今,表现出浓厚的忧国之思。《西塞山怀古》宋代以来即受推崇,查慎行评曰:"专举吴亡一事,而南渡、五代以第五句含蓄之。见解既高,格局亦开展动宕。"④薛雪评曰:"刘宾客《西塞山怀古》,似议非议,有论无论,笔著纸上,神来天际,气魄法律,无不精到,洵是此老一生杰作,自然压倒元、白。"⑤《别裁》所选寄赠之作有《送源中丞充新罗册立使》《奉送浙西李仆射赴镇》《早春对雪奉寄沣州元郎中》《哭吕衡州时予方谪居》《始闻秋风》《再授连州至衡阳酬柳柳州赠别》《赴苏州酬

---

①〔明〕周珽辑:《删补唐诗选脉笺释会通评林》卷四十四,《四库全书存目丛书补编》第26册,第471页。

②〔明〕许学夷著,杜维沫校点:《诗源辩体》卷二十,第226页。

③孙琴安:《唐七律诗精品》,第229页。

④〔元〕方回选评,李庆甲集评校点:《瀛奎律髓汇评》卷三,第102页。

⑤〔清〕薛雪:《一瓢诗话》,〔清〕叶燮、薛雪、沈德潜著,霍松林、杜维沫校注:《原诗　一瓢诗话　说诗晬语》,北京:人民文学出版社1979年版,第147页。

别乐天》《酬乐天扬州初逢席上见赠》《刑部白侍郎谢病长告改宾客分司以诗赠别》,共9首,这些作品有两个鲜明特点:一是注重对送别场景的传神描写,如"烟开鳌背千寻碧,日浴鲸波万顷金"(《送源中丞充新罗册立使》),"梅蕊覆阶铃阁暖,雪花当户戟枝寒"(《早春对雪奉寄沣州元郎中》),"归目并随回雁尽,愁肠正遇断猿时"(《再授连州至衡阳酬柳柳州赠别》),均能传达出新罗、早春、衡阳之特点;二是在寄赠之中流露出对历史的缅怀、现实的感慨或未来的希望,如《始闻秋风》"天地肃清堪四望,为君扶病上高台"毫无伤感之气,《别裁》评曰:"下半首英气勃发,少陵操管,不过如是。"(卷十五,第492页)《酬乐天扬州初逢席上见赠》"沉舟侧畔千帆过,病树前头万木春"所透露出的达观精神,令人振奋。《别裁》所选游览之作仅《松滋渡望峡中》,颔联"梦渚草长迷楚望,夷陵土黑有秦灰"深含感古伤今之意,颈联"巴人泪应猿声落,蜀客船从鸟道回"写望峡之感,立语警拔。全诗名为游览,实寓怀古,《三体唐诗》《瀛奎律髓》《唐诗鼓吹》《唐音》等均入选此作,许学夷曰:"七言律如'南荆西蜀'、'南宫幸袭'、'渡头轻雨'三篇,声气有类盛唐。"[1]

柳宗元七律现存12首[2],数量虽然不多,但宋代以来颇受推重。刘克庄评柳宗元道:"其七言五十六字尤工。"[3]元好问编《唐诗鼓吹》把柳宗元《登柳州城楼寄漳汀封连四州刺史》置于卷首,可谓推崇备至。与大历诗人多为唱和酬赠不同,柳宗元七律多作于贬谪时期,作品既反映当地的风土人情,又蕴含着深厚的凄楚悲怆

---

① [明] 许学夷著,杜维沫校点:《诗源辩体》卷二十九,第281页。
② 孙琴安:《唐七律诗精品》,第224页。
③ [宋] 刘克庄撰,王秀梅点校:《后村诗话》新集卷五,第226页。

之情。《别裁》所选《登柳州城楼寄漳汀封连四州刺史》《别舍弟宗
一》《岭南江行》《得卢衡州书因以诗寄》均体现了这个特点。"惊风
乱飐芙蓉水，密雨斜侵薛荔墙"（《登柳州城楼寄漳汀封连四州刺
史》），"桂岭瘴来云似墨，洞庭春尽水如天"（《别舍弟宗一》），"瘴
江南去入云烟，望尽黄茅是海边"（《岭南江行》），"林邑东回山似
戟，牂牁南下水如汤"（《得卢衡州书因以诗寄》），赋予景物强烈的
感情色彩，体现出壮志难伸的痛苦与无奈。《说诗晬语》指出"柳子
厚哀怨有节，律中骚体，与梦得故是敌手"[1]，可谓的论。

　　白居易是中唐后期七律另一大家，今存七律597首[2]，《别裁》
选入18首，仅次于杜甫、李商隐而位居第三，推崇之意十分明显。
其中《九年十一月二十一日感事而作》是一首颇具争议的感时抒怀
之作，《别裁》引《东坡志林》认为这是白居易痛悼甘露之变中遇难
的王涯等人，肯定了此诗的政治情怀。其余17首可分三类：一是
写景之作，有《香炉峰下新卜山居草堂初成偶题东壁》《余杭形胜》
《钱塘湖春行》《西湖晚归回望孤山寺赠诸客》，共4首。这类作品
很少寄寓政治情怀，通篇洋溢着日常生活的乐趣，其长处在于用白
描的手法写出景物之神。如"洒砌飞泉常有点，拂窗斜竹不成行"
（《香炉峰下新卜山居草堂初成偶题东壁》），"绕郭荷花三十里，拂
城松树一千株"（《余杭形胜》），"几处早莺争暖树，谁家新燕啄春
泥"（《钱塘湖春行》），"烟波澹荡摇空碧，楼殿参差倚夕阳"（《西湖
晚归回望孤山寺赠诸客》），皆能传达出江南景物的特点。二是寄
赠之作，有《赠杨秘书巨源》《闻杨十二新拜省郎遥以诗贺》《和杨尚
书罢相后暇游永安水亭兼招本曹杨侍郎同行》《寻郭道士不遇》《欲

---

① ［清］沈德潜撰，王宏林笺注：《说诗晬语笺注》卷上，第237页。
② 孙琴安：《唐七律诗精品》，第241页。

与元八卜邻先有是赠》《西湖留别》《武丘寺路宴留别诸妓》《送萧
处士游黔南》《送王十八归山寄题仙游寺》《酬赠李炼师见招》《寄殷
协律》，共12首。这类作品善于称颂对方及表现双方深情厚谊，体
现了中唐寄赠之作的特点。"清句三朝谁是敌，白须四海半为兄"
(《赠杨秘书巨源》)，"雪飘歌句高难和，鹤拂烟霄老惯飞"(《闻杨
十二新拜省郎遥以诗贺》)，"良冶动时为哲匠，巨川济了作虚舟"
(《和杨尚书罢相后暇游永安水亭兼招本曹杨侍郎同行》)，对朋友
高才卓识的钦佩之情溢于言表；"平生心迹最相亲，欲隐墙东不为
身"(《欲与元八卜邻先有是赠》)，"渐消醉色朱颜浅，欲语离情翠
黛低"(《武丘寺路宴留别诸妓》)，"吴娘暮雨萧萧曲，自别江南更
不闻"(《寄殷协律》)，与其他思亲忆友之作相似，浸透着深深的私
人情谊。三是思亲忆友之作，有《自河南经乱关内阻饥兄弟离散各
在一方因望月有感聊书所怀寄上浮梁大兄于潜七兄乌江十五兄兼
示符离及下邽弟妹》《八月十五日夜禁中独直对月忆元九》。这两
首作品以抒情真挚而著称，"时难年饥世业空，弟兄羁旅各西东"
(《自河南……》)，"三五夜中新月色，二千里外故人心"(《八月十
五日夜禁中独直对月忆元九》)，皆能传达出骨肉手足之情。另外，
前者标题长达50字，详述诗歌写作的背景，类似于后代的诗序。
这种写法继承了杜甫以七律描写日常生活的叙事传统，对宋人创
作具有重大影响。总体来看，白居易七律缺少初盛唐应制、赠别中
常有的政治内涵，雄浑劲健之风不足，流丽浅易之风有余，呈现出
语浅情深、通俗闲适的特点。就新变和影响而言，白居易七律确不
可废。

（四）李商隐：杜诗余响

李商隐是七律发展史中一位里程碑式的人物，今存七律118

首①,《别裁》选入20首,总量居第二,其评曰:"义山近体,襞绩重重,长于讽谕,中有顿挫沉著可接武少陵者,故应为一大宗。后人以温、李并称,只取其秾丽相似,其实风骨各殊也。"(卷十五,第506页)视为杜甫之下的七律大家。

从入选作品来看,沈德潜最推崇的是李商隐关注国运、感伤时事的作品,所选有借古讽今的咏史诗《马嵬》《隋宫》《南朝》《筹笔驿》《九成宫》《茂陵》《安定城楼》《随师东》《曲江》《少年》《宋玉》,反映甘露之变和藩镇割据的政治诗《重有感》《哭刘蕡》《井络》。这类作品继承并发展了杜甫所开创的关注时事的传统,重新引入重大社会和政治题材,从而扭转了中晚唐诗坛的七律创作风气,确立了李商隐在七律发展史上的崇高地位。宋魏庆之《诗人玉屑》"荆公晚年喜称义山"条引《蔡宽夫诗话》曰:"王荆公晚年亦喜称义山诗,以为唐人知学老杜而得其藩篱,惟义山一人而已。每诵其'雪岭未归天外使,松州犹驻殿前军'、'永忆江湖归白发,欲回天地入扁舟',与'池光不受月,暮气欲沉山'、'江海三年客,乾坤百战场'之类,虽老杜亡以过也。"②沈德潜对李商隐七律的推崇正缘于此。不过,与杜甫不同,李商隐较多采用咏史的方式感时伤事,讽谕现实,从而使这类作品的政治意蕴更加深厚,呈现出造境幽深、意味高远的艺术风貌。

沈德潜也注意到李商隐在七律表现艺术上的贡献。《别裁》所选《二月二日》和《杜工部蜀中离席》均是学杜名作,以灵动流畅、随意闲适而著称。《王十二兄与畏之员外相访见招小饮时予以悼亡

① 孙琴安:《唐七律诗精品》,第270页。
② [宋]魏庆之著,王仲闻点校:《诗人玉屑》卷十七,北京:中华书局2007年版,第520页。

日近不去因寄》采用白描手法直抒胸臆,何焯评"万里西风夜正长"曰:"'西风'加'万里','夜长'加'正'字,皆极写鳏鳏不寐之情。"①《重过圣女祠》和《赠前蔚州契苾使君》以典丽精切、对仗精工著称,吕本中《紫微诗话》曰:"东莱公深爱义山'一春梦雨常飘瓦,尽日灵风不满旗'之句,以为有不尽之意。"②沈厚塽《李义山诗集辑评》引朱彝尊评《赠前蔚州契苾使君》曰:"此等诗工丽得体,晚唐人独擅其胜,不独义山为然。"③《泪》以意象绵密、典故众多而著称,屈复评曰:"深宫之怨,离别之思,湘江、岘首生死之伤,明妃出塞之恨,项王天亡之痛,以上数者,皆不及朝来灞桥青袍寒士送玉珂贵人,穷途饮恨之甚也。"④《别裁》评曰:"以古人之泪,形送别之泪,主意转在一结。"(卷十五,第512页)称赞其用典稳切。

　　总体来看,沈德潜有感于李商隐对宋人创作的影响及其流弊,故《别裁》所选重在揭示李商隐对杜甫的继承,倾向于那些"长于讽谕,中有顿挫沉著可接武少陵者"。即使是入选作品具有词藻华美、诗律精切、用典繁复、造境幽深的特点,沈德潜在评点时也往往着力于政教内涵的揭示。与此相应,李商隐那些以描写爱情为主要内容的无题诗虽然影响深远,却因缺少政教内涵而被摒弃。

五、七绝经典序列

　　七绝的创作也是在唐代走向了繁荣。施之愉曾就《全唐诗》中

---

①［清］何焯著,崔高维点校:《义门读书记》卷五十七,北京:中华书局1987年版,第1252页。

②［宋］吕本中:《紫微诗话》,《历代诗话》上册,第367页。

③陈伯海主编,孙菊园、刘初棠副主编:《唐诗汇评》,第3766页。

④转引自孙琴安《唐七律诗精品》,第278页。

存诗一卷以上的诗人作品加以统计,初唐七绝77首,盛唐472首,
中唐2930首,晚唐3591首,可见这是中晚唐诗人最喜欢使用的诗
体之一①。沈祖棻曾指出其原因在于七绝在唐代是最流行的乐府
歌辞,它既有古体的自由,也有律体的和谐之美,相较五绝又有回
旋动荡、多所变化的特点,所以在脱离音乐之后依然能够盛行②。
明七子论七绝基于近体宗盛唐的基本立场,对盛唐较为推崇。《古
今诗删》选入七绝共计166首,其中初唐9首,盛唐81首,中晚唐76
首。结合各个时期七绝创作的总量,可知其推崇盛唐的倾向是十
分明显的。

　　沈德潜对七绝典范的推举与明七子有所不同。《别裁》选入七
绝共210首,其中初唐6首,盛唐63首,中晚唐141首,对中晚唐七
绝颇为推重。这种倾向也表现在对七绝大家的推举上,《凡例》云:
"七言绝句,贵言微旨远,语浅情深,如清庙之瑟,一倡而三叹,有
遗音者矣。开元之时,龙标、供奉,允称神品。外此高、岑起激壮之
音,右丞多凄惋之调,以至'蒲桃美酒'之词,'黄河远上'之曲,皆
擅场也。后李庶子、刘宾客、杜司勋、李樊南、郑都官诸家,托兴幽
微,克称嗣响。"(卷首,第3—4页)除传统盛唐七绝大家王昌龄、李
白、高适、岑参、王维外,李益、刘禹锡、杜牧、李商隐、郑谷等众多
中晚唐诗人的价值得以凸显,这是《别裁》与明代唐诗选本七绝经
典观的主要不同。

①施之愉:《唐代科举制度与五言诗的关系》,(香港)《东方杂志》第40卷第8期,
　1933年4月。
②沈祖棻:《唐人七绝诗浅释·引言》,上海:上海古籍出版社1981年版,第23页。

（一）允称神品：李白、王昌龄

李白和王昌龄是唐代诗人中七绝创作的佼佼者。高棅《唐诗品汇·七言绝句叙目·正宗》曰："盛唐绝句，太白高于诸人，王少伯次之。二公篇什亦盛，今列为正宗。"[①]此后，两人七绝并为"正宗"几成习论，如王世贞所言："余谓七言绝句，王江陵与太白争胜毫厘，俱是神品。"[②]胡应麟曰："七言绝，太白、江宁为最，右丞、嘉州、舍人、常侍次之。"[③]王士禛《唐人万首绝句选·凡例》曰："七言，初唐风调未谐。开元、天宝诸名家，无美不备，李白、王昌龄尤为擅场。"[④]至于高棅所言李白高于王昌龄，后人较少认可，而是认为两人难分伯仲。胡应麟云："李词气飞扬，不若王之自在；然照乘之珠，不以光芒杀直。王句格舒缓，不若李之自然；然连城之璧，不以追琢减称。"[⑤]叶燮云："七言绝句，古今推李白、王昌龄。李俊爽，王含蓄，两人辞、调、意俱不同，各有至处。"[⑥]沈德潜所言"龙标、供奉，允称神品"，乃是承袭传统而来。

李白七绝现存80余首，《别裁》选入20首，高居首位，并评价道："七言绝句，以语近情遥，含吐不露为贵；只眼前景，口头语，而有弦外音，使人神远。太白有焉。"（卷二十，第653页）可谓推崇备至。所选作品就题材而言，大致可分为送别寄赠、山水纪游、去国思乡、登临怀古和政治讽谕等五类。所选送别寄赠之作有《送孟浩

---

①［明］高棅：《唐诗品汇》，第427—428页。
②［明］王世贞：《艺苑卮言》卷四，《历代诗话续编》中册，第1005页。
③［明］胡应麟：《诗薮》内编卷六，第120页。
④［清］王士禛选，李永祥校注：《唐人万首绝句选校注》，济南：齐鲁书社1995年版，第4页。
⑤［明］胡应麟：《诗薮》内编卷六，第118页。
⑥［清］叶燮著，蒋寅笺注：《原诗笺注》外篇下，第447—448页。

然之广陵》《巴陵赠贾舍人》《赠汪伦》《闻王昌龄左迁龙标遥有此寄》，共5首。《送孟浩然之广陵》一诗在宋代已受到赞誉，陆游《入蜀记》曰：

> 黄鹤楼，旧传费祎飞升于此，后忽乘黄鹤来归，故以名楼，号为天下绝景。崔颢诗最传，而太白奇句，得于此者尤多。今楼已废，故址亦不复存。问老吏云，在石镜亭南楼之间，正对鹦鹉洲，犹可想见其地。楼榜李监篆，石刻独存。太白登此楼，《送孟浩然》诗云："孤帆远映碧山尽，惟见长江天际流。"盖帆樯映远山，尤可观，非江行久，不能知也。①

此后《唐诗正声》《古今诗删》《唐诗直解》等众多选本选入此诗，其中《唐诗选脉会通评林》引陈继儒言，誉为："送别诗之祖。情意悠渺，可想不可说。"②《巴陵赠贾舍人》翻用贾谊典故劝慰左迁巴陵的友人贾至，杨慎《升庵诗话》"巴陵赠贾至舍人"条曰："'贾生西望忆京华，湘浦南迁莫怨嗟。圣主恩深汉文帝，怜君不遣到长沙。'贾至，中书省舍人，左迁巴陵，有诗云：'极浦三春草，高楼万里心。楚山晴霭碧，湘水暮流深。忽与朝中旧，同为泽畔吟。感时还北望。不觉泪沾襟。'太白此诗解其怨嗟也，得温柔敦厚之旨矣。"③《赠汪伦》也是一首送别名作，谢榛曰："诗有四格：曰兴，曰趣，曰意，曰理。太白《赠汪伦》曰：'桃花潭水深千尺，不及汪伦送我情。'此兴也。"④唐汝询评曰："太白于景切情真处，信手拈来，

---

①〔宋〕陆游：《入蜀记》第五，〔宋〕陆游：《渭南文集》卷四十七，《陆游集》第5册，北京：中华书局1976年版，第2443—2444页。
②〔明〕周珽辑：《删补唐诗选脉笺释会通评林》卷五十三，《四库全书存目丛书补编》第26册，第606页。
③〔明〕杨慎撰，王大厚笺证：《升庵诗话新笺证》卷七，第371页。
④〔明〕谢榛：《四溟诗话》卷二，《历代诗话续编》下册，第11163页。

所以调绝千古。"①均肯定了此诗伫兴而就、天然灵妙的特点。《闻王昌龄左迁龙标遥有此寄》慰人贬谪，情致深婉。毛先舒曰："太白'杨花落尽'，与乐天（按：应为元稹）'残灯无焰'体同题类，而风趣高卑，自觉天壤。"②总之，李白的送别寄赠诗都能契合当时的情景和友人的身份，因而不落窠臼，如杜天祥《批点唐诗正声》所言："太白绝句，篇篇只与人别，如《寄王昌龄》《送孟浩然》等作，体格无一分相似，音节、风格，万世一人。"③

　　《别裁》所选李白山水纪游之作有《峨眉山月歌》《横江词》《下江陵》《秋下荆门》《与贾舍人泛洞庭》和《望天门山》，共6首。《峨眉山月歌》借山月表达对蜀地的眷恋，高棅《唐诗品汇》引刘辰翁语曰："含情凄婉，有《竹枝》缥缈之音。"④王世贞则注意到此诗锤炼之工，《艺苑卮言》曰："'峨眉山月半轮秋，影入平羌江水流。夜发清溪向三峡，思君不见下渝州。'此是太白佳境。然二十八字中，有峨眉山、平羌江、清溪、三峡、渝州，使后人为之，不胜痕迹矣，益见此老炉锤之妙。"⑤《横江词》质直如话，又不乏歌行体的悠扬，被历代所推赏。杨慎《升庵诗话》"李白《横江词》"条曰："'横江馆前津吏迎，向余东指海云生。郎今欲渡缘何事？如此风波不可行。'古乐府《乌栖曲》：'采菱渡头拟黄河，郎今欲渡畏风波。'太白以一句衍作二句，绝妙。"⑥《下江陵》又名《早发白帝城》，《别裁》评曰："写出瞬息千里，若有神助。入'猿声'一句，文势不伤于直，画家布景

---

①［明］唐汝询：《唐诗解》卷二十五，《四库全书存目丛书》第370册，第21页。

②［清］毛先舒：《诗辩坻》卷三，《清诗话续编》上册，第57页。

③陈伯海主编，孙菊园、刘初棠副主编：《唐诗汇评》，第1000页。

④［明］高棅：《唐诗品汇》卷四十七，第436页。

⑤［明］王世贞：《艺苑卮言》卷四，《历代诗话续编》中册，第1009页。

⑥［明］杨慎撰，王大厚笺证：《升庵诗话新笺证》卷七，第368页。

设色，每于此处用意。"（卷二十，第655页）此诗借船行的迅捷衬托获释之后的愉快心情，为情景交融的名作。胡应麟论及齐名大家时，对杨慎把此诗与杜甫"朝发白帝暮江陵，顷来目击信有征"对举表示不满，《诗薮》云："正如'朝辞白帝'，乃太白绝句中之绝出者，而杨用修举杜歌行中常语以当之。然则《秋兴》八篇，求之李集，可尽得乎？"①把此诗视为"太白绝句中之绝出者"。《秋下荆门》用典毫无痕迹，《与贾舍人泛洞庭》平易畅达，《望天门山》写景如画，它们均能描绘出山水景物的壮丽之美，也是李白山水诗的名作。胡应麟在论及李白、王昌龄不同时，就特意强调李白山水纪游诗的巨大成就，《诗薮》曰："二诗各有至处，不可执泥一端。大概李写景入神，王言情造极。王宫词乐府，李不能为；李览胜纪行，王不能作。"②

《别裁》所选李白去国思乡之作有《黄鹤楼闻笛》《春夜洛阳闻笛》《客中作》，共3首。前两首皆借悠扬的笛声唤起故园之思，是唐诗中描写音乐的优秀之作。皎然《诗式》把诗分为十九品，这两首被视为"悲慨"的代表作。宋人评价比较关注《黄鹤楼闻笛》中的"落梅花"是指吹笛梅落还是乐曲之名，后代较关注同题材的不同作法。《唐诗摘抄》评曰："前首倒，此首顺；前首含，此首露；前首格高，此首调婉。并录之，可以观其变矣。"③评点相当中肯。《客中作》是一首体现太白豪放风神的名作，"但使主人能醉客，不知何处是他乡"，绝无客居他乡之悲愁。总之，李白这类作品延续了一贯的语浅情深、立意奇警、明白如话的特点。

---

① ［明］胡应麟：《诗薮》外编卷四，第190页。
② ［明］胡应麟：《诗薮》内编卷六，第119页。
③ 陈伯海主编，孙菊园、刘初棠副主编：《唐诗汇评》，第1112页。

《别裁》还选入了李白《越中怀古》《苏台览古》两首登临怀古之作,这是李白对七绝题材的巨大开拓。《越中怀古》先写昔日之盛,末写今日之荒凉;《苏台览古》先写今日之衰,末写往日之盛不可见,构思虽然不同,但都通过古今盛衰的对比来抒发伤今思古之情,直接启发了刘禹锡、杜牧、许浑、李商隐、刘沧等人的创作。皎然《诗式》把两篇作品分别视为"悲壮"和"凄婉"之典范,深刻说明了李白这类作品的深远影响。《上皇西巡南京歌》和《清平调词》为联章组诗,李白采用这种方式大大拓展深化了七绝的表现内容,就体裁而言是一个巨大的创新。历代对这两组诗的壮丽奇语均十分肯定,但对诗歌主旨存在巨大争议,多数诗论家认为赞中有刺,为政治讽谕诗。叶矫然曰:"太白'地转锦江成渭水,天回玉垒作长安',子美'锦江春色来天地,玉垒浮云变古今',乃是铺张明皇幸蜀微意,似宋人'直把杭州作汴州'语意。不知者只以壮丽目之,且截去上二字作对联书者,真可笑也。"①《别裁》评:"本言释天子之愁恨,托以春风,措词微婉。"(卷二十,第657页)也是从这个角度解释此诗的。

总之,李白七绝从题材内容、章法篇法、修辞造语到艺术风貌,均无愧于"三百年第一人"这一赞誉,《别裁》对李白七绝的筛选,相当全面地展示了李白七绝的巨大成就。

王昌龄是唯一能在七绝领域与李白并称的诗人。今存七绝70多首,《别裁》选入11首,总量居第二位,评道:"龙标绝句,深情幽怨,意旨微茫,令人测之无端,玩之无尽,谓之唐人《骚》语可。"(卷十九,第645页)相当推崇。所选作品以边塞诗和宫怨诗为主,这也正是王昌龄成就最大的两种题材。胡应麟《诗薮》曰:"江宁

---

① [清]叶矫然:《龙性堂诗话初集》,《清诗话续编》上册,第986页。

《长信词》、《西宫曲》、《青楼曲》、《闺怨》、《从军行》，皆优柔婉丽，意味无穷。风骨内含，精芒外隐，如清庙朱弦，一唱三叹。"①《别裁》所选边塞诗有《从军行四首》，"烽火城西百尺楼"一诗写边关将士对家中妻子的怀念，"青海长云暗雪山"写将士们保家卫国的决心，"秦时明月汉时关"一首原题《出塞》，借对李广的仰慕表达对当今将领的不满，"大漠风尘日色昏"描写胜利的喜悦，均是盛唐边塞名作。它们真实地再现了边关将士的生活和情感，故引起广泛的共鸣。在艺术手法上，王昌龄善于选择那些具有丰富边塞内涵的意象，把情感融入到这些客观景象之中，从而营造出虚实结合、含蓄无尽、意境高远、浑然天成的艺术效果。

　　《别裁》所选王昌龄宫怨诗有《殿前曲》《长信秋词二首》和《西宫春怨》，都是描写失宠宫女的怨情，但写法各有特色。《殿前曲》借得宠反衬出失宠之怨，《别裁》评曰："只说他人之承宠，而己之失宠，悠然可会，此《国风》之体也。"（卷十九，第646页）《长信秋词》"奉帚平明金殿开"借寒鸦感叹身世，《别裁》评曰："昭阳宫赵昭仪所居，宫在东方，寒鸦带东方日影而来，见己之不如鸦也。优柔婉丽，含蕴无穷，使人一唱而三叹。"（卷十九，第646页）《长信秋词》"真成薄命久寻思"通过梦醒前后情景的描写，刻画出曾经得宠旋又失宠的宫女的心情。《西宫春怨》通过无心卷帘、无心弹瑟来描摹失宠宫女的幽怨失望。从表达方式上，这些作品既承袭了传统的比兴手法，又沿续了他擅长的把情感融入到典型意象的表现手法，从而达到较好的抒情效果。总之，王昌龄的边塞诗和宫怨诗均能够传达出主人公复杂的心理状态，同时又寄寓诗人对普通士兵或宫女的深深同情，故后人论诗多认为继承了《离骚》传统，如陆时

① [明] 胡应麟：《诗薮》内编卷六，第117页。

雍《诗镜总论》曰："王龙标七言绝句,自是唐人骚语。深情苦恨,襞积重重,使人测之无端,玩之无尽。惜后人不善读耳。"①

《别裁》还选入了王昌龄《听流人水调子》1首音乐诗和《芙蓉楼送辛渐》《送狄宗亨》2首送别诗。《听流人水调子》通过船外景物的渲染,烘托出音乐凄切动人的美感;《芙蓉楼送辛渐》是古今送别名作,借玉壶冰告慰友人;《送狄宗亨》直接铺叙对友人的不尽思念。这些作品延续了王昌龄一贯的风格,精心选择特定的意象,语言明快自然,情感真挚,意蕴丰厚,从而成为七绝典范。

总体来看,李白和王昌龄代表了两种不同的七绝创作方式,风格虽然不同,但均对后世产生重大影响,堪称最高典范。

(二)盛唐大家:高适、岑参、王维

除李白、王昌龄外,高适、岑参、王维的七绝成就同样巨大。高适现存七绝14首②,《别裁》选入《除夜作》《营州歌》《别董大》。《除夜作》为思乡感怀之作,与绝句常常第三句转折不同,此诗的转折放在第二句。此外,最后二句对仗工稳又流动自然,体现出极高的艺术技巧。顾璘《批点唐音》评曰:"此篇音律稍似中唐,但四句中意态圆足自别。"③《营州歌》是一首边塞诗,与传统边塞诗着力刻画征戍之苦、荒寒之境不同,此诗对边塞风光的描绘充满新鲜美好。从音调而言,此诗近似乐府,故给人以高古之感。顾璘《批点唐音》评此诗为"盛唐侧韵之可法者"④。以上两诗皆注重对仗工稳,但不同于中唐的特意为之,呈现出浑然高妙的艺术效果,故受

---

①［明］陆时雍:《诗镜总论》,《历代诗话续编》下册,第1412页。

②孙琴安:《唐人七绝选》,西安:陕西人民出版社1992年版,第63页。

③［元］杨士弘编选,［明］张震辑注,［明］顾璘评点:《唐音评注》,第560页。

④［元］杨士弘编选,［明］张震辑注,［明］顾璘评点:《唐音评注》,第561页。

到《唐音》《古今诗删》《诗归》等众多选本的青睐。《别董大》共二首,所选"千里黄云白日曛"一首先言荒凉而又壮阔的送别环境,再以"莫愁"作转,使愁苦凄怨之别情一扫而去。此诗入选《古今诗删》之后,开始引起关注,凌宏宪《唐诗广选》、叶羲昂《唐诗直解》、陈继儒《唐诗选注》等选本对此诗多有好评,遂为名篇。

岑参现存七绝36首①,《别裁》所选有《酒泉太守席上醉后歌》《武威送刘判官赴碛西行军》《赴北庭度陇思家》《碛中作》《虢州后亭送李判官》《山房春事》《逢入京使》《封大夫破播仙凯歌二首》,共9首,数量次于李白、王昌龄、李商隐,与杜牧并列为第四位,从入选数量和名次来看是非常推崇的。《唐才子传》记载道:"参累佐戎幕,往来鞍马烽尘间十余载,极征行离别之情,城障塞堡,无不经行。"②作为边塞生活的亲历者,岑参对边塞生活的表现更为丰富而真切。《别裁》评曰:"嘉州边塞诗尤为独步。"(卷十九,第642页)这种评价是非常贴切的。《封大夫破播仙凯歌二首》写边塞征战,渲染出盛唐的雄厚军威,是体现盛唐气象的名作。胡应麟《诗薮》评曰:"自少陵绝句对结,诗家率以半律讥之。然绝句自有此体,特杜非当行耳。如岑参《凯歌》'丈夫鹊印摇边月,大将龙旗掣海云'、'排兵鱼海云迎阵,秣马龙堆月照营'等句,皆雄浑高华,后世咸所取法,即半律何伤。"③《赴北庭度陇思家》和《逢入京使》写边人望乡思亲,前者借欲鹦鹉传书来表现寄书难达、思念之苦,后者明白如话而情真意切,皆为思乡名作。尤其是《逢入京使》"马上相逢无纸笔,凭君传语报平安"一联,更受后人推重。顾璘《唐音评

---

① 孙琴安:《唐人七绝选》,第67页。
②[元]辛文房撰,周绍良笺证:《唐才子传笺证》卷三,第399页。
③[明]胡应麟:《诗薮》内编卷六,第115页。

注》评曰："也是常语,其意自好。"①之后众多明清唐诗选本均对此诗予以推举。《酒泉太守席上醉后歌》《武威送刘判官赴碛西行军》《虢州后亭送李判官》和《碛中作》主要描写边塞之荒凉,同时抒发了边关将士不畏艰苦、奋勇报国之志,也是体现盛唐气象的名作。《山房春事》为怀古诗,从今日荒凉中想见昔日的繁华,传达出无限的感慨之意。"庭树不知人去尽,春来还发旧时花"开创了中晚唐怀古诗常用的手法,借草本之无知而感叹今人不知以史为鉴。唐汝询评曰:"余谓'庭树'一联本嘉州绝调,后人为优孟者,家窃而户攘之,遂以此为套语,惜哉!"②《别裁》评曰:"后人袭用者多,然嘉州实为绝调。"(卷十九,第643页)也对此联大加赞赏。

　　王维现存七绝24首③,《别裁》选入《送元二使安西》《少年行》《九月九日忆山东兄弟》《送沈子福之江东》,共4首。《送元二使安西》又名《渭城曲》《阳关曲》《阳关三叠》,据《大唐传载》记载:"李龟年、彭年、鹤年兄弟三人,开元中皆有才学盛名。鹤年诗尤妙,唱《渭城》,彭年善舞,龟年善打羯鼓。"④可知此诗在盛唐已被广为传唱。高棅《唐诗品汇》引宋代刘辰翁评语曰:"更万首绝句亦无复近,古今第一矣。"⑤可知宋代评价之高。明清时期,尽管对七绝压卷之作存在广泛争议,但此诗堪称送别诗绝唱则是共识。《少年行》本为组诗,《别裁》所选"新丰美酒斗十千"是第一首,主要描写长安少年任侠仗气的豪迈,是能够体现王维慷慨雄健风格的名作。《九月九日忆山东兄弟》是著名的思乡诗,据元刊本《王右丞集》所

①[元]杨士弘编选,[明]张震辑注,[明]顾璘评点:《唐音评注》,第564页。
②[明]唐汝询:《唐诗解》卷二十七,《四库全书存目丛书》第370册,第43页。
③孙琴安:《唐人七绝选》,第17页。
④[唐]佚名:《大唐传载》,《景印文渊阁四库全书》第1035册,第535页。
⑤[明]高棅:《唐诗品汇》卷四十八,第442页。

注,作于17岁。《唐音》《古今诗删》《唐诗解》《唐贤三昧集》等众多有影响巨大的选本均选入此作。《送沈子福之江东》也是一首送别诗名作,"惟有相思似春色,江南江北送君归"借两岸无边春色比喻对友人不尽的深情厚谊,尤为后人所称道。《唐诗直解》评曰:"相送之情随春色所之,何其浓至! 末二语情中生景,幻甚。"①总之,王维七绝数量虽然不多,但影响甚巨,《别裁》所选篇章均无愧于典范。

(三)中唐大家:李益、刘禹锡

中唐七绝在后七子王世贞那里已经受到重视,《艺苑卮言》曰:"七言绝句,盛唐主气,气完而意不尽工;中晚唐主意,意工而气不甚完。然各有至者,未可以时代优劣也。"②沈德潜承袭这一观念,《别裁》曰:"七言绝句,中唐以李庶子、刘宾客为最,音节神韵,可追逐龙标、供奉。"(卷二十,第665页)对李益和刘禹锡大加标举。

李益今存七绝53首③,《别裁》选入8首,总量居第六位。李益七绝以边塞诗成就最著,内容多表现边关将士久戍思归之情,情感基调虽然有些悲凉,却不乏雄壮之气。《别裁》所选《夜上受降城闻笛》《从军北征》《拂云堆》《听晓角》《临滹沱见蕃使列名》均为边塞名作。其中《夜上受降城闻笛》尤为历代诗家所称道,王世贞曰:"绝句,李益为胜,韩翃次之。权德舆、武元衡、马戴、刘沧五言,皆铁中铮铮者。'猿啼洞庭树,人在木兰舟。'真不减柳吴兴'回乐峰'

①陈伯海主编,孙菊园、刘初棠副主编:《唐诗汇评》,第543页。
②[明]王世贞:《艺苑卮言》卷四,《历代诗话续编》中册,第1007页。
③孙琴安:《唐人七绝选》,第108页。

一章,何必王龙标、李供奉?"①沈德潜《说诗晬语》也把此诗列入七绝压卷之作之一。《从军北征》是另一首不减盛唐的名作,正如胡应麟《诗薮》所言:"七言绝,开元之下,便当以李益为第一。如《夜上西城》、《从军北征》、《受降》、《春夜闻笛》诸篇,皆可与太白、龙标竞爽,非中唐所得有也。"②《别裁》所选《汴河曲》和《上汝州郡楼》为怀古诗,与其他怀古诗注重古今对比、寓情于景的创作手法相比,李益怀古诗比较重视感伤情怀的直接抒发,"行人莫上长堤望,风起杨花愁杀人"(《汴河曲》),"今日山川对垂泪,伤心不独为悲秋"(《上汝州郡楼》),具有强烈的主观抒情色彩。《春夜闻笛》是唐代描写音乐的名篇,与这类题材常用的渲染音乐情景不同,此诗通过想象雁群北飞来表现迁客思归之情。总之,《别裁》所选李益七绝抒情婉转,格调悲壮,堪称盛唐余响。

刘禹锡七绝一直颇受推崇,严羽说:"大历后,刘梦得之绝句,张籍、王建之乐府,吾所深取耳。"③今存七绝155首④,《别裁》选入《石头城》《乌衣巷》《听旧宫人穆氏唱歌》《与歌者何戡》《杨柳枝词(炀帝行宫汴水滨)》《和令狐相公牡丹》,共6首。其中《石头城》和《乌衣巷》是组诗《金陵五题》中的两首,这是刘禹锡最为知名的怀古诗,《小序》曰:"余少为江南客,而未游秣陵,尝有遗恨。后为历阳守,跂而望之。适有客以《金陵五题》相示者,逌尔生思,欻然有得。它日,友人白乐天掉头苦吟,叹赏良久,且曰:'《石头诗》云:"潮打空城寂寞回",吾知后之诗人不复措辞矣!'余四咏虽不及

①[明]王世贞:《艺苑卮言》卷四,《历代诗话续编》中册,第1013页。
②[明]胡应麟:《诗薮》内编卷六,第120页。
③[宋]严羽著,张健校笺:《沧浪诗话校笺》下册,第573页。
④孙琴安:《唐人七绝选》,第164页。

此,亦不孤乐天之言耳。"①作品采用怀古诗常见的古今对比写法,以今日之荒凉衬托昔日之繁华。尤其是"旧时月""旧时燕"这些意象,大大增加了作品的感染力。整诗虽不著议论,但沧桑之感、兴亡之理却不难于言外求之,因此被众多诗论家和诗歌选本推为怀古诗之典范,沈德潜还把此诗视为七绝压卷之作。

　　刘禹锡曾被贬在外二十多年,重回长安后,物是人非,《听旧宫人穆氏唱歌》和《与歌者何戡》虽是写给两位歌者,但却饱含着深深的兴亡衰盛之感。《唐诗品汇》引谢枋得评《听旧宫中穆氏唱歌》曰:"前两句言宫中之乐如在九霄,后两句谓贞元诸贤立朝尚多君子,今日与贞元不侔矣。闻贞元之乐曲,思贞元之多士,宁无伤今怀古之情乎?《诗》云:'云谁之思,西方美人。'此诗人之遗意也。"②对作品主旨的理解是非常准确的。由于这两首诗真实深刻地传达出长期被贬的沉痛心绪,所以被历代诗家所推举。杜天祥《批点唐诗正声》评两诗曰:"《穆氏》、《何戡》,二诗同体,然其隐痛,极是婉曲。"③《杨柳枝词》是六朝乐府旧题,《别裁》所选《杨柳枝词(炀帝行宫汴水滨)》虽是咏柳,但与传统咏物诗托物言志不同,此诗重在抒发对隋朝灭亡的感叹,沿袭了刘禹锡怀古诗的模式,同样包含着深刻的兴亡之理。《和令狐相公牡丹》是一首唱和之作,但真情益然,"春明门外即天涯"表达出孤臣去国之悲慨,故引起广泛共鸣。赵蕃《注解选唐诗》评曰:"此言人臣不可恃圣眷。朝承恩,暮岭海,一去君侧,宠辱转移,特顷刻间耳。'春明门外即

①[唐]刘禹锡著,《刘禹锡集》整理组点校,卞孝萱校证:《刘禹锡集》卷二十四,北京:中华书局1990年版,第309—310页。
②[明]高棅:《唐诗品汇》卷五十一,第466页。
③陈伯海主编,孙菊园、刘初棠副主编:《唐诗汇评》,第2799页。

天涯'一句绝妙。"[1]《别裁》评曰："吴梅村《拙政园山茶歌》,胎源于此。"(卷二十,第671页)可知此诗影响深远。

(四)晚唐大家:杜牧、李商隐、郑谷

明清诗论家对晚唐七绝的地位存在争议。李攀龙《古今诗删·唐诗选》选入七绝166首,晚唐仅12首。胡应麟《诗薮》曰:"五七言律,晚唐尚有一联半首可入盛唐。至绝句,则晚唐诸人愈工愈远,视盛唐不啻异代。非苦心自得,难领斯言。"[2]均囿于严羽"诗必盛唐"的主张而否认晚唐七绝的典范价值。入清以后,随着否定明七子思潮的兴起,晚唐七绝渐受到钱谦益、王士禛、叶燮等人的肯定,《别裁·凡例》论七绝道:"后李庶子、刘宾客、杜司勋、李樊南、郑都官诸家,托兴幽微,克称嗣响。"(卷首,第4页)正是清初诗潮影响的结果。

杜牧今存七绝191首[3],《别裁》选入9首,与岑参并列为第四位,沈德潜还把《泊秦淮》推为七绝压卷之作,推崇之意明显。所选作品中,《过华清宫》《登乐游原》《泊秦淮》为怀古诗,其主旨多是讽刺上层统治者骄奢淫逸的生活,借以表达忧国伤时的凄怆情怀。这些作品虽然采用怀古诗常见的寓情于景的表现手法,但所选景物富有概括性,表达生动传神,故呈现出含义深远、寄托遥深的特点。对《过华清宫》一诗,胡仔认为有违事实,《苕溪渔隐丛话》引《遁斋闲览》云:"'杜牧《华清宫》诗云:"长安回望绣成堆,山顶千门次第开。一骑红尘妃子笑,无人知道荔支来。"尤脍炙人口。'据

---

① 陈伯海主编,孙菊园、刘初棠副主编:《唐诗汇评》,第2805页。
② [明]胡应麟:《诗薮》内编卷六,第109页。
③ 孙琴安:《唐人七绝选》,第214页。

《唐纪》，明皇以十月幸骊山，至春即还宫，是未尝六月在骊山也。然荔枝盛暑方熟，词意虽美，而失事实。"①但谢枋得、王士禛等人却对此诗评价甚高。《登乐游原》也是名作，高棅《唐诗品汇》引谢枋得评曰："汉家基业之广大为何如，今日登原一望，五陵变为荒田墅草，无树木可以起秋风矣。盛衰无常，废兴有时，有天下者观此，亦可以栗栗危惧。"②《唐音》《唐诗正声》等众多著名选本也选入此诗。《泊秦淮》也是经典名篇，《别裁》评其为"绝唱"。此诗明代以来即受推崇，杨慎《升庵诗话》"犹唱犹吹"条曰：《后庭花》，陈后主之所作也。主与幸臣各制歌词，极于轻荡，男女唱和，其音甚哀。故杜牧之诗云：'烟笼寒水月笼沙，夜泊秦淮近酒家。商女不知亡国恨，隔江犹唱《后庭花》。'……二君骄淫侈靡，耽嗜歌曲，以至于亡乱。世代虽异，声音犹存。故诗人怀古，皆有'犹唱''犹吹'之句。呜呼！声音之入人深矣。"③

《别裁》所选杜牧《江南春》《寄扬州韩绰判官》《山行》是写景名作。《江南春》曾引起巨大的争议，杨慎《升庵诗话》"唐诗绝句误字"条曰："唐诗绝句，今本多误字，试举一二：如杜牧之《江南春》云'十里莺啼绿映红'，今本误作'千里'。若依俗本，'千里莺啼'，谁人听得？'千里绿映红'，谁人见得？若作十里，则莺啼绿红之景，村郭楼台，僧寺酒旗，皆在其中矣。"④后人对此多不以为然，胡震亨《唐音戊签》曰："杨用修欲改'千里'为'十里'，诗在意象耳，'千里'毕竟胜'十里'也。"⑤何文焕《历代诗话考索》曰："'千里莺

①［宋］胡仔纂集，廖德明校点：《苕溪渔隐丛话》前集卷二十三，第153页。
②［明］高棅：《唐诗品汇》卷五十三，第484页。
③［明］杨慎撰，王大厚笺证：《升庵诗话新笺证》卷六，第312页。
④［明］杨慎撰，王大厚笺证：《升庵诗话新笺证》卷五，第277页。
⑤陈伯海主编，孙菊园、刘初棠副主编：《唐诗汇评》，第3552页。

啼绿映红,水村山郭酒旗风。南朝四百八十寺,多少楼台烟雨中。'
此杜牧《江南春》诗也。升庵谓:'千应作十。盖千里已听不着看
不见矣,何所云"莺啼绿映红"耶?'余谓即作十里,亦未必听得着,
看得见。题云'江南春',江南方广千里,千里之中,莺啼而绿映
焉。水村山郭,无处无酒旗,四百八十寺,楼台多在烟雨中也。此
诗之意既广,不得专指一处,故总而名曰'江南春'。诗家善立题
者也。"①《寄扬州韩绰判官》曾被胡应麟视为具有盛唐风貌,《诗
薮》曰:"温庭筠:'冰簟银床梦不成,碧天如水夜云轻。雁声远过
潇湘去,十二楼中月自明。'杜牧之:'青山隐隐水迢迢,秋尽江南草
未凋。二十四桥明月夜,玉人何处学吹箫?'此等入盛唐亦难辨,惜
他作殊不尔。"②周珽则对杜牧写景诗的数字使用大加赞赏,《唐诗
选脉会通评林》曰:"大抵牧之好用数目字,如'南朝四百八十寺'、
'二十四桥明月夜'、'故乡七十五长亭'是也。"③《山行》全无秋景
的冷落衰飒,"霜叶红于二月花"一经写出,遂流传千古。瞿佑《归
田诗话》"先入言为主"条曰:"予为童子时,十月朝从诸长上拜南山
先垅,行石磴间,红叶交坠,先伯元范诵杜牧之'停车坐爱枫林晚,
霜叶红于二月花'之句。又在荐桥旧居,春日新燕飞绕檐间,先姑
诵刘梦得'旧时王谢堂前燕,飞入寻常百姓家'之句。至今每见红
叶与飞燕,辄思之。不但二诗写景咏物之妙,亦先入言为主也。"④
　　《别裁》所选杜牧《醉后题僧院》和《题桃花夫人庙》为题壁诗,
前者主要表达贤士不遇之情,后者则讽刺息夫人不如绿珠之贞烈。

①［清］何文焕:《历代诗话》下册,第823页。
②［明］胡应麟:《诗薮》内编卷六,第118—119页。
③［明］周珽辑:《删补唐诗选脉笺释会通评林》卷五十八,《四库全书存目丛书补
　　编》第26册,第689页。
④［明］瞿佑:《归田诗话》卷上,《历代诗话续编》下册,第1247页。

王士禛曰:"益都孙文定公《咏息夫人》云:'无言空有恨,儿女粲成行。'谐语令人颐解。杜牧之:'至竟息亡缘底事? 可怜金谷坠楼人。'则正言以大义责之。王摩诘:'看花满眼泪,不共楚王言。'更不著判断一语,此盛唐所以为高。"①《边上闻笛》虽是一首音乐诗,但主要表达朝廷之寡恩。杨慎《升庵诗话》"杜牧边上闻胡笛"条曰:"'何处吹笛薄暮天,塞垣高鸟没狼烟。游人一听头先白,苏武争禁十九年。'苏武之苦节如此,而归来只为典属国,汉之寡恩,霍光之罪也。"②以上3首皆以议论而著称,《别裁》评杜牧曰:"牧之绝句,远韵远神。然如《赤壁》诗'东风不与周郎便,铜雀春深锁二乔',近轻薄少年语,而诗家盛称之,何也?"(卷二十,第680页)相较而言,这3首所表现的观念比较雅正,故赢得沈德潜的好感。

　　李商隐今存七绝200首左右③,晚唐至宋初一直颇受推崇。自严羽倡导"诗必盛唐"以来,李商隐诗学地位开始急剧降低,直至明末清初反对格调派诗学思潮兴起之后,方重新受到重视。田雯《古欢堂集杂著》"论七言绝句"曰:"义山佳处不可思议,实为唐人之冠。一唱三弄,余音袅袅,绝句之神境也。"④叶燮《原诗》曰:"李商隐七绝,寄托深而措词婉,实可空百代无其匹也。"⑤《别裁》选入10首,居第三,并评曰:"义山长于风谕,工于征引,唐人中另开一境。顾其中讥刺太深,往往失之轻薄,此俱取其大雅者。"(卷二十,第682页)乃是综合吸收明代格调派和清初相关评价的结果。

　　李商隐七绝就数量和成就而言,首推咏史诗。《别裁》选入这

①[清]王士禛:《渔洋诗话》卷下,《清诗话》上册,第212页。
②[明]杨慎撰,王大厚笺证:《升庵诗话新笺证》卷十,第570页。
③孙琴安:《唐人七绝选》,第231页。
④[清]田雯:《古欢堂集杂著》卷二,《清诗话续编》上册,第704页。
⑤[清]叶燮著,蒋寅笺注:《原诗笺注》外篇下,第448页。

类作品多达7首,分别是《贾生》《北齐二首》《旧将军》《汉宫词》《宫妓》和《齐宫词》),这是符合李商隐七绝创作实际成就的。《贾生》《北齐二首》《旧将军》继承了杜甫所开创的反映时事的现实主义传统,多采用借古喻今的方式关注时事、讽刺现实,从思想内容到艺术手法多有创获,故为后人所称道。其中《贾生》为咏史名篇之一,作品采用欲抑先扬的手法,先称赞汉文帝能够访贤任能,结句借文帝"不问苍生问鬼神"讽刺武宗好神仙长生之术。胡仔《苕溪渔隐丛话》曰:"古今诗人,以诗名世者,或只一句,或只一联,或只一篇,虽其余别有好诗,不专在此,然播传于后世、脍炙于人口者,终不出此矣,岂在多哉?如'池塘生春草',则谢康乐也;……'宣室求贤访逐臣,贾生才调更无伦。可怜夜半虚前席,不问苍生问鬼神',此李商隐也。"①魏庆之《诗人玉屑》"反其意而用之"条引严有翼《艺苑雌黄》曰:"文人用故事,有直用其事者,有反其意而用之者。李义山诗:'可怜半夜虚前席,不问苍生问鬼神。'虽说贾谊,然反其意而用之矣。林和靖诗:'茂陵他日求遗稿,犹喜曾无封禅书。'虽说相如,亦反其意而用之矣。直用其事,人皆能之,反其意而用之者,非学业高人、超越寻常拘挛之见,不规规然蹈袭前人陈迹者,何以臻此!"②明代格调派对此诗的评价有所降低,《古今诗删》选入李商隐七绝3首,此诗在摒弃之列。胡应麟《诗薮》曰:"晚唐绝'东风不与周郎便,铜雀春深锁二乔','可怜半夜虚前席,不问苍生问鬼神',皆宋人议论之祖。间有极工者,亦气韵衰飒,天壤开、宝。然书情,则怆恻而易动人;用事,则巧切而工悦俗。世希大

---

① [宋]胡仔纂集,廖德明校点:《苕溪渔隐丛话》后集卷二,第10、12页。
② [宋]魏庆之著,王仲闻点校:《诗人玉屑》卷七,第203页。

雅,或以为过盛唐,具眼观之,不待其辞毕矣。"①他们把抒发情感视为诗歌的基本属性,并批评宋人"以议论为诗",此诗因"宋人议论之祖"而受到非议。沈德潜论诗虽多吸收明七子主张,但在议论问题上却有不同认识,《说诗晬语》曰:"人谓诗主性情,不主议论。似也,而亦不尽然。试思二《雅》中,何处无议论? 杜老古诗中,《奉先咏怀》、《北征》、《八哀》诸作,近体中,《蜀相》、《咏怀》、《诸葛》诸作,纯乎议论。但议论须带情韵以行,勿近伧父面目耳。"②因此对李商隐这类以议论见长的咏史诗多有接纳。《北齐二首》也是以议论而著称的咏史诗,借齐后主高纬荒淫亡国来讽喻武宗。沈厚塽《李义山诗集辑评》引何焯评曰:"上篇叹其不知不见是图,下篇叹其至死不悟。"③

　　《别裁》所选李商隐《汉宫词》《宫妓》和《齐宫词》从题目来看似属宫怨诗,其内容却是借史事托讽当世,实为咏史。与上文所提及的咏史诗相比,这几首作品不以议论而著称,而是善于抓住某个具有代表性的事物加以渲染,从而造成一种寓意深婉、含蓄不尽的艺术效果,代表了李商隐咏史诗的另一种风格。如《汉宫词》,吴乔评曰:"唐诗措词妙而用意深,知其意固觉好,不知其意而惑于其词亦觉好。如崔国辅《魏宫词》,李义山之'青雀西飞',白雪、竟陵读之亦甚乐也。"④《宫妓》一诗,胡仔《苕溪渔隐丛话》、阮阅《诗话总龟》、魏庆之《诗人玉屑》和高棅《唐诗品汇》均提及杨亿对此诗极为推崇。胡仔《苕溪渔隐丛话》引《谈苑》曰:"予知制诰日,与余恕同考试。……因出义山诗共读,酷爱一绝云:'珠箔轻明拂玉墀,披

---

① [明] 胡应麟:《诗薮》内编卷六,第122页。
② [清] 沈德潜撰,王宏林笺注:《说诗晬语笺注》卷下,第383—384页。
③ 陈伯海主编,孙菊园、刘初棠副主编:《唐诗汇评》,第3654页。
④ [清] 吴乔:《围炉诗话》卷三,《清诗话续编》上册,第561页。

香新殿斗腰肢。不须看尽鱼龙戏,终遣君王怒偃师。'击节称叹曰:
'古人措辞寓意,如此之深妙,令人感慨不已。'"①《齐宫词》中的
"风摇九子铃",朱鹤龄《玉谿生诗意》:"不见金莲之迹,犹闻玉铃
之音。不闻于梁台歌管之时,而在既罢之后。荒淫亡国,岂能一写
尽,只就微物点出,令人思而得之。"②《别裁》评此诗曰:"此篇不著
议论,'可怜夜半虚前席'竟著议论,异体而各极其致。"(卷二十,
第683页)对这类作品艺术特点的把握是十分准确的。

　　《别裁》所选李商隐《夜雨寄北》和《寄令狐郎中》为寄赠诗。
《夜雨寄北》是李诗中少有的用词浅近却情意深厚之作,张邦基把
它与贾岛《渡桑干》、窦巩《自京将赴黔南》、柳宗元《柳州寄京中亲
故》推为思乡佳作,《墨庄漫录》"唐人行役异乡诗"条曰:

　　　　唐人诗,行役异乡,怀归感叹而意相同者,如贾岛云:"客
　　舍并州已十霜,归心日夜忆咸阳。无端更渡桑干水,却望并
　　州是故乡。"窦巩云:"风雨荆州二月天,问人初雇峡中船。西
　　南一望云和水,犹道黔南有四千。"柳宗元云:"林邑山联瘴海
　　秋,葬牁水向郡前流。劳君更问龙池地,正北三千到锦州。"
　　李商隐云:"君问归期未有期,巴山夜雨涨秋池。何时共剪西
　　窗烛,却话巴山夜雨时。"皆佳作也。③

　　范晞文却认为此诗不如贾岛,《对床夜语》曰:"唐人绝句有意
相袭者,有句相袭者……贾岛《渡桑干》云:'客舍并州已十霜,归
心日夜忆咸阳。无端更渡桑干水,却望并州是故乡。'李商隐《夜雨
寄人》云:'君问归期未有期,巴山夜雨涨秋池。何当共剪西窗烛,

①[宋]胡仔纂集,廖德明校点:《苕溪渔隐丛话》后集卷十四,第103页。
②陈伯海主编,孙菊园、刘初棠副主编:《唐诗汇评》,第3701页。
③[宋]张邦基:《墨庄漫录》卷五,北京:中华书局2002年版,第153页。

却话巴山夜雨时.'此皆袭其句而意别者。若定优劣,品高下,则亦昭然矣。"①李攀龙《古今诗删》选入李商隐七绝3首,中有《夜雨寄北》,此后越来越受推崇。朱鹤龄《玉谿生诗意》评此诗曰:"即景见情,清空微妙,玉谿集中第一流也。"②《寄令狐郎中》以相如自况,求荐之意见于言外。此诗以用典而著称,敖英《唐诗绝句类选》评此诗曰:"义山此诗落句以相如自况,此是用古事为今事,用死事为活事。"③此诗也被选入《古今诗删》,与《夜雨寄北》不同,代表了李诗常见的寄托深微的特点。《别裁》所选《常娥》的主旨历代颇多争议,朱鹤龄《重订李义山诗集笺注》认为是刺女道士,黄生《唐诗摘抄》认为是悼亡,《别裁》评曰:"孤寂之况,以'夜夜心'三字尽之。士有争先得路而自悔者,亦作如是观。"(卷二十,第684页)认为是借嫦娥托意,接近咏史。尽管此诗主旨存在争议,但历代诗家对此诗评价颇高,吕本中《紫薇诗话》曰:"杨道孚深爱义山'嫦娥应悔偷灵药,碧海青天夜夜心',以为作诗当如此学。"④此诗代表了李商隐诗歌寄托遥深、措词精美、抒情深婉的特点,无疑是七绝名作。

郑谷也是沈德潜特意标举的晚唐七绝典范,虽然入选作品仅有《淮上与友人别》和《席上赠歌者》2首,但《凡例》称郑谷为盛唐"嗣响",论七绝压卷之作又云"郑谷之'扬子江头',气象虽殊,亦堪接武"(卷十九评王之涣《凉州词》,第640页),推崇之意还是很明显的。《淮上与友人别》虽有所争议,但一直被诗家所关注。谢榛云:"凡起句当如爆竹,骤响易彻;结句当如撞钟,清音有余。郑谷《淮上别友》诗:'君向潇湘我向秦。'此结如爆竹而无余音。予易

①[宋]范晞文:《对床夜语》卷四,《历代诗话续编》上册,第431—432页。
②陈伯海主编,孙菊园、刘初棠副主编:《唐诗汇评》,第3657页。
③陈伯海主编,孙菊园、刘初棠副主编:《唐诗汇评》,第3668页。
④[宋]吕本中:《紫薇诗话》,《历代诗话》上册,第368页。

为起句,足成一首,曰:'君向潇湘我向秦,杨花愁杀渡江人。数声长笛离亭外,落日空江不见春。'"①之后胡应麟云:"'数声风笛离亭晚,君向潇湘我向秦','日暮酒醒人已远,满天风雨下西楼',岂不一唱三叹,而气韵衰飒殊甚。'渭城朝雨',自是口语,而千载如新。此论盛唐、晚唐三昧。"②虽然承认结句富有余韵,但却具有晚唐诗的"气韵衰飒",仍不足为贵。之后诗家对七子派这种拘泥于四唐之分的偏激有所校正,此诗越来越受到重视。贺贻孙曰:"诗有极寻常语,以作发局无味,倒用作结方妙者。如郑谷《淮上别故人》诗云:'扬子江头杨柳春,杨花愁杀渡江人。数声风笛离亭晚,君向潇湘我向秦。'盖题中正意,只'君向潇湘我向秦'七字而已,若开头便说,则浅直无味,此却倒用作结,悠然情深,令读者低徊流连,觉尚有数十句在后未竟者。唐人倒句之妙,往往如此,姑举其一为例。"③《别裁》也对谢榛有所批评,其曰:"落句不言离情,却从言外领取,与韦左司《闻雁》诗同一法也。谢茂秦尚不得其旨,而欲颠倒其文,安问悠悠流俗!"(卷二十,第687页)《席上赠歌者》也是一首语浅情深之作,但长期未受到关注。王士禛编《唐人万首绝句选》,于郑谷仅选入《淮上与友人别》和《席上赠歌者》2首作品,《别裁》对郑谷的选编大概是受到王士禛的影响。经过《唐人万首绝句选》和《别裁》的标举之后,此诗在后代开始受到重视。翁方纲曰:"郑都官以《鹧鸪》诗得名,今即指'暖戏烟芜'云云之七律也。此诗殊非高作,何以得名于时?郑又有《贻歌者》云:'坐中亦有江南客,莫向春风唱鹧鸪。'此虽浅,然较彼咏鹧鸪之七律却胜。"④潘得

---

① [明]谢榛:《四溟诗话》卷一,《历代诗话续编》下册,第1154页。
② [明]胡应麟:《诗薮》内编卷六,第109页。
③ [清]贺贻孙:《诗筏》,《清诗话续编》上册,第185页。
④ [清]翁方纲:《石洲诗话》卷二,《清诗话续编》下册,第1397页。

舆云:"司空表圣奇郑都官幼慧,许为一代风骚主。然观其《早入谏院》诗云:'紫云重叠抱春城,廊下人稀静漏声。偷得微吟闲倚柱,满衣花露听宫莺。'诗虽旖旎,岂谏院中言语?风骚意旨,未易窥寻也。'扬子江头'一绝,今古流诵。然'花月楼台近九衢,清歌一曲倒金壶。坐中亦有江南客,莫向春风唱《鹧鸪》'。何不以此鹧鸪得名?"①

(五)七绝压卷之争

七绝由于体制比较固定,多即兴而作,于是成为逞才较技时使用最为普遍的一种诗体。薛用弱《集异记》"王涣之"条载:

> 开元中,诗人王昌龄、高适、王涣之齐名。时风尘未偶,而游处略同。一日,天寒微雪,三诗人共诣旗亭,贳酒小饮。忽有梨园伶官十数人登楼会燕,三诗人因避席偎映,拥炉火以观焉。俄有妙妓四辈,寻续而至,奢华艳曳,都冶颇极,旋则奏乐,皆当时之名部也。昌龄等私相约曰:"我辈各擅诗名,每不自定其甲乙,今者可以密观诸伶所讴,若诗入歌词之多者,则为优矣。"俄而一伶拊节而唱,乃曰:"寒雨连江夜入吴,平明送客楚山孤。洛阳亲友如相问,一片冰心在玉壶。"昌龄则引手画壁曰:"一绝句。"寻又一伶讴之曰:"开箧泪沾臆,见君前日书。夜台何寂寞,犹是子云居。"适则引手画壁曰:"一绝句。"寻又一伶讴曰:"奉帚平明金殿开,强将团扇共徘徊。玉颜不及寒鸦色,犹带昭阳日影来。"昌龄则又引手画壁曰:"二绝句。"涣之自以得名已久,因谓诸人曰:"此辈皆潦倒乐官,所唱皆巴人下里之词耳,岂阳春白雪之曲,俗物敢近

① [清]潘得舆:《养一斋诗话》卷四,《清诗话续编》下册,第2066页。

哉！"因指诸妓之中最佳者曰："待此子所唱，如非我诗，吾即
终身不敢与子争衡矣。脱是吾诗，子等当须列拜床下，奉吾为
师。"因欢笑而俟之。须臾，次至双鬟发声，则曰："黄河远上
白云间，一片孤城万仞山。羌笛何须怨杨柳，春风不度玉门
关。"涣之即揶揄二子曰："田舍奴，我岂妄哉！"因大谐笑。诸
伶不喻其故，皆起诣曰："不知诸郎君何此欢噱？"昌龄等因话
其事。诸伶竞拜曰："俗眼不识神仙，乞降清重，俯就筵席。"
三子从之，欢醉竟日。①

《集异记》共16条，所载徐佐卿化鹤、狄仁杰集翠裘、王维郁轮袍、
王积薪妇姑围棋诸事虽属小说家言，却流传甚广。此处所载王之
涣"旗亭画壁"之事不断被历代文人引用，广播人口，一方面促成了
王之涣《凉州词》在唐诗中的崇高地位，另一方面又开启了七绝第
一之争。

明代杨慎编《唐绝增奇》，以王昌龄《从军行》"秦时明月汉时
关"为第一，其《升庵诗话》"王昌龄从军行"条曰：

"秦时明月汉时关，万里长征人未还。但得龙庭飞将在，
不教胡马度阴山。"此诗可入神品，"秦时明月"四字，"横空盘
硬语"也，人所难解。李中溪侍御尝问余，余曰：扬子云赋"欃
枪为闉，明月为堠"，此诗借用其字，而用意深矣。盖言秦时
虽远征，而未设关，但在明月之地，犹有行役不逾时之意。汉
则设关而戍守之，征人无有还期矣。所赖飞将御边而已。虽
然，亦异乎"守在四夷"之世矣。②

杨慎之后，从明人的记载来看，李攀龙曾编过一部七绝诗选，

---

① [唐]薛用弱：《集异记》，《景印文渊阁四库全书》第1042册，第580—581页。
② [明]杨慎撰，王大厚笺证：《升庵诗话新笺证》卷九，第454页。

也列此诗为第一。之后,唐人七绝压卷之作成为明清诗论家时常探讨的一个话题。综合各家争论可以看出,后人对杨慎、李攀龙的观点有三种看法:

一是赞同。王世贞曰:"李于鳞言唐人绝句当以'秦时明月汉时关'压卷,余始不信,以少伯集中有极工妙者。既而思之,若落意解,当别有所取。若以有意无意可解不可解间求之,不免此诗第一耳。"①潘德舆曰:"李于鳞论唐人七绝,以王龙标'秦时明月'为第一,人多不服。王敬美云:'于鳞击节"秦时明月"四字耳。'按于鳞雅好锭钉字句为奇,故敬美用此刺之。然敬美首选'黄河远上'、'蒲萄美酒'二诗,究之调高议正,仍以'秦时明月'一篇为最,不得缘于鳞好奇,而抑此名构也。"②不过赞同意见并不居于主流,包括王世贞也曾对压卷之作有不同意见,其曰:"'可怜无定河边骨,犹是深闺梦里人。'用意工妙至此,可谓绝唱矣。惜为前二句所累,筋骨毕露,令人厌憎。'葡萄美酒'一绝,便是无瑕之璧。盛唐地位不凡乃尔。"③似乎是把王翰《凉州词》视为压卷之作。

二是认为唐人七绝各有胜场,不宜分出高下。钟惺评王昌龄《出塞》"秦时明月"曰:"诗但求其佳,不必问某首第一也。昔人问《三百篇》何句最佳,及《十九首》何句最佳,盖亦兴到之言。其称某句佳者,各就其意之所感,非执此以尽全诗也。李于鳞乃以此首为唐七言绝压卷,固矣哉!无论其品第当否何如,茫茫一代,绝句不啻万首,乃必欲求一首作第一,则其胸中亦梦然矣。"④

三是认为唐人七绝各有胜场,压卷之作不必限于一篇。王世

---

① [明]王世贞:《艺苑卮言》卷四,《历代诗话续编》中册,第1008页。
② [清]潘得舆:《养一斋诗话》卷九,《清诗话续编》下册,第2136—2137页。
③ [明]王世贞:《艺苑卮言》卷四,《历代诗话续编》中册,第1013页。
④ [明]钟惺、谭元春辑:《唐诗归》卷十一,《续修四库全书》第1589册,第657页。

懋云：

> 于鳞选唐七言绝句，取王龙标"秦时明月汉时关"为第一，以语人，多不服。于鳞意止击节"秦时明月"四字耳。必欲压卷，还当于王翰"蒲萄美酒"、王之涣"黄河远上"二诗求之。①

明确不赞成李攀龙的定位，把王翰《凉州词》和王之涣《凉州词》视为压卷之作。

胡应麟云：

> 初唐绝，"蒲桃美酒"为冠；盛唐绝，"渭城朝雨"为冠；中唐绝，"回雁峰前"为冠；晚唐绝，"清江一曲"为冠。"秦时明月"在少伯自为常调，用修以诸家不选，故《唐绝增奇》首录之。所谓前人遗珠，兹则掇拾。于鳞不察而和之，非定论也。②

把王翰《凉州词》、王维《送元二使安西》、李益《夜上受降城闻笛》和郑谷《席上赠歌者》视为四唐各期七绝压之作。

王士禛《唐人万首绝句选·凡例》云：

> 七言，初唐风调未谐。开元、天宝诸名家，无美不备，李白、王昌龄尤为擅场。昔李沧溟推"秦时明月汉时关"一首压卷，余以为未允。必求压卷，则王维之"渭城"，李白之"白帝"，王昌龄之"奉帚平明"，王之涣之"黄河远上"，其庶几乎！而终唐之世，绝句亦无出四章之右者矣。中唐之李益、刘禹锡，晚唐之杜牧、李商隐四家，亦不减盛唐作者云。③

认为七绝压卷之作分别是王维《送元二使安西》、李白《早发白帝城》、王昌龄《长信秋词》和王之涣《凉州词》。

---

① ［明］王世懋：《艺圃撷余》，《历代诗话》下册，第779页。
② ［明］胡应麟：《诗薮》内编卷六，第110—111页。
③ ［清］王士禛选，李永祥校注：《唐人万首绝句选校注》，第4页。

　　沈德潜在王士禛的基础上补入了中晚唐作品,《别裁》评王之涣《凉州词》曰:

> 李于鳞推王昌龄"秦时明月"为压卷。王元美推王翰"蒲萄美酒"为压卷。王渔洋则云:"必求压卷,王维之'渭城',李白之'白帝',王昌龄之'奉帚平明',王之涣之'黄河远上',其庶几乎!而终唐之世,绝句亦无出四章之右者矣。"愚谓李益之"回乐峰前",刘禹锡之"山围故国",杜牧之"烟笼寒水",郑谷之"扬子江头",气象虽殊,亦堪接武。(卷十九,第641页)

《说诗晬语》又补充了柳宗元《酬曹侍御过象县见寄》,其云:

> 李益之"回乐峰前",柳宗元之"破额山前",刘禹锡之"山围故国",杜牧之"烟笼寒水",郑谷之"扬子江头",气象稍殊,亦堪接武。①

按照沈氏所论,压卷之作除前人提到的王昌龄《从军行》、王翰《凉州词》、王维《送元二使安西》、李白《早发白帝城》、王昌龄《长信秋词》、王之涣《凉州词》之外,李益《夜上受降城闻笛》、柳宗元《酬曹侍御过象县见寄》、刘禹锡《金陵怀古》、杜牧《泊秦淮》和郑谷《淮上与友人别》也可入选。

　　从这场争论来看,唐人七绝各有胜场,压卷之作不必限于一篇似乎成为后人的共识,但在这种共识背后,似乎透露出不同时代诗学宗旨的差异。明代杨慎、李攀龙、王世贞与王世懋所推崇都是具有古风特点的七绝,音调圆润优美,风格浑成无迹。清代王士禛所推崇的四首七绝意境清远,情景交融,符合其神韵理想。沈德潜既认同两派所提倡的古风之作和神韵之作,又接纳格律严整、技巧娴熟且具有深刻政治内涵的作品,因此,所提及的压卷之作多达

---

① [清]沈德潜撰,王宏林笺注:《说诗晬语笺注》卷上,第258页。

11首。

综上而言,沈德潜选诗"先审宗旨,继论格调,终流神韵",一方面把传统儒家"诗教"视为最高标准,另一方面又吸收明清以来格调和神韵两大流派的相关主张。在《别裁》所建构的唐诗大家格局和经典体系中,杜甫、李白被推举为唐人之首,盛唐群体王维、孟浩然、高适、岑参、李颀、王昌龄紧随其后,初唐陈子昂、中唐韦应物、韩愈、白居易和晚唐李商隐也被接纳,这种定位修正并强化了严羽以来"以盛唐为法"的传统观念,更契合唐诗发展的实际。沈德潜对唐诗名篇的选择充分吸收前人成果,《别裁》所建构的经典体系较前代唐诗选本更能被大众所接受,从而使此选成为集唐代以来历代唐诗学大成的著名选本,具有深远的生命力和重大的影响力。

第四章 《唐诗别裁集》的组诗经典观

　　组诗是一个题目下包含多篇作品的一类诗歌。组诗所包含的作品少者仅2首，如李白《飞龙引二首》、韩愈《汴州乱二首》。多者达百首，如钱珝《江行一百首》、王建《宫词一百首》。杨国荣据《全唐诗》《全唐诗外编》《全唐诗补编》等典籍统计，唐代共有327位诗人创作了1918组共8100首作品[①]。《唐诗别裁集》比较推重哪类组诗？组诗选择体现出怎样的诗学旨趣？本章试对此加以探讨。

一、《唐诗别裁集》组诗篇目的选择

　　《唐诗别裁集》共选入259首组诗作品，分为三种情况：

　　一是选入组诗全部作品，涉及12位诗人25组101首诗歌。分别是杜甫《前出塞九首》《后出塞五首》《羌村三首》《梦李白二首》《乾元中寓居同谷县作歌七首》《喜达行在所三首》《收京三首》《有感五首》《将赴成都草堂途中有作先寄严郑公五首》《秋兴八首》《咏怀古迹五首》《诸将五首》，白居易《秦中吟十首》，李白《飞龙引二首》《清平调词三首》，李商隐《有感二首》《北齐二首》，卢弼《塞上四时词》，柳宗元《田家三首》，刘禹锡《平蔡州三首》，王维《送友

[①] 杨国荣：《唐代组诗研究》，福建师范大学2012年博士学位论文，第1页。

人归山歌二首》，韦应物《学仙吟二首》，韩愈《汴州乱二首》，许浑《村舍二首》，张仲素《秋闺思二首》。

二是选入组诗2首以上作品，共涉及20位诗人30组126首诗歌。分别是李白《古风十五首（共59首）》《拟古四首（共12首）》《长相思二首（共3首）》《塞下曲三首（共6首）》《上皇西巡南京歌二首（共10首）》《宫中行乐词七首（共8首）》，陈子昂《感遇诗十五首（共38首）》，张九龄《杂诗二首（共5首）》《感遇九首（共12首）》，王昌龄《塞上曲二首（共4首）》《长信秋词二首（共5首）》《从军行四首（共7首）》，王维7首《偶然作二首（共6首）》《杂咏二首（共3首）》《田园乐三首（共7首）》，韦应物《拟古七首（共12首）》，白居易《新乐府七首（共50首）》，顾况《短歌行五首（共6首）》，杜甫《秦州杂诗四首（共20首）》，储光羲《田家杂兴四首（共8首）》，王涯《闺人赠远四首（共5首）》，刘采春《啰唝曲三首（共6首）》，崔颢《长干曲二首（共4首）》，岑参《封大夫破播仙凯歌二首（共6首）》，刘长卿《从军行二首（共6首）》，韩愈《秋怀诗二首（共11首）》，曹唐《病马二首（共5首）》，郑愔《塞外二首（共3首）》，卢纶《塞下曲二首（共6首）》，李贺《南园二首（共13首）》。

三是仅选入组诗1首作品，共涉及28位诗人42组诗歌。分别是杜甫《述古（共3首）》《曲江（共3首）》《忆昔（共2首）》《题张氏隐居（共2首）》《九日（共4首）》《伤春（共5首）》《复愁（共12首）》，李白《子夜吴歌（共4首）》《长干行（共2首）》《月下独酌（共4首）》《横江词（共6首）》，王昌龄《少年行（共2首）》《殿前曲（共3首）》，元稹《有鸟（共20首）》《遣悲怀（共3首）》，沈彬《塞下（共3首）》《入塞（共2首）》，虞世南《从军行（共2首）》，张九龄《叙怀（共2首）》，沈佺期《杂诗（共3首）》，岑参《山房春事（共2首）》，贾至《寓言（共2首）》，崔国辅《怨词（共2首）》，储光羲《江南曲（共4首）》，李端

《古别离（共2首）》，耿湋《春日即事（共2首）》，戎昱《塞下曲（共6首）》，王建《新嫁娘（共3首）》，张祜《宫词（共2首）》，令狐楚《从军行（共5首）》《少年行（共4首）》，沈如筠《闺怨（共2首）》，王翰《凉州词（共2首）》，常建《塞下曲（共4首）》，刘禹锡《杨柳枝词（共9首）》，张仲素《塞下曲（共5首）》，王涯《塞下曲（共2首）》，杜牧《过华清宫（共3首）》，温庭筠《渭上题（共3首）》，许浑《学仙（共2首）》，陈陶《陇西行（共4首）》，盖嘉运《凉州歌（共4首）》。

　　从以上篇目来看，《别裁》组诗入选数量与组诗的内容与主题有着密切关系。大致而言，组诗中各篇作品的内容与主题如果比较一致，则全部入选，反之则有所选择。如杜甫《前出塞九首》《后出塞五首》，沈德潜评曰：

　　朱长孺云："明皇季年，哥舒翰贪功于吐蕃，安禄山构祸于契丹，于是征调半天下。《前出塞》为哥舒发，《后出塞》为禄山发。"今按诗前九章多从军愁苦之词，后五章防强臣跋扈之渐，长孺所分是也。（卷二，第58页）

杜甫《喜达行在所三首》，沈德潜评曰：

　　首章喜脱贼中，次章喜见人主，三章喜睹中兴之业，章法井然不乱。〇《喜达行在》三首、《收京》三首、《有感》五首，皆根本节目之大者，不宜去取。（卷十，第346页）

杜甫《将赴成都草堂途中有作先寄严郑公五首》，沈德潜评曰：

　　五章通作一章看。（卷十三，第455页）

杜甫《秋兴八首》，沈德潜评第八首曰：

　　此章追叙交游，一结并收拾八章，所谓"故园心""望京华"者，一付之苦吟怅望而已。（卷十四，第461页）

李商隐《有感二首》，沈德潜评曰：

　　为甘露之变而作：前一首恨李训、郑注之浅谋，后一首咎

文宗之误任非人也。(卷十八,第597页)

以上五组作品,沈德潜的评语详细说明了各组作品之间的关系。杜甫《前出塞九首》叙述征夫从军的完整经历,《后出塞五首》叙述从应征到脱身回家的过程,《喜达行在所三首》叙述了从逃脱到见君的过程,作品先后记录了某一事件的具体过程,故不宜去取。杜甫《将赴成都草堂途中有作先寄严郑公五首》《秋兴八首》与李商隐《有感二首》各篇作品具有相同的主题,可"作一章看",也不宜去取,对这类性质的组诗,沈德潜一般是全部选入。与此相对,凡是没有全部入选的组诗,一般是由于各篇作品的主题与内容缺少密切的联系,甚至不是一时一地完成,如李白《古风》、张九龄《感遇》、王维《偶然作》、白居易《新乐府》、韩愈《秋怀》等。这种情况以陈子昂《感遇》最为典型。这组作品共38首,据彭庆生《陈子昂诗注·序》所述,其思想内容大致分为两个方面:一是抨击武则天时期的多种弊政,如第19首、第26首等;二是塑造了诗人自己的正面形象,如第11首、第35首等。创作时间最早的是第11首(吾爱鬼谷子),创作于永淳二年(683),最晚的是第32首(索居独几日),创作于圣历二年(699),整个创作历程跨越17年,各篇作品的思想内容、艺术风格和水平高下并不相同①。因此,出于标举典范的目的,《别裁》仅节选数首。

二、《唐诗别裁集》所选组诗的题材特点

通览《全唐诗》组诗作品,题材主要涉及咏物、咏史、咏怀、山水、田园、边塞、闺情、祭祀、赠别、酬答、游宴、悼挽、时事,数量最

---

① 陈庆生:《陈子昂诗注》,第9—11页。

多的依次是咏物、山水和咏史。或许因为各类动物、植物、器物、山水都是诗人日常接触之物，所以咏物自然容易成为组诗写作的题材。咏史诗往往以史籍中的事件或人物为表现对象，读书作为诗人的日常生活，咏史自然也容易成为组诗写作的常见题材。

　　《唐诗别裁集》所选组诗总量居前三位的题材分别是咏怀、时事和边塞。咏怀这类题材的作品多以"咏怀""感遇""杂诗""古风""拟古""效古"为题，常用比兴寄托的手法，借助对事物的描写抒发诗人对社会和人生的感受。唐前咏怀组诗比较著名的有曹植《杂诗》七首、阮籍《咏怀诗》八十二首。《别裁》选入咏怀组诗有80多首，根据体裁可以分为三类：

　　第一类是五古，包括陈子昂《感遇诗十五首》、张九龄《杂诗二首》《感遇九首》《叙怀》、贾至《寓言》、李白《古风十五首》《拟古四首》、杜甫《述古》《九日》、王维《偶然作二首》、韦应物《拟古七首》、韩愈《秋怀诗二首》。沈德潜评道：

　　　　喻小人在朝，而君子应善藏也。（卷一评张九龄《杂诗》其一，第8页）

　　　　欲以精诚达君而无路可通也。二章皆比体。（卷一评张九龄《杂诗》其二，第8页）

　　　　《感遇》诗，正字古奥，曲江蕴藉，本原同出嗣宗，而精神面目各别，所以千古。（卷一评张九龄《感遇九首》，第8页）

　　　　言志同不妨道路各异，道行贫贱亦乐也。（卷一评张九龄《叙怀》，第11页）

　　　　太白诗纵横驰骤，独《古风》二卷，不矜才，不使气，原本阮公，风格俊上，伯玉《感遇》诗后，有嗣音矣。（卷二总评李白，第43页）

　　　　词微旨远，怨而不怒。（卷二评李白《拟古四首》，第

47页）

　　东坡谓此希稷契人语。（卷二评杜甫《述古》，第76页）

　　"既念生子孙，方思广园圃"，"糗糒常共饭，儿孙每更抱"，此种真朴，右丞田家诗中未能道着。（卷一评储光羲《田家杂兴四首》，第28页）

　　诸咏胎源于《古诗十九首》，须领取意言之外。（卷三评韦应物《拟古七首》，第93页）

　　此即今是昨非之意，连下章颇近谢公。（卷四评韩愈《秋怀诗二首》其一，第120页）

从评语来看，沈德潜指出这类作品有不同的来源。陈子昂、张九龄、李白主要学习阮籍，储光羲师法陶渊明，韩愈借鉴谢灵运。沈德潜评点强调对这类作品主旨的理解要避免穿凿附会，如陈子昂《感遇》十七，陈沆《诗比兴笺》评道："指诸王举兵兴复悉就败灭之事也。一女后临御称制，而举天下莫能抗，岂非天道助虐乎！"[1]认为此诗是感慨诸王起兵反抗武则天称帝失败之事。沈德潜却评道："天道如斯，孔子、老氏亦惟居夷出关而已。末二句转用推开。"（卷一，第5页）认为此诗只是感慨君臣遇合不易。此外，还有韩愈对谢灵运和储光羲对陶渊明的学习。在沈德潜看来，唐代咏怀组诗最显著的特点是继承阮籍《咏怀诗》的传统，包含着深厚的意旨，非常值得后人效法。这个立场与明七子有明显差异。明七子基于汉魏五古正宗的立场，对唐人这类作品不甚看重，故李攀龙《古今诗删》未选陈子昂、张九龄《感遇》及李白《古风》。沈德潜的五古经典并不仅限于汉、魏作品，认为初盛唐的陈子昂、张九龄、李白、杜甫，中唐的韦应物和韩愈，均值得推举，体现出清代格调派论

　　① ［清］陈沆:《诗比兴笺》，上海：上海古籍出版社1981年版，第99页。

诗取法较宽的特点。

　　第二类是五律和七律,包括杜甫《秋兴八首》《咏怀古迹五首》《秦州杂诗四首》。律诗成熟于唐代,讲究声律对偶,体制严密。早期的律诗题材主要是酬唱、应制,虽然也有咏怀,但以组诗的方式进行创作并不常见,杜甫则为首创。《秋兴八首》《咏怀古迹五首》《秦州杂诗四首》《九日》正是这类作品的代表,沈德潜评道:

　　　　曰"巫峡",曰"夔府",曰"瞿唐",曰"江楼""沧江""关塞",皆言身之所处;曰"故国""故园",曰"京华""长安""蓬莱""曲江""昆明""紫阁",皆言心之所思,此八诗中线索也。(卷十四评杜甫《秋兴八首》,第461页)

　　　　《咏怀古迹》,犹云借古迹以咏怀也。谓首章咏怀,下四章古迹者非。(卷十四评杜甫《咏怀古迹五首》,第461页)

　　　　伏枥长鸣,隐然自寓。(卷十评杜甫《秦州杂诗四首》其二,第349页)

　　　　奇景偶然写出,或以"无风""不夜"为地名,不但穿凿,亦令杜诗无味。(卷十评杜甫《秦州杂诗四首》其三,第349页)

以上评点,沈德潜强调这类组诗结构的安排具有特殊用意,不能随意去取。

　　第三类是七言古诗。《别裁》所选这类组诗有杜甫《乾元中寓居同谷县作歌七首》和顾况《短歌行五首》。沈德潜评云:

　　　　原本平子《四愁》、明远《行路难》诸篇,然能神明变化,不袭形貌,斯为大家。(卷六评杜甫《乾元中寓居同谷县作歌七首》,第214页)

　　　　言悃忱之无由上达也,总以微婉出之。(卷八评顾况《短歌行五首》,第255页)

《乾元中寓居同谷县作歌七首》是比较奇特的组诗,前四首起句分

别为"有客有客字子美""长镵长镵白木柄""有弟有弟在远方""有
妹有妹在钟离",全是叠词;后三首分别为"四山多风溪水急""南有
龙兮在山湫""男儿生不成名身已老",不再叠词,章法富于变化。
这组诗作于乾元二年(759)11月,这是杜甫一生中最困苦的一段
时光,期间经历了骨肉离散、仕途蹭蹬和孤苦无依的痛苦。浦起龙
评道:"七首皆身世乱离之感。遍阅旧注,疑后三首复杂不伦。杜
氏连章诗,最严章法,此歌何独不讲?及反复观之,始叹其丝丝入
扣也。盖穷老作客,乃七诗之宗旨,故以首尾两章作关照,余皆发
源首章,条疏于左。"① 沈德潜对这组诗的评点受到了胡应麟的影
响,《诗薮》云:"杜《七歌》亦仿张衡《四愁》,然《七歌》奇崛雄深,
《四愁》和平婉丽。汉、唐短歌,名为绝唱,所谓异曲同工。"②

顾况《短歌行五首》也是自伤身世的名作,"我欲升天天隔霄,
我欲渡水水无桥。我欲上山山路险,我欲汲井井泉遥",痛陈仕途
之艰难,是继李白《行路难》之后的杰作。

总体来看,沈德潜所推崇的咏怀类组诗多为表达身世之感,忧
国之念,或讽刺时弊,或叹息无常,表现方式微婉蕴藉,风格激昂雄
壮,总体以儒家"诗教"传统为圭臬。

时事也是中国古典诗歌的常见题材。这类题材的作品继承汉
乐府"感于哀乐,缘事而发"的传统,通常针对某种社会现象或重大
事件而作。《别裁》对时事题材组诗非常看重,选入作品有李白《上
皇西巡南京歌二首》,杜甫《前出塞九首》《后出塞五首》《羌村三
首》《喜达行在所三首》《收京三首》《诸将五首》《伤春》,白居易《秦
中吟十首》《新乐府(七首)》,韩愈《汴州乱二首》,刘禹锡《平蔡州

---

① [清]浦起龙著,王志庚点校:《读杜心解》卷二之二,第262页。
② [明]胡应麟:《诗薮》内编卷三,第53页。

三首》,李商隐《有感二首》,数量多达50首,又分为两种情况:

　　一种是针对某一特定政治事件或社会问题而作。李白《上皇西巡南京歌》作于玄宗从成都返回长安之后,"上皇"指肃宗即位后尊玄宗为上皇天帝;"西巡"指安禄山破潼关后,玄宗从长安西逃至成都;"南京"指至德二年(757)肃宗还长安后,以成都为南京。组诗写安史之乱之后玄宗幸蜀之事①。

　　岑参《封大夫破播仙凯歌》记述天宝十三年(754)封常清率军大破播仙之战。

　　杜甫《收京三首》,按仇兆鳌《杜诗详注》,"此当是至德二载十月在鄜州时作","首章,从陷京说到收京","次章,在鄜而喜收京","三章,收京而忧事后"②。组诗写广平王李豫收复西京、东京和肃宗还京之事。

　　杜甫《伤春五首》写广德元年(763)吐蕃攻陷长安之事,《别裁》选入第三首,《杜诗详注》云:"三章,以天变儆君心也。上八,言诛佞。后四,言用贤。君能去佞亲贤,则将士皆思效力,而天心亦从此悔祸矣。代宗不能斩程元振以谢天下,有一李泌久废而不复用,公故恺切言之。"③

　　韩愈《汴州乱二首》写汴州乱军杀陆长源事。魏仲举《五百家注昌黎文集》所引樊汝霖曰:"汴州自大历后多兵,刘玄佐死,子士宁代之,无度,其将李万荣逐之,代为节度使。万荣死,董晋实代之。晋卒,军司马陆长源总留后事。八日而军乱,杀长源等。监军俱文珍密召宋州刺史刘逸准使总后务,朝廷从之。赐名全谅。故

①郁贤皓校注:《李太白全集校注》卷六,南京:凤凰出版社2015年版,第956页。
②[唐]杜甫撰,[清]仇兆鳌详注:《杜诗详注》卷五,第421—424页。
③[唐]杜甫撰,[清]仇兆鳌详注:《杜诗详注》卷十三,第1083页。

公此二诗,卒章各有所讽。"①

　　刘禹锡《平蔡州三首》写元和十二年(817)李愬雪夜袭破蔡州之事。李商隐《有感二首》写甘露之变,题下原注:"乙卯年有感,丙辰年诗成。"②

　　白居易《秦中吟十首》是抨击时政的著名组诗,每首诗针对某个社会政治问题,"但伤民病痛,不识时忌讳。遂作《秦中吟》,一吟悲一事。贵人皆怪怒,闲人亦非訾"(《伤唐衢二首》之二)③。《新乐府》是白居易对一系列社会政治问题的谏诤之词,其《新乐府序》云:"首句标其目,卒章显其志,《诗三百》之义也。其辞质而径,欲见之者易谕也。其言直而切,欲闻之者深诫也。其事核而实,使采之者传信也。其体顺而肆,可以播于乐章歌曲也。总而言之,为君、为臣、为民、为物、为事而作,不为文而作也。"④由此可以看出,这些新乐府的创作初衷均是针对当时的重大社会问题。

　　另一种不是针对某一特定政治事件或社会问题,而是综合诸多事件和问题而作。杜甫《前出塞九首》写一位征夫从军十余年的经历,首章叙出门应征,二章叙途中自奋自励,三章写伤心自解,四章感叹驱迫,五章叙初到军中,六章感叹穷兵黩武,七章感叹戍边筑城,八章写杀敌立功,九章论功抒志。《后出塞》写一个士兵从应征到脱身回家的经历,首章写应募,二章记在途,三章讥边将,四章刺将骄欲叛,末章写逃离军旅。《别裁》评道:"朱长孺云:'明皇季年,哥舒翰贪功于吐蕃,安禄山构祸于契丹,于是征调半天下。《前出塞》为哥舒发,《后出塞》为禄山发。'今按诗前九章多从军愁苦之

①［唐］韩愈著,钱仲联集释:《韩昌黎诗系年集释》卷一,第73页。
②［唐］李商隐著,叶葱奇疏注:《李商隐诗集疏注》卷中,第292页。
③［唐］白居易著,朱金城笺校:《白居易集笺校》卷一,第16页。
④［唐］白居易著,朱金城笺校:《白居易集笺校》卷三,第52页。

词,后五章防强臣跋扈之渐,长孺所分是也。"(卷二,第58页)两组诗借古题写今事,表达了杜甫对开边战争的看法,具有深厚的社会内涵。

杜甫《羌村三首》是至德二年(757)杜甫回鄜州羌村的作品,《别裁》评道:"字字镂出肺肝,又似寻常人所能道者,变风之义与?汉京之音与?"(卷二,第66页)第一首写初到家时悲喜交集的情景,第二首写还家后矛盾苦闷的心情,第三首写邻人来访时的情景,"生还偶然遂""晚岁迫偷生""黍地无人耕"正是战乱年代百姓所承受的苦难。这组诗表现了诗人个人的不幸遭遇与痛苦心情,同时也反映了战乱时期民众的共同经历。

杜甫《有感五首》作于广德元年(763),据《杜诗详注》,"首章,叹节镇不能御寇",二章"叹镇将之拥兵",三章"叹都洛之非计",四章"讽朝廷建宗藩以慑叛臣",五章"慨当时重节镇而轻郡守"[1]。组诗表达了长安恢复后,杜甫对国家大政的思考。

杜甫《诸将五首》作于大历元年(766),据《杜诗详注》,"首章为吐蕃内侵,责诸将不能御寇","次章,为回纥入境,责诸将不能分忧",三章"为乱后民困,责诸将不行屯田",四章"为贡赋不修,责诸将不能怀远",五章"为镇蜀失人,而思严武之将略"[2]。组诗并不专主一事,而是分别叙述吐蕃、回纥、河北、广南、蜀中五个军事重镇的形势,慨叹"诸将"之无能。

总体来看,沈德潜所推崇的时事类组诗中,《汴州乱二首》《平蔡州三首》《收京三首》分别叙述了相关事件的整个过程,《前出塞九首》《后出塞五首》通过写士兵从应征到归家的经历塑造出一个

---

[1] [唐]杜甫撰,[清]仇兆鳌详注:《杜诗详注》卷十一,第971—976页。
[2] [唐]杜甫撰,[清]仇兆鳌详注:《杜诗详注》卷十六,第1363—1370页。

相当丰满的士兵形象,《诸将五首》《有感五首》从不同方面对国家大政进行了反思,《秦中吟》《新乐府》则涉及诸多时弊。就表现内容而言,组诗作品较单篇作品更加宽广,主旨也更加深刻。由于这类作品主旨比较明确,沈德潜在评点时比较侧重揭示组诗作品之间的密切关系。

边塞诗是指描写边塞风土民情及抒发与边塞相关的建功立业、征战杀伐、征夫思妇等情感的诗歌作品,这类作品一般包含"塞""碛""陇""胡""辽""热海""阳关""单于""匈奴""楼兰"等具有边塞地理人文内涵的意象,历代多有名作。《别裁》所选的边塞组诗有40多首,根据作品内容可以分为三类:

第一类多表达为国奋勇杀敌、渴望建功立业的豪迈之情。《别裁》选入的这类组诗有虞世南《从军行》,王昌龄《少年行(西陵侠少年)》《塞上曲二首》《从军行四首》,李白《塞下曲三首》,郑愔《塞外二首》,卢纶《塞下曲二首》,岑参《封大夫破播仙凯歌二首》,戎昱《塞下曲(北风凋白草)》,令狐楚《从军行(胡风千里惊)》《少年行(弓背霞明剑照霜)》,王翰《凉州词(蒲萄美酒夜光杯)》,常建《塞下曲(玉帛朝回望帝乡)》,张仲素《塞下曲(朔雪飘飘开雁门)》,盖嘉运《凉州歌(朔风吹叶雁门秋)》,这类组诗往往突出表现出作者从军立功的壮志和勇于献身的爱国精神。如王昌龄《少年行(西陵侠少年)》,《别裁》评曰:"少伯塞上诗,多能传出义勇。"(卷一,第23页)此诗写送行西陵少年出征的情景,表达了少年渴望共御外敌,誓死报国的壮志豪情。李白《塞下曲(五月天山雪)》先写边塞的苦寒和征战的惨烈,最后一联"愿将腰下剑,直为斩楼兰"刻画出一位奋勇报国的英雄形象。

第二类多表达征夫戍卒的思乡之情。《别裁》选入的这类组诗有张仲素《秋闺思二首》,卢弼《塞上四时词》,王涯《闺人赠远四首》,沈佺期《杂诗(闻道黄龙戍)》,沈如筠《闺怨(雁尽书难寄)》。
思乡是常见的诗歌主题,边塞的苦寒和长期驻守更易引发征夫们
对家乡的思念。从所选作品来看,沈德潜比较推崇那些以闺中少
妇的角度写其对边关亲人的思念以及对和平幸福生活的向往的
作品。如《别裁》评王涯《闺人赠远四首》道:"闺人不省出门,而梦
中时到沙场,若知其近远者然。如云不省出门,焉知沙场之近远,
意味便薄。"(卷十九,第628页)评沈如筠《闺怨》道:"与'可怜闺里
月,偏照汉家营'同妙。"(卷十九,第633页)

　　第三类多表达久戍难返的感伤及对下层士卒命如草芥的同
情。《别裁》选入的有刘长卿《从军行二首》,王涯《塞下曲(年少辞
家从冠军)》,沈彬《塞下(塞叶声悲秋欲霜)》《入塞(年少辞乡事冠
军)》,陈陶《陇西行》。这类作品入选数量虽然不多,但却与那种
表达渴望建功立业、奋勇报国的豪情壮志的作品迥然不同。如"黄
沙一万里,白首无人怜"(刘长卿《从军行》之一),"年少辞乡事冠
军,戍楼独上望星文"(沈彬《入塞》),"可怜无定河边骨,犹是春闺
梦里人"(陈陶《陇西行》),写长期战争所造成的妻离子散的悲剧;
"谁为吮疮者? 此事今人薄"(刘长卿《从军行》之二),"功多地远
无人纪,汉阁笙歌日又曛"(沈彬《入塞》),通过对比突出了下层士
兵的辛苦和上层统治者的骄奢。

　　严羽《沧浪诗话》云:"唐人好诗,多是征戍、迁谪、行旅、离别
之作,往往能感动激发人意。"[1]从《别裁》所选组诗来看,除部分边
塞作品属征戍题材外,所推举的好诗多是咏怀和时事,趣味与严羽
存在明显不同。

---

[1][宋]严羽著,张健校笺:《沧浪诗话校笺》下册,第667页。

三、组诗与《唐诗别裁集》的特殊旨趣

从《唐诗别裁集》所选组诗和评点来看，沈德潜独特的选诗观念表现在以下三个方面：

首先，推崇李白、杜甫。《别裁·凡例》云："唐人选唐诗，多不及李、杜。蜀韦縠《才调集》，收李不收杜。宋姚铉《唐文粹》，只收老杜《莫相疑行》《花卿歌》等十篇，真不可解也。元杨伯谦《唐音》，群推善本，亦不收李、杜。明高廷礼《正声》，收李、杜浸广，而未极其盛。是集以李、杜为宗，玄圃夜光，五湖原泉，汇集卷内，别于诸家选本。"作为唐代最优秀的诗人，李白、杜甫代表了唐诗所达到的高度。为了充分展示两人的成就，《别裁》大量选入两人作品，尤其是组诗作品。就总量而言，《别裁》共选作品1940首，占《御定全唐诗》总量49403首[①]的3.9%，其中选入杜甫诗歌255首，总量居第一，占全选的13.1%，占杜诗总量的17.5%[②]；选入李白诗歌140首，总量居第二，占全选的7.2%，占李诗总量的14.2%[③]。就组诗入选而言，现存杜甫组诗共132组227首，《别裁》选入71首，比例高达31.3%；李白组诗共65组306首，《别裁》选入42首，比例高达13.7%，数量和比例均远远高于其他诗人，相当充分地展示出两人的独特成就和崇高地位。

其次，弥补神韵派、竟陵派选诗的不足。沈德潜之前，影响较大的唐诗选本有《唐音》《唐诗品汇》《古今诗删》《唐诗归》《唐贤三

---

① 陈尚君：《〈全唐诗〉的缺憾和〈全唐五代诗〉的编纂》，陈尚君：《唐代文学丛考》，第493页。

② 据萧涤非主编《杜甫全集校注》统计，杜甫诗歌作品共计1455首。

③ 据郁贤皓《李太白全集校注》统计，李白诗歌作品共计987首。

昧集》等,其中,《唐贤三昧集》对沈德潜的影响更为直接。《重订唐诗别裁集序》云:

> 新城王阮亭尚书选《唐贤三昧集》,取司空表圣"不著一字,尽得风流",严沧浪"羚羊挂角,无迹可求"之意,盖味在盐酸外也。而于杜少陵所云"鲸鱼碧海",韩昌黎所云"巨刃摩天"者,或未之及。余因取杜、韩语意定《唐诗别裁》,而新城所取,亦兼及焉。(卷首,第3页)

"鲸鱼碧海"出自杜甫《戏为六绝句》"或看翡翠兰苕上,未掣鲸鱼碧海中",主要指不同于清词丽句的雄浑阔大之诗;"巨刃摩天"出自韩愈《调张籍》"想当施手时,巨刃磨天扬",本意指大禹以巨刃劈开龙门导河入海之举,在此比喻刚劲沉雄的诗风。如果结合王士禛《唐贤三昧集》的选诗宗旨,可以明显看出《别裁》是以雄浑刚劲来弥补《三昧》的"隽永超诣"。王士禛《唐贤三昧集序》云:

> 严沧浪论诗云:"盛唐诸人,唯在兴趣,羚羊挂角,无迹可求,透彻玲珑,不可凑泊。如空中之音,相中之色,水中之月,镜中之象,言有尽而意无穷。"司空表圣论诗亦云:味在酸咸之外。康熙戊辰春杪,归自京师,居宝翰堂,日取开元、天宝诸公篇什读之,于二家之言,别有会心,录其尤隽永超诣者,自王右丞而下四十二人,为《唐贤三昧集》,厘为三卷。①

可以看出,王氏所提倡的"神韵"说与严羽"兴趣"说、司空图"韵外之致"说相通,都重视诗歌写作状态的兴会触发,情感表达要富有言外之意,景物描写做到生动传神。从《三昧》所选作品来看,王士禛对王维、孟浩然的山水诗比较重视。按何世璂《然镫记闻》云:

---

① [清]王士禛:《渔洋文集》卷一,[清]王士禛著,袁世硕主编:《王士禛全集》第三册,济南:齐鲁书社2007年版,第1534页。

璡进曰："然则《三昧》之选,前不及'初',而后不及'中'、'晚',是则何说? 是非欲人但学盛唐,而不及'中'、'晚'之意乎?"师曰:"不然,吾盖疾夫世之依附盛唐者,但知学为'九天阊阖'、'万国衣冠'之语,而自命高华,自矜为壮丽,按之其中,毫无生气。故有《三昧集》之选。要在剔出盛唐真面目与世人看,以见盛唐之诗,原非空壳子,大帽子话;其中蕴藉风流,包含万物,自足以兼前后诸公之长。彼世之但知学为'九天阊阖'、'万国衣冠'等语,果盛唐之真面目真精神乎? 抑亦优孟、叔敖也。苟知此意,思过半矣。"①

可知王氏《三昧集》的编选主要是纠正明七子选诗的偏颇。在王氏看来,优秀的唐诗作品并不是王维应制唱和之作,它们虽然写出了盛唐的气势,但只是场面话而已,最优秀的唐诗应是那些隽永超诣之作。

从《重订唐诗别裁集序》来看,沈德潜欲以雄浑刚劲弥补王士祯选唐诗只重隽永超诣的偏颇。从唐诗组诗的创作来看,杜甫、王维、孟浩然、白居易都创作了大量的山水组诗,有些深受后人推崇,但沈氏很少选入这些作品,最重视咏怀、时事、边塞之作,因为这三类题材与现实的联系更为密切,体现出诗人救世济民的情怀。比如杜甫《陪郑广文游何将军山林十首》与《重过何氏五首》,历代评价很高。《陪郑广文游何将军山林十首》首叙游园之由,之后依次展开,分别描绘了园中树木、花卉美景和主人好客情怀,可谓尽写游览之盛。《重过何氏五首》首叙重游,次写园林幽兴、平台之美、将军高逸情怀和依依惜别之意,在表现山水景物之美和章法安排方面颇受推崇。王嗣奭评论道:"此十首明是一篇游记,有首有

① [清] 何世璂:《然镫记闻》;《清诗话》上册,第122页。

尾。中间或赋景，或写情，经纬错综，曲折变幻，用正出奇，不可方物。"①仇兆鳌引赵汸注曰："凡一题而赋数首者，须首尾布置，有起有结，每章各有主意，无繁复不伦之失，乃是家数。观此十章及后五章，可见。"②之所以落选《别裁》，恐怕正是因为两组诗缺少深厚的社会内涵，难以作为盛唐杰出作品的典范。

　　《别裁》对白居易作品的选择也是如此。作为唐代存诗最多的诗人，白居易的组诗从数量到体裁、题材均十分丰富。据徐晖统计，白居易共创作145组577首诗歌，其中讽谕诗14组117首，闲适诗8组31首，感伤诗11组25首，杂律诗110组393首③。《别裁》共选入2组18首，即《新乐府八首》与《秦中吟十首》，均为讽谕诗。从文学史的地位和价值来看，白居易的表现个人日常生活的《效陶潜体诗十六首》《劝酒十四首》组诗是学陶之作，对提高陶渊明的地位非常重要；《和答诗十首》有意区别"和诗"和"答诗"，《自戏三绝句》开创自唱自和传统，《和微之诗二十三首》是元和体的代表作品，均具有重要的文学史意义，但《别裁》对这类作品一概不选，恐怕也是因为这些作品缺少深厚的社会政治内涵，难以体现气象浑厚、雄浑阔大的风貌。

　　代表竟陵派诗学理想的《唐诗归》是沈德潜编选《唐诗别裁集》时另一个重点参照的对象。经历过明末清初诗坛的全面讨伐，竟陵派背负"诗妖"罪名，整个清代诗坛对竟陵诗学唯恐避之不及。沈德潜论诗，较少提到竟陵派，《明诗别裁集》未入选钟惺、谭元春作品，仅在评袁宏道时涉及竟陵派的评价："公安兄弟意矫王、李之

①［清］王嗣奭：《杜臆》，第20页。
②［唐］杜甫撰，［清］仇兆鳌详注：《杜诗详注》卷二，第147页。
③徐晖：《白居易组诗研究》，黑龙江大学2017年硕士学位论文，第18—19页。

弊，而入于俳谐，又一变而之竟陵，诗道遂不复振。人但知竟陵之衰，而不知公安一派先之也。"①《别裁》对一些作品的评点，明显是针对《唐诗归》而发。如《秋兴八首》，钟惺评道："《秋兴》偶然八首耳，非必于八也。今人诗拟《秋兴》已非矣，况舍其所为《秋兴》而专取盈于八首乎？胸中有八首，便无复《秋兴》矣。杜至处不在《秋兴》，《秋兴》至处亦非以八首也。"②既否认八首之间的密切关系，又不认同此诗是杜甫的最优秀作品。沈德潜却认为《秋兴八首》通过对所处夔府、瞿唐之地秋季景物的描写，表达了作者对世事、故国的感慨，且组诗有严密的组织结构，次序不可移易，不宜去取。正是针对钟惺的评语而发。又如李白《古风》组诗，《别裁》选入多达15首，《唐诗归》仅选1首，钟惺评道："此题六十首，太白长处殊不在此，而未免以六十首故得名。名之所在，非诗之所在也。"③钟惺《再报蔡敬夫》："来谕所谓去取有可商处，何不暇时标出，乘便寄示？若《诗归》中所取者不必论，至直黜杨炯，一字不录。而《滕王阁》《长安古意》《帝京篇》《代悲白头翁》，初、盛应制七言律，大明宫唱和，李之《清平调》，杜之《秋兴八首》等作多置孙山外，实有一段极核极平之论，足以服其心处，绝无好异相短之习。"④对传统所推崇诸多名篇不甚看重，《唐诗归》也未选入《清平调词》《宫中行乐词》《飞龙引》《塞下曲》等作，《别裁》均加以弥补。

　　第三，指示后学门径。指导创作是诗选编撰的重要目的，《别

①［清］沈德潜、周准编：《明诗别裁集》卷十，上海：上海古籍出版社1979年版，第254页。
②［明］钟惺、谭元春辑：《唐诗归》卷二十二，《续修四库全书》第1590册，第99页。
③［明］钟惺、谭元春辑：《唐诗归》卷十五，《续修四库全书》第1590册，第17页。
④［明］钟惺著，李先耕、崔重庆标校：《隐秀轩集》卷二十八，上海：上海古籍出版社1992年版，第470页。

裁》也不例外。从对所选组诗的评点来看,沈德潜主要阐发了两项内容:

一是如何读诗。《别裁》选入了大量的咏怀诗和时事诗,这两类作品都与现实关系密切,《别裁》对时事诗一般都注明作品的历史背景,但对咏怀诗,更重视使读者领会这类作品所抒发的作者身世之感、家国情怀、有志难伸的苦闷等,反对附会史事。如何焯《义门读书记》云:"《感遇诗》皆言伪周变革之故。'微月生西海'即指武氏,'本为贵公子'指敬业,'玉马去朝周'指相王,'乐羊为魏将',指李绩,'圣人秘元命'指李淳风,'穰侯富秦宠'指无忌。闻我言者疑其凿,读此诗结句,可涣然矣。"①认为《感遇诗》是针对具体人物和相关时事的批评。沈德潜却指出:"阮籍《咏怀》,后人每章注释,失之于凿,读者随所感触可也。子昂《感遇》,亦不当以凿求之。"(卷一,第5页)朱熹在《诗集传序》中曾提及如何研读《诗经》:"本之二《南》以求其端,参之列国以尽其变,正之于《雅》以大其规,和之于《颂》以要其止,此学《诗》之大旨也。于是乎章句以纲之,训诂以纪之,讽咏以昌之,涵濡以体之,察之情性隐微之间,审之言行枢机之始,则修身及家,平均天下之道,其亦不待他求而得之于此矣。"②先对作品字句精确把握,再反复讽咏体会作品的意蕴情感。沈德潜所论似乎受到了朱熹的影响,《别裁·凡例》云:"朱子云:'楚词不皆是怨君,被后人多说成怨君。'此言最中病痛。如唐人中少陵故多忠爱之词,义山间作风刺之语;然必动辄牵入,即小小赋物,对境咏怀,亦必云某诗指其事,某诗刺某人,水月镜花,多成粘皮带骨,亦何取耶? 钞中概为删却。"《别裁》对张九龄、

---

①[清]何焯著,崔高维点校:《义门读书记》卷五十二,第1041—1042页。
②[宋]朱熹集注:《诗集传》,北京:中华书局1958年版,第2页。

陈子昂、李白、杜甫和李商隐作品的评点始终贯穿了这个原则。

　　二是如何设计章法。组诗的主要特点就是表达更加丰富的内容，各篇作品之间存在有机联系是衡量组诗艺术水平的重要标准。章法既涉及单篇作品，也涉及组诗作品，都要求有起有结、次序井然，前后照应。对组诗而言，各篇作品既要独立，又要存在有机联系，尤其要避免内容重复。如杜甫《秋兴八首》，这是历代诗论家评论的焦点，沈德潜详细分析了八首的主题和结构关系：

　　　　客子无衣之感。○首章乃八章发端也。"故园心"与四章"故国思"隐隐注射。

　　　　"望京华"八章之旨，特于此章拈出。身羁夔府，心恋京华，望而不见，不能不为之黯然也。

　　　　以上就夔府言，以下就长安言，此八诗分界处也。或谓末句"五陵"逗起"长安"，此又失之于纤矣。

　　　　结本章以起下四章。○前指朝廷之变迁，后半指边境之侵逼，北忧回纥，西患吐蕃，追维往事，不胜今昔之感。

　　　　言立朝无几日。○追思长安全盛时宫阙壮丽，朝省尊严，而末叹己之久违朝宁也。

　　　　见"有德易以兴，无德易以亡"意。○此追叙长安失陷之由：城通御气，指敦伦勤政时，苑入边愁，即所云"渔阳鼙鼓动地来"。上言治，下言乱也。下追叙游幸之时，见盛衰无常，自古为然，言外无穷猛省。

　　　　对结。○借汉喻唐，极写苍凉景象。结意身阻鸟道，迹比渔翁，见还京无期也。○中间故实，点化《西京赋》及《西京杂记》中语意。

　　　　此章追叙交游，一结并收拾八章，所谓"故园心""望京华"者，一付之苦吟怅望而已。（卷十四，第459—460页）

沈德潜指出,《秋兴八首》是精心安排的组诗典范。"以上就夔府言,以下就长安言,此八诗分界处也",以第三首为界把组诗分为两部分。前三首都围绕"夔府"展开,主要表达困顿夔府的思乡之情;后五首围绕"长安"展开,既深情追忆了长安昔日的盛世繁华,又感叹战后余劫的荒凉冷落,主要表达了今昔盛衰的故国之思。又如《喜达行在所三首》,沈德潜总评道:"首章喜脱贼中,次章喜见人主,三章喜睹中兴之业,章法井然不乱。"(卷十,第346页)强调各章之间内容、结构的密切联系。由此可见,沈德潜对于这些组诗的相关评语,一方面是引导后学更准确地理解作品,另一方面是指导后学如何创作。

综上所述,相比《唐音》《唐诗品汇》《古今诗删》《诗归》等其他诗歌选本,《别裁》所选的组诗数量相对较多,评点较为详细,能够比较充分地展示唐代组诗的独特价值,也传达出沈氏推崇"诗教"和雄浑诗风的特殊旨趣。

第五章 《唐诗别裁集》的小家单篇经典观

在唐诗经典化的过程中,诸多选家对待李白、杜甫这些"大家"的代表作品多有共识,《蜀道难》《登高》这些名作一般是必选篇目。但是,对于众多"小家"①的名篇,尤其是从多篇存诗中仅标举单篇,选家们的看法却多有分歧。可以说,选本中的单篇经典更能体现选家的独特旨趣,具有更加丰富的诗学意味。

一、单篇作者的身份与存诗

在《唐诗别裁集》中,入选单篇的涉及122位诗人,仅张若虚、崔湜、王湾、王翰、姚合等5人入选新、旧《唐书·文苑传》,多数作者不以诗人身份著称于世。其中,帝王将相有:

文宗皇帝李昂,宝历二年(826)即位。《全唐诗》存诗6首,《别裁》仅选《宫中题》。

章怀太子李贤,唐高宗第六子,武则天次子,上元二年(675)

———————————

① 此处"小家"的内涵,如莫砺锋先生《唐诗选本对小家的影响》所言:"只是一个约定俗成的名称,并无严格的标准……都是颇有名声之士,只是在'大家'面前相形见绌而已。"(《文学评论》2020年第4期)

被立为皇太子。《全唐诗》仅存其《黄台瓜辞》,《别裁》选入。

魏征为一代名相。《全唐诗》存诗1卷,《别裁》仅选《述怀》。

宋璟,与姚崇合力辅助玄宗成就"开元盛世"。《全唐诗》存诗6首,《别裁》仅选《奉和御制璟与张说源乾曜同日上官命宴都堂赐诗一首应制》。

陆贽,德宗贞元八年(792)为相。《全唐诗》存诗3首,《别裁》仅选《禁中春松》。

杜元颖,穆宗长庆元年(821)为相。《全唐诗》仅存《玉水记方流》,《别裁》选入。

牛僧孺,穆宗长庆二年(822)为相。《全唐诗》存诗4首,《别裁》仅选《席上赠刘梦得》。

李绅,武宗开成五年(840)为相。《全唐诗》存诗4卷,《别裁》仅选《悲善才》。

中级官员、学者或布衣有:

李邕,著名学者李善之子。玄宗时为御史中丞,出为北海太守,史称"李北海"。李邕以书法知名,善行草。《全唐诗》存诗4首,《别裁》仅选《奉和初春幸太平公主》。

贾曾,景云中为员外郎,开元中与苏晋同掌制诰,皆以文辞称,时称"苏贾"。《全唐诗》存诗5首,《别裁》仅选《奉和春日出苑瞩目应令》。

徐坚,圣历中担任东都留守判官,预修《三教珠英》,迁司封员外郎。开元中,为集贤院学士,封东海郡公。《全唐诗》存诗9首,《别裁》仅选《奉和圣制送张说巡边》。

冷朝阳,大历中进士及第,不待调官而归。《全唐诗》存诗11首,《别裁》仅选《立春》。

于尹躬,大历中进士及第,元和中为中书舍人。《全唐诗》仅存

《南至日太史登台书云物》，《别裁》选入。

张旭，与贺知章、张若虚、包融并称"吴中四士"，擅草书。《全唐诗》存诗6首，《别裁》仅选《山中留客》。

陶岘，为陶渊明之后，开元末移居昆山。《全唐诗》存诗仅《西塞山下回舟作》，《别裁》选入。

荆叔，生平未详。《唐诗纪事》云："《雁塔诗》云：'汉国山河在，秦陵草树深。暮云千里色，何处不伤心。'傍书云'荆叔偶题'，不知何人也。"[①]《别裁》选入此诗。

太上隐者，《全唐诗》存其《答人》，《别裁》选入。

有的作者是女子。《全唐诗》收录女性诗人有100多位，数量虽然不多，但也有不少诗人有名篇传世。辛文房对这类作者评价甚高，《唐才子传》云：

> 历观唐以雅道奖士类，而闺阁英秀亦能熏染，锦心绣口，蕙情兰性，足可尚矣。中间如李季兰、鱼玄机皆跃出方外，修清净之教，陶写幽怀，留连光景，逍遥闲暇之功，无非云水之念，与名儒比隆，珠往琼复。然浮艳委托之心，终不能尽，白璧微瑕，惟在此耳。薛涛流落歌舞，以灵慧获名当时，此亦难矣。三者既不可略，如刘媛、刘云、鲍君徽、崔仲容，道士元淳、薛媪，崔公达、张窈窕、程长文、梁琼、廉氏、姚月华、裴羽仙、刘瑶、常浩、葛鸦儿、崔莺莺、谭意哥、户部侍郎吉中孚妻张夫人、鲍参军妻文姬、杜羔妻赵氏、张建封妾盼盼、南楚材妻薛媛等，皆能华藻，才色双美者也。[②]

《别裁》对女性诗人同样关注，选入刘采春3首，李冶、张文姬

①［宋］计有功撰，王仲镛校笺：《唐诗纪事校笺》卷八十，第2566页。

②［元］辛文房撰，周绍良笺证：《唐才子传笺证》卷二，第285页。

各2首,其余女性诗人均入选单篇,涉及七岁女子、宫人韩氏、安邑坊女子、陈玉兰、杜秋娘、武昌妓、鲍君徽、张夫人、裴羽仙、元淳、葛鸦儿、刘媛、薛涛等13人。

七岁女子,武则天朝人。《全唐诗》仅存《送兄》,《别裁》选入。

薛媛,为南楚材妻。《全唐诗》仅存《写真寄外》,《别裁》选入。

宫人韩氏,僖宗朝宫女。《全唐诗》仅存其《题红叶》,《别裁》选入。

武昌妓,晚唐人,《全唐诗》存其《续韦蟾句》,《别裁》选入。

葛鸦儿《怀良人》,据孟棨《本事诗》为朱滔代妇所作,但《才调集》《唐诗纪事》《全唐诗录》均署为葛鸦儿,《别裁》选入此作。

宋若宪《催妆诗》,《诗话总龟》《唐诗纪事》《全唐诗》均录为陆畅作品,但《全唐诗录》却录为宋若宪之作。《别裁》选入此诗,并依《全唐诗录》系于宋若宪名下。

薛涛,《全唐诗》存诗1卷,《别裁》仅选《罚赴边有怀上韦令公》。

此外,《别裁》选入单篇的女性诗人还有鲍君徽、张夫人、裴羽仙、元淳、陈玉兰。

结合《全唐诗》存诗来看,《别裁》所选单篇经典涉及的诗人可以分为四种情况:

一是诗人存诗仅1首,包括章怀太子、梁献、常非月、宋若宪、薛媛、陶岘、韩濬、于尹躬、独孤绶、陆复礼、王损之、杜元颖、李行敏、李虞中、梁铉、濮阳瓘、金昌绪、荆叔、七岁女子、宫人韩氏、安邑坊女子、西鄙人、太上隐者、李拯、杜常、陈玉兰、杜秋娘、武昌妓、无名氏(五位),共33人。

二是诗人存诗超过1首但不足10首,包括包融、刘湾、张若虚、陈润、鲍君徽、张夫人、裴羽仙、僧隐峦、长孙正隐、章八元、殷

遥、邢巨、纪唐夫、刘绮庄、元淳、处默、景云、李邕、贾曾、李憕、万
楚、张志和、牛僧孺、宋璟、徐坚、常理、罗让、殷寅、陆贽、公乘亿、
焦郁、李景、文宗皇帝、王适、薛奇童、沈如筠、张敬忠、张旭、张潮、
王驾、葛鸦儿、刘媛、盖嘉运，共43人。

　　三是诗人存诗超过10首但不足1卷，包括薛稷、丁仙芝、崔
湜、王湾、张谔、窦常、刘威、冷朝阳、窦牟、僧法振，共10人。

　　四是诗人存诗1卷以上，包括魏征、吴筠、曹邺、聂夷中、李
绅、包何、姚合、周贺、章孝标、周繇、秦系、张南史、朱庆余、刘沧、
崔珏、来鹄、章碣、谭用之、沈亚之、裴夷直、刘得仁、徐凝、黄滔、徐
夤、畅当、朱放、雍裕之、薛涛、王翰、李涉、陈羽、吕温、羊士谔、高
蟾、陈陶、唐彦谦，共36人。

　　总体而言，《唐诗别裁集》单篇经典涉及人数众多，人员身份
多样，其中多数作者未入新、旧《唐书·文苑传》。多数单篇经典
涉及的诗人作品存世总量较少，作品能够入选《别裁》，充分说明这
些作者虽不具有诗人的身份却有佳作传世，生动诠释了唐诗作者
来自各个阶层，诗歌创作深入到唐人生活方方面面，唐诗之盛，是
以全社会高昂的写诗热情和广泛的诗歌创作队伍为基础的。

二、单篇经典的来源

　　经典的生成一般都会经历发现、确认、形成共识三个阶段。沈
德潜所选的小家单篇，多数曾被前人标举，《唐诗别裁集》的入选正
是传统经典观强大惯性影响的结果。

　　在《唐诗别裁集》序言、凡例中，沈德潜指出编撰这部选本时
曾参考唐人选唐诗、《唐音》、《唐诗品汇》、《唐贤三昧集》等选本。
《别裁》所选的单篇作品，王湾《次北固山下》曾入选《河岳英灵

集》，常非月《咏谈容娘》、薛奇童《吴声子夜歌》、张敬忠《边词》入
选《国秀集》，鲍君徽《惜春花》、张夫人《拜新月》、纪唐夫《送友人
归宜春》、元淳《寄洛中诸妹》、杜秋娘《金缕词》、来鹄《宛陵送李明
府罢任》入选《才调集》，章孝标《田家》入选《又玄集》，刘威《游东
湖王处士园林》入选《众妙集》，姚合《春日早朝寄刘起居》入选《唐
音》，陈羽《吴中览古》、窦牟《奉诚园闻笛》入选《唐诗品汇》，张若
虚《春江花月夜》入选《古今诗删》。限于体例，这些选本入选相
关作品时，未加评点，或者评点比较简单，导致这些作品的经典价
值揭示得不够深刻。《别裁》在入选这些作品时，有意加强了对作
品经典意义的挖掘。如王湾《次北固山下》，殷璠《河岳英灵集》选
入，诗人小传云："湾词翰早著，为天下所称最者，不过一二。游吴
中，作《江南意》诗云：'海日生残夜，江春入旧年。'诗人已来，少有
此句。张燕公手题政事堂，每示能文，令为楷式。"①只是提及名相
张说对此诗的推崇。《别裁》则评道：

> "两岸失"，言潮平而不见两岸也。别本作"两岸阔"，少
> 味。○江中日早，客冬立春，本寻常意，一经锤炼，便成奇绝。
> 与少陵"无风云出塞，不夜月临关"，一种笔墨。○五六语张
> 燕公手书进士堂，以示楷式。（卷十，第336页）

沈氏从文字、意蕴、影响三个方面对此诗进行了点评：就文字而言，
最早入选此诗的《河岳英灵集》作"两岸失"，稍后入选的《国秀集》
作"两岸阔"，沈氏认为"阔"指水面宽阔，诗意显明；"两岸失"隐
含水势浩大，更有意蕴，故作"失"更优。对作品意蕴，沈氏引杜甫
《秦州杂诗》名句"无风云出塞，不夜月临关"加以阐释，"无风"句
虽是实写眼前之景，却包含对边事的忧切，如浦起龙《读杜心解》所

---

① [唐]殷璠编，傅璇琮校点：《河岳英灵集》卷下，《唐人选唐诗新编》，第257页。

言："三、四，警绝。一片忧边心事，随风飘去，随月照著矣。"①王湾
"海日"句也具有双关的意味，既是时序的轮替，又蕴含盛唐新时代
的开启。与杜诗相同，都是景中寓情，赋中有兴。就影响而言，张
说将此联手题政事堂，可谓推崇备至。可以看出，沈氏评点全面揭
示了此诗的用字技巧、丰富意蕴和作品本事，赋予此诗更加丰富的
经典意蕴。

又如张南史《陆胜宅秋雨中探韵》，高仲武《中兴间气集》选
入，诗人小传云："张君奕棋者，中岁感激，苦节学文，数年间稍入
诗境。如'已被秋风教忆鲙，更闻寒雨劝飞觞'，可谓物理俱美，情
致兼深也。"②特意标举此诗名联。《别裁》仅选张南史这篇作品，评
道："言归心乍动，然闻雨中飞觞，则且淹留矣。下承上作转语。"
（卷十四，第482页）指出"已被"句先用张翰典故，言秋风乍起，思
乡心切，又言因同人热情相伴，不觉淹留数日。"下承上作转语"指
下句"归心莫问三江水，旅服徒沾九日霜"，言既不能返乡，就不再
问归途在何处，任凭衣服沾满寒霜。此诗的独特价值在于情感抒
发的丰富与变化，借思乡之苦写友情之深。沈氏评语有助于读者
更加准确领会此诗的艺术价值。

前代选本之中，值得注意的是钟惺、谭元春合编的《诗归》。
由于清人对竟陵派均持严厉批评的态度，沈德潜未提及这部选本，
但从相关篇目的推举和评语来看，《别裁》应该受到了这部选本的
影响。众所周知，《诗归》在诸多选本中以刻意求新而著称，如《四
库提要》所评："大旨以纤诡幽渺为宗，点逗一二新隽字句，矜为
玄妙。又力排选诗惜群之说，于连篇之诗随意割裂，古来诗法于

---

① [清]浦起龙：《读杜心解》卷三之二，第384页。
② [唐]高仲武编，傅璇琮校点：《中兴间气集》卷下，《唐人选唐诗新编》，第517页。

是尽亡。"①由于刻意求新,《诗归》成为众多唐诗经典的第一发现
人。如长孙正隐《晦日宴高氏林亭》、张谔《九日》、包融《送国子张
主簿》、曹邺《四望楼》等篇章,《诗归》选入前很少被标举,《别裁》
选入这些篇章应是《诗归》影响的结果。另外,《别裁》一些评语也
有继承《诗归》的痕迹,如魏征《述怀》,钟惺评道:"此已具盛唐之
骨,离却陈、隋滞靡,想见其人。"②《别裁》评道:"气骨高古,变从前
纤靡之习,盛唐风格,发源于此。"(卷一,第1页)也从"骨""靡""盛
唐"三个角度揭示此诗的经典价值。

　　诗话是中国传统诗歌批评形式之一,其对诗坛轶事的记载、名
篇佳句的鉴赏直接促成了经典的生成。沈德潜《重订唐诗别裁集
序》言:"且前此诗人未立小传,未录诗话,今为补入。"(卷首,第3
页)有些篇章,如刘绮庄《扬州送人》,《别裁》明确注明:"从诗话中
采之。"(卷十二,第417页)可以看出,历代诗话对相关作品的标举
是经典生成的重要途径,也是《别裁》"小家"单篇经典筛选时汲取
的重要资源。如唐彦谦《仲山》,蔡正孙《诗林广记》评道:

　　　　谢叠山云:"观此诗,则贫富贵贱等是空花。有道者一不
　　以此累其心。尧让天下,许由不受,亦见此理。"愚谓:"彦谦
　　此诗之意,以为高祖得天下之后,乃与兄仲较产业所就之多
　　寡。及其死也,则长陵与仲山均之为一抔土耳,果何多寡之分
　　邪?"③

陈陶《陇西行》,魏泰《临汉隐居诗话》云:

　　　　诗恶蹈袭古人之意,亦有袭而愈工若出于己者。盖思之

---

①[清]永瑢等:《四库全书总目》卷一九三,第1759页。
②[明]钟惺、谭元春辑:《唐诗归》卷一,《续修四库全书》第1589册,第531页。
③[宋]蔡正孙撰、常振国、降云点校:《诗林广记》卷九,北京:中华书局1982年版,
　　第152页。

愈精,则造语愈深也。魏人章疏云:"福不盈身,祸将溢世。"韩愈则曰:"欢华不满眼,咎责塞两仪。"李华《吊古战场文》曰:"其存其没,家莫闻知。人或有言,将信将疑。娟娟心目,梦寐见之。"陈陶则云:"可怜无定河边骨,犹是春闺梦里人。"盖愈工于前也。①

王驾《社日》,罗大经《鹤林玉露》"农圃渔樵"条云:

> 农圃家风,渔樵乐事,唐人绝句摹写精矣。余摘十首题壁间,每菜羹豆饭后,啜苦茗一杯,偃卧松窗竹榻间,令儿童吟诵数过,自谓胜如吹竹弹丝。今记于此:韩偓云:"闻说经旬不启关,药窗谁伴醉开颜。夜来雪压村前竹,剩看溪南几尺山。"……张演云:"鹅湖山下稻粱肥,豚栅鸡栖对掩扉。桑柘影斜春社散,家家扶得醉人归。"②

刘绮庄《扬州送人》,《升庵诗话》"刘绮庄扬州送人"条:

> "桂楫木兰舟,枫江竹箭流。故人从此去,远望不胜愁。落日低帆影,归风引棹讴。思君折杨柳,泪尽武昌楼。"龚明之《中兴纪闻》云:"唐人刘绮庄为昆山尉,研穷古今缃帙,所积甚富,尝分类应用事,注释于下,如《六帖》之状,号《昆山编》,今其书尚存。"③

王适《江上梅》,杨慎《升庵诗话》"王适诗"条云:

> "忽见寒梅树,开花汉水滨。不知春色早,疑是弄珠人。"此王适《梅花》诗也。《唐音》选之,一首足传矣。适,初唐人。《陈子昂别传》云:幽人王适见《感遇》诗曰:"是必为海内文宗

---

① [宋] 魏泰:《临汉隐居诗话》,《历代诗话》上册,第328—329页。
② [宋] 罗大经撰,王瑞来点校:《鹤林玉露》甲编卷二,第25—26页。
③ [明] 杨慎撰,王大厚笺证:《升庵诗话新笺证》卷六,第346页。

矣。"即其人也。①

金昌绪《春怨》,杨慎《升庵诗话》"绝句"条云:

> 绝句者,一句一绝,起于《四时咏》,"春水满四泽,夏云多奇峰。秋月扬明辉,冬岭秀孤松"是也。……乐府有"打起黄莺儿"一首,意连句圆,未尝间断,当参此意,便有神圣工巧。②

又郎廷槐《师友诗传续录》云:

> 问:"或论绝句之法,谓绝者截也,须一句一断,特藕断丝连耳。然唐人绝句,如'打起黄莺儿'、'松下问童子'诸作,皆顺流而下。前说似不尽然。"③

安邑坊女子《幽恨诗》,杨慎《升庵诗话》"唐人传奇小诗"条云:

> 诗盛于唐,其作者往往托于传奇小说神仙幽怪以传于后,而其诗大有绝妙今古,一字千金者。试举一二:"卜得上峡日,秋来风浪多。巴陵一夜雨,肠断木兰歌。"又:"雨滴空阶晓,无心换夕香。井梧花落尽,一半在银床。"又:"旧日闻箫处,高楼当月宫。梨花寒食夜,深闭翠微中。"又:"人事无人笑,含娇何处娇。徘徊花上月,空度可怜宵。"④

张潮《江南行》,杨慎《升庵诗话》"唐诗主情"条云:

> 唐人诗主情,去《三百篇》近;宋人诗主理,去《三百篇》却远矣。匪惟作诗也,其解诗亦然。且举唐人闺情诗云:"袅袅庭前柳,青青陌上桑。提笼忘采叶,昨夜梦渔阳。"即《卷耳》诗首章之意也。又曰:"莺啼绿树深,燕语雕梁晚。不省出门行,沙场知近远。"又曰:"渔阳千里道,近于中门限。中门逾

---

① [明]杨慎撰,王大厚笺证:《升庵诗话新笺证》卷六,第343—344页。
② [明]杨慎撰,王大厚笺证:《升庵诗话新笺证》卷五,第240页。
③ [清]郎廷槐:《师友诗传续录》,《清诗话》上册,第157页。
④ [明]杨慎撰,王大厚笺证:《升庵诗话新笺证》卷十一,第677页。

有时,渔阳常在眼。"又云:"梦里分明见关塞,不知何路向金
微。"又云:"妾梦不离江上水,人传郎在凤凰山。"即《卷耳》
诗后章之意也。若如今《诗传》解为"托言",而不以为寄望之
词,则《卷耳》之诗,乃不若唐人作闺情诗之正矣。若知其为
思望之词,则诗之寄兴深,而唐人浅矣。若使诗人九原可作,
必蒙印可此说耳。①

杜常《华清宫》,杨慎《升庵诗话》"杜常华清宫"条云:

> "行尽江南数十程,晓星残月入华清。朝元阁上西风急,
> 都入长杨作雨声。"宋周伯弜《唐诗三体》以此首为压卷第一。
> 《诗话》云:"杜常、方泽姓名不显,而诗句惊人如此。"按杜常
> 乃宋人,杜太后之侄,《宋史·文苑》有传。《孙公谈圃》亦以
> 为宋人。《范太史集》有《手记》一卷,纪时贤姓名,而杜常在
> 其列,下注"诗学"二字,其为宋人无疑。周伯弜误矣,然诗
> 极佳。
>
> "晓星",今本作"晓风",重下句"西风"字,或改作"晓
> 乘",亦不佳。余见宋敏求《长安志》,乃是"星"字。敏求又
> 云:"长杨非宫名,朝元阁去长杨五百余里,此乃风入长杨,树
> 叶似雨声也。"深得作者之意。
>
> 此诗姓名时代误,"晓风"字误,"长杨"意误,特为正之。②

聂夷中《田家》,魏庆之《诗人玉屑·讽兴》"有三百篇之旨"
条云:

> 聂夷中,河南人,有诗曰:"二月卖新丝,五月粜新谷。医
> 得眼前疮,剜却心头肉。"孙光宪谓有三百篇之旨,此亦为诗

---

① [明]杨慎撰,王大厚笺证:《升庵诗话新笺证》卷四,第189页。
② [明]杨慎撰,王大厚笺证:《升庵诗话新笺证》卷十一,第616—617页。

史。(《诗史》)①

长孙正隐《晦日宴高氏林亭》,胡震亨《唐音癸签》云:

> 长孙正隐高氏林亭:"细雨犹开日,深池不涨沙。"上句人皆能领其景,下句则非北人习风土者,不能知其妙也。薛能诗有"池中水是前秋雨,陌上风惊自古尘"。二句之妙,亦非北人不能知。②

殷遥《送友人下第归省》,阮阅《诗话总龟·送别》云:

> 刘梦得《送人下第》诗云:"今此卜行日,高堂应梦归。莫将和氏泪,滴向老莱衣。"又有诗云:"新诗一联出,白发数茎生。"(卢璟《抒情》)③

周贺《长安送人》,刘克庄《后村诗话》云:

> 郎士元"车马虽嫌僻,莺花不弃贫",秦系"流水闲过院,春风为闭门",善状幽居者。唐求"沙上鸟犹在,渡头人未行","树色野橘暝,雨声孤馆秋",善状行役者。周贺"空将未归意,说向欲行人",张蠙"共看今夜月,独照异乡人",善状离别者。贺又云:"雨雪生中途,干戈阻后期。"蠙云:"塞深行客少,家远识人稀。"善状边地者。蠙又有《宫词》云:"日透珠帘见冕旒,六宫争逐百花球。回头不觉君王去,已听笙歌在远楼。"甚工。④

处默《圣果寺》,胡仔《苕溪渔隐丛话》"罗隐"条云:

> 《西清诗话》云:"《吴越纪事》,越僧处默,赋诗有奇句,尝云:'到江吴地尽,隔岸越山多。'罗隐见曰:'此我句,失之久

---

① [宋]魏庆之著,王仲闻点校:《诗人玉屑》卷九,第277页。

② [明]胡震亨:《唐音癸签》卷十一,第111页。

③ [宋]阮阅编,周本淳校点:《诗话总龟》卷四十三,第416页。

④ [宋]刘克庄撰,王秀梅点校:《后村诗话》后集卷一,第51页。

矣，乃为吾师丐得。'识者鄙其偎薄太甚。"①

张志和《渔父》，胡应麟《诗薮》云：

　　唐仙家能诗者，许宣平"隐居三十载"，及"负薪朝出郭"一绝，是初唐语；张志和"八月九月芦花飞"，又"西塞山"一绝，是中唐语；钟七言三绝，吕七言一律，近晚唐。今传《纯阳集》皆伪作也。②

窦常《之任武陵寒食日》，葛立方《韵语阳秋》云：

　　唐窦常、牟、群、庠、巩兄弟五人，四人擢进士，独群客隐毗陵，因韦夏卿屡荐，始入仕，皆诗人也。牟晚从昭义卢从史，从史寖骄，牟度不可谏，即移疾归东都，故其《秋夕闲居》诗云："燕燕辞巢蝉蜕枝，穷居积雨坏籓篱。"群尝为黔中观察使，故其诗云："佩刀看日晒，赐马旁江调。言语多重译，壶觞每独谣。"而巩诗中乃有《自京师将赴黔南之所》，谓"风雨荆州二月天，问人初顾峡中船。西南一望云和水，尤道黔南有四千。"此诗疑群所作而误置巩集中尔。常历武陵、夔、江、抚四州刺史，所谓"看春又过清明节，算老重经癸巳年"者，将之武陵到松滋渡之所作也。③

牛僧孺《席上赠刘梦得》，阮阅《诗话总龟·唱和门》云：

　　牛僧孺将赴举时，投赟于刘梦得，对客展读，飞笔涂窜其文。居三十年，梦得守汝，牛出镇汉南，枉道汝水，驻旌信宿。酒酣，赠诗于梦得曰："粉署为郎二十春，向来名辈更无人。休论世上升沉事，且问尊前见在身。珠玉会应成咳唾，山川犹

①［宋］胡仔纂集，廖德明校点：《苕溪渔隐丛话》前集卷二十四，第164页。
②［明］胡应麟：《诗薮》外编卷二，第161页。
③［宋］葛立方：《韵语阳秋》卷四，《历代诗话》下册，第515页。

觉露精神。莫嫌恃酒轻言语，曾把文章谒后尘。"梦得方悟往
年改文卷之事，和答云："昔年曾忝汉朝臣，晚岁空余老病身。
初见相如成赋日，后为丞相倚门人。追思往事咨嗟久，幸喜
清风语笑频。犹有当时旧冠剑，待公三日拂埃尘。"（《古今诗
话》）①

刘威《游东湖王处士园林》，魏庆之《诗人玉屑·造语》"陵阳
论荆公造语"条云：

> 刘威有诗云："遥知杨柳是门处，似隔芙蕖无路通。"意胜
> 而语不胜。王介甫用其意而易其语曰："漫漫芙蕖难觅路，萧
> 萧杨柳独知门。"（《室中语》）②

畅当《登鹳雀楼》，彭乘《墨客挥犀》云：

> 河中府鹳雀楼五层，前瞻中条，下瞰大河。唐人留诗者
> 甚多，惟李益、王之涣、畅当三篇能状其景。李益诗曰："鹳雀
> 楼西百尺墙，汀洲云树共茫茫。汉家箫鼓随流水，魏国山河半
> 夕阳。事去千年犹恨速，愁来一日即知长。风烟并在思归处，
> 远目非春亦自伤。"王之涣诗曰："白日依山尽，黄河入海流。
> 欲穷千里目，更上一层楼。"畅当诗曰："迥临飞鸟上，高出世
> 尘间。天势围平野，河流入断山。"③

李拯《退朝望终南山》，吴乔《围炉诗话》云：

> 唐诗固有惊人好句，而其至善处在乎澹远含蓄，宋失含
> 蓄，明失澹远。唐如李拯诗云："紫宸朝罢缀鸳鸾，丹凤楼前
> 驻马看。惟有终南山色在，晴明依旧满长安。"兵火后之荒

①［宋］阮阅编，周本淳校点：《诗话总龟》卷十四，第166页。
②［宋］魏庆之著，王仲闻点校：《诗人玉屑》卷六，第182页。
③［宋］彭乘：《墨客挥犀》卷二，北京：中华书局2002年版，第298页。

凉,不言自见。但此法唐人用之已多,今不可用也。①

吕温《刘郎浦口号》,王士禛《古夫于亭杂录》"刘备"条云:

> 小说记汉昭烈帝有一玉人,常置甘夫人帐中,月映之,与玉人一色。此真不经之谈。昭烈在刘景升座上感髀里肉生,慨然流涕,乃屑作此儿女态乎! 唐人有《题刘郎浦》诗云:"吴蜀成婚此水浔,明珠步障幄黄金。谁将一女轻天下,欲换刘郎鼎峙心。"此语差识得英雄本色。②

诗话在推举典范时,有时侧重于诗人事迹的叙述,有时标举名句,《别裁》对作品艺术技巧的分析和思想主旨的挖掘则更加细致。如李拯最受推崇的是《退朝望终南山》,《旧唐书》本传、《诗话总龟》均载录此诗,吴乔《围炉诗话》认为李拯《退朝望终南山》通过山色如旧感慨战乱之后京师的荒凉,是唐诗"澹远含蓄"审美特征的典范。《别裁》评道:"杜老'王侯第宅''文武衣冠'之感,然以蕴藉出之,得绝句体。"(卷十二,第417页)指出此诗与杜甫《秋兴八首》"王侯第宅皆新主,文武衣冠异昔时"相近,以第宅、衣冠、山色衬托朝局变更,曲折抒发世事沧桑之感,这正是绝句体比较典型的艺术特征。可以看出,沈氏结合文体的特点和前代经典作品的比较,赋予李拯《退朝望终南山》更加丰富的价值内涵,进一步确认了此诗的经典地位。

又如杜常《华清宫》,宋代《西清诗话》《苕溪渔隐丛话》《三体唐诗》均予以标举,明代杨慎《升庵诗话》则对作者时代和作品异文加以考证,指出杜常乃宋人,"晓星"较"晓风""晓乘"为优,"长杨"

---

① [清]吴乔:《围炉诗话》卷一,《清诗话续编》上册,第504页。
② [清]王士禛撰,赵伯陶点校:《古夫于亭杂录》卷五,北京:中华书局1988年版,第103页。

非宫名。此后《诗薮》《居易录》《香祖笔记》均认同杜常乃宋人。《别裁》沿用《唐诗鼓吹》《三体唐诗》《唐音》《唐诗品汇》《全唐诗》的观念,仍视为唐人作品。《别裁》杜常小传云"字里未详,唐末人,已见宋诗中",评此诗道:"末二句写荒凉之状,不求其解。"(卷二十,第691页)小传提及杜常为宋人这一争议,评语则对"朝元阁上西风急,都入长杨作雨声"的艺术成就进行了分析,同时响应了"长杨"是宫名还是实指树木的分歧。沈氏显然关注到杨慎、王士禛等人对此诗的评论,不过仍然认同此诗的经典地位。

总体来看,沈德潜在继承前人经典观的同时,更加重视相关作品主旨和创作技巧的分析,由此赋予作品更加丰富的价值内涵,进一步确认了相关作品的经典地位。

三、"诗教"标准下的经典选择

沈德潜一方面通过作品评点强化了传统经典作品的地位,另一方面又基于个人独特的选诗观念拓展了传统唐诗经典体系。"诗教"是沈德潜的核心诗学观念,《唐诗别裁集·原序》云:"人之作诗,将求诗教之本原也。唐人之诗,有优柔平中顺成和动之音,亦有志微噍杀流僻邪散之响。由志微噍杀流僻邪散而欲上溯乎诗教之本原,犹南辕而之幽、蓟,北辕而之闽、粤,不可得也。"(卷首,第1页)亲近风雅、继承"诗教",是沈氏贯穿始终的选诗原则,直接影响"小家"单篇经典的选择。

就内容而言,沈德潜更重视那些关注民生疾苦之作。如聂夷中,《全唐诗》存诗1卷,共36首作品。众多诗论家更加推崇《杂怨(生在绮罗下)》,《别裁》却选入了《田家》:

父耕原上田,子劚山下荒。六月禾未秀,官家已修仓。

二月卖新丝,五月粜新谷。医得眼前疮,剜却心头肉。我愿君王心,化作光明烛。不照绮罗筵,只照逃亡屋。

历代对此诗的评价呈现两个极端,誉之者视为有益时政,如《资治通鉴》载:"上又问道:'今岁虽丰,百姓赡足否?'道曰:'农家岁凶则死于流殍,岁丰则伤于谷贱,丰凶皆病者,唯农家为然。臣记进士聂夷中诗云:"二月卖新丝,五月粜新谷。医得眼下疮,剜却心头肉。"语虽鄙俚,曲尽田家情状。农于四人之中最为勤苦,人主不可不知也。'"①贬之者却认为此诗过于直接浅近。如《围炉诗话》云:"诗贵和缓优柔,而忌率直迫切。……曹邺、于濆、聂夷中五古皆合理,而率直迫切,全失诗体。"②沈德潜并不认同吴乔的定位,评道:"唐时尚有采诗之役,故诗家每陈下民苦情,如柳州《捕蛇者说》,亦其一也。此诗言简意足,可匹柳文。"(卷四,第145页)认为此诗语言简洁,意蕴深厚,如柳宗元《捕蛇者说》那样揭示出赋税繁苛给百姓造成的苦痛,故特加推举。

李邕存诗4首,多数选本比较推崇《铜雀妓》,《别裁》却选入《奉和初春幸太平公主南庄应制》:

传闻银汉支机石,复见金舆出紫微。织女桥边乌鹊起,仙人楼上凤凰飞。流风入座飘歌扇,瀑水当阶溅舞衣。今日还同犯牛斗,乘槎共逐海潮归。

按太平公主因武则天宠爱且拥立中宗李显、睿宗李旦之功,一度权倾朝野。此诗作于唐中宗景龙三年(709)二月十一日,时中宗去看望太平公主,扈从诸臣应命而做。李邕此诗平仄规范,对仗工稳,

①《资治通鉴》卷二七六后唐纪五明宗天成四年,北京:中华书局1956年版,第9032页。

②[清]吴乔:《围炉诗话》卷二,《清诗话续编》上册,第518页。

章法井然，是七律渐趋成熟的代表作品之一。作为应制诗，此诗大力渲染了皇帝出巡的盛况、公主府第的壮观、宴会歌舞的盛状，但结尾只是借"客星犯牛斗"典故表达了扈从圣驾的荣耀，并没有露骨地颂美太平公主，故沈德潜评曰："初唐应制多谀美之词，况当武后、中宗朝，又天下秽浊时也。众手雷同，初无颂不忘规之意，故不能多录，取铁中铮铮者几章，以备一体。"（卷十三，第432页）

"诗教"传统还表现为在抨击时政时，不能过于直接激切，而要讲究"主文而谲谏"。如章碣，众多诗话和选本都比较推崇其《焚书坑》，《别裁》却选入其《春别》：

> 掷下离觞指乱山，趋程不待凤笙残。花边马嚼金衔去，楼上人垂玉箸看。柳陌虽然风袅袅，葱河犹自雪漫漫。殷勤莫厌貂裘重，恐犯三边五月寒（评曰：结意温厚）。（卷十六，第528页）

此诗首联写男子急赴边关，颔联写女子垂泪相别，颈联对比中原与边关春景，尾联写女子叮咛关心之语。虽写男女之别，却寓为国赴难之义，情感表现方式与《焚书坑》对秦始皇的直接嘲讽迥然不同，故被沈氏推崇。

又如《别裁》所选梁献《王昭君》：

> 图画失天真，容华坐误人。君恩不可再，妾命在和亲。泪点关山月，衣销边塞尘。一闻阳鸟至，思绝汉宫春（评曰：安命语实深于怨。○唐人咏昭君者，多纤巧恬俗，此作故为雅音。若少陵"群山万壑赴荆门"，笔如游龙，不可方物矣）。（卷九，第307页）

此诗只是以王昭君的口吻感叹自己命运不济，没有直接抨击毛延寿的受贿和汉元帝的昏庸，沈氏评为"安命语实深于怨"，予以推举。

《别裁》对万楚《骢马》的推举也是如此。万楚为盛唐诗人，现

存诗8首。李攀龙《古今诗删·唐诗选》选入《五日观妓》,王世贞对此略有微词,《艺苑卮言》云:

> "梅花落处疑残雪"一句,便是初唐。"柳叶开时任好风",非再玩之,未有不以为中晚者。若万楚《五日观伎》诗:"眉黛夺将萱草色,红裙妒杀石榴花。"真婉丽有梁、陈韵。至结语:"闻道五丝能续命,却令今日死君家。"宋人所不能作,然亦不肯作。于鳞极严刻,却收此,吾所不解。又起句"西施漫道浣春纱",既与五日无干,"碧玉今时斗丽华",又不相比。①

王世贞指出此诗过于婉丽,有六朝习气,结句议论虽富有创意,却不足称道,且起句与端午习俗无关,故不解为何被李攀龙所青睐。金圣叹却评道:"'眉黛'、'裙红'、'萱草'、'榴华'写得妓与'五日'交光连辉,欲离欲合。……五丝续命者,恰用五日事翻成妙结。宋人不是不肯作,直是不能作也。"②《别裁》选入很少被关注的《骢马》:

> 金络青骢白玉鞍,长鞭紫陌野游盘。朝驱东道尘恒灭,暮到河源日未阑。汗血每随边地苦,蹄伤不惮陇阴寒。君能一饮长城窟,为尽天山行路难。

此诗为常见的咏物题材,作者以骢马自喻,表达出报效国家的豪情。沈德潜评点谈及其特殊旨趣:"几可追步老杜咏马诗。诸家舍此,只取《五日观妓》,谓末句'却令今日死君家',与彩丝续命关合,巧则巧矣,讵非风雅之愆耶!"(卷十三,第444—445页)正是基于"诗教"传统,沈氏黜落《五日观妓》而推举《骢马》。

此外,《别裁》还特意标举殷遥《送友人下第归省》和常理《古

---

① [明] 王世贞:《艺苑卮言》卷四,《历代诗话续编》中册,第1004页。
② [清] 金圣叹:《金圣叹批唐才子诗》卷之四下,北京:中华书局2010年版,第75页。

别离》。前者以"莫将和氏泪,滴着老莱衣"抒发对落第友人的宽慰,委婉而温厚;后者以"为传儿女意,不用远封侯"表达对戍边丈夫的思念,故沈氏予以"真到极处,去风雅不远"(卷十,第335页)、"比'悔教夫婿觅封侯'温厚"(卷十七,第557页)的评价。总体而言,沈德潜基于儒家"诗教"传统,比较推崇那些题材关注国计民生、思想内容雅正、表现方式含蓄蕴藉之作。

四、指导初学的范例发掘

试帖诗和应制诗不同于传统抒情诗,这类作品以合题作为第一要义,个人情感的抒发退居次位,具有较强的实用性和社交功能。乾隆二十二年(1757),清廷改革科举制度,将会试第二场表文改为五言排律①,继唐代和北宋之后,诗歌又一次成为入仕的必经之途。《唐诗别裁集》于乾隆二十八年(1763)重订时,特意增选这类作品。《重订唐诗别裁集序》云:"又五言试帖,前选略见,今为制科所需,检择佳篇,垂示准则,为入春秋闱者导夫先路也。"(卷首,第3页)在韩浚小传中,沈氏指出了试帖诗的常规写法:

> 以下多试帖。此体凡六韵:起联点题;次联写题意,不用说尽;三四联正写,发挥明透;五联题后推开;六联收束。略似后代帖括体式,合格者入彀。当时才士,每细心揣摩,降格为之。李、杜二公不能降格,终不遇也。唐人中佳者寥寥,兹取气骨近高,辞章近雅者,为学诗人导以先路,一切祈请卑屈者斥之。至于增加多韵,变化方板,巧心浚发者自能之,无烦

---

① 《钦定大清会典事例》卷六十六:"嗣后会试第二场表文,可易以五言八韵唐律一首。……其即以本年丁丑科会试为始。"(《文渊阁四库全书》第622册,第181页)

觊缕为也。(卷十八,第584页)

沈氏指出,试帖诗各联写法暗合八股文法,并强调这类作品的情感要高古,语言要典雅。《别裁》对所选20多篇试帖诗、应制诗的评点,相当详细地分析了这类作品的写作技巧。

首先是切题。传统诗歌作品的基本功能是抒情言志,重在主观情感的抒发;试帖和应制重在对特定对象的描写,切题是基本要求。如《别裁》所选贾曾《奉和春日出苑瞩目应令》:

铜龙晓辟问安回,金辂春游博望开(注曰:太子苑名)。渭水晴光摇草树,终南佳气入楼台。招贤已从商山老,托乘还征邺下才。臣在东周独留滞,忭逢睿藻日边来(评曰:题本出苑,而起句先说问安,发端正大)。(卷十三,第433页)

"应令"指臣下应皇太子之命而和的诗文。"铜龙"指计时的漏壶。"金辂"指皇家所乘的饰金之车。"博望"为宫苑名,汉武帝为太子所建,此指太子府。"睿藻"指太子作品。此诗为贾曾在洛阳奉命所和之作。首联先言太子勤勉、孝顺,天色初晓即从宫中问安返回;次言太子车驾出宫赏春,点出"出苑"。颔联描绘"出苑"所观之"春日"景。颈联引出太子礼贤下士、广纳英才之美。尾联抒发自己出使洛阳未逢盛况的遗憾和得到太子诗作的欣喜。应制诗通常在声律和主旨方面均受制于原诗,作者也会有意无意地迎和上意,故名篇不多。贾曾此作正是切题的典范,全诗主要描绘"春日出苑"所览之景,却从"问安"起笔来烘托太子贤良的品德。因此,被沈德潜评为"发端正大",视为初学者的典范。

又如《别裁》所选陆贽《禁中春松》:

阴阴清禁里,苍翠满春松。雨露恩偏近,阳和色更浓。高枝分晓日,虚吹杂宵钟。香助炉烟远,形疑盖影重。愿符千载寿,不羡五株封。倘得回天眷,全胜老碧峰(评曰:秦皇封

泰山,逢疾风暴雨,得松树庇之,封为五大夫,非五株也。然唐人误认者多)。(卷十八,第591页)

此诗一二句直接点题写禁中春松生机盎然;三四句引申出皇恩浩荡;"高枝"以下四句,借春松之伟岸喻国力之强盛;最后四句以松喻己,表达了躬逢治世的欣喜。全诗以"松"为中心,紧扣"禁中"落笔,以松树的茂盛引申出国力的强盛,故被推为试帖典范。

其次,立意要以颂美为主。试帖和应制诗都具有官方色彩,立意要以歌颂君主与王政为主。如《别裁》所选李憕《奉和圣制从蓬莱向兴庆阁道中留春雨中春望之作应制》:

> 别馆春还淑气催,三宫路转凤凰台。云飞北阙轻阴散,雨歇南山积翠来。御柳遥随天仗发,林花不待晓风开。已知圣泽深无限,更喜年芳入睿才(评曰:首句"蓬莱",次句"向兴庆",三四"雨中",五六"春望",结美御制)。(卷十三,第435页)

"蓬莱"指大明宫。"兴庆"指兴庆宫,唐玄宗为藩王时的府邸,玄宗登基后大规模扩建。开元二十三年(735)从大明宫经兴庆宫到曲江,筑阁道相通。此诗为李憕奉命而和玄宗之作。首句言大地回春,圣主离开大明宫,点出"发蓬莱"之意。次句言大明、兴庆、太极三宫之间楼台迭幛,精美绝伦,点出"向兴庆"之意;颔联写轻阴散去,雨云兴起,南山草木,翠色入目,切"雨中"之意;颈联写夹道柳树如人相随,林中花木逢春盛开,切"春望"之意。尾联颂美玄宗不但仁泽深厚,而且以卓越之才描绘出美丽春色。

又如《别裁》所选独孤绶《藏珠于渊》,此诗结句云"欲知恭俭德,所宝在惟贤",沈德潜特加褒奖,评曰"结意正大"(卷十八,第586页)。基于作品所推崇的恭俭乃是传统美德,立论虽无新意却符合正统,故有好评。

沈德潜还注意到试帖诗的结构问题。如《别裁》所选徐夤《东风解冻》：

暖气发苹末，冻痕销水中（评曰：二句分）。扇冰初觉泮，吹海旋成空（评曰：二句合）。入律三春变，朝宗万里通（评曰：二句又分）。岸分天影阔，色照日光融。波起轻摇绿，鳞游乍跃红（评曰：四句浑写"解冻"后景）。殷勤拂弱羽，飞翥趁和风。（卷十八，第602页）

此诗一二句分写东风吹拂水面，层冰开始消融；三四句写层冰犹如吹散在空中一样，消融得无影无踪；五六句分写节气所至大地回春，江河解冻流向东海；接下四句写解冻之后辽阔的水面、澄澈的江水以及欢快的潜鳞；最后二句场景转向空中，羽翼渐丰的雏鸟正在春风中练习飞翔。作品详细刻画了东风吹拂、冰冻渐消的场景，并透露出春回大地的喜悦，堪为试帖典范。

从以上选诗和评点来看，沈德潜出于指导初学的实用目的，特意选入试帖、应制诗，大大拓展了《唐音》《古今诗删》《唐诗归》等选本所建构的唐诗经典体系。

五、深微曲折的表现方式

在《唐诗别裁集·原序》中，沈德潜曾提到所选作品"大约去淫滥以归雅正，于古人所云微而婉、和而庄者，庶几一合焉"（卷首，第2页），强调诗歌这种文体特有的抒情方式是"微而婉、和而庄"。不管是传统诗学的比兴说还是意境论，均指出诗歌书写方式贵曲忌直。《别裁》众多单篇经典的入选，正是沈氏这种诗学理想的体现。

李绅是中唐较有声望的诗人，《新唐书》本传称其"为人短小

精悍,于诗最有名,时号'短李'"①。存诗136首,以《古风二首》最
为知名。范摅《云溪友议》"江都事"条载:"初,李公赴荐,常以《古
风》求知,吕光化温谓齐员外照及弟恭曰:'吾观李二十秀才之文,
斯人必为卿相。'果如其言。诗曰:'春种一粒粟,秋收万颗子。四
海无闲田,农夫犹饿死。''锄禾日当午,汗滴禾下土。谁知盘中
餐,粒粒皆辛苦!'"②阮阅《诗话总龟》也对两诗加以推崇:"刘梦得
有《望洞庭》诗,雍陶有《咏君山》诗,语异意同。……李绅、郑云叟
《伤农诗》,意亦皆同。李诗曰:'锄禾日当午,汗滴禾下土。谁知盘
中餐,粒粒皆辛苦。'郑诗曰:'一粒红稻饭,几滴牛颔血。珊瑚枝
下人,衔杯吐不歇。'"③《别裁》却仅选入《悲善才》,并进行了详细
评点:

> 穆皇夜幸蓬池曲(评曰:从赐宴曲江说入),金銮殿开高
> 秉烛。东头弟子曹善才,琵琶请奏新翻曲。翠蛾列座层城女,
> 笙笛参差齐笑语。天颜静听朱丝弹,众乐寂然无敢举。衔花
> 金凤当承拨,转腕拢弦促挥抹。扶花翻凤天上来,徘徊满殿飞
> 春雪。抽弦度曲新声发,金铃玉佩相磋切。流莺子母飞上林,
> 仙鹤雌雄唳明月。此时奉诏侍金銮,别殿承恩许召看。三月
> 曲江春草绿,九霄天乐下云端。紫髯供奉前屈膝,尽弹妙曲
> 当春日(评曰:兼言二十人备乐)。寒泉注射陇水开,塞雁翻
> 飞朔天没。日曛尘暗车马散,为惜新声有余叹。明年冠剑闭
> 桥山,万里孤臣投海畔(评曰:穆皇宴驾,绅亦播迁)。笼禽铩
> 翮尚还飞,白首生从五岭归。闻道善才成朽骨,空余弟子奉

---

① 《新唐书》卷一八一,第5347页。
② 〔唐〕范摅著,唐雯校笺:《云溪友议校笺》卷上,北京:中华书局2017年版,第
　23页。
③ 〔宋〕阮阅编,周本淳校点:《诗话总龟》卷五,第52页。

宣徽。南谯寂寞三春晚，有客弹弦独凄怨（评曰：此言善才殁后，听其指授者所弹）。静听深奏《楚明光》，忆昔初闻曲江宴（评曰：回环赐宴曲江）。心悲不觉泪阑干，更为调弦反复弹。秋吹动摇神女佩，月珠敲击水晶盘。自怜淮海同泥滓，恨魄痴心未能死。惆怅追怀万事空，雍门琴感徒尔为（评曰：题系守郡说入，诗却先写赐宴曲江，婉曲淋漓，然后转入播迁，复听善才弟子弹弦凄怨，末路双收两层，神情无限）！（卷八，第269—270页）

此诗以"别殿承恩许召看"为界分两个部分，前半部分主要回忆善才在穆宗夜宴和曲江春宴上的演出盛况和高超技艺；后半部分写穆宗、善才去世，自己被贬，如今听到善才弟子的演奏，不禁有万事皆空的身世之悲。此诗与白居易《琵琶行》相比，均细致刻画了乐人高超的演技，叙述了乐人由盛转衰的身世，借以抒发诗人身世之悲。但是，由于李绅曾经深受穆宗赏识，穆宗去世之后，其政治境况急转直下，所以《悲善才》里反复出现穆宗的隆恩，所蕴含的不仅仅是诗人身世之悲，还有对国事日非的无奈。另外，与《琵琶行》明白晓畅、平易自然的语言风格不同，《悲善才》的语言庄重典雅、精致工整，如首句"穆王夜幸蓬池曲，金銮殿开高秉烛"描绘夜宴逢池的盛况，史载周穆王曾经与西王母会于瑶池之上，此以"穆王"指穆宗，既称颂穆宗的文治武功，又暗含穆宗深厚的音乐素养及对善才的厚待。"明年冠剑闭桥山"则以黄帝升天、群臣葬其衣冠于桥山的典故，指穆宗去世。总体来看，就主题表达和语言风格的特色而言，《悲善才》虽与白居易《琵琶行》堪称琵琶诗的"双璧"，但更能体现"微而婉，和而庄"的艺术特征。

　　刘沧存诗101首，其中五律2首，七律99首。王安石《唐百家诗选》选入刘沧《长洲怀古》《经炀帝行宫》《与僧夜话》《咸阳怀古》。高棅《唐诗品汇》把刘沧与李商隐、许浑七律归为"正变",分别入选19、12、17首作品,并评道:"元和后律体屡变,其间有卓然成家者,皆自鸣所长。若李商隐之长于咏史,许浑、刘沧之长于怀古,此其著也。……用晦之《凌歊台》《洛阳城》《骊山》《金陵》诸篇,与乎蕴灵之《长洲》《咸阳》《邺都》等作,其今古废兴,山河陈迹,凄凉感慨之意,读之可为一唱而三叹矣。"①《别裁》仅选《经炀帝行宫》:

> 此地曾经翠辇过,浮云流水竟如何? 香销南国美人尽,怨入东风芳草多(评曰:炀帝后宫太多,终身不一见,有自经者。三四暗用此意)。残柳宫前空露叶,夕阳川上浩烟波。行人遥起广陵思,古渡月明闻棹歌(评曰:怀古诗如《咸阳》《邺都》《长洲》诸作,设色写景,可以互相统易,诗品在许用晦下。惟此首稍见典切,余韵犹存)。(卷十六,第524页)

从评语来看,沈德潜非常熟稔传统对刘沧的评价。沈氏评语主要是解释两个问题:刘沧成就为何低于许浑,《经炀帝行宫》为何优于《长洲怀古》《咸阳怀古》《邺都怀古》等传统名篇。沈德潜认为,传统诗学所推崇的刘沧怀古名篇对景物的描写流于俗套,没有写出怀古之地的特征,而《经炀帝行宫》颔联写炀帝后宫有终身不一见者,符合史实;尾联有意蕴不尽之感。整体而言,此诗情感表达更加深微,故特加标举。

高蟾,河朔人,乾符三年(877)进士及第,与郑谷友善。存诗36首,以五绝和七绝为主。《别裁》仅选入《下第后上永崇高侍郎》:

> 天上碧桃和露种,日边红杏倚云栽。芙蓉生在秋江上,不向东风怨未开(评曰:存得此心,化悲愤为和平矣)。(卷二

---

① [明]高棅:《唐诗品汇·七言律诗叙目·正变》,第707页。

十,第689页)

落第诗一般以抒发怀才不遇的悲愤为主题,此诗一二句以天上碧桃和露浇种、日边红杏倚云而栽比喻得第者沐知遇之恩,三四句以秋江边芙蓉喻自己下第乃时命使然,用比喻手法表达了对自己才华的自信和未得其时的遗憾,也有希望得到援引的期待。沈德潜一生共参加乡试17次,对落第痛苦的体验应该刻骨铭心。此诗对仗工稳,比喻贴切,手法委婉,情感平和,故得好评。

王翰存诗14首,《别裁》所选《凉州词》为经典名篇,王世贞誉曰:"'可怜无定河边骨,犹是深闺梦里人。'用意工妙至此,可谓绝唱矣。惜为前二句所累,筋骨毕露,令人厌憎。'葡萄美酒'一绝,便是无瑕之璧。盛唐地位不凡乃尔。"①值得注意的是沈德潜的评语:

> 故作豪饮之词,然悲感已极。〇杨仲弘论绝句,以第三句为主,而第四句发之,盛唐多与此合。(卷十九,第639页)

沈氏认为此诗虽然描写的是欢快宴饮场面,但重在表达战争的残酷和将士视死如归的豪迈。以乐景写悲感,更增其悲壮的色彩,故为边塞名篇。沈氏还引杨载之语论绝句作法。按杨载《诗法家数》"绝句"条云:"绝句之法,要婉曲回环,删芜就简,句绝而意不绝。多以第三句为主,而第四句发之。有实接,有虚接。承接之间,开与合相关,反与正相依,顺与逆相应,一呼一吸,宫商自谐。大抵起承二句固难,然不过平直叙起为佳,从容承之为是。至如宛转变化工夫,全在第三句,若于此转变得好,则第四句如顺流之舟矣。"②绝句要追求含蓄不尽的抒情效果,一二句平直叙述,第三句转折,

①［明］王世贞:《艺苑卮言》卷四,《历代诗话续编》中册,第1013页。
②张健:《元代诗法校考》,北京:北京大学出版社2001年版,第23页。

第四句对第三句主旨加以阐明。《凉州词》前二句叙述军中开怀痛饮的场景,第三句转入对醉卧沙场的谐谑和宽容,第四句阐明面对征战难回的将士,片刻欢饮醉卧又有何妨? 可以说,此诗正是抒情含蓄不尽的完美典范。

　　章碣,章孝标子,乾符中进士,存诗26首。章碣作品以《焚书坑》知名度最高。王定保《唐摭言》"海叙不遇"条云:"章碣,不知何许人,或曰孝标之子。咸通末,以篇什著名。乾符中,高侍郎湘自长沙携邵安石至京及第,碣赋《东都望幸》以刺之。复为《焚书坑》诗曰:'竹帛烟销帝业虚,昔年曾是祖龙居。坑灰未冷关东乱,刘项从来不读书。'"①《别裁》却仅选其《春别》:

　　　　掷下离觞指乱山,趋程不待凤笙残。花边马嚼金衔去,楼上人垂玉箸看。柳陌虽然风袅袅,葱河犹自雪漫漫。殷勤莫厌貂裘重,恐犯三边五月寒(评曰:结意温厚)。(卷十六,第528页)

　　值得注意的是,在评张祜《雨霖铃》时,沈德潜谈及不选《焚书坑》之由:

　　　　祜又有《集灵台》诗:"却嫌脂粉污颜色,淡扫蛾眉朝至尊。"讥刺轻薄,绝无诗品。后人杂入杜集,众口交赞,真不可解。○王维之"白眼看他世上人",张谓之"世人结交须黄金",曹松之"一将功成万骨枯",章碣之"刘项原来不读书",此粗诗之派也。朱庆余之"鹦鹉前头不敢言",此纤小诗之派也。李商隐之"薛王沉醉寿王醒",此轻薄诗之派也。因论张祜诗而及之。(卷二十,第679页)

《春别》是一首送夫从军诗。首联写边关示警,男子急赴国难;颔联

――――――――

① [五代] 王定保著,姜汉椿校注:《唐摭言校注》卷十,第210页。

言女子垂泪远望丈夫赴边；颈联写内地春意盎然，但边关依旧大雪纷飞；尾联写女子对丈夫的叮嘱和关切。"花边""柳陌""风袅袅"与"葱河""雪漫漫""五月寒"，用对比的手法写出内地与边关风景之异，点出题中"春"意；"离筋""风笙""去""楼上""看"，点出题中"别"之意。尾联以女子叮嘱之语，点出夫妇私情甚笃却以公义为先，故沈德潜评为"结意温厚"。《焚书坑》之所以落选《别裁》是因为"粗"，"粗"是指情感表达过于直露、粗劣，背离了沈氏所推崇的委婉含蓄、一唱三叹的诗歌抒情效果。

总体而言，《唐诗别裁集》中小家单篇的选择，有的是对前代选本、诗话所标举经典的再次确认，显示出经典累积性特征；有的则是沈德潜独特选诗宗旨的体现，"别裁伪体亲风雅"、以"诗教"为旨归，是《唐诗别裁集》不同于其他唐诗选本的独特追求。面对诗人众多作品，沈氏优先考虑诗歌主旨是否符合儒家"诗教"传统，更重视那些寄托深微或具有言外之意的作品。另外，沈氏关注诗歌的实际功用，特意提供一些应制、试帖典范，这是基于实用目的对唐诗经典体系的开拓。如果说《别裁》通过李白、杜甫这些大家超过百首的入选展示出唐诗所达到的高度，那么对李昂、李贤这些小家单篇经典的标举，则展示出唐诗广泛的群众基础及所达到的宽度，它们共同构成了沈德潜所建构的唐诗经典体系。

第六章 《唐诗别裁集》经典序列的现当代承传

《唐诗别裁集》代表了传统诗学主流观念对唐诗的定位,兼之编选者沈德潜所拥有的较高的政治地位和深厚的诗学素养,从而使这部诗选所建构的唐诗经典体系具有超乎寻常的生命力。本章试通过与现当代唐诗选本、中国古代文学史教材所体现的唐诗经典观念的比较,考察此选所建构的经典体系的影响。

一、社科院《唐诗选》与当代视野中的唐诗经典观念

人民文学出版社1978年出版的《唐诗选》是一部特色鲜明的唐诗选本,此书以中国社会科学院文学研究所选注的名义刊行,代表了新中国建立后官方主流意识形态对唐诗的定位。从编者来看,参与这项工作的有余冠英、陈友琴、乔象钟、王水照、钱钟书、范之麟和董乃斌等著名学者,选目和原稿还曾征求过外界的意见,是一部比较少见的集体编撰的选本。从流行范围和影响力来看,此书初版时作为唐诗读本被收入"中国古典文学读本丛书",2003年再版时仍作为唐诗读本被收入"中国古典文学读本丛书·历代诗

选"丛书,2021年重新排版插图,均由人民文学出版社出版发行,堪称流行最广、发行量最大的当代唐诗选本。基于《唐诗选》的典范性和巨大影响力,本节试以此选为依据探讨当代视野中的唐诗经典观念,进而揭示传统唐诗经典观念的当代承传。

(一)从指导创作到文学读本

《唐诗选》与《唐诗别裁集》《唐诗三百首》等古代唐诗选本相比,就编撰目的而言具有明显不同。同为标举典范,古代唐诗选本最终目的往往落实到指导创作,选家们比较重视从结构、章法、用字、主旨等方面分析作品,以启发指导后学写作。以《唐诗选》为代表的现代唐诗选本则不然。随着新体诗的兴起,旧体诗逐渐退出主流文坛,大众阅读唐诗多出于欣赏而非创作。诗歌欣赏离不开思想内容、艺术特色的分析和诗人生平、时代背景的把握,由此导致《唐诗选》与古代唐诗选本相比呈现出巨大的差异。

首先,从序言来看,古代唐诗选本的序言一般仅几百字的篇幅,大致涉及编写目的、选诗原则和成书经过。《唐诗选·前言》长达万余字,详细交待了唐诗的繁荣原因、思想内容、发展阶段,还有此选的编写目的、选诗原则和成书经过。相较而言,《唐诗选·前言》蕴含着更加丰富的理论内涵,有助于读者更加深刻、系统地理解唐诗发展的社会背景及唐诗的思想内容,理论价值更加丰富。另外,《唐诗选》编选者明显受到新中国建立以来的主流政治思潮的影响,在解释唐诗繁荣的原因时,首先运用马克思主义经济基础和上层建筑关系的理论,把唐诗的繁荣归结为"唐时的中国是当时东方最强大的封建国家"。又根据当时盛行的阶段斗争理论,把唐代诗人划分为不同的阶级,认为"其基本队伍是寒素之家的封建

知识分子"①。在论述唐诗的思想内容时,同样立足于马克思主义
文学反映论和阶级斗争理论,把反映社会生活的广阔性、深刻性及
揭露社会矛盾作为唐诗的优秀品质。这些论述侧重于文学外部规
律的探讨,与古代唐诗选本侧重唐诗艺术特质的分析具有明显的
不同。

其次,从编撰体例来看,《唐诗选》不是按体编选,而是采用以
诗人时代先后为序的编撰体例。按体编选是格调派兴起之后非常
流行的诗选编撰体例,这种体例比较易于清晰展示各种诗体的典
范之作,有利于指导初学者的创作。随着社会的发展,当代民众很
少创作古体诗词,伴随指导创作功能的丧失,以《唐诗选》为代表的
当代唐诗选本在编撰体例上也发生了明显的变化,最鲜明地体现
在李杜和诗僧的选中位置。作为唐代诗坛的"双子星座",李白与
杜甫被公认为唐代诗歌大家,具有特殊的典范意义。王安石《唐百
家诗选》、杨士弘《唐音》、王士禛《唐贤三昧集》等著名选本以"不
选"来突出两人的独特地位;高棅《唐诗品汇》则分列两人为正宗和
大家,以此突出两人的独特典范价值。《唐诗别裁集》在每种诗体
按诗人时代为序的前提下,又把李杜并列,以此凸显两人的典范意
义。如"五古"一体共四卷,卷一收魏征、虞世南、章怀太子、乔知
之、陈子昂、宋之问、薛稷、张九龄、崔颢、王维、孟浩然、刘眘虚、王
昌龄、储光羲、陶翰、丘为、李颀、贾至、常建、高适、岑参、崔曙、包
融、薛据;卷二收李白、杜甫;卷三收张谓、王季友、元结、沈千运、
孟云卿、赵微明、吴筠、刘长卿、钱起、刘湾、韦应物、李端、刘禹锡、
白居易;卷四收韩愈、柳宗元、孟郊、贾岛、李益、权德舆、张籍、温

---

① 中国社科院文学研究所:《唐诗选·前言》,北京:人民文学出版社1978年版,第
　5页。

庭筠、赵嘏、曹邺、李群玉、刘驾、陆龟蒙、聂夷中，特意把李白、杜甫并列，且独立一卷。《唐诗选》则不然，完全以生年为序，如果生年无考，则以史书所载的中举年代为序，如果两者皆无法落实，再根据交游来判断其大致的生活时代。按照这一原则，《唐诗选》对盛唐诗人的顺序是：孟浩然、王之涣、贺知章、刘眘虚、祖咏、张旭、李颀、王湾、王翰、崔颢、王昌龄、张巡、储光羲、王维、李白、高适、严武、常建、刘方平、李华、岑参、杜甫、元结。这种安排完全不同于古代唐诗选本常见的王维与孟浩然、高适与岑参、李白与杜甫两两并举的编选次序，而是严格按照诗人时代先后为序。包括古代唐诗选本常常附在每卷之后的诗僧，也是严格按照生活时代系在相应位置。可知在《唐诗选》中，诗人次序完全失去了价值高下和诗学批评的意味。

再次，从诗人小传来看，《唐诗选》与古代唐诗选本也存在明显的不同。试看《唐诗别裁集》的陈子昂小传：

> 字伯玉，射洪人。文明初，举进士。武后时，擢左拾遗。圣历初，解官归，县令段简以宿怨因事收系狱中，忧愤死。○追建安之风骨，变齐、梁之绮靡，寄兴无端，别有天地。○昌黎《荐士诗》云"国朝盛文章，子昂始高蹈"，良然。（卷一，第3页）

《唐诗选》的陈子昂小传是：

> 陈子昂（661—702），字伯玉，梓州射洪（今四川省射洪县）人。他在武后初当政时，上《大周受命颂》，得武后重视，授以官职。初任麟台正字，后迁右拾遗。屡次上书言事，言多切直，不怕触忤权贵。他对于当时政治经济措施的利弊确实有所了解，议论益国、利民、刑狱和边事问题，都针对事实，不是书生的空言。他曾主张息兵，但不是反对一切战争。对于

契丹的叛乱，他曾自请从军征讨。对于从雅州进攻羌人他却极力劝阻，认为对国家人民有害，只对"奸臣"、"贪夫"有利。这都能表现他是有识见的。万岁通天元年（696）子昂从武攸宜北征契丹，他要求分兵万人为前驱，一再进言，为武攸宜所憎恶，受到降职处分。圣历元年（698）子昂辞官回乡。武三思嘱令县令段简诬陷他，下狱死。有《陈拾遗集》。

陈子昂的文学创作和主张在唐代极有影响。韩愈《荐士》诗云："国朝盛文章，子昂始高蹈。"子昂的文章力矫当时浮艳之弊，虽不能尽删骈俪，大都朴实畅达，取法古代散文。他的诗要求追步建安、正始的作者，反对只重彩丽的齐梁诗风，标举风雅比兴、汉魏风骨的传统。《感遇诗》三十八首可以代表他实践的成绩，这些诗或感怀身世，或讽谏朝政，慷慨幽郁，类似阮籍的《咏怀》；虽有时"词烦意复"，甚至不免"拙率"，比较盛唐李、杜等大家，艺术创作方面有所不及；但因为这些诗趋向端正，内容具有现实意义，不能不承认它们是革新风气的优秀作品。难怪它们被稍后出现的现实主义大诗人杜甫和主张"为时为事"而写诗的白居易所称道。

子昂的五律不屑精雕细琢，往往气味雄厚，在初唐也是突出的。①

《唐诗别裁集》的介绍大致分两部分：一为生平介绍，涉及字号、籍贯、仕宦、卒年等材料；二为诗歌评价，涉及艺术风貌、诗坛地位等。《唐诗选》对陈子昂的介绍虽然也不出这两部分的范围，但各方面都要详细得多。比如陈子昂的生平介绍不但涉及字、籍贯等基本内容，还包括生平大事和政治主张。诗歌评价部分不仅

---

① 中国社科院文学研究所：《唐诗选》，第22页。

仅是介绍艺术风貌、诗歌成就及诗坛地位,而且加以详细的分析论证。就详略而言,两选不可同日而语。这种不同固然是由于古今读者的传统文化修养高下有别,当代选本出于普及的目的,不免涉及一些古人可能视为常识的内容。但是,更深层的原因乃是《唐诗选》抛弃了古代唐诗选本按体裁与诗人先后的编撰体例之后,选家对诗人的评价只能通过选诗数量和诗人小传来体现,这样才能相对全面地使读者了解诗人,从而发挥文学读本的效用。

另外,《唐诗选》对作品的注释远远比古代唐诗选本详细,适用于各种知识层次的读者。古代唐诗选本多针对具有相当知识积累的士人阶层,故注释仅涉及典故,较为简略。《唐诗选》的注释涉及作品主旨、疑难字读音、疑难词语释义、典故出处、各句大义等,相当详细。

总之,由于编撰目的的不同,《唐诗选》与古代唐诗选本在序言、体例、诗人小传等方面存在巨大差异。《唐诗选》对唐诗风貌的概括更加直接,对诗人生平和艺术成就的介绍更加详细,对作品的注释更加详实,有利于读者全面了解唐诗风貌和成就、准确理解作品,较好地起到了文学读本的功用。

(二)"四唐"分期的淡化与延续

关于唐诗的分期有多种说法,其中影响最大、通行最广的是"四唐"分期。此说形成于严羽、方回、杨士弘和高棅,虽在清初一度受到钱谦益、吴乔、朱彝尊、汪琬等人的非议,但仍被大多数诗论家所接受,堪称影响最为深远的传统诗学观念之一。从《唐诗选》对唐诗发展的论述和编选体例来看,编选者似乎有意淡化这种观念。《前言》论及唐诗发展历程时,明确把唐诗的发展历程分为八个阶段,只字未提传统的"四唐"分期。从编选体例来看,本书以诗人时代先后为序，与"四唐"分期影响下的《唐诗品汇》《唐诗归》《唐诗别裁集》《唐诗三百首》等唐诗选本有明显不同，仅与《全唐诗》比较接近，而后者正是打破"四唐"分期的产物。《全唐诗·凡例》云：

> 唐人世次前后，最为冗杂，向来别无善本，《全唐诗》及《唐音统签》亦多讹谬。应以登第之年为主，其未曾登第，及虽登第而无考者，以入仕之年为主。处士则以其卒岁为主，若更无卒岁可考，则就其赠答唱和之人先后附入。其他或同一体，或同应省试，并以类相从，不必仍初盛中晚之旧，割裂年代，前后悬殊。①

《全唐诗》成书于康熙四十五年(1706)，反对明七子是此时的诗坛主流思潮。七子诗学的核心立场是"诗必盛唐"，其立论基础正是"四唐"分期。这种观念反映到诗选上表现为或直接标出"四唐"，再依次编选作品；或虽未标明"四唐"，但诗人顺序按传统"四唐"分期的划分而编次。明末清初众多诗论家批评七子派时，多认为"四唐"分期不能客观反映唐诗发展的实际，如吴乔《围炉诗话》云："自《品汇》严作初、唐、中、晚之界限，又立正始、正宗以至旁流、余响诸名目，但论声调，不问神意，而唐诗因以大晦矣。"②彭定求等人编撰《全唐诗》以诗人登第、入仕、卒岁、交游为序，正是出于对七子诗学和"四唐"分期的不满。《唐诗选》把唐诗发展历程分为八个阶段，编选体例也完全抛开"四唐"分期，似乎是有意淡化传统分期观念。

不过，从《唐诗选》"八期"说和相关论述来看，传统的"四唐"

---

① [清] 彭定求等编：《全唐诗》，第7—8页。
② [清] 吴乔：《围炉诗话》卷三，《清诗话续编》上册，第551页。

分期仍然主导了当代诗学对唐诗发展历程的看法。下为《唐诗选·前言》所划分的唐诗发展的八个阶段：

一、唐初三四十年，诗坛沉浸在"梁陈宫掖之风"里。

二、开元前的五六十年间，以四杰、沈、宋、陈子昂、杜审言等为代表的诗风，变化渐多。

三、从开元之初到安禄山之乱的前夕，约四十年间，诗歌发展成跃进的形势。

四、从安史之乱前夕到大历初十几年间的诗坛为杜甫的光芒所笼罩。

五、从大历初到贞元中二十余年是唐诗发展停滞的时期。

六、从贞元中到大和初约三十年间(主要是元和、长庆时期)诗坛又出现大活跃的景象。

七、从大和初到大中初约二十年间唐诗的艺术还在发展。

八、从大中以后到唐末约六十年，不曾再出现大的作家和新的变革。①

按照《唐诗选》的分期，第一阶段始于武德元年(618)，第二阶段终于先天元年(712)，两期共计95年，与传统"四唐"说的初唐完全吻合；第三阶段始于开元元年(713)，第四阶段终于大历初(大历元年[766])，两期共计54年，与传统"四唐"说的盛唐下限承泰元年(765)相比，仅相差1年，基本吻合；第五阶段始于大历初(766)，第六阶段终于大和初(大和元年[827])，共计62年，传统"四唐"说中唐下限一般是大和九年(835)，共计70年，相差8年；第七阶

①中国社科院文学研究所：《唐诗选·前言》，第17—22页。

段始于大和初(大和元年[827]),第八阶段终于唐末(天祐四年
[907]),共计80年,与传统"四唐"说相差8年。总体来看,《唐诗
选》的"八期"说与传统"四唐"说非常接近,毕竟唐诗发展的各个
阶段是逐渐过渡变化的,就诗人个体而言,经常会处于两个时期的
交叉结合点上,因此传统"四唐"说对各个阶段的区分也不一致。
除此之外,八期说的第一、第三、第五、第七阶段的下限分别是"唐
初三四十年"、"安禄山之乱的前夕"、"贞元中二十余年"、"大中初
约二十年间",比较模糊,意味着联系密切而不宜细分;与此相对,
第二、第四、第六和第八阶段的下限非常明确,意味着差异较大可
以细分。可以看出,《唐诗选》"八期"说乃是改造传统"四唐"说
而来。

　　另外,《唐诗选》部分诗人小传也涉及到唐诗的分期。如张若
虚登第与卒年皆无考,《旧唐书·贺知章传》载其与贺知章、张旭、
包融称"吴中四士",郑处诲《明皇杂录》曰:"天宝中,刘希夷、王昌
龄、祖咏、张若虚、孟浩然、常建、李白、杜甫,虽有文名,俱流落不
偶,恃才浮诞而然也。"①从时代来看应属传统"四唐"说的"盛唐"
或"八期"说的第三阶段。但是,胡应麟《诗薮》却说:"张若虚《春
江花月夜》,流畅婉转,出刘希夷《白头翁》上,而世代不可考。详
其体制,初唐无疑。"②把他系于初唐。《唐诗选》评张若虚说:"艺
术上写景写情交织成文,反复咏叹,清丽婉畅,在初唐的七古中比
较突出。"③也视张若虚为初唐诗人,延续了传统诗学的时代划分。
又如刘长卿,大约于天宝十四年(755)登进士第,与杜甫同龄或稍

①[唐]郑处诲:《明皇杂录》辑佚,北京:中华书局1994年版,第64页。
②[明]胡应麟:《诗薮》内编卷三,第51页。
③中国社科院文学研究所:《唐诗选》,第45页。

年长,故《全唐诗》把他系在孟浩然、李白、杜甫等人之前,从时代来看应属传统"四唐"说的"盛唐"或"八期"说的第四阶段。胡应麟《诗薮》云:"诗至钱、刘,遂露中唐面目。钱才远不及刘,然其诗尚有盛唐遗响,刘即自成中唐与盛唐分道矣。"[1]视为中唐诗人。《唐诗选》评刘长卿说:"刘长卿和杜甫同时,比元结、顾况年长十多岁,但其创作活动主要在中唐。他的诗气韵流畅,音调谐美,跟年辈较后的大历十才子相类。他的近体诗,大都研练深密,而又婉曲多讽;七律尤以工秀见称,但缺乏雄浑苍劲之作,也和中唐诗风近似。"[2]同样延续了传统"四唐"分期的定位,视为中唐诗人。此外,《唐诗选》评杜牧说:"力图在晚唐浮浅轻靡的诗风之外自具面目。"[3]评李商隐说:"是晚唐诗坛的一颗明星。"明确标明"晚唐",延续了传统"四唐"分期的定位。从《唐诗选》诗人小传涉及的唐诗分期来看,"初唐""盛唐""中唐"和"晚唐"这些术语不断出现,延续传统"四唐"分期的痕迹十分明显。

总之,传统"四唐"分期虽然表示时代的先后,但从产生之时就蕴含着浓厚的价值高下的意味。严羽心目中的"盛唐"代表了诗歌创作的典范,高棅心目中的"盛唐"代表了正宗、大家、名家、羽翼。客观而论,诗人创作难免受到时代的影响而呈出共同的时代风格特征,但由于才能、气质、学识和习染的不同,又会呈现出独特的风格特征,艺术成就也难免有高下之别,身为"盛唐诗人"并不一定必然创作出代表唐诗最高成就的"盛唐诗"。正是由于传统"四唐"说存在时代先后与价值高下不甚吻合的缺陷,故不断招致后人

---

① [明]胡应麟:《诗薮》内编卷五,第84页。
② 中国社科院文学研究所:《唐诗选》,第312页。
③ 中国社科院文学研究所:《唐诗选》,第566—567页。

的非议。但是,"四唐"分期说比较简明地概括了唐诗从肇始走向繁荣、新变直至消歇的过程和不同时期的艺术特色,有利于揭示唐诗发展不同阶段的艺术差异,启发人们从整体风貌上认识和理解唐诗的流变,其积极意义是不容忽视的。《唐诗选》虽然有意淡化这种观念,甚至通过"八期"说试图取代,但从诗人小传及"八期"内涵来看,"四唐"分期仍然主导了当代人对唐诗发展历程的定位。

(三)唐诗大家向中晚唐的倾斜

在诗歌选本中,作为典范的大家一般是通过入选数量、所处位置和诗歌评点三种方式来体现的,入选数量越多、所处位置位于卷首、评点时评价较高一般意味着居于大家的地位。由于《唐诗选》按时代先后编次诗人,不再分卷,其大家观念主要通过入选数量和诗歌评点来体现。

就入选数量而言,《唐诗选》所选总量超过10首的诗人共13家,分别是杜甫(71首)、李白(64首)、白居易(30首)、李商隐(30首)、刘禹锡(23首)、李贺(21首)、柳宗元(21首)、王维(20首)、杜牧(20首)、韩愈(13首)、张籍(11首)、陈子昂(10首)、韦应物(10首),他们堪称当代诗学视野中的唐诗大家。与传统大家序列相比,这个序列呈现出两个鲜明的特点:

首先,《唐诗选》延续了韩愈以来把李白、杜甫视为唐代成就最显著的两位诗人的传统观念。《唐诗选》选入杜甫71首,李白64首,总量远远超出其他诗人。《前言》分别把李白和杜甫视为唐诗第三阶段和第四阶段的最优秀诗人。论及李白时,分别从乐府、古诗、绝句等方面论述了李诗的巨大成就;论杜甫说:"从安史之乱前夕到大历初十几年间的诗坛为杜甫的光芒所笼罩","他的创作实践表明他确实能多方面地学习前人的优点,更能创造性地加以发展。推陈出新的成绩超过了同时代的一切作家。"①这种定位明显是承继传统诗学而来。

其次,《唐诗选》大大降低了李、杜之外的传统盛唐大家的地位,并相应提升了中晚唐诗人的地位。在明七子所建立的唐诗大家序列中,中晚唐诗人几乎被忽视。如《古今诗删·唐诗选》入选总量居前十位的诗人中,仅韦应物以18首居第8位,其他著名中晚唐诗人李贺未入选,白居易、张籍和杜牧仅入选1首,李商隐入选3首,韩愈入选5首,柳宗元入选6首,刘禹锡入选7首。随着明末以来矫正七子极端复古的诗风,中晚唐诗家逐渐受到关注。《唐诗别裁集》所选总量居前十位的诗人中,中晚唐诗人包括韦应物、白居易、刘长卿、柳宗元、韩愈和李商隐等6家。《唐诗三百首》所选总量居前十位的诗人中,中晚唐诗人包括李商隐、韦应物、刘长卿、杜牧、卢纶和白居易等6家,均多于盛唐诗人。在《唐诗选》所选总量超过10首的13家诗人中,属于中晚唐的诗人有9位,占居绝对多数,其中白居易和李商隐仅次于杜甫、李白,并居第三。《唐诗选》评白居易说:"今存白居易诗近三千首,数量之多在唐代诗人中首屈一指。他对当时诗歌的发展,起了重要的作用。"又说:"他写《新乐府》时间在他的朋友李绅、元稹之后,成就却超过了他们,提倡新乐府运动的影响也远比他们大。在艺术标准上他又是以通俗平易为世人所称许的,他之所以称得上唐代大诗人之一的原因主要就在这里。"②《唐诗选》高度推崇李商隐的七律和绝句:"李商隐的七律往往在秾丽之中时露浓郁,流美之中不失厚重,使读者容易

---

① 中国社科院文学研究所:《唐诗选》,第18页。
② 中国社科院文学研究所:《唐诗选》,第504页。

联想到杜甫的一些优秀作品。"① 又说:"李商隐的绝句,和他的律诗一样,讲求精工,巧于用笔,构思细密,唱叹有情。论艺术成就也不在他的律诗之下。在当时的作家中,杜牧的绝句非常突出,他们是并驾齐驱的。"② 俨然视为李、杜之后成就最大的诗人。

与此同时,那些被传统诗学视为大家的盛唐诗人孟浩然、王维、岑参、高适、王昌龄、李颀在《唐诗选》中的诗学地位大大降低,王维入选总量退居第八,孟浩然、高适、岑参仅入选7首,李颀入选5首,少于李益(9首)、王建(8首)、温庭筠(8首)。《唐诗选》这种定位不同于传统诗学对盛唐群体的推崇,虽然是明末以来重视中晚唐诗人诗学倾向的延续,但已经明显不同于传统,代表了新时期对唐诗大家的新的定位。

不过,《唐诗选》对中、晚唐诗人的重视并没有抹煞盛唐诗人群体的巨大成就和典范地位,下表是按照传统"四唐"分期所统计的《唐诗选》各期入选数量及其比例:

时代	初唐	盛唐	中唐	晚唐	合计
数量与比例	32(5%)	221(34.9%)	220(34.7%)	161(25.4%)	634(100%)

施子愉曾对《全唐诗》存诗至少一卷的诗人的作品(共33932首)作过统计,初唐诗2053首(占6%),盛唐诗5355首(占15.8%),中唐诗13322首(占39.8%),晚唐诗13202首(占38.9%)③。上表中,盛唐与中唐诗歌的入选数量比较接近,但如果考虑到总量的巨

① 中国社科院文学研究所:《唐诗选》,第611页。
② 中国社科院文学研究所:《唐诗选》,第612页。
③ 施子愉:《唐代科举制与五言诗的关系》,载(香港)《东方杂志》第40卷,第8期,(1933年4月),第39页。

大差异,《唐诗选》推崇盛唐的倾向仍十分明确,这也是对传统诗学观念的继承。

(四)"政治标准第一"视角下的典范作品

《唐诗选》对典范作品的选录比较独特,《前言》说:"选录的标准服从政治标准第一、艺术标准第二的原则","我们尽可能选取一些思想性和艺术性结合得好的作品,艺术标准中还考虑到能代表唐诗的特点。有些思想平庸但确有艺术特色、有一定借鉴作用的作品,也酌量选录。"[1]可知此选虽受当时主流政治意识的影响,比较重视凸显唐诗揭露时弊、批判暴政等方面的内容,但又能避免单一政治标准的偏颇,兼顾到了唐诗的艺术成就,这恐怕是此选盛行不衰的重要原因。

从所选作品来看,《唐诗选》共选入诗歌634首,各体与《唐诗别裁集》篇目相同的数量如下:

体裁	五古	七古	五律	七律	五绝	七绝	总计
入选篇数	118	111	91	102	52	160	634
相同篇数	76	58	68	68	28	63	361

从上表来看,《唐诗选》中,有361首作品见于《唐诗别裁集》,足以说明《别裁》所建构的经典序列的巨大生命力。从政治标准来看,《唐诗选》比较推重深刻反映现实矛盾、揭露封建统治阶级罪恶的作品,这与《别裁》"诗教"论诗多有契合。从艺术标准来看,《唐诗选》大力标举那些陈言务去、词必己出、推陈出新之作,而《别裁》同

---

[1] 中国社科院文学研究所:《唐诗选·前言》,第23页。

样重视富有创新精神的诗人诗作。如七古一体，《唐诗选》与《唐诗别裁集》都仅仅选入下列诗人1首作品：卢照邻《长安古意》、郭震《古剑篇》、张说《邺都引》、陈子昂《登幽州台歌》、张若虚《春江花月夜》、孟浩然《夜归鹿门歌》和储光羲《登戏马台》，足以显示《别裁》所代表的传统诗学主流观念对唐诗的定位直接影响了《唐诗选》对经典的筛选。

当然，《唐诗选》不免会体现出当代的唐诗经典观念，下面是《唐诗选》相比《别裁》所新增的作品：

五古共42首，分别是王绩《在京思故园见乡人问》，陈子昂《感遇（苍苍丁零塞）》《感遇（丁亥岁云暮）》《感遇（朔风吹海树）》，储光羲《效古》，李白《古风（咸阳二三月）》《古风（西上莲花山）》《古风（大车扬飞尘）》《丁都护歌》《春思》《清溪行》《登太白峰》《望庐山瀑布》《宿五松山荀媪家》《嘲鲁儒》，杜甫《太子张舍人遗织成褥段》，苏涣《变律》，韦应物《长安遇冯著》，李贺《走马引》《感讽》，白居易《宿紫阁山北村》《新制布裘》《初与元九别后》《采地黄者》《自蜀江至洞庭湖口有感而作》，孟郊《织妇辞》《寒地百姓吟》，杜牧《感怀诗一首》，姚合《庄居野行》，温庭筠《烧歌》，李商隐《行次西郊作一百韵》《骄儿诗》，刘驾《反贾客乐》，张孜《雪诗》，司马札《锄草怨》，于濆《里中女》《山村叟》《戍卒伤春》《古宴曲》《田翁叹》，皮日休《橡媪叹》《哀陇民》。

七古共53首，分别是李颀《送陈章甫》《听董大弹胡笳弄兼寄语房给事》，岑参《热海行送崔侍御还京》，李白《将进酒》《行路难（金樽清酒斗十千）》《行路难（大道如青天）》《西岳云台歌丹邱子》《金陵城西楼月下吟》《答王十二寒夜独酌有怀》《把酒问月》，杜甫《负薪行》《短歌行赠王郎司直》，民歌《神鸡童谣》，韩翃《送孙泼赴云中》，顾况《行路难》《古离别》，柳宗元《古东门行》《行路难》《跂乌词》，韩愈《醉留东野》《听颖师弹琴》《短灯檠歌》，刘禹锡《平蔡州(蔡州城中众心死)》《平蔡州(汝南晨鸡喔喔鸣)》《平蔡州(九衢车马浑浑流)》，张籍《筑城词》《山头鹿》《董逃行》《废宅行》，王建《羽林行》《射虎行》，白居易《红线毯》《杜陵叟》《缭绫》《卖炭翁》《盐商妇》《画竹歌》，王建《水夫谣》，冯著《洛阳道》《燕衔泥》，戴叔伦《女耕田行》，李贺《李凭箜篌引》《大堤曲》《梦天》《三月》《浩歌》《秦王饮酒》《老夫采玉歌》《苦昼短》《猛虎行》《巫山高》，温庭筠《达摩支曲》，唐彦谦《采桑女》。

　　五律共23首，分别是高适《送李侍御赴安西》，杜甫《送元二适江左》《祠南夕望》《客从》，李端《茂陵山行陪韦金部》，于良史《春山夜月》，柳中庸《夜渡江》，吕温《闻帖有感》，李益《竹窗闻风寄南发司空曙》，刘禹锡《秋日送客至潜水驿》《蜀先主庙》，贾岛《戏赠友人》《题李凝幽居》《忆江上吴处士》，张祜《观徐州李司空猎》，许浑《秋日赴阙题潼关驿楼》，姚合《原上新居》，李商隐《哭刘司户蕡》，方干《过申州作》，唐彦谦《春残》，郑谷《旅寓洛南村舍》，崔涂《孤雁》，黄滔《书事》。

　　七律共34首，分别是杜甫《黄草》，韩翃《送客水路归陕》，柳宗元《柳州城西北隅种柑树》，韩愈《答张十一》，李益《盐州过胡儿饮马泉》，李绅《宿扬州》，白居易《放言(朝真暮伪何人辨)》《放言(赠君一法决狐疑)》《杭州春望》《江楼夕望招客》《览卢子蒙侍御旧诗》，杜牧《题宣州开元寺水阁》《河湟》《润州》，雍陶《到蜀后记途中经历》，许浑《汴河亭》，殷尧藩《旅行》，温庭筠《利州南渡》，李商隐《七月二十九日崇让宅宴作》《无题(相见时难别亦难)》《无题(凤尾香罗薄几重)》《无题(万里风波一叶舟)》《昨日》《锦瑟》《春雨》，方干《题报恩寺上方》，曹松《南海旅次》，杜荀鹤《山中寡妇》《乱后逢村叟》，罗隐《魏城逢故人》，郑谷《中年》，贯休《春晚书山家屋壁(水香塘黑蒲森森)》《题某公宅》,韩偓《残春旅舍》。

五绝共24首,分别是王勃《山中》,孟浩然《春晓》,王维《白石滩》《山中》,李白《秋浦歌(炉火照天地)》《秋浦歌(白发三千丈)》,元稹《行宫》,李贺《马诗(此马非凡马)》《马诗(武帝神仙)》,贾岛《剑客》,李绅《悯农(春种一粒粟)》《悯农(锄禾日当午)》,白居易《问刘十九》,杜牧《长安秋望》,李商隐《听鼓》,崔道融《田上》《西施滩》,罗隐《雪》,郑遨《富贵曲》《伤农》,钱珝《江行无题四首》。

七绝共97首,分别是贺知章《咏柳》,高适《听张立本女吟》,岑参《春梦》,张旭《桃花溪》,李白《山中问答》《望庐山瀑布》,张谓《早梅》,刘方平《月夜》,李华《春行即兴》,李端《闺情》,戎昱《塞上曲》,张潮《采莲词》,柳中庸《征人怨》,戴叔伦《苏溪亭》,卢纶《山店》,于鹄《巴女谣》,胡令能《咏绣障》,李约《观新雨》,顾况《过山农家》,吕温《贞元十四年旱甚见权门移芍药》《道州将赴衡州酬别江华毛令》,张碧《农父》,李贺《南园(长卿牢落悲空舍)》《昌谷北园新笋》,柳宗元《过衡山见新花开却寄弟》,陈羽《从军行》,韩愈《湘中》《晚春》《问张水部员外籍曲江春游寄白二十二舍人》《早春呈水部张十八员外》,李益《度破讷沙(眼见风来沙旋转)》《度破讷沙(破讷沙头雁正飞)》《塞下曲(伏波惟愿裹尸还)》,张籍《凉州词(边城暮雨雁飞低)》《凉州词(凤林关里水东流)》,王建《海人谣》,刘禹锡《元和十自朗州召至京戏赠看花诸君子》《竹枝词(城西门前滟滪堆)》《竹枝词(瞿塘嘈嘈十二滩)》《竹枝词(杨柳青青江水平)》《杨柳枝词(城外春风吹酒旗)》《浪淘沙(日照澄洲江雾开)》《浪淘沙(莫道谗言如浪深)》《堤上行》《再游玄都观》,贾岛《题兴化寺园亭》,皇甫松《采莲子》《浪淘沙(滩头细草接疏林)》《浪淘沙(蛮歌豆蔻北人愁)》,白居易《同李十一醉忆元九》《暮江吟》,李德裕《登崖州城作》,张祜《题金陵渡》,朱庆余《宫词》《闺意献张水部》，雍陶《城西访友人别墅》《题君山》，杜牧《过华清宫绝句（新丰绿树起黄埃）》《过华清宫绝句（万国笙歌醉太平）》《读韩杜集》《赤壁》《秋夕》《念昔游（十载飘然绳检外）》《念昔游（李白题诗水西寺）》《将赴吴兴登乐游原一绝》，李涉《润州听暮角》《再宿武关》，姚合《穷边词（将军作镇古汧州）》《穷边词（箭利弓调四镇兵）》，令狐楚《少年行（少小边城惯放狂）》《少年行（家本清河住五城）》，李商隐《初食笋呈座中》《宿骆氏亭寄怀崔雍崔衮》《霜月》《咏史（北湖南埭水漫漫）》，李群玉《引水行》，曹邺《官仓鼠》，皮日休《钓侣》《汴河怀古》，陆龟蒙《和袭美钓侣》《和袭美春夕酒醒》《新沙》，黄巢《题菊花》《菊花》，钱珝《未展芭蕉》，章碣《东都望幸》，来鹄《云》，韦庄《登咸阳县楼望雨》《稻田》，贯休《少年行》《春晚书山家屋壁（柴门寂寂黍饭馨）》，韩偓《自沙县抵龙溪县》，吴融《华清宫（渔阳烽火照函关）》《华清宫（四郊飞雪暗云端）》，张泌《寄人》，孟宾于《公子行》，无名氏《水调歌（平沙落日大荒西）》）。

　　以上增选作品中，从所属的时代来看绝大多数属于中晚唐诗作，详情如下：

体　裁	五古	七古	五律	七律	五绝	七绝	总计
增选篇数	42	53	23	34	24	97	273
属中晚唐	25	40	19	33	18	89	224
比例(%)	59.5	75.5	82.6	97.1	75.0	91.8	82.1

从上表来看，《唐诗选》新增273首作品中有224首属于中晚唐，比例高达82.1%，其中五律、七律和七绝所占比例均居绝对多数，无疑说明《唐诗选》更加看重中晚唐诗人在这几种诗体的成就。从创作实际来看，中晚唐诗人五律、七律和七绝的创作数量远远大于之

前,《唐诗选》大量增选这三种体裁的中晚唐作品,更加符合唐人创作的实际。

从增选作品的题材内容来看,《唐诗选》最重视那些反映民生疾苦之作。如李白《宿五松山荀媪家》,杜甫《负薪行》,李绅《悯农》,白居易《宿紫阁山北村》《新制布裘》《采地黄者》《红线毯》《杜陵叟》《缭绫》《卖炭翁》《盐商妇》《画竹歌》,孟郊《织妇辞》《寒地百姓吟》,张籍《筑城词》《山头鹿》《董逃行》《废宅行》,王建《羽林行》《射虎行》,戴叔伦《女耕田行》,李贺《老夫采玉歌》,唐彦谦《采桑女》,温庭筠《烧歌》,于濆《里中女》《山村叟》《戍卒伤春》《古宴曲》《田翁叹》,皮日休《橡媪叹》《哀陇民》,主要描绘了统治者穷奢极欲、横征暴敛之下普通民众的痛苦生活,揭露并谴责了统治者的罪恶。另外,《唐诗选》对反映时事的现实题材也非常重视。如杜牧《感怀诗一首》,李商隐《行次西郊作一百韵》,刘禹锡《平蔡州三首》,以及所增选的众多中晚唐绝句,都是继承了杜甫"诗史"精神,从不同侧面反映了唐王朝复杂、混乱、动荡的社会生活。《唐诗选》还增选了一些反映志士不遇及蔑视权贵之作,如李白《将进酒》《行路难》,刘禹锡《元和十自朗州召至京戏赠看花诸君子》《再游玄都观》,有的对社会矛盾的揭露过于尖锐,不合乎"发乎情,止乎礼义"的传统;有的与诗人其他作品相比,艺术成就并不突出,故不被古典诗论家所看重。但是,新中国建立之后,反映阶级压迫和阶级斗争成为新时期文学创作的主题,这类批判现实之作自然受到了《唐诗选》编选者的青睐。

值得注意的是,《唐诗选》也选入一些平易自然之作,如孟浩然《春晓》,白居易《问刘十九》,张旭《桃花溪》,贺知章《咏柳》,李白《山中问答》《望庐山瀑布》,张谓《早梅》,这些作品以日常风物和日常生活为描写对象,尽管没有蕴含深刻的政治内涵,但能够精细地传达出诗人刹那间的情绪，故历来颇受推崇。沈德潜选诗主张宗旨、格调和神韵的统一，或许是这类小诗缺少含蓄蕴藉之美，又无重大政教意义，故予以舍弃。《唐诗选》对这类作品的增选无疑是对《唐诗别裁集》所建构的传统唐诗经典体系的有益补充。

综上所述，《唐诗选》对唐诗分期、唐诗大家和经典作品的看法与传统诗学多有重合，原因主要是两点：一是传统诗学的四唐分期说比较契合唐诗发展的实际，故具有深远的生命力；二是传统儒家"诗教"与新时期毛泽东《在延安文艺座谈会上的讲话》的许多主张基本一致，那些真实而深刻地反映现实、表现民生疾苦的现实主义作品均受到推崇。作为新中国建立以来一部体现官方意志的唐诗选本，《唐诗选》的独特之处主要表现在两个方面：一是不再顾及传统诗教"止乎礼义"的传统，能够接纳那些大胆揭露时弊，甚至直接斥责皇帝和权贵腐败罪恶的作品。二是突破了传统诗学含蓄蕴藉的主流审美观念，更加注重风格的多样与创新，许多富有创造性的中晚唐诗人因此而更受重视。

二、中国文学史教材

随着现代大学制度和独立文学史学科的建立，专门的中国文学史著作自20世纪初开始出现。由于这类著作是以教材的形式被使用，就影响的广泛性和论断的权威性而言，其他形式的研究著作很难与之相比。它们以中国文学的演进历程为研究对象，在论述唐代文学的发展时自然会涉及唐代诗歌的历史分期、唐代诗坛大家的定位和唐诗经典作品的标举。下面试通过中国文学史教材与传统诗学所建构的唐诗经典体系的比较，考察传统诗学对后世的影响。鉴于百余年来所编选的中国文学史数量众多，而且仍在不断增加,笔者选取刘大杰《中国文学发展史》、游国恩等主编《中国文学史》和袁行霈主编《中国文学史》为比较对象,因为这几部著作分别代表了不同时期本领域所能达到的最高成就,且长期作为大学教材,影响尤为广泛。

(一)刘大杰《中国文学发展史》

刘大杰《中国文学发展史》是20世纪一部经典的中国文学史教材。此书上卷出版于1941年,从《自序》来看,刘大杰在1930年9月已经开始编写本书。全书由古典文学出版社于1957年重版,中华书局上海编辑所1963年出版新1版。刘大杰在《自序》中引用法国郎宋《论文学史的方法》关于文学史的论述来标明自己的编写原则,郎宋说:"写文学史的人,切勿以自我为中心,切勿给与自我的情感以绝对的价值,切勿使我的嗜好超过我的信仰。我要做作品之客观的真确的分析,以及尽我所能收集古今大多数读者对于这部作品的种种考察批评,以控御节制我个人的印象。"① 可见刘大杰是以客观求实作为编写的基本原则,并兼顾古今的考察批评。他所追求的就是对中国文学发展历程的描述相对客观全面,避免之前文学史介绍作家作品的武断与偏袒。从章节安排来看,《中国文学发展史》唐代文学共占四章,唐代古文、传奇和变文集中在一章论述,其余三章专论唐诗。

1.唐诗分期和唐诗大家观念

刘大杰《中国文学发展史》对唐诗的论述主要见于第十三、十四、十五章,目录如下:

第十三章　初唐的诗坛

---

① 刘大杰:《中国文学发展史·自序》,天津:百花文艺出版社1999年版,第2页。

从目录来看，虽有"初唐的诗坛""产生与全盛""复活""唐诗的结束"这类用语，但与传统诗学常用的初、盛、中、晚措辞有明显差异，刘大杰对唐诗发展的分期似乎没有受到传统四唐分期说的影响，考察的视角主要是创作思潮的流变。

第十三章论"初唐的诗坛"。刘大杰首先批评了杨师道、虞世南、陈叔达、李义府等宫廷诗人对宫体诗风的延续，然后对游离于主流诗潮之外的"民间诗人"王绩和王梵志大加赞赏。最后，刘大杰提及上官仪等人，他说："在初唐诗坛的百年中，虽有王绩、王梵志们的新异的作品，然其主要的诗潮，全是倾向于律体完成的工作。如上官仪、四杰以至沈、宋及四友诸人,都是这工作的努力者。"①可知刘大杰对初唐诗坛的叙述是以宫体诗题材为中心,批评了宫廷诗人对这种风气的延续,肯定了革新宫体之功。与传统诗学观念相比,刘大杰认为律体的完成"就是六朝诗风的一个结束",把属于体裁革新领域的"完成律体"的价值升华为对六朝诗风的革新,由此凸显出上官仪和文章四友的诗坛地位。

　　第十四章、十五章分别论"浪漫诗的产生与全盛"和"社会诗的兴衰与唯美诗的复活",标题所使用的"浪漫诗""社会诗""唯美诗"并非中国传统诗学术语,而是来自西方文论传统。德国席勒在《素朴的诗和感伤的诗》中把诗歌分为素朴的诗和感伤的诗两大类型,前者再现现实,描绘诗人的感觉,只限于模仿外在世界;后者描绘理想,书写诗人面对现实的主观感受和在心灵中引起的情感。席勒之后,浪漫主义和现实主义在西方文论传统中逐渐发展为两种最基本的创作方法和文学类型。《中国文学发展史》所说"浪漫诗"即浪漫主义诗歌,"社会诗"即现实主义诗歌,刘大杰从创作思潮的流变考察唐诗的发展历程,完全抛弃了传统诗学的"四唐"分期说,正是借鉴西方文论传统的结果。

　　从对唐诗大家的推举来看,刘大杰与传统诗论也有明显不同。一般而言,文学史著作章节标题中出现的人物往往意味着具有重要的历史地位。《中国文学发展史》章节标题中出现的诗人有陈子昂、"吴中四士"、王维、孟浩然、岑参、高适、李白、杜甫、张籍、元稹、白居易、孟郊和韩愈。这个序列共涉及16人,其中"吴中四士"、元稹、孟郊这6人在《别裁》和《唐诗三百首》中入选数量都较少,总量在20名以外。与此同时,传统诗学非常推崇的韦应物、刘

————————

① 刘大杰:《中国文学发展史》,第362页。

长卿、柳宗元、刘禹锡、李颀、杜牧等6人未在章节标题中出现。可见,刘大杰对唐诗大家的推举并非完全因袭传统诗学。

不过,透过章节的层面进而深入考察《中国文学发展史》关于唐诗发展历程的具体论述时,可以发现刘大杰并没有完全抛弃中国传统诗论,这从以下三个方面可以明显看出:第一,关于唐诗的分期。刘大杰在叙述陈子昂等人时说,"在唐诗的发展史上,陈子昂是结束初唐百年间的齐梁诗风,下开盛唐的浪漫诗派,由此可见他的地位的重要了"①,"开天时代,由王孟诸家的努力而形成的自然诗派,并没有因为安史之乱与社会诗的兴起而完全消灭。到了中唐,得到韦应物、柳宗元诸人作品,使得这一派的诗风,颇有中兴之象"②,"李商隐与杜牧同时,是晚唐唯美文学的健将"③。"初唐""盛唐""开天时代""中唐""晚唐"均是传统诗学涉及唐诗分期的常用术语。第二,关于唐诗的流派。刘大杰在标题中提到王孟、岑高、元白和韩孟四大诗歌流派,非常接近传统诗学的定位。如他把"浪漫诗"按照体裁、风格、题材、人生观的不同分为两大流派:王维、孟浩然、储光羲、刘长卿、韦应物、柳宗元等人以五言为主,风格恬静淡雅,题材多山水田园,追求个人心境的安适;岑参、高适、李颀、崔颢、王昌龄、王之涣、王翰等人长于七言、风格奔放雄伟、题材多边塞风光和战争、人生观近于个人主义的享乐派。论元白时说:"苏东坡说的'元轻白俗',专就艺术的观点说,这话却是相当深刻的。我们如果把俗看作是一种通俗性,那倒是白居易的社会诗的最大特色。"④论韩孟诗派说:"在杜甫到元、白这个社会诗运

---

① 刘大杰:《中国文学发展史》,第367页。
② 刘大杰:《中国文学发展史》,第383页。
③ 刘大杰:《中国文学发展史》,第452页。
④ 刘大杰:《中国文学发展史》,第438—439页。

动的主要潮流中,另有几位诗人,在作风上别成一派,他们不过于
重视文学的社会使命与功用,而较偏于艺术的技巧,并且对于后代
的诗坛也曾发生极大的影响的,是由孟郊、韩愈代表的奇险冷僻一
派。贾岛、卢仝、马异、刘叉诸人,都是这派的同志。"①这些关于流
派划分及其特点的论述与传统诗论基本一致。第三,关于诗家的
评价。刘大杰在论及诗家的诗坛地位时,常常引用传统诗话或诗
选的评论。如评沈、宋时先后引《新唐书·宋之问传》、王世贞《艺
苑卮言》和胡应麟《诗薮》的相关论述,并说:"他们对于沈、宋的批
评,都能从其诗体的完成上立论,是极其公正的。"②评王昌龄时
说:"沈德潜云:'龙标绝句深情幽怨,意旨微茫,令人测之无端,玩
之无尽。'(《唐诗别裁》)唐代七绝,能与王昌龄比肩者,只有李白
一人。"③这些论断,均是承袭传统诗论而来。

2.对唐诗经典作品的筛选

文学史是对作家作品的历史研究,自然离不开代表作家和代
表作品的介绍,其中尤以全文引证的作品最为重要。这些作品往
往在编撰者心目中具有典范的意味,能够成为某种"范式"的代表。
下为《中国文学发展史》论述唐诗发展史全文征引的作品(如未入
选《唐诗别裁集》,则用下划线的方式标注):

第十三章"一　宫体诗的余波":杨师道《初宵看婚》,虞世南
《中妇织流黄》,陈叔达《自君之出矣》,李义府《堂堂词》,长孙无忌
《新曲》。

"二　王绩与王梵志":王绩《赠程处士》、《醉后》、《戏题卜铺

---

① 刘大杰:《中国文学发展史》,第440页。
② 刘大杰:《中国文学发展史》,第361页。
③ 刘大杰:《中国文学发展史》,第395页。

壁》、《田家》、《过酒家》、《野望》、《独酌》、《秋夜喜遇王处士》，王梵志《吾有十亩田》、《草屋足风尘》、《世无百年人》，寒山子《千云万水间》、《东家一老婆》、《有个王秀才》。

"三　上官仪与四杰"：王勃《山扉夜坐》、《林泉独饮》、《江亭夜月送别》、《山中》、《九日》、《杜少府之任蜀州》，卢照邻《行路难》，骆宾王《在军登城楼》、《易水送人》、《狱中闻蝉》。

"四　沈宋与文章四友"：沈佺期《被试出塞》、《古意呈补阙乔知之》，宋之问《渡吴江别王长史》、《和赵员外桂阳桥遇佳人》，杜审言《赠苏书记》、《渡湘江》。

第十四章"一　绪说"：杜甫《饮中八仙歌》。

"二　陈子昂与吴中四士"：陈子昂《感遇(兰若生春夏)》、《感遇(白日每不归)》、《燕昭王》、《田光先生》、《登幽州台歌》，张九龄《感遇(兰叶春葳蕤)》、《感遇(江南有丹橘)》，贺知章《题袁氏别业》、《回乡偶书(离别家乡岁月多)》，张旭《清溪泛舟》、《桃花溪》，包融《武陵桃源送人》，张若虚《春江花月夜》。

"三　王孟诗派"：王维《鹿柴》、《木兰柴》、《辛夷坞》、《鸟鸣涧》、《山中》、《杂诗(君自故乡来)》、《送别(下马饮君酒)》、《送元二使安西》、《送别(送君南浦泪如丝)》、《终南别业》、《辋川闲居赠裴迪》、《归嵩山作》、《酬张少府》、《青溪》、《渭川田家》、《田园乐》，孟浩然《临洞庭上张丞相》、《岁暮归南山》、《留别王维》、《秋登兰山寄张五》、《宿业师山房待丁大不至》、《过故人庄》、《宿建德江》，储光羲《钓鱼湾》、《田家杂兴(梧桐荫我门)》、《田家杂兴(种桑百余树)》，刘长卿《逢雪宿芙蓉山主人》、《寄龙山道士许法棱》、《送灵澈上人》、《江中对月》、《秋杪江亭有作》、《和灵一上人新泉》、《题郑山人幽居》，韦应物《与村老对饮》、《寄全椒山中道士》、《东郊》、《园林宴起寄昭应韩明府卢主簿》、《滁州西涧》，柳宗元《江雪》、《雨后晓行独至愚溪北池》、《渔翁》。

"四　岑高诗派"：岑参《江上春叹》、《白雪歌送武判官归京》、《走马川行奉送出师西征》、《火山云歌送别》、《凉州馆中与诸判官夜集》、《逢入京使》、《山房春事》，高适《燕歌行》、《古大梁行》、《塞下曲》、《营州歌》，李颀《古从军行》、《古意》，崔颢《雁门胡人歌》、《黄鹤楼》，王昌龄《出塞（秦时明月汉时关）》、《从军行（大漠风尘日色昏）》、《长信秋词（奉帚平明金殿开）》、《闺怨（闺中少妇不知愁）》、《芙蓉楼送辛渐》，王之涣《出塞（黄河远上白云间）》，王翰《凉州词》。

"五　浪漫派的代表诗人李白"：李白《子夜秋歌》、《荆州歌》、《长相思》、《玉阶怨》、《少年行》、《静夜思》、《蜀道难》、《梦游天姥吟留别》、《自遣》、《敬亭独坐》、《下终南山过斛斯山人宿置酒》、《山中问答》、《陪侍郎叔游洞庭醉后作》、《劳劳亭》、《早发白帝城》、《闻王昌龄左迁龙标遥有此寄》、《黄鹤楼送孟浩然之广陵》、《峨眉山月歌》。

第十五章"二　杜甫的生平思想及其作品"：杜甫《羌村（峥嵘赤云西）》、《兵车行》、《丽人行》、《春望》、《羌村（群鸡正乱叫）》、《石壕吏》、《新婚别》、《垂老别》、《乾元中寓居同谷县作歌（有弟有弟在远方）》、《狂夫》、《野老》、《水槛遣心》、《九日登梓州城》、《白帝》、《阁夜》、《登岳阳楼》，元结《贫妇词》，顾况《囝》。

"三　杜诗的影响与张籍"：耿湋《路旁老人》、《代园中老人》，卢纶《逢病军人》，戴叔伦《女耕田行》、《屯田词》，张籍《西州》、《征妇怨》、《筑城词》、《山农词》、《贾客乐》、《山头鹿》、《离妇》。

"四　元白的文学思想与作品"：元稹《织妇词》、《田家词》，白居易《轻肥》、《买花》、《新丰折臂翁》、《杜陵叟》。

"五　孟韩的诗风"：孟郊《秋夕贫居述怀》、《秋怀（孤骨夜难卧)》、《懊恼》、《老恨》，韩愈《山石》、《八月十五夜赠张功曹》，贾岛《题李凝幽居》、《雪晴晚望》、《题朱庆余所居》、《送无可上人》。

"六　唯美诗的复活与唐诗的结束"：李贺《美人梳头歌》、《将进酒》、《秋来》，杜牧《倡楼戏赠》、《偶作》、《遣怀》、《叹花》、《寄扬州韩判官》、《赠别》、《怀钟陵旧游》、《旧游》，李商隐《圣女祠》、《重过圣女祠》、《春雨》、《无题(飒飒东风细雨来)》、《嫦娥》、《端居》、《宿骆氏亭寄怀崔雍崔衮》、《花下醉》。

据统计，本书全文引用的唐诗共195首，其中有107首入选《别裁》，比例为54.9%，多集中于第十四章"浪漫诗的产生与全盛"和第十五章"杜甫的生平思想及其作品"、"元白的文学思想与作品"部分。涉及的诗人主要是初唐的陈子昂、张九龄、张若虚，盛唐山水田园诗派的王维、孟浩然，边塞诗派的高适、岑参、李颀、王昌龄，成就最显著的李白和杜甫，中唐的刘长卿、韦应物、韩愈、柳宗元和白居易，可知刘大杰对以上诗人主要创作特色的概括符合以《别裁》为代表的传统诗论的评价。不过，由于本书局限于"宫体诗""浪漫诗""社会诗"的流变这个单一的视角，从而导致对诗家经典作品的介绍流于片面。如杜甫诗歌涉及时事政治、怀古伤今、送别赠友、边塞征戍、行旅客愁、日常起居和咏物山水等多种题材，刘大杰仅从"社会诗"的角度论述杜诗，重视《羌村》《兵车行》《丽人行》等社会政治题材的作品，传统诗学非常推崇的《春夜喜雨》《江汉》《题张氏隐居》《九日蓝田崔氏庄》《白帝城最高楼》《闻官军收河南河北》等名篇未被提及。又如王维，既有以清远见长的山水田园诗，又有以雄浑见长的边塞作品。刘大杰把王维定位于"浪漫诗"，所推崇的多是淡远闲静的山水田园之作，导致对《使至塞上》《观猎》《出塞作》这类经典名篇有所忽略。

本书全文征引但未入选《别裁》的88首作品，可分为三类：第一类是出于描述唐诗发展史的需要而征引，并不具有唐诗典范的意味。如"宫体诗的余波"所举杨师道《初宵看婚》、虞世南《中妇织流黄》、陈叔达《自君之出矣》、李义府《堂堂词》和长孙无忌《新曲》，都是为了说明初唐诗坛宫体诗的盛行，刘大杰说："这种作品，无论从哪一点看，都是陈、隋时代的余响，丝毫没有异样的情调。"① 显然是作为反面例证而征引的。"王绩与王梵志"所举《赠程处士》《醉后》《戏题卜铺壁》《田家》《过酒家》只是为了说明王绩的人生理想，也不具有诗歌典范的意义。第二类是体现了刘大杰比较独特的唐诗经典观念。如"王绩与王梵志"一节，所举到的王梵志和寒山子的白话诗，敦煌文献的发现和五四白话文运动的发展，使这些诗家开始受到重视。还有"唯美诗的复活与唐诗的结束"所举的杜牧《倡楼戏赠》《偶作》《遣怀》等作，刘大杰说："作者用着清丽的文句，巧妙的表现，给与嫖客妓女以高洁的灵魂与情感，把那些青楼歌舞之地，也写得格外清洁了。"② 又说："所谓'绮罗铅华'，不仅是杜牧的诗的特征，也是色情文学的唯美派的共同特征。"③ 举李商隐《嫦娥》《端居》《宿骆氏亭寄怀崔雍崔衮》《花下醉》，并评价道："这是李义山绝句中的最上等作品，他们的价值，绝不在王昌龄李白之下。所不同者，在王、李的诗里，充满热烈的青春生命与雄奇的气势。李义山的诗，倾于纤巧与细弱，呈现着浓厚的缺月残花的迟暮的情调。"④ 在传统诗学中，表现色情的、唯美的作品并无独立的价值。受西方文论的影响，纯粹的艺术形式同样具有独立的美学价值，由此导致古今唐诗经典体系的差异。

---

① 刘大杰：《中国文学发展史》，第343页。
② 刘大杰：《中国文学发展史》，第451页。
③ 刘大杰：《中国文学发展史》，第452页。
④ 刘大杰：《中国文学发展史》，第455页。

（二）游国恩等主编《中国文学史》

人民文学出版社1963年出版的《中国文学史》是新中国建立以后发行量最大、使用范围最广的中国文学史教科书。该书由游国恩、王起、萧涤非、季镇淮、费振刚主编，廖仲安、孙静、李修生等众多学者参与，代表了当时的最高水平。该书共4册，以时代为序把上古至五四运动以前的中国文学分为九编，其中第四编为隋唐五代文学。下面通过章节安排、入选作品及相关论述分析这部教材的唐诗经典观。

1. 唐诗分期与唐诗大家观念

《中国文学史》"第四编隋唐五代文学"共分13章，有9章直接涉及唐诗的发展演变，目录如下：

第一章　隋及初唐诗歌

　第一节　隋代诗歌

　第二节　从上官仪到沈佺期和宋之问

　第三节　王绩和四杰

　第四节　陈子昂

第二章　盛唐山水田园诗人

　第一节　孟浩然

　第二节　王维

第三章　盛唐边塞诗人

　第一节　高适

　第二节　岑参

　第三节　王昌龄、李颀等诗人

第四章　伟大的浪漫主义诗人李白

　第一节　李白的生平和思想

从目录来看，教材以开元、天宝作为盛唐，之前为初唐；大历、贞元、元和为中唐，之后为晚唐，章节中出现的"初唐诗歌""盛唐山水诗人""盛唐边塞诗人""中唐前期诗人""中唐其他诗人""晚唐文学"，明显沿袭了传统诗学初、盛、中、晚的四唐分期。另外，在描述各期唐诗的艺术风貌时，《中国文学史》也大量吸收了传统习论，具体如下：

> 唐初诗歌，并没有随着政治经济的统一繁荣而迅速转变，相反地齐梁诗风凭借着帝王的势力还继续统治着诗坛。[①]
>
> 盛唐时代，唐诗的发展达到了繁荣的顶峰。[②]
>
> 安史乱后，元结、顾况等揭发社会矛盾的诗歌，成为杜甫的同调。中唐时代，白居易、元稹、张籍、王建等更继承杜甫的传统，进一步主张"文章合为时而著，歌诗合为事而作"，掀起新乐府运动。……除了以白居易为首的现实主义诗派而外，中唐时代诗歌的风格流派比盛唐更多了。大历年间，刘长卿、韦应物的山水诗，李益、卢纶的边塞诗，都是盛唐诗风的余响。贞元、元和之际，韩愈、孟郊以横放杰出的诗笔，开创了奇险生新的新风格。青年诗人李贺，更融合楚辞、乐府的浪漫幻想的传统，以秾丽的色彩，出人意表的想像，写出了精神上的种种苦闷和追求。刘禹锡的学习巴楚民歌，柳宗元的借

---

① 游国恩等：《中国文学史》，北京：人民文学出版社1963年版，第11页。
② 游国恩等：《中国文学史》，第12页。

山水以抒幽愤，艺术上也有独到的成就。①

晚唐诗歌，随着国势的衰危动乱，风格面貌也有很大的变化。杜牧、李商隐的诗歌，在艺术上有一些新的发展，但无论写忧国忧民，或写爱情生活，都有相当浓厚的感伤情调。②

初唐沿袭齐梁诗风，盛唐达到顶峰，中唐的众多流派及不同的艺术风貌，晚唐的感伤情调，这些对四唐诗歌艺术风貌的描绘大多本于传统诗论。

再从教材目录涉及的唐诗大家来看，目录中共出现上官仪、沈佺期、宋之问、王绩、"四杰"、陈子昂、孟浩然、王维、高适、岑参、王昌龄、李颀、李白、杜甫、元结、顾况、刘长卿、韦应物、"大历十才子"、李益、白居易、元稹、张籍、王建、韩愈、孟郊、贾岛、刘禹锡、柳宗元、李贺、杜牧、李商隐、皮日休、聂夷中、杜荀鹤、陆龟蒙、罗隐、韦庄、司空图等51人，可以分为四个层次：最高层次的是单独成章的诗人，计李白、杜甫、白居易3人，他们代表了唐诗创作的最高成就；第二层次的是单独成节的诗人，计陈子昂、孟浩然、王维、高适、岑参、韩愈、李贺、杜牧、李商隐等9人。他们的诗坛地位逊于李、杜、白，但堪称诗坛大家；第三层次的是两人合并成节的诗人，计王昌龄和李颀、元结和顾况、刘长卿和韦应物、孟郊和贾岛、刘禹锡和柳宗元、陆龟蒙和罗隐、韦庄和司空图，共7组14人。其中韦庄和司空图比较特殊，教材所标举的韦庄《秦妇吟》为敦煌文献所存，明清诗论家未曾寓目；司空图以诗论而著称，可置之不论。其他12人两两合占一节，意味着他们的诗坛地位同样重要，只是稍逊于前两个层次；第四个层次的诗人是多人合占一节，计上官仪、

---

① 游国恩等：《中国文学史》，第15—16页。
② 游国恩等：《中国文学史》，第16页。

沈佺期和宋之问，王绩和"四杰"，大历十才子和李益，元稹、张籍和王建，皮日休、聂夷中和杜荀鹤，共5组25人，他们的成就高于一般诗人，在唐诗发展史上具有独特的地位。总之，文学史目录所涉及的51人、四个层次基本上代表了这部教材建构的唐诗大家序列。

上文提及《别裁》所选总量居前二十位的诗人分别是杜甫、李白、王维、韦应物、白居易、岑参、刘长卿、李商隐、韩愈、柳宗元、孟浩然、钱起、刘禹锡、陈子昂、高适、张九龄、王昌龄、李颀、张籍和杜牧。这20位诗人都出现在游国恩等主编的《中国文学史》的目录中，说明传统唐诗大家观念与当代非常相近。此外，这20位诗人中，除钱起、张籍外，其余18人或单独成章、或单独成节、或两两成节，皆在《中国文学史》中处于前三个层次，则意味着传统诗学的大家观念对当代学者有重大影响。

游著《中国文学史》唐诗大家序列的独特之处表现在以下几个方面：一是白居易地位的提升。在传统诗学中，李白、杜甫堪称"双子星座"是宋人以来的诗坛主流观念，白居易的地位一般低于李、杜。虽然《御选唐宋诗醇》于唐人仅选李、杜、白、韩，极力提升白居易的地位，但受传统观念的巨大影响，众多唐诗选本和诗话只是把白居易推为大家，尚不能与李、杜鼎立。《中国文学史》受新中国建立后阶级斗争思潮的影响，把白居易推举为反对封建制度、同情人民疾苦的优秀诗人，从而取得与李、杜并称的地位。同样受这个思潮的影响，传统诗学不甚看重的元结、顾况、皮日休、聂夷中、杜荀鹤、陆龟蒙、罗隐、韦庄、张籍、王建等诗人也因为诗歌现实主义色彩浓厚而被推重。

二是对上官仪、沈佺期和宋之问等初唐诗人的强调。传统诗学常把初唐近百年的诗歌分为两个阶段：前期是齐梁余风，代表诗人为宫廷诗人；后期是汉魏诗风的复古，代表诗人有陈子昂、张九龄等,有时也把过渡时期的"四杰"归为"正始之音"而大加提倡。从刘大杰《中国文学发展史》开始,出于揭示文学发展流变过程的基本目的,那些在近体诗成熟过程中起到关键作用的初唐宫廷诗人开始受到重视。游国恩等主编《中国文学史》评上官仪说:"他除了写这种'绮错婉媚'的诗而外,还把作诗的对偶,归纳为六种对仗的方法。这虽是为他的宫廷诗服务,但对律诗形式的发展多少起了一点促进作用。"①评沈佺期、宋之问说:"沈、宋在诗律上的贡献,并不在他们自己制定一套格律,而在于从前人和当代人应用形式格律的各种实践经验中,把已经成熟的形式,肯定下来,最后完成律诗'回忌声病,约句准篇'的任务,使以后作诗的人有明确的规格可以遵循。律诗形式的定型,在诗歌发展史上是有重要意义的。"②

　　三是评价视角的变化使中唐诗人的地位有所起伏。传统诗学多认为中唐诗歌重视写作技巧,雕琢炼饰,崇奇尚怪,求新求变,否定者认为这种诗风背离了盛唐诗歌雄浑劲健的优良传统;肯定者则认为这种转变具有承先启后的作用,直接影响了宋诗发展,标志着唐诗的"再盛"。《中国文学史》的评价视角从艺术技巧转向了思想内容,注重诗歌的现实性和人民性,由此导致以赠别、酬唱而著称的大历十才子不再受到重视,刘禹锡学习民歌、柳宗元反映民生疾苦的作品得以凸显。

　　2.对唐诗经典作品的筛选

　　游著《中国文学史》在叙述唐诗发展历程和艺术风貌时,不可避免地要征引全文展开分析,这类诗歌多达194首,具体如下(如

---

① 游国恩等:《中国文学史》,第23—24页。
② 游国恩等:《中国文学史》,第26页。

未入选《唐诗别裁集》,则用下划线的方式标注):

　　杜审言:《登襄阳城》、《春日京中有怀》。

　　沈佺期:《杂诗(闻道黄龙戍)》、《古意(卢家少妇郁金堂)》。

　　宋之问:《题大庾岭北驿》、《渡汉江》

　　王绩:《野望》、《秋夜喜遇王处士》。

　　王勃:《送杜少府之任蜀川》、《山中》。

　　杨炯:《从军行(烽火照西京)》。

　　卢照邻:《长安古意》。

　　骆宾王:《夕次蒲类津》、《在狱咏蝉》。

　　张若虚:《春江花月夜》。

　　陈子昂:《感遇(朝入云中郡)》、《感遇(兰若生春夏)》、《感遇(本为贵公子)》、《登幽州台歌》、《度荆门望楚》。

　　孟浩然:《留别王侍御维》、《归故园作》、《江上思归》、《与颜钱塘登障楼望潮作》、《秋登兰山寄张五》、《夜归鹿门歌》、《过故人庄》、《游精思观回王白云在后》、《春晓》。

　　王维:《少年行》、《使至塞上》、《渭川田家》、《终南别业》、《孟城坳》、《鹿柴》、《竹里馆》、《辛夷坞》、《漆园》、《春中田园作》、《渭城曲》、《送沈子福归江东》、《山居秋暝》。

　　储光羲:《田家即事(蒲叶日已长)》。

　　常建:《题破山寺后禅院》。

　　高适:《燕歌行》、《自淇涉黄河途中作(朝从北岸来)》、《封丘县》。

　　岑参:《走马川行奉送出师西征》、《白雪歌送武判官归京》、《热海行送崔侍御还京》、《逢入京使》、《发临洮将赴北庭留别》。

　　王昌龄:《从军行(青海长云暗雪山)》、《从军行(大漠风尘日色昏)》、《从军行(烽火城西百尺楼)》、《从军行(琵琶起舞换新声)》、《出塞(秦时明月汉时关)》、《长信秋词(奉帚平明金殿开)》、《长信秋词(真成薄命久寻思)》。

李颀:《古意》、《古从军行》、《听董大弹胡笳声兼寄语弄房给事》。

王之涣:《凉州词》、《登鹳雀楼》。

王翰:《凉州词》。

崔颢:《赠王威古》。

张谓:《代北州老翁答》。

李白:《古风(一百四十年)》、《古风(秦王扫六合)》、《古风(齐有倜傥生)》、《上李邕》、《侠客行》、《行路难》、《答王十二寒夜独酌有怀》、《宣州谢朓楼饯别校书叔云》、《梦游天姥吟留别》、《塞下曲(五月天山雪)》、《古风(羽檄如流星)》、《丁都护歌》、《宿五松山下荀媪家》、《蜀道难》、《古风(西上莲花山)》、《峨眉山月歌》、《早发白帝城》、《黄鹤楼送孟浩然之广陵》、《赠汪伦》。

杜甫:《又呈吴郎》、《遭田父泥饮》、《春望》、《闻官军收河南河北》、《兵车行》、《丽人行》、《三绝句(殿前兵马虽骁雄)》、《石壕吏》、《新婚别》、《北征》。

元结:《贫妇词》、《喻瀼溪乡旧游》、《舂陵行》、《贼退示官吏》。

顾况:《囝》。

戴叔伦:《女耕田行》。

刘长卿:《穆陵关北逢人归渔阳》、《寻南溪常山人山居》、《碧涧别墅袁皇甫侍御相访》、《逢雪宿芙蓉山主人》、《长沙过贾谊宅》。

韦应物:《杂体五首(吉宅集袯鸟)》、《杂体五首(春罗双鸳鸯)》、《观田家》、《寄全椒山中道士》、《淮上即事寄广陵亲故》、《淮上喜会梁川故人》、《滁州西涧》。

卢纶《和张仆射塞下曲(林暗草惊风)》、《和张仆射塞下曲(月黑雁飞高)》、《逢病军人》。

李益:《夜上受降城闻笛》、《从军北征》、《暖川》、《喜见外弟又言别》。

白居易:《上阳白发人》、《卖炭翁》、《红线毯》、《赋得古原草送别》、《自河南经乱关内阻饥兄弟离散》。

元稹:《田家词》、《行宫》。

张籍:《野老歌》、《征妇怨》、《凉州词》。

王建:《水夫谣》。

李绅:《悯农(春种一粒粟)》、《悯农(锄禾日当午)》。

韩愈:《八月十五夜赠张功曹》、《山石》、《左迁蓝关示侄孙湘》、《早春呈水部张十八助教》、《次潼关寄张十二阁老》。

孟郊:《寒地百姓吟》、《伤春》、《秋怀》、《洛桥晚望》、《游子吟》。

贾岛:《剑客》。

刘禹锡:《戏赠看花诸君子》、《再放玄都观》、《西塞山怀古》、《石头城》、《酬乐天扬州初逢席上见赠》、《竹枝词(杨柳青青江水平)》、《竹枝词(山桃红花满上头)》、《浪淘沙(濯锦江边两岸花)》。

柳宗元:《登柳州城楼寄漳汀封连四州》、《与浩初上人同看山寄京华亲故》、《田家(篱落隔烟火)》、《南涧中题》、《渔翁》、《江雪》。

李贺:《金铜仙人辞汉歌》、《梦天》、《苏小小墓》、《雁门太守行》、《老夫采玉歌》。

杜牧:《河湟》、《早雁》、《过华清宫三绝句(长安回望绣成堆)》、《过华清宫三绝句(新丰绿树起黄埃)》、《江南春》、《泊秦淮》、《山行》。

李商隐:《安定城楼》、《重有感》、《贾生》、《杜工部蜀中离席》、《登乐游原》、《无题(昨夜星辰昨夜风)》、《无题(相见时难别亦难)》。

皮日休:《橡媪叹》、《汴河怀古》。

聂夷中:《公子家》、《伤田家》、《田家》。

杜荀鹤:《旅泊遇郡中叛乱示同志》、《山中寡妇》、《乱后逢村叟》、《再经胡城县》。

陆龟蒙:《筑城词》、《新沙》。

罗隐:《雪》、《西施》。

韦庄:《秦妇吟》、《古离别》、《台城》。

以上征引全文的194首作品中,有130首入选《别裁》。这个结果表明游著《中国文学史》对唐诗发展历程的描述和唐诗大家序列的建构与传统诗学基本一致。究其原因,可能是新中国建立之后,政治标准优先成为当时通行的作法。受这种思潮影响,游著《中国文学史》首重"政治标准第一",强调文学深刻反映现实矛盾,揭露封建统治阶级的罪恶。这与《别裁》"先审宗旨""推尊诗教"的选诗宗旨多有契合。

游著《中国文学史》征引全文的作品,有64首未入选《别裁》,但孟浩然《春晓》、李白《行路难》、李颀《听董大弹胡笳兼寄语弄房给事》、元稹《行宫》、李商隐《无题(昨夜星辰昨夜风)》《无题(相见时难别亦难)》等6首均入选《唐诗三百首》,仍然是传统诗学所认可的经典名作。

真正代表《中国文学史》独特唐诗经典观念的是未能入选《别裁》的其余58篇作品,包括高适《自淇涉黄河途中作(朝从北岸来)》、崔颢《赠王威古》、李白《古风(一百四十年)》《古风(西上莲花山)》《上李邕》《侠客行》《答王十二寒夜独酌有怀》《丁都护歌》《宿五松山下荀媪家》、杜甫《三绝句(殿前兵马虽骁雄)》、韦应物

《杂体五首(吉宅集袄鸟)》《杂体五首(春罗双鸳鸯)》、卢纶《逢病军人》、李益《暖片》、白居易《卖炭翁》《红线毯》、张籍《凉州词》、王建《水夫谣》、李绅《悯农》二首、孟郊《寒地百姓吟》《伤春》《秋怀》、贾岛《剑客》、刘禹锡《戏赠看花诸君子》《再放玄都观》、李贺《老夫采玉歌》、杜牧《河湟》《过华清宫三绝句(新丰绿树起黄埃)》、皮日休《橡媪叹》《汴河怀古》、聂夷中《公子家》《伤田家》、杜荀鹤《旅泊遇郡中叛乱示同志》《山中寡妇》《乱后逢村叟》《再经胡城县》、陆龟蒙《筑城词》《新沙》、罗隐《雪》《西施》、韦庄《秦妇吟》。从题材内容来看,以上作品或反映民生疾苦,或抒发爱国情怀,或抨击时政黑暗,或表现志士不遇,游著《中国文学史》大量标举这类作品主要源于新中国建立之后,文学思潮的重大变化就是推崇这些反映阶级压迫和阶级斗争的现实主义作品。《别裁》由于坚持宗旨、格调、神韵的统一,认为这类作品或者宗旨上怨而怒,或者格调上卑而俗,或者神韵上直而露,或者艺术上不足以代表此人的最高成就,故未选入。游著《中国文学史》选入这类作品主要缘于当时的文学批评坚持政治标准第一,甚至以之为唯一的倾向。

值得注意的是游著《中国文学史》还提倡一些没有什么深刻的政治内涵,但在唐诗发展史上具有重要地位的作品,如王绩《秋夜喜遇王处士》、王勃《山中》等。其原因在于本书作为文学史著作,比较关注开一代新风的作品,这类作品正是由于全新的特质而被标举。如本书评价王绩《秋夜喜遇王处士》说:"在风格上也是唐诗中最早摆脱齐梁浮艳气息的近体诗。"①评价王勃《山中》说:"有风有骨,摆脱了齐梁浮华补假的习气,显露唐诗的独特风貌。"②评价

---

① 游国恩等:《中国文学史》,第27页。
② 游国恩等:《中国文学史》,第29页。

李贺《梦天》说："在奇特的想像中可以看到诗人的苦闷和迷惘。"评《苏小小墓》说："他把楚辞《山鬼》的意境和南齐苏小小的传说结合起来,创造了这个荒诞迷离、艳丽凄清的幽灵世界。"[1]均是基于作品的巨大创新意义而加以推举。

总体来看,游国恩等主编《中国文学史》不可避免地带有当时政治标准第一的偏颇,过于重视文学反映现实的功能和社会政治环境对文学的影响,但是,由于这种偏颇恰与传统"诗教"观相合,导致这部文学史与刘大杰《中国文学发展史》相比,其对唐诗经典名篇的筛选反而更加契合传统唐诗经典观念。

（三）袁行霈主编《中国文学史》

20世纪80年代以来,伴随着思想的解放,艺术标准在文学批评中越来越受到重视。在这种背景下,许多学者有感于之前文学史偏重政治标准的缺失,开始尝试立足于文学本位重新考察中国文学的发展,新编文学史纷纷问世。其中章培恒、骆玉明主编的《中国文学史》堪称开创新风之作,而袁行霈主编的《中国文学史》由于强大的作者队伍和广泛的发行范围,堪称新时期影响最大、学术价值最高的中国文学史教材。

1.唐诗分期与唐诗大家观念

袁行霈主编《中国文学史》对唐代诗歌的分期主要体现在绪论和章节安排上。在《总绪论》中,袁行霈把中国文学的发展分为"三古、七段":

　　　　上古期:先秦两汉(公元3世纪以前)

　　　　第一段:先秦

---

[1] 游国恩等:《中国文学史》,第199页。

　　第二段:秦汉

　　中古期:魏晋至明中叶(公元3世纪至16世纪)

　　第三段:魏晋至唐中叶(天宝末)

　　第四段:唐中叶至南宋末

　　第五段:元初至明中叶(正德末)

　　近古期:明中叶至"五四"运动(公元16世纪至20世纪初期)

　　第六段:明嘉靖初至鸦片战争(1840)

　　第七段:鸦片战争至"五四"运动(1919)

　　与之前以朝代分段的作法相比,"三古、七段"说的独特之处是把唐代和明代分为两段,从而凸显了唐代中期和明代中叶的文学新思潮对后世文学的巨大开启作用。在论述唐代中期文学的新变时,袁行霈从古文、诗歌、曲子词和传奇等四个方面加以展开,其论诗歌道:"诗歌经过盛唐的高潮之后面临着盛极难继的局面,诗人们纷纷另辟蹊径,经过白居易、韩愈、李贺、李商隐等中晚唐诗人的努力,到了宋代终于寻到了另一条道路。"①这种观念与高棅、明七子、叶燮等传统诗论家对中唐特点的认识有密切联系。诚如叶燮《百家唐诗序》所言:"迨至贞元、元和之间,有韩愈、柳宗元、刘长卿、钱起、白居易、元稹辈出,群才竞起,而变八代之盛,自是而诗之调、之格、之声、之情,凿险出奇,无不以是为前后之关键矣。"②袁行霈把中唐作为第三、第四两段的分水岭,与叶燮把中唐视为"前后之关键"的论述基本吻合。

　　此书第四编隋唐五代文学部分为罗宗强撰写,在《绪论》部

---

① 袁行霈主编:《中国文学史》第一卷,北京:高等教育出版社2005年版,第14页。
② [清]叶燮:《已畦集》卷八,《四库全书存目丛书》集部第244册,第81页。

分,罗宗强谈到唐诗发展的轨迹,他说:

> 唐诗的发展存在着不同的段落。最初的90年左右,是唐诗繁荣到来的准备阶段。……继之而来的便是开元、天宝盛世唐诗的全面繁荣。……天宝后期,社会矛盾激化,部分诗人开始写生民疾苦。……代表这一时期的最伟大的诗人,就是诗圣杜甫。……这可以说是唐诗发展中的一种转变。此后大历诗人出来,因社会的衰败而心绪彷徨,诗中出现了寂寞情思,夕阳秋风,气骨顿衰。待到贞元元和年间,士人渴望中兴,与政治改革同时,诗坛上也出现了革新的风气。……长庆以后,中兴成梦,士人生活走向平庸,心态内敛,感情也趋向细腻,诗歌创作进入一个新阶段。①

罗先生似乎有意回避初、盛、中、晚这些"套语",代之以"最初的90年左右"、"开元、天宝盛世"、"大历诗人"、"贞元元和年间"、"长庆以后"的提法。与传统诗学"四唐"分期说相比,两者都认为初盛唐的分界点是开元元年(713)。至于盛中和中晚的分界点,传统诗学存在较大争议,这主要涉及到至德、乾元、上元等众多年代的归属,但争议之外也有两点共识:一是盛唐主要包括开元、天宝,中唐主要包括大历、贞元、元和;二是杜甫是盛中唐分界的标志人物,杜牧、李商隐是晚唐的代表诗人。从罗宗强先生对唐诗发展轨迹的描述和所举的各个时期代表诗人来看,与传统诗学唐诗分期的共识多有一致。

此外,本书隋唐五代文学部分共分12章,第八章为"散文的文体文风改革",第九章"唐传奇与俗讲变文",第十二章"词的初创及晚唐五代词",除这3章之外,其余9章均涉及唐诗的发展历程,

---

① 袁行霈主编:《中国文学史》第二卷,第175—176页。

这种安排与之前的文学史基本一致，也比较符合唐代文学发展的
实际及唐诗在文学史上的地位。下面是本书涉及唐诗的相关章节
目录：

绪论
　　第一节　开放的文化环境与唐代文学的繁荣
　　第二节　漫游、入幕、读书山林之风、贬谪与唐文学
　　第三节　佛道二家对唐文学的影响
　　第四节　唐代文学的风貌及其在中国文学史上的地位
第一章　南北文学的合流与初唐诗坛
　　第一节　隋代文学
　　第二节　初唐诗坛
　　第三节　陈子昂与唐诗风骨
　　第四节　张若虚与唐诗兴象
第二章　盛唐的诗人群体
　　第一节　王维与创造静逸明秀之美的诗人
　　第二节　王昌龄、崔颢和创造清刚劲健之美的诗人
　　第三节　高适、岑参和创造慷慨奇伟之美的诗人
第三章　李白
　　第一节　李白的生平、思想与人格
　　第二节　李白的乐府与歌行
　　第三节　李白的绝句
　　第四节　李白诗歌的艺术个性
　　第五节　李白的地位与影响
第四章　杜甫
　　第一节　社会动乱与诗人杜甫
　　第二节　杜甫的律诗

第三节 凄艳浑融的风格

从章节标题来看，罗宗强先生以历史先后为序描述了唐诗的发展，先言"初唐诗坛"，次言"盛唐的诗人群体"，李白、杜甫因成就卓著列单章叙述，再言"大历诗风"，随后两章"韩孟诗派与刘禹锡、柳宗元等诗人"和"白居易与元白诗派"为贞元、元和时期的重要诗歌流派，最后论"晚唐诗歌"。"初唐""盛唐""晚唐"均是传统诗学的常用话语，对唐诗发展的分期、所举各期诗人也和传统诗学大致相同。值得注意的是第一章第四节"张若虚与唐诗兴象"，罗先生说：

> 张若虚是初、盛唐之交的一位诗人，大致与陈子昂等人同时登上诗坛。由于史传无确载，其生平事迹不详，只知他是扬州人，做过兖州兵曹，与贺知章、张旭和包融齐名，被称为"吴中四士"。他的诗仅存两首，但一篇《春江花月夜》，就奠定了他在唐诗史上的大家地位。①

由于张若虚生平事迹不详，传统诗学在涉及时代归属时有不同的看法。一是根据"吴中四士"其他三人的系年，把张若虚归于盛唐诗人。如《唐诗归》共36卷，前5卷为初唐诗，次19卷为盛唐诗，张若虚《春江花月夜》被收入第6卷，属于盛唐。《别裁》云："若虚开元初人，与贺知章、张旭齐名。"（卷五，第158页）也是把他看成盛唐诗人。二是根据《春江花月夜》的风格，把张若虚归于初唐。胡应麟《诗薮》曰："张若虚《春江花月夜》，流畅婉转，出刘希夷《白头翁》上，而世代不可考。详其体制，初唐无疑。"②贺裳则试图对两种看法加以综合，《载酒园诗话又编》云："《春江花月夜》，其为名篇不待言，细观风度格调，则刘希夷《捣衣》诸篇类也。此诚盛唐

---

① 袁行霈主编：《中国文学史》第二卷，第192页。
② ［明］胡应麟：《诗薮》内编卷三，第51页。

中之初唐。且若虚与贺季真同时齐名,遽分初盛,编者殊草草。吾读诗至贺秘书,真若云开山出,境界一新,毋宁置张于初,列贺于盛耳。"[1] 罗宗强先生通过与刘希夷的比较把张若虚系于初唐,强调了两人对盛唐诗兴象玲珑之美的影响,这种观念与胡应麟、贺裳等明清诗论家有密切关系。

在唐诗大家序列的建构方面,这部文学史多有创新。本书章节标题中出现的诗人有陈子昂、张若虚、王维、王昌龄、崔颢、高适、岑参、李白、杜甫、顾况、李益、韩愈、孟郊、刘禹锡、柳宗元、李贺、白居易、张籍、王建、元稹、杜牧、李商隐等22人,与《别裁》所选总量居前22位的诗人(杜甫、李白、王维、韦应物、白居易、岑参、刘长卿、李商隐、韩愈、柳宗元、孟浩然、钱起、刘禹锡、陈子昂、高适、张九龄、王昌龄、李颀、张籍、杜牧、储光羲和王建)相较,黜落韦应物、刘长卿、孟浩然、钱起、张九龄、李颀、储光羲等7人,取代者为张若虚、崔颢、顾况、李益、孟郊、李贺、元稹。其中崔颢也是传统诗学所认可的盛唐名家,可置之不论,教材对其余6人的推崇皆有特殊的用意:

论张若虚:

张若虚和刘希夷在诗歌意境创造上取得的进展,如将真切的生命体验融入美的兴象,诗情与画意的相结合,浓烈的情思氛围,空明纯美的诗境,表明唐诗意境的创造已进入炉火纯青的阶段,为盛唐诗的到来作了艺术上的充分准备。[2]

论顾况:

顾况诗俗的一面影响了张籍、王建和元、白诗派,怪奇的

---

[1] [清]贺裳:《载酒园诗话又编》,《清诗话续编》上册,第306页。
[2] 袁行霈主编:《中国文学史》第二卷,第193页。

一面影响了韩、孟诗派。在诗的表现技巧的探索、诗美的新的追求上,顾况是一位值得重视的人物。[①]

论李益:

> 李益的诗,带着盛唐诗的一些特色,可以看作是盛唐诗艺术上的一种残留现象。而他诗中的感伤悲凉情调,应与大历时期的时代风貌有关。[②]

论包括孟郊、李贺在内的韩孟诗派:

> 它突破了过于重视人伦道德和温柔敦厚的传统诗教,由重诗的社会功能转向重诗的抒情特质,转向重创作主体内心的展露和艺术创造力的发挥,这在诗歌理论史上是一个值得重视的现象。[③]

论元、白诗派:

> 与韩孟诗派同时稍后,中唐诗坛又崛起了以白居易、元稹为代表的元白诗派。这派诗人重写实、尚通俗,走了一条与韩孟诗派完全不同的创作道路。清人赵翼说:"中唐诗以韩、孟、元、白为最。韩、孟尚奇警,务言人所不敢言;元、白尚坦易,务言人所共欲言。"(《瓯北诗话》卷四)表面看来,二者似背道而驰,但实质却都是创新,取途虽殊而归趋则同。[④]

本书对这6位诗人的独特艺术风貌及巨大开启作用大加强调,关注的是这些诗人所蕴含的新变因素及其对后世的影响,重在考察流变;《别裁》关注的是入选诗作的艺术高下,重在标举典范指导创作。不同的编撰目的是两者所建构的唐诗大家序列出现差异

---

① 袁行霈主编:《中国文学史》第二卷,第253页。
② 袁行霈主编:《中国文学史》第二卷,第254页。
③ 袁行霈主编:《中国文学史》第二卷,第259页。
④ 袁行霈主编:《中国文学史》第二卷,第277页。

的重要原因。

在袁行霈主编《中国文学史》中,独自成章的诗人仅有李白、杜甫和李商隐3人,李商隐的地位被大大提升,几与李、杜并列,这是本书唐诗大家序列另一个创新之处。在传统诗学观念中,李白、杜甫并称为"双子星座",具有高于其他诗人的独特地位,此乃古今共识。但对于第三位的诗人,却存在巨大争议。七子派立足于"诗必盛唐"的立场,常推举王维,受此影响,《古今诗删》《别裁》《唐诗三百首》等著名选本中王维的入选数量均居第三。而杨士弘《唐音》不选李白、杜甫、韩愈,从反面强调韩愈的独特地位。之后叶燮《原诗》也把韩愈与李、杜并称,视为唐代的顶级诗人。李商隐则由于晚唐的身份,固然也曾得到一些较好的评价,但尚未达到与李、杜并称的地位。如《唐音》选入李商隐诗作27首,居第十位;《唐诗品汇》选入48首,与柳宗元并列第23位;《古今诗删》选入3首,在前20位之外;康熙《御选唐诗》选入22首,居第十六位;《别裁》选入50首,居第八位;《唐诗三百首》选入24首,居第四位。李商隐以近体诗而著称,方回《瀛奎律髓》专选律诗,对李商隐作品也相当肯定,但在这部专选律诗的选本中,李商隐入选23首,仅居第七位。总体来看,传统诗学从未把李商隐与李、杜并称,教材单列李商隐一章是对传统唐诗大家序列的重大修正。教材评李商隐说:

　　　　李商隐的诗歌创作,给在盛唐和中唐已经有过充分发展的唐诗以重大的推进,使其再次出现高峰。这表现在以下几个方面:

　　　　一、对心灵世界作出了前人未曾有过的深入开拓与表现。

　　　　二、开拓了一个全新的艺术表现的领域:非逻辑的、跳跃的意象组合;朦胧情思与朦胧境界的创造;把诗境虚化。

三、在无题诗、咏史诗、咏物诗三种类型诗歌的发展上做出重要贡献。

四、在体裁方面,他的七律、七绝,深婉精丽,充分发挥了这两种诗体在抒写情感、表现心理方面的潜能。①

袁行霈先生在《中国文学史·总绪论》中曾强调本书的编写原则,核心就是"立足于文学本位,重视文学之所以成为文学并具有艺术感染力的特点及其审美价值"②。李商隐的作品在艺术感染力和审美价值方面代表了唐诗的高峰。比较而言,不管是传统诗学的"诗教"立场,或者是新中国建立之后的提倡现实主义的文学思潮,都会对李商隐《重有感》《井络》《重过圣女祠》《马嵬》《隋宫》《南朝》《筹笔驿》这类现实题材的作品情有独钟,那些以描写爱情为主要内容的无题诗因缺少政教内涵而被忽视。教材把李商隐推为与李白、杜甫并称的唐诗大家,正是新时期文学批评重视艺术标准和艺术感染力的重要体现。

2.对唐诗经典作品的筛选

与之前的文学史相同,袁行霈主编《中国文学史》在论及唐诗风貌和发展历程时,全文征引了不少诗歌,直观地透露出编撰者的经典观念。这类作品共计192首,篇目如下(如未入选《唐诗别裁集》,则用下划线的方式标注):

上官仪:《奉和山夜临秋》。

王绩:《过酒家五首(此日长昏饮)》、《野望》。

王勃:《送杜少府之任蜀川》。

杨炯:《从军行》。

---

① 袁行霈主编:《中国文学史》第二卷,第363—364页。

② 袁行霈主编:《中国文学史》第一卷,第4页。

杜审言:《和晋陵陆丞早春游望》。

宋之问:《度大庾岭》、《渡汉江》。

沈佺期:《遥同杜员外审言过岭》。

陈子昂:《感遇(本为贵公子)》、《登幽州台歌》。

王维:《使至塞上》、《山居秋暝》、《山中》、《终南别业》、《秋夜独坐》、《酬张少府》、《鹿柴》、《竹里馆》、《辛夷坞》。

孟浩然:《临洞庭湖赠张丞相》、《夏日南亭怀辛大》、《春晓》、《宿建德江》、《耶溪泛舟》。

裴迪:《华子冈》。

储光羲:《钓鱼湾》。

刘眘虚:《暮秋扬子江寄孟浩然》。

张子容:《泛永嘉江日暮回舟》。

常建:《题破山寺后禅院》、《江上琴兴》。

王翰:《凉州词(葡萄美酒夜光杯)》。

王昌龄:《出塞(秦时明月汉时关)》、《从军行(烽火城西百尺楼)》、《从军行(琵琶起舞换新声)》、《从军行(青海长云暗雪山)》、《从军行(大漠风尘日色昏)》、《芙蓉楼送辛渐(寒雨连江夜入吴)》、《采莲曲(荷叶罗裙一色裁)》。

崔颢:《黄鹤楼》、《长干曲(君家何处住)》、《雁门胡人歌》。

李颀:《古从军行》、《听董大弹胡笳弄兼寄语房给事》。

祖咏:《终南望余雪》、《望蓟门》。

高适:《宋中十首(梁王昔全盛)》、《燕歌行》、《别董大》、《塞上听笛》。

岑参:《走马川行奉送出师西征》、《白雪歌送武判官归京》、《逢入京使》。

王之涣:《登鹳雀楼》、《凉州词(黄河远上白云间)》。

陶翰：《古塞下曲》。

李白：《峨眉山月歌》、《古风(咸阳二三月)》、《古风(大车扬飞尘)》、《将进酒》、《行路难(金樽清酒斗十千)》、《陪侍御叔华登楼歌》、《独坐敬亭山》、《劳劳亭》、《陪族叔刑部侍郎晔及中书贾舍人至游洞庭五首(南湖秋水夜无烟)》、《陪族叔刑部侍郎晔及中书贾舍人至游洞庭五首(帝子潇湘去不还)》、《望庐山瀑布》、《望天门山》、《早发白帝城》、《黄鹤楼送孟浩然之广陵》、《山中问答》、《静夜思》、《秋浦歌(白发三千丈)》、《越女词(耶溪采莲女)》、《鸣皋歌送岑征君》、《答王十二寒夜独酌有怀》、《玉阶怨》。

杜甫：《春望》、《忆昔》、《洞房》、《提封》、《秋兴八首(玉露凋伤枫树林)》、《秋兴八首(夔府孤城落日斜)》、《秋兴八首(千家山郭静朝晖)》、《秋兴八首(闻道长安似弈棋)》、《闻官军收河南河北》、《登高》、《江村》、《春夜喜雨》、《水槛遣心二首(去郭轩楹敞)》、《江畔独步寻花七绝句(江浑竹静两三家)》、《江畔独步寻花七绝句(黄四娘家花满蹊)》、《江畔独步寻花七绝句(不是爱花即欲死)》。

韦应物：《寄全椒山中道士》、《滁州西涧》、《咏声》。

刘长卿：《重送裴郎中贬吉州》、《江中对月》、《逢雪宿芙蓉山主人》。

钱起：《送钟评事应宏词下第东归》。

李端：《听夜雨寄卢纶》。

卢纶：《塞下曲(月黑雁飞高)》、《与从弟瑾同下第后出关言别》。

司空曙：《江村即事》。

韩翃：《寒食日即事》。

顾况：《苔藓山歌》、《江上》、《山中》、《听子规》、《郑女弹筝歌》。

李益：《夜上受降城闻笛》、《从军北征》、《夜上西城听梁州曲

（行人夜上西城宿）》、《夜上西城听梁州曲（鸿雁新从北地来）》、《春夜闻笛》、《扬州万里送客》、《江南曲》。

韩愈:《早春呈水部张十八员外二首（天街小雨润如酥）》、《山石》、

孟郊:《怨诗》、《游子吟》。

李贺:《秋来》、《梦天》。

刘禹锡:《酬杨八庶子喜韩吴兴与予同迁见赠》、《浪淘沙词（莫道谗言如浪深）》、《杨柳枝词（塞北梅花羌笛吹）》、《秋词二首（自古逢秋悲寂寥）》、《西塞山怀古》、《竹枝词二首（杨柳青青江水平）》。

柳宗元:《登柳州城楼寄漳汀封连四州》、《南涧中题》、《江雪》、《渔翁》、

吕温:《读勾践传》。

李德裕:（《衡州送李十一兵曹赴浙东》）、《谪岭南道中作》。

张籍:《野老歌》、《秋思》。

王建:《田家行》、《宫词（树头树底觅残红）》。

元稹:《行宫》、《春晓》、《离思五首（曾经沧海难为水）》、《酬乐天舟泊夜读微之诗》。

白居易:《轻肥》、《舟中读元九诗》、《问刘十九》、《大林寺桃花》。

令狐楚:《春思寄梦得乐天》。

崔玄亮:《和白乐天》。

杜牧:《河湟》、《早雁》、《登乐游原》、《过勤政楼》、《题宣州开元寺水阁阁下宛溪夹溪居人》、《赤壁》、《山行》、《长安秋望》、《江南春》、《泊秦淮》、《寄扬州韩绰判官》。

许浑:《咸阳城东楼》。

赵嘏：《经汾阳旧宅》。

温庭筠：《春愁曲》、《商山早行》。

韩偓：《已凉》。

吴融：《情》。

唐彦谦：《穆天子传》。

陆龟蒙：《春夕酒醒》。

司空图：《狂题十八首》其十六、《重阳阻雨》。

郑谷：《久不得张乔消息》。

韦庄：《汴堤行》、《悯耕者》。

罗隐：《黄河》、《帝幸蜀》、《中秋夜不见月》。

李商隐：《隋宫》、《贾生》、《瑶池》、《马嵬》、《天涯》、《流莺》、《无题（相见时难别亦难）》、《春雨》、《锦瑟》、《嫦娥》、《梦泽》、《无题（紫府仙人号宝灯）》、《无题（来是空言去绝踪）》、《乐游原》、《无题（昨夜星辰昨夜风）》。

以上192篇全文征引的作品中，有105首入选《别裁》，比例为54.7%，低于刘大杰《中国文学发展史》和游国恩主编的《中国文学史》，表明这部新时期所编文学史在唐诗经典的筛选方面更具有新意。

共同标举的105首作品主要集中于初唐的"四杰"、"沈宋"、陈子昂，李白之外的盛唐群体，中唐的李益、韩愈、柳宗元，意味着编撰者对这些诗家的评价比较契合传统诗学观念。如本书评"四杰"说："四人创作个性是不同的，所长亦异，其中卢、骆长于歌行，王、杨长于五律。"[1] 这种定位正是承袭传统而来。王世贞曰："七言歌行长篇须让卢、骆，怪俗极于《月蚀》，卑冗极于《津阳》，俱不

---

① 袁行霈主编：《中国文学史》第二卷，第185页。

足法也。"①胡应麟亦言："盈川近体，虽神俊输王，而整肃浑雄。究其体裁，实为正始。然长歌遂尔绝响。卢、骆五言。骨干有余，风致殊乏。"②均注重区分四人不同诗体的艺术成就。又如教材对李益的评价："李益的边塞诗写得极好，尤其是七绝，常常是壮烈、慷慨之中带一点伤感和悲凉。"又说："李益的诗，带着盛唐诗的一些特色，可以看作是盛唐诗艺术上的一种残留现象。"③这种定位也可与胡应麟相关论述参照，《诗薮》曰："七言绝，开元之下，便当以李益为第一。如《夜上西城》《从军北征》《受降》《春夜闻笛》诸篇，皆可与太白、龙标竞爽，非中唐所得有也。"④总之，本书在概括一些诗人的艺术风貌和诗学地位时，大量借鉴了传统诗学的相关论述。当然，还有一些传统名篇，如张若虚《春江花月夜》、李白《蜀道难》《梦游天姥吟留别》、杜甫《自京赴奉先县咏怀五百字》《北征》、韩愈《石鼓歌》等，虽然未被全文征引，但从相关分析来看，颇受推崇。或许本书只是限于篇幅，不便全文征引这些古代长篇而已。

本书全文征引的作品中，有87首未入选《别裁》，比例为45.3%。这些作品多集中于李白、顾况、刘禹锡、元稹、白居易、杜牧和李商隐，表明编者对以上诗人的评价较有新意。具体而言，表现为以下两个方面：

一是对艺术审美特质和艺术感染力的重视。与之前艺术批评坚持政治标准第一不同，这部教材对经典的筛选是以艺术特有的审美特质和感染力作为评价的首要标准，由此导致崇尚儒家"诗

①[明]王世贞：《艺苑卮言》卷四，《历代诗话续编》中册，第1016页。
②[明]胡应麟：《诗薮》内编卷四，第67页。
③袁行霈主编：《中国文学史》第二卷，第253。
④[明]胡应麟：《诗薮》内编卷六，第120页。

教"的传统诗学和重视政治标准的游国恩主编文学史所推崇的政治诗、社会诗被大量黜落,取而代之的是虽然没有太多政治内涵,但情趣盎然、容易唤起读者共鸣的作品。李白、李商隐、杜牧等传统大家在这部文学史中呈现出新的面貌都是这个原因。比如李白七绝号称"三百年第一人",有80多首作品,大致涉及送别寄赠、山水纪游、去国思乡、登临怀古和政治讽谕等五类题材。《别裁》由于"先审宗旨",重视作品充实的社会内容,所以在前两类之外还选入了《黄鹤楼闻笛》《春夜洛阳闻笛》和《客中作》3首去国思乡诗,《越中怀古》和《苏台览古》2首登临怀古诗,以及被传统诗学视为政治讽谕诗的《上皇西巡南京歌》二首和《清平调词》三首。而文学史全文所引的李白七绝是《陪族叔刑部侍郎晔及中书贾舍人至游洞庭五首》二首、《望庐山瀑布》、《望天门山》、《早发白帝城》、《黄鹤楼送孟浩然之广陵》、《山中问答》,题材多属送别寄赠和山水纪游。教材评道:"这些作品,多写诗人在大自然怀抱和日常生活中获得的审美感悟及片刻情思,属兴到神会、一挥而就的自然天成之作。那刹那的感觉,那无穷的韵味,所表现的是自然的美和普遍的人物、人情,平易真切,极富生活情趣,有一种'清水去芙蓉,天然去雕饰'的美。"[1]完全不涉及登临怀古和政治讽谕,视角从社会政治转向普遍人情,从政治教化转向生活情趣,这正是新时期文艺思潮的巨大变化。与此相关的还有白居易,在传统诗学和游国恩文学史中,白居易都具有特殊的重要地位,成就最大的首推政治讽谕诗。教材于这类作品仅全文引用《轻肥》一篇,并归纳出白居易《新乐府》的三个缺陷[2],也是重视艺术感染力的体现。

---

① 袁行霈主编:《中国文学史》第二卷,第224。
② 袁行霈主编:《中国文学史》第二卷,第287—288页。

　　二是对唐诗发展的内部因素的强调。教材认为,文学史著作的核心内容不是社会政治和经济背景的研究,而是文学作品演变历程的阐释,因此更加重视文学内部因素对唐诗发展的影响。这些内部因素主要包括文学的不平衡性、俗雅之间的互动、文体的参透融合、复古与革新的互动等,由此导致对顾况、韩愈、刘禹锡经典的筛选更侧重那些对后世影响巨大、开启一代诗风的作品。比如顾况,在传统诗学中很少被视为大家,游国恩文学史也仅全文引用《囝》1首作品。这部教材全文引用了顾况《苔藓山歌》《江上》《山中》《听子规》《郑女弹筝歌》等5首作品,总量高居前列。并评道:"他的诗,无论古体还是今体,都受着江南民歌的明显影响,格调通俗明快,语言则有如白话","顾况诗俗的一面影响了张籍、王建和元、白诗派,怪奇的一面影响了韩、孟诗派。在诗的表现技巧的探索、诗美的新的追求上,顾况是一位值得重视的人物。"①类似的还有教材对刘禹锡的评价:"刘禹锡受民间俚歌俗调的浸染,还创作了不少富有民歌情调,介于雅俗之间的优秀诗作,清新质朴,直率自然。"②这些论述表明,这部文学史注重考察文学发展中雅俗的相互影响、转变和推动,因此把顾况、刘禹锡这些新鲜生动、富有活力的作品推举为经典。

　　从以上三部文学史所体现的唐诗观念来看,现代文学史家在勾勒唐诗史时,论述方式和侧重点与传统诗论家有着明显不同。由于文学史是对作家作品的历史研究,全面考察唐诗本身的发展流变是现代文学史家共同追求的目标。传统诗学则不然,古代诗论家对唐代诗人诗作艺术风貌加以细致辨析,主要目的是为后人

---

① 袁行霈主编:《中国文学史》第二卷,第252—253页。
② 袁行霈主编:《中国文学史》第二卷,第272页。

创作提供一个可供效仿的范式。正是这种不同使古今对唐诗的论述各有侧重。古代诗论家比较重视作品结构、章法、用字、主旨、风格的分析,以指导后学写作;现代文学史家比较重视联系社会历史和时代文学特征阐释诗歌的新变,以便揭示唐诗发展流变的轨迹。

此外,由于时代政治思潮、学术风尚、审美风尚和个人美学理想的差异,虽然是面对相同的论述对象,但不同文学史家对唐诗发展历程的分期、唐诗大家的推举和经典名篇的选择也会呈现出鲜明的个性特征。刘大杰早年曾进入日本早稻田大学攻读欧洲文学,著有《德国文学概论》《表现主义的文学》《德国文学大纲》和《东西文学评论》等,体现出深厚的西学素养。《中国文学发展史》产生于"五四"新文化运动之后,借鉴西方文学史理论阐释中国古代文学的发展、注重挖掘中国古代文学中所蕴含的新文学精神是这部著作的重要特征。从写法来看,《中国文学发展史》对文学史实的描述要言不烦,并不时透露出作者本人的价值评判,迥异于当时其他文学史著作重材料轻观点的作法。由于重视唐诗新变因素的考察,传统诗学较少提及或不甚重视的宫廷诗人、白话诗人、通俗诗人的诗学地位得以彰显。与古典诗学注重风格辨析不同,此书按照浪漫诗、社会诗、唯美诗等不同题材的流变来勾勒唐诗的发展,众多大家分别被归属于某种潮流之下,面目虽然变得单一,但历史流变的线索也因此而更加明晰。

游国恩等主编《中国文学史》编写于新中国建立之后,与刘大杰《中国文学发展史》相比,此书虽然也对不同时期唐诗艺术风貌的流变加以辨析,但作者难免受到当时所盛行的历史唯物主义的影响,比较重视挖掘这种变化所蕴含的社会历史因素,其对唐诗的发展及不同诗人在唐诗演进中所起的作用的描述更为全面深刻。与刘大杰深厚的西学背景不同,游国恩等人自幼接受经史教育,国学素养深厚,是在传统学术环境中成长起来的学者。这部文学史不但材料翔实,而且在论及作家生平、品评作品风貌时,也能立足传统展开论述。由于当时已经盛行阶级斗争和阶级分析,传统诗学不甚重视的白居易、顾况、皮日休等人因为鲜明的现实主义创作特色而被推崇,阶级性、人民性、现实主义成为分析诗人诗作的重要标尺。但总体而言,这部文学史所建构的唐诗史与其他两部文学史著作相比,更接近于传统诗学。

袁行霈主编《中国文学史》产生于20世纪末,思想界的诸多禁锢已被打破,回归文学本位成为此期文学史家的共同追求。唐代文学部分撰写者罗宗强1956年考入南开大学中文系,是现代大学教育制度培养出来的优秀学者。虽然他没有像前代学者那样自幼接受经史教育,但国学素养同样深厚,兼之大学教育对理论素养的培养和受之后文学本位思潮的影响,他对唐诗艺术风貌流变的考察既不同于刘大杰《中国文学发展史》的西方文学史理论视角,也不同于游国恩等著《中国文学史》的历史唯物史观的描述,更加侧重对唐诗发展原貌的描述和唐诗美学特质的阐发。同时,罗宗强长期致力于中国文学思想史的研究,提倡把文学批评、文学理论与文学创作三者加以综合考察研究。因此,这部著作对唐代诗人艺术风貌的揭示并不仅限于引述传统诗学的相关论述,而是拓展到作品所透露出的诗人心态。与之前文学史相比,袁编文学史虽然同样注重揭示唐代诗人诗作所蕴含的新变因素,但叙述重点转向了诗人心态、艺术审美特质和艺术感染力,由此导致其对唐诗大家和典范作品的推举多有创新。

总体而言,尽管现代文学史家所建构的唐诗经典体系各有特色,但他们都以传统诗学作为大厦的基石。不管是刘大杰从西方文学史的角度,还是游国恩、袁行霈从社会历史或创作要素的角度考察唐诗的流变，一旦涉及到具体诗人诗作，传统诗学论述就会直接影响现当代文学史家的评价，"四唐分期""双子星座""盛唐气象""中唐新变""晚唐余晖"这些古典唐诗观念总是或隐或显地出现在不同时代文学史著作之中，牢固地支撑着不同文学史家所建构的唐诗经典体系，现当代文学史家对唐诗史富有个性色彩的论断是以古典唐诗观念诸多共识作为前提的。

结　语

　　历代关于唐诗经典的探讨是围绕分期、大家和名篇三个方面展开的。

　　对于唐诗分期，沈德潜虽然试图按照体裁和时代编次作品，但从相关评点来看，仍体现出浓厚的"四唐"分期意味。不过，与严羽、高棅和明七子派"独尊盛唐"不同，沈德潜对中晚唐诗歌多有接纳，相对客观全面地展示出唐诗的成就，从而使《唐诗别裁集》所建构的唐诗经典体系相对而言最为客观全面。由此可以看出，源于严羽的"四唐"分期说固然存在时代世次与价值观念不完全吻合的矛盾，但启发历代诗论家从整体风貌上认识和理解唐诗的流变，有利于揭示唐诗发展不同阶段的艺术特点和差异，其积极意义是不容忽视的。直至今日，"四唐"分期观念依旧深入人心，堪称最富有生命力和诗学影响的传统诗学观念之一。

　　关于唐诗大家，沈德潜所建构的唐诗大家序列是以盛唐杜甫、李白为首，王昌龄、王维、孟浩然、高适、岑参紧随其后，初唐有陈子昂和张九龄，中唐有韦应物、刘长卿、钱起、韩愈、柳宗元、刘禹锡、白居易和张籍，晚唐有李商隐和杜牧。这个大家序列是对前代诗学综合吸收的结果。一般而言，唐诗大家的产生取决于艺术的开拓或时代审美思潮的变化。其中陈子昂对盛唐诗风的开启、杜甫对中晚唐诗风的影响、韩愈对宋诗的开启是三人获得大家地位的重要原因。而盛唐之前风骨论、宋代平淡论、明清格调说、清代"诗教"说分别是李白、张九龄、韦应物、柳宗元、白居易、张籍等诗人获得大家地位的重要原因。另外,《唐诗别裁集》对李商隐、杜牧七律、七绝的重视,则是吸收明末以来反对七子派独尊盛唐的结果。

关于唐诗名篇,《唐诗别裁集》对作品的选择同样充分吸收了前代唐诗学的研究成果。所谓"先审宗旨,继论格调,终流神韵"正是把传统儒家"诗教"视为最高标准,又吸收明清以来格调和神韵两大流派的相关主张。因此,在《别裁》所建构的唐诗大家格局和经典体系中,杜甫、李白被推举为唐人之首,李白除七律、杜甫除绝句之外,两人其他各种体裁均堪称典范。其他盛唐王维、孟浩然、高适、岑参、李颀、王昌龄在某种体裁上堪与李、杜并称,紧随其后。此外,初唐陈子昂和中唐韦应物的五古,韩愈的七古,白居易新乐府和七律,晚唐李商隐的七律和七绝也被视为典范。《唐诗别裁集》之所以成为目前仍然盛行的著名选本,与此选所建构的经典体系广泛吸收前代诗学成果有直接关系。

客观而言,严羽、方回、高棅、明七子对唐诗艺术风貌和发展流变的探索是卓有成效的,他们所建构的唐诗经典体系有利于展示唐诗的卓越成就。尽管明末以来众多诗论家对这一体系不断抨击,但只是促使这一体系愈加完善。现当代文学史家基于不同的文学观念树立典范,但他们所建构的唐诗经典体系也是以传统为基础的,这是传统唐诗学的骄傲!

参考文献

一、古籍

［宋］朱熹集注：《诗集传》，北京：中华书局1958年版。

［后晋］刘昫等：《旧唐书》，北京：中华书局1975年版。

［宋］欧阳修、宋祁：《新唐书》，北京：中华书局1975年版。

［宋］司马光：《资治通鉴》，北京：中华书局1956年版。

［清］张廷玉等：《明史》，北京：中华书局1974年版。

［唐］李肇：《唐国史补》，上海：上海古籍出版社1979年版。

［唐］赵璘：《因话录》，上海：上海古籍出版社1979年版。

［唐］张固：《幽闲鼓吹》，《景印文渊阁四库全书》第1035册，上海：上海古籍出版社1987年版。

［唐］佚名：《大唐传载》，《景印文渊阁四库全书》第1035册。

［唐］薛用弱：《集异记》，《景印文渊阁四库全书》第1042册。

［唐］郑处诲：《明皇杂录》，北京：中华书局1994年版。

［唐］范摅撰，唐雯校笺：《云溪友议校笺》，北京：中华书局2017年版。

［五代］王定保撰，姜汉椿校注：《唐摭言校注》，上海社会科学院出版社2002年版。

［五代］王仁裕撰，曾贻芬点校：《开元天宝遗事》，北京：中华书局2006年版。

［宋］司马光著，［元］胡三省音注：《资治通鉴》，北京：中华书局1956年版。

［宋］黎靖德编，王星贤点校：《朱子语类》，北京：中华书局1986年版。

［宋］彭乘：《墨客挥犀》，北京：中华书局2002年版。

［宋］邵博：《邵氏闻见后录》，《丛书集成新编》第83册，台北：新文丰出版公司1985年版。

［宋］张邦基：《墨庄漫录》，《唐宋史料笔记丛刊》，北京：中华书局2002年版。

［元］辛文房撰，周绍良笺证：《唐才子传笺证》，北京：中华书局2010年版。

［清］王鸿绪等：《明史稿》，周骏富辑：《明代传记丛刊》第97册，台北：明文书局1991年版。

［清］永瑢等：《四库全书总目》，北京：中华书局2003年版。

［清］赵翼：《陔余丛考》，北京：中华书局1963年版。

［清］赵翼：《廿二史札记》，北京：中华书局1984年版。

《钦定大清会典事例》，《景印文渊阁四库全书》第622册。

［清］冯班撰，［清］何焯评，李鹏点校：《钝吟杂录》，北京：中华书局2013年版。

［清］何焯著，崔高维点校：《义门读书记》，北京：中华书局1987年版。

［清］王士禛撰，赵伯陶点校：《古夫于亭杂录》，北京：中华书局1988年版。

［唐］卢照邻著，李云逸校注：《卢照邻集校注》，北京：中华书局1998年版。

陈庆生：《陈子昂诗注》，成都：四川人民出版社1981年版。

［唐］李白撰，［清］王琦注：《李太白集注》，上海：上海古籍出版社
　　1992年版。

郁贤皓校注：《李太白全集校注》，南京：凤凰出版社2015年版。

［唐］孟浩然著，佟培基笺注：《孟浩然诗集笺注》，上海：上海古籍
　　出版社2013年版。

［唐］杜甫撰，［宋］王洙注，［宋］赵次公等注，［宋］吕大防撰：
　　《分门集注杜工部诗》，《续修四库全书》第1306册，上海：上海
　　古籍出版社1995年版。

［清］黄生：《杜工部诗说》，《四库全书存目丛书》集部第5册，济
　　南：齐鲁书社1997年版。

［清］浦起龙著，王志庚点校：《读杜心解》，北京：中华书局1961
　　年版。

［唐］杜甫著，［清］杨伦笺注：《杜诗镜铨》，上海：上海古籍出版社
　　1981年版。

［唐］杜甫撰，［清］仇兆鳌详注：《杜诗详注》，北京：中华书局1979
　　年版。

［清］王嗣奭：《杜臆》，上海：上海古籍出版社1983年版。

萧涤非主编：《杜甫全集校注》，北京：人民文学出版社2014年版。

［唐］韩愈著，钱仲联集释：《韩昌黎诗系年集释》，上海：上海古籍
　　出版社1984年版。

［唐］刘禹锡著，《刘禹锡集》整理组点校，卞孝萱校证：《刘禹锡
　　集》，北京：中华书局1990年版。

［唐］白居易著，朱金城笺校：《白居易集笺校》，上海：上海古籍出
　　版社1988年版。

［唐］元稹著，周相录校注：《元稹集校注》，上海：上海古籍出版社

2011年版。

［唐］李贺著，［清］王琦等注：《李贺诗歌集注》，上海：上海古籍出版社1978年版。

［唐］李商隐著，叶葱奇疏注：《李商隐诗集疏注》，北京：人民文学出版社1985年版。

吴在庆：《杜牧集系年校注》，北京：中华书局2008年版。

［唐］杜牧：《樊川文集》，上海：上海古籍出版社1978年版。

［唐］皮日休、陆龟蒙：《松陵集》，《景印文渊阁四库全书》第1332册。

［唐］皮日休：《皮子文薮》，上海：上海古籍出版社1981年版。

［唐］独孤及：《毗陵集》，上海：上海古籍出版社1993年版。

［唐］方干：《玄英集》，《景印文渊阁四库全书》第1084册。

祖保泉、陶礼天笺校：《司空表圣诗文集笺校》，合肥：安徽大学出版社2002年版。

［宋］欧阳修著，李逸安点校：《欧阳修全集》，北京：中华书局2001年版。

［宋］梅尧臣著，朱东润编年校注：《梅尧臣集编年校注》，上海：上海古籍出版社1980年版。

王水照主编：《王安石全集》，上海：复旦大学出版社2016年版。

［宋］苏轼著，孔凡礼点校：《苏轼文集》，北京：中华书局1986年版。

［宋］苏辙著，陈宏天、高秀芳校点：《苏辙集》，北京：中华书局1990年版。

［宋］黄庭坚著，郑永晓整理：《黄庭坚全集辑校编年》，南昌：江西人民出版社2008年版。

［宋］朱熹：《朱文公文集》，《四部丛刊初编》第226册，上海：商务

印书馆1936年版。

［宋］杨万里撰,辛更儒笺校:《杨万里集笺校》,北京:中华书局
　　2007年版。

［宋］陆游:《陆游集》,北京:中华书局1976年版。

［宋］戴复古:《石屏诗集》,《景印文渊阁四库全书》第1165册。

［金］赵秉文:《闲闲老人滏水文集》,王云五主编:《丛书集成初编》
　　第2414册,上海:商务印书馆1936年版。

［元］方回:《桐江续集》,《景印文渊阁四库全书》第1193册。

［元］袁桷著,杨亮校注:《袁桷集校注》,北京:中华书局2012
　　年版。

［明］李梦阳:《空同集》,《景印文渊阁四库全书》第1262册。

［明］何景明:《何大复集》,郑州:中州古籍出版社1989年版。

［明］李攀龙:《沧溟先生集》,上海:上海古籍出版社1992年版。

［明］王世贞:《弇州四部稿》,《景印文渊阁四库全书》第1280册。

［明］钟惺著,李先耕、崔重庆标校:《隐秀轩集》,上海:上海古籍出
　　版社1992年版。

［清］钱谦益著,［清］钱曾笺注,钱仲联标校:《钱牧斋全集》,上
　　海:上海古籍出版社2003年版。

［清］朱彝尊:《曝书亭集》,《四部丛刊初编》第358册,上海:商务
　　印书馆1936年版。

［清］叶燮:《已畦集》,《四库全书存目丛书》集部第244册。

［清］汪琬:《尧峰文钞》,《景印文渊阁四库全书》第1315册。

［清］沈德潜著,潘务正、李言校点:《沈德潜诗文集》,北京:人民文
　　学出版社2011年版。

［唐］元结、殷璠等选:《唐人选唐诗(十种)》,上海:上海古籍出版

社1978年版。

傅璇琮主编：《唐人选唐诗新编》，西安：陕西人民教育出版社1996年版。

傅璇琮、陈尚君、徐俊编：《唐人选唐诗新编（增订本）》，北京：中华书局2014年版。

［金］元好问编，［元］郝天挺注：《唐诗鼓吹》，《景印文渊阁四库全书》第1365册。

［元］方回选评，李庆甲集评校点：《瀛奎律髓汇评》，上海：上海古籍出版社2005年版。

［元］杨士弘编选，［明］张震辑注，［明］顾璘评点，陶文鹏、魏祖钦整理点校：《唐音评注》，保定：河北大学出版社2006年版。

［明］高棅：《唐诗品汇》，上海：上海古籍出版社1988年版。

［明］李攀龙：《古今诗删》，《景印文渊阁四库全书》第1382册。

［明］唐汝询：《唐诗解》，《四库全书存目丛书》第370册。

［明］钟惺、谭元春辑：《唐诗归》，《续修四库全书》第1589—1590册。

［明］周珽辑：《删补唐诗选脉笺释会通评林》，《四库全书存目丛书补编》第26册。

［清］王士禛选，［清］闻人倓笺：《古诗笺》，上海：上海古籍出版社2010年版。

［清］王士禛选，李永祥校注：《唐人万首绝句选校注》，济南：齐鲁书社1995年版。

［清］彭定求等编：《全唐诗》，北京：中华书局1960年版。

［清］董诰等编：《全唐文》，上海：上海古籍出版社1990年版。

［清］乾隆：《御选唐宋诗醇》，《景印文渊阁四库全书》第1448册。

［清］沈德潜：《唐诗别裁集》，清康熙刻本，广东中山图书馆藏。

［清］沈德潜：《唐诗别裁集》，上海：上海古籍出版社1979年版。

［清］沈德潜：《唐诗宗》，清康熙抄本，中国国家图书馆藏。

［清］沈德潜、周准编：《明诗别裁集》，上海：上海古籍出版社1979年版。

［清］沈德潜：《钦定国朝诗别裁集》，清乾隆二十六年（1761）刻本，北京大学图书馆藏。

［清］金雍集，施建中、隋淑芬整理校订：《金圣叹选批唐诗六百首》，北京：北京出版社1989年版。

［清］杜诏、杜庭珠：《中晚唐诗叩弹集》，《四库全书存目丛书》第406册。

［清］蘅塘退士编，［清］陈婉俊补注：《唐诗三百首》，北京：中华书局1959年版。

［清］王昶：《湖海诗传》，北京：商务印书馆1958年版。

［清］陈沆：《诗比兴笺》，上海：上海古籍出版社1981年版。

［南朝梁］刘勰著，范文澜注：《文心雕龙注》，北京：人民文学出版社1958年版。

［南朝梁］钟嵘著，曹旭集注：《诗品集注》，上海：上海古籍出版社2011年版。

张伯伟：《全唐五代诗格汇考》，南京：凤凰出版社2002年版。

［宋］计有功撰，王仲镛校笺：《唐诗纪事校笺》，北京：中华书局2007年版。

［宋］刘克庄撰，王秀梅点校：《后村诗话》，北京：中华书局1983年版。

［宋］罗大经撰，王瑞来点校：《鹤林玉露》，北京：中华书局1983年版。

［宋］阮阅编，周本淳校点：《诗话总龟》，北京：人民文学出版社

1987年版。

[宋]魏庆之著,王仲闻点校:《诗人玉屑》,北京:中华书局2007年版。

[宋]严羽著,张健校笺:《沧浪诗话校笺》,上海:上海古籍出版社2012年版。

[宋]俞文豹著,尚佐文、邱旭平点校:《俞文豹集》,杭州:浙江古籍出版社2016年版。

[宋]蔡正孙撰,常振国、降云点校:《诗林广记》,北京:中华书局1982年版。

[宋]胡仔纂集,廖德明校点:《苕溪渔隐丛话后集》,北京:人民文学出版社1962年版。

[金]元好问著,郭绍虞笺释:《元好问论诗三十首小笺》,北京:人民文学出版社1978年版。

[明]李东阳著,李庆立校释:《怀麓堂诗话校释》,北京:人民文学出版社2009年版。

[明]杨慎撰,王大厚笺证:《升庵诗话新笺证》,北京:中华书局2008年版。

[明]胡应麟:《诗薮》,上海:上海古籍出版社1979年版。

[明]胡震亨:《唐音癸签》,上海:上海古籍出版社1981年版。

[明]许学夷著,杜维沫校点:《诗源辩体》,北京:人民文学出版社1987年版。

[清]王士禛著,[清]张宗柟纂集,戴鸿森校点:《带经堂诗话》,北京:人民文学出版社1963年版。

[清]沈德潜著,王宏林笺注:《说诗晬语笺注》,北京:人民文学出版社2013年版。

[清]叶燮、薛雪、沈德潜著,霍松林、杜维沫校注:《原诗　一瓢诗

话　说诗晬语》,北京:人民文学出版社1979年版。

［清］叶燮著,蒋寅笺注:《原诗笺注》,上海:上海古籍出版社2014
　　年版。

［清］赵翼著,霍松林、胡主佑校点:《瓯北诗话》,北京:人民文学出
　　版社1963年版。

陈衍著,郑朝宗、石文英校点:《石遗室诗话》,北京:人民文学出版
　　社2004年版。

［清］何文焕:《历代诗话》,北京:中华书局1981年版。

丁福保辑:《历代诗话续编》,北京:中华书局1983年版。

丁福保辑:《清诗话》,上海:上海古籍出版社1978年版。

郭绍虞编选,富寿荪校点:《清诗话续编》,上海:上海古籍出版社
　　1983年版。

吴文治主编:《宋诗话全编》,南京:凤凰出版社1998年版。

吴文治主编:《辽金元诗话全编》,南京:凤凰出版社2006年版。

吴文治主编:《明诗话全编》,南京:凤凰出版社1997年版。

张寅彭主编:《清诗话三编》,上海:上海古籍出版社2014年版。

二、专著

王国维著,施议对译注:《人间词话译注》,上海:上海古籍出版社
　　2016年版。

闻一多:《唐诗杂论》,北京:生活·读书·新知三联书店1999
　　年版。

朱自清:《朱自清古典文学论文集》,上海:上海古籍出版社1981
　　年版。

方孝岳:《中国文学批评中国散文概论》,北京:生活·读书·新知
　　三联书店2007年版。

陈寅恪:《元白诗笺证稿》,北京:商务印书馆2017年版。

刘大杰:《中国文学发展史》,天津:百花文艺出版社1999年版。

游国恩等:《中国文学史》,北京:人民文学出版社1963年版。

华文轩:《古典文学研究资料汇编·杜甫卷上编唐宋之部》第1册,
　　北京:中华书局1964年版。

中国社科院文学研究所:《唐诗选》,北京:人民文学出版社1978
　　年版。

金性尧:《唐诗三百首新注》,上海:上海古籍出版社1980年版。

沈祖棻:《唐人七绝诗浅释》,上海:上海古籍出版社1981年版。

叶嘉莹:《迦陵论诗丛稿》,北京:中华书局1984年版。

许总:《唐诗史》,南京:江苏教育出版社1994年版。

张少康:《中国文学理论批评史》,北京:北京大学出版社2005
　　年版。

孙琴安:《唐七律诗精品》,上海:上海社会科学院出版社1989
　　年版。

孙琴安:《唐人七绝选》,西安:陕西人民出版社1992年版。

孙琴安:《唐五律诗精品》,上海:上海社会科学院出版社1991
　　年版。

孙琴安:《唐诗选本提要》,上海:上海古籍出版社2005年版。

蒋寅:《大历诗人研究》,北京:中华书局1995年版。

袁震宇、刘明今:《中国文学批评通史·明代卷》,上海:上海古籍出
　　版社1996年版。

陈尚君:《唐代文学丛考》,北京:中国社会科学出版社1997年版。

王镇远、邬国平编选:《清代文论选》,北京:人民文学出版社1999
　　年版。

刘学锴、余恕诚、黄世中编:《李商隐资料汇编》,北京:中华书局

2001年版。

陶敏、李一飞:《隋唐五代文学史料学》,北京:中华书局2001年版。

张伯伟:《中国古代文学批评方法研究》,北京:中华书局2002
　　年版。

张智华:《南宋的诗文选本研究》,北京:北京师范大学出版社2002
　　年版。

刘宁:《唐宋之际诗歌演变研究:以元白之"元和体"的创作影响为
　　中心》,北京:北京师范大学出版社2002年版。

刘航:《中唐诗歌嬗变的民俗观照》,北京:学苑出版社2004年版。

袁行霈主编:《中国文学史》,北京:高等教育出版社2005年版。

杨国安:《宋代韩学研究》,北京:中国社会科学出版社2006年版。

齐文榜:《贾岛研究》,北京:人民文学出版社2007年版。

周裕锴:《宋代诗学通论》,上海:上海古籍出版社2007年版。

贺严:《清代唐诗选本研究》,北京:人民出版社2007年版。

黄炳辉:《唐诗学史述论》,上海:上海古籍出版社2008年版。

葛景春:《李杜之变与唐代文化转型》,郑州:大象出版社2009
　　年版。

余恕诚:《唐诗风貌》,北京:中华书局2010年版。

周萌:《唐五代僧人诗格研究——以僧皎然〈诗式〉为中心》,南京:
　　南京大学出版社2010年版。

王兆鹏、邵大为、张静、唐元:《唐诗排行榜》,北京:中华书局2011
　　年版。

张毅:《唐诗接受史》,北京:人民文学出版社2012年版。

陈伯海:《唐诗学引论》,上海:上海古籍出版社2015年版。

陈伯海、朱易安编撰:《唐诗书目总录》,上海:上海古籍出版社
　　2015年版。

陈伯海主编,张寅彭、黄刚编撰:《唐诗论评类编》,上海:上海古籍出版社2015年版。

陈伯海:《意象艺术与唐诗》,上海:上海古籍出版社2015年版。

陈伯海主编,孙菊园、刘初棠副主编:《唐诗汇评》,上海:上海古籍出版社2015年版。

陈伯海主编,查清华等撰写:《唐诗学文献集粹》,上海:上海古籍出版社2016年版。

陈伯海、李定广编著:《唐诗总集纂要》,上海:上海古籍出版社2016年版。

陈伯海主编,查清华等撰写:《唐诗学史稿》,上海:上海古籍出版社2016年版。

刘学锴:《唐诗选注评鉴》,郑州:中州古籍出版社2019年版。

杨波:《〈唐诗类苑〉研究》,北京:社会科学文献出版社2019年版。

(日)平野彦次郎:《唐诗选研究》,东京:日本明德出版社1974年版。

王恩衷编译:《艾略特诗学文集》,北京:国际文化出版公司1989年版。

(德)恩斯特·卡西尔:《人论》,上海:上海译文出版社2003年版。

(德)马克思、恩格斯:《马克思恩格斯选集》,北京:人民出版社1995年版。

(荷)D·佛克马,E·蚁布思著,俞国强译:《文学研究与文化参与》,北京:北京大学出版社1996年版。

(美)M·H·艾布拉姆斯著,郦稚牛、张照进、童庆生译:《镜与灯:浪漫主义文论及批评传统》,北京:北京大学出版社1989年版。

(美)宇文所安著,贾晋华译:《初唐诗》,北京:生活·读书·新知三联书店2004年版。

（美）宇文所安著，贾晋华译：《盛唐诗》，北京：生活·读书·新知
　　三联书店2004年版。

（美）宇文所安著，贾晋华译：《中国"中世纪"的终结——中唐文学
　　文化论集》，北京：生活·读书·新知三联书店2004年版。

（美）宇文所安著，贾晋华译：《晚唐诗》，北京：生活·读书·新知
　　三联书店2004年版。

（美）哈罗德·布鲁姆著，江宁康译：《西方正典——伟大作家和不
　　朽作品》，南京：译林出版社2005年版。

（美）高友工，（美）梅祖麟著，李世跃译：《唐诗三论——诗歌的结
　　构主义批评》，北京：商务印书馆2013年版。

三、期刊论文

施子愉：《唐代科举制度与五言诗的关系》，（香港）《东方杂志》第
　　40卷第8期，1933年4月。

陈寅恪：《论韩愈》，《历史研究》1954年第2期。

程千帆：《张若虚〈春江花月夜〉的被理解和被误解》，《文学评论》
　　1982年第4期。

孙琴安：《历代唐诗选本简述》，《文学遗产》1987年第4期。

程千帆、张宏生：《七言律诗中的政治内涵——从杜甫到李商隐、韩
　　偓》，《文艺理论研究》1988年第2期。

莫砺锋：《论〈唐宋诗醇〉的编选宗旨与诗学思想》，《南京大学学
　　报》2002年第3期。

吴承学、沙红兵：《中国古代文学的经典》，《中山大学学报》2004年
　　第6期。

童庆炳：《文学经典建构诸因素及其关系》，《北京大学学报》2005

年第5期。

王兆鹏、孙凯云:《寻找经典——唐诗百首名篇的定量分析》,《文学遗产》2008年第2期。

魏景波:《百年歌苦与千秋盛名:诗人杜甫的被理解与被误解》,《西北大学学报》2014年第6期。

杜晓勤:《从"盛唐之音"到盛世悲鸣——开天诗坛风貌的另一考察维度》,《文学评论》2016年第3期。

陈尚君:《李白诗歌文本多歧状态之分析》,《学术月刊》2016年第5期。

许建业:《旧题李攀龙〈唐诗选〉的早期版本及接受现象》,《文学遗产》2018年第5期。

巩本栋:《"欲知唐诗者,观此足矣"——王安石〈唐百家诗选〉新论》,《中华文史论丛》2019年第2期。

莫砺锋:《唐诗选本对小家的影响》,《文学评论》2020年第4期。

杨焄:《东亚唐诗论评与唐诗学研究》,《上海师范大学学报》2020年第5期。

胡建次:《新世纪以来中国传统唐诗选本研究述论》,《兰州学刊》2020年第9期。

潘伟利:《读者与唐诗"孤篇"的经典化》,《中州学刊》2020年第10期。

杨彦妮:《〈唐诗类苑〉成书考》,《文史》2020年第4辑。

尚永亮:《近二十年唐诗研究述论》,《文史哲》2021年第5期。

四、学位论文

徐毅:《盛唐七律研究》,南京大学2005年硕士学位论文。

黄桂凤:《唐代杜诗接受研究》,北京师范大学2006年博士学位论文。

杨国荣:《唐代组诗研究》,福建师范大学2012年博士学位论文。

徐晖:《白居易组诗研究》,黑龙江大学2017年硕士学位论文。

杜治国:《确立诗歌的正典——李攀龙诗论、选本及创作研究》,香
　　港科技大学2004年博士学位论文。

后　记

河南大学文学院具有悠久的唐诗研究传统。早在1956年12月9日，河南大学（时称开封师范学院）中文系主任李嘉言先生在《光明日报》"文学遗产副刊"上撰文《改编全唐诗草案》，引起了学术界的广泛关注。1964年，河南大学成立全国首家唐诗研究室，李嘉言先生主持编写了《全唐诗首句索引》《全唐诗重出作品综合索引》，在《全唐诗》考订方面取得重大突破。1989年4月，河南大学召开《新编全唐诗》学术工作会议，确定了新编唐诗总集的书名为"全唐五代诗"。2014年，集合多所高校众多学者心血的《全唐五代诗·初盛唐卷》由陕西人民出版社出版。在新编《全唐诗》过程中，河大学者围绕唐诗研究出版了众多成果，如高文先生的《全唐诗简编》《高岑诗选》《柳宗元选集》，佟培基先生的《全唐诗重出误收考》《孟浩然诗集笺注》，齐文榜先生的《贾岛集校注》《贾岛研究》，吴河清先生的《姚合集校注》，杨国安先生的《宋代韩学研究》，焦体检先生的《张籍研究》，郑慧霞先生的《卢仝研究》，等等，均在学界具有重要影响。自2005年博士毕业到河大文学院工作以来，在从事清代诗学研究的同时，我一直关注唐诗整理研究所取得的巨大成绩，也在思考如何推动唐诗研究走向深入。众所周知，选家对作品的选择固然是个人诗学观念主导的结果，也会受制于传统经典观念的强大惯性。但是，具体到某部选本具体作品入选时的个人观念与传统观念所起的作用,很难一一落实。由于之前对沈德潜《唐诗别裁集》用力较多,因此,本书尝试从选本的角度探讨唐诗经典体系的具体面貌和经典地位形成的具体过程。

　　本书写作过程中,我曾为古代文学博士研究生两次讲授"唐诗经典化研究"专题课,同学们的课堂讨论和课下交流启发了我对相关问题的思考。初稿完成后,同事刘春现先生和我的研究生王辰、潘鲁煜、魏若君、康迎宵、任苑潇作为最早的读者,纠正了诸多文字和材料错误。河大文学院杨萌芽书记、武新军院长和中华书局总编辑周绚隆先生为本书的出版提供了巨大的支持。责任编辑葛洪春先生为本书的出版做了大量细致而艰苦的工作,并提出了诸多细致深刻的修改意见。在此,谨向各位师友、同仁表示诚挚的谢意。由于学力所限,本书一定存在很多不足,期待来自学界的批评。

王宏林

2022 年 4 月于河南大学仁和寓所